Astrid Töpfner
Wenn Schmetterlinge fliegen lernen

Impressum

Wenn Schmetterlinge fliegen lernen
Deutsche Erstveröffentlichung bei
Tinte & Feder, Amazon Media EU S.à r.l., September 2019

2. Auflage: Astrid Töpfner, Februar 2023
Veröffentlicht über Tolino Media
Alle Rechte vorbehalten

Lektorat: Lektorat Meerwoerter
Korrektorat: Lektorat Meerwoerter
Layout und Satz: Stefanie Scheurich
© **Covergestaltung:** Laura Newman – design.lauranewman.de

Astrid Töpfner
Calle la Selva 17
E-17480 Roses (Spanien)
astrid@astrid-topfner.com
www.astrid-topfner.com

Das Werk, einschließlich seiner Teile, ist urheberrechtlich geschützt. Jede Verwertung ist ohne Zustimmung der Autorin unzulässig. Dies gilt insbesondere für die elektronische oder sonstige Vervielfältigung, Übersetzung, Verbreitung und öffentliche Zugänglichmachung.

ISBN der Taschenbuchausgabe: 978-3-754-65558-0

Herstellung und Druck über tolino media GmbH & Co. KG, Albrechtstr. 14, 80636 München. Printed in Germany.
Fragen zu Produktsicherheit an: gpsr@tolino.media.

ASTRID TÖPFNER

WENN
Schmetterlinge
FLIEGEN
LERNEN

Für alle Schmetterlinge.
Man muss sich erst auflösen,
bevor die Metamorphose beginnt.

PROLOG

Sie waren im Paradies.

Man könnte meinen, dieser Platz wäre nur für sie beide geschaffen worden. Wann immer es ihnen möglich war, entflohen sie dem Trubel und kamen hierher, hier, wo die graubraune Wüste überging in feinen Sandstrand. Wo das warme Wasser des Roten Meeres an Olivias Füßen leckte, sie aufforderte, sich hineinzustürzen und den Reichtum zu erforschen, den es unter seiner Oberfläche versteckte. Wo es sie drängte, die Welt durch die Taucherbrille zu betrachten: durchsichtig türkis-grün dort, wo der helle Untergrund noch die Sonne reflektierte, dunkelblau-geheimnisvoll an jenen Stellen, an denen es in die Tiefe ging. Luftblasen stiegen nach oben, während Olivia die farbenfrohen Korallenriffe entlangschwamm, beäugt von den verschiedensten Meeresbewohnern. Stille und Schwerelosigkeit herrschten hier, ließen sie in eine Art Meditationszustand fallen, nur unterbrochen von ihrem eigenen Atem.

Wenn innerer Friede sich materialisieren könnte, wäre es in Form dieses Ortes: das Wasser, Rashida und sie. Wenn sie ihr doch nur das Schwimmen beibringen könnte! Aber Rashida saß lieber auf ihrem Tuch, liebkoste die Saiten der Gitarre und füllte die auf den ersten Blick so leblos wirkende Wüste mit Harmonien und Melodien; ihr Spiel forderte selbst die Sandkörner zum Tanz auf. Rashida und Schwimmen waren dagegen wie Teufel und Weihwasser. Höchstens steckte sie mal den großen Zeh ins Wasser. So wie jetzt eben.

»Wir sollten aufbrechen«, rief ihre Freundin ihr zu. Von hinten umarmten sie die letzten Sonnenstrahlen des Tages. Bald würde es empfindlich kühl werden.

Während sie im Auto durch die Nacht in Richtung Sharm El Sheikh fuhren, schwiegen sie wie gewöhnlich. Ein angenehmes Schweigen, sie verstanden sich ohne Worte. Rashida war der Mensch in ihrem Leben, dem sie am meisten vertraute. Eine Seelenverwandte. Die große Schwester, die sie nie gehabt, die Familie, die sie so früh verloren hatte. Wärme, Wasser, Rash, mehr brauchte sie nicht. Wer benötigte schon viele Freunde, wenn doch der eine richtige Mensch genug war? Lange war sie dem Glück hinterhergerannt, jetzt aber hatte sie ihren Platz in der Welt gefunden, war angekommen. Wie viele Leute konnten das schon von sich behaupten, mit Mitte zwanzig?

»Ich würde gern für ein paar Tage in die Schweiz reisen«, unterbrach Rashida unerwartet die Stille. »Mit dir. Ich möchte deine Heimat kennenlernen.«

Olivia zuckte zusammen und verriss dabei leicht das Lenkrad. Das Auto schwankte und holperte über die Rillen des Randstreifens.

»Die Schweiz ist nicht mehr meine Heimat.« Sie versuchte, ihrer Stimme einen leichten Tonfall zu verleihen, auch wenn sie genau wusste, dass sie vor Rashida nichts verbergen konnte. »In der Schweiz ist es kalt. Dort zieht mich wirklich gar nichts hin.« Sie könnte jetzt lange darüber reden, was sie eigentlich fernhielt. Der frühe Tod ihrer Eltern, an den sie sich nicht erinnern konnte, obwohl sie bei dem Unglück dabei gewesen war. Ihre unglückliche Kindheit bei den Großeltern, die nicht mit ihr und ihrem Verlust umzugehen wussten. Ihre Versuche auszubrechen, bei denen ihr nur immer wieder die Flügel gestutzt worden waren. Und ihre Großmutter Erika, die noch lebte, ein

Relikt aus jener Zeit ohne Liebe und Nähe. Aber sie schwieg. Nur selten sprach sie über ihre Vergangenheit. Warum auch? Es machte sie nicht besser, man sah sie deshalb nicht plötzlich in einem anderen Licht; die Zeit heilte keine Wunden, das Vergessen tat es sehr wohl. Und doch hatte es Rashida geschafft, ihr einige Informationen zu entlocken.

»Deine Großmutter ist doch krank«, erinnerte sie Olivia. »Wir könnten sie besuchen. Du könntest dich mit ihr aussprechen. Über alles reden. Ihr könntet euch versöhnen.«

Aber auch das würde Geschehenes nicht ungeschehen machen. »Lass uns lieber nach Jordanien fahren«, meinte Olivia ausweichend und legte in einer versöhnlichen Geste ihre Hand auf Rashidas.

Das Schweigen während der restlichen Fahrt hatte seine Leichtigkeit verloren.

Es war November und selbst abends lag die Hitze noch zähflüssig wie Honig über der Stadt. Nur langsam vertrieb sie ein schwacher langersehnter Wind. Morgen würde Rashida für eine Woche nach Kairo fahren, und wie jedes Mal, wenn ein Abschied vor der Tür stand, zogen sie die Nacht in die Länge, um jede gemeinsame Minute auszukosten. Sie durchstreiften den Alten Markt, ein Tässchen Tee hier, ein Schwätzchen da. Sie waren unzertrennlich. Große Schwester, kleine Schwester. Musik lag in der Luft, herrlich, Darbukaspieler trommelten einen Rhythmus, lauter, lauter. Eine Aufforderung zum Tanz, drehen, kreisen, schneller, schneller. Außer Atem noch eine letzte Erfrischung genießen. Olivia und Rashida setzten sich in ein Café, fächerten sich lachend Luft zu.

»Was soll ich nur tun ohne dich, eine ganze Woche lang?«, fragte Olivia und riss theatralisch die Arme hoch.

»Arbeiten«, antwortete Rashida lapidar und wieder mussten

sie lachen. »Ich lasse dir die Gitarre hier. Jede Saite, die du zupfst, ist ein Gedanke an mich, Schwester.«

Sie schwiegen, während der Kellner zwei Gläser und eine Wasserflasche vor sie auf den Tisch stellte. Dann sagte Rashida: »Wegen unserer Reise nach Jordanien …«

Olivia schenkte ein, dann presste sie die kalte, von Kondenswasser überzogene Flasche an ihre Stirn. »Was ist damit?« Ihre Stimmung verlor das Gleichgewicht, torkelte, sie wollte sie auffangen, aber vergeblich.

»Ich finde, wir sollten doch lieber in die Schweiz fliegen. Bitte, Olivia! Du hast so viel Schmerz in dir, wegen allem, was du durchmachen musstest. Ich möchte dir so gern helfen, dich von dieser Last zu befreien.«

Brüsk stellte Olivia die Flasche auf den Tisch, Wasser spritzte. Es war so ein schöner Abend gewesen, warum musste Rash nun ein Thema anschneiden, von dem sie genau wusste, dass es sie treffen würde?

»Ich möchte nicht in die Vergangenheit schauen, Rash. Ich lebe im Hier und Jetzt. Die Schweiz und alles, was sie für mich verkörpert, habe ich hinter mir gelassen. Und genau deswegen bin ich frei!«

KAPITEL I

Das Schrillen des Telefons riss Olivia aus dem Dämmerschlaf, in dem sie sich seit Stunden in ihrem verschwitzten Bett hin und her wälzte. Es war erst kurz nach fünf Uhr morgens, aber als sie den Namen auf dem Display sah, war sie sofort hellwach.

»Maria?«

»Guten Morgen, Olivia. Frohe Weihnachten!«

»Ebenfalls«, nuschelte Olivia. Weihnachten? Draußen war es jetzt schon bestimmt um die fünfundzwanzig Grad warm. Olivia seufzte und klärte Maria über die Uhrzeit auf.

»Oh, nicht sieben Uhr? Dann habe ich das wohl mit den Zeitzonen falsch verstanden. Aber das tut nichts zur Sache.« Ohne weiteres Geplänkel kam sie zum Punkt: »Du solltest nach Hause kommen. Sie vergisst immer schneller.«

Olivia seufzte noch mal. Sie wollte auch vergessen. Wieso konnte sie nicht vergessen, dass Rash nicht mehr bei ihr war? Diese Tatsache in dasselbe Schwarze Loch schieben wie das andere? Der Ventilator trocknete den Schweiß auf ihrer Haut und sie fröstelte. Nach Hause. *Home is where your heart is.*

In der Schweiz war ihr Herz ganz bestimmt nicht. Hier, in Ägypten, war ihr Zuhause gewesen. Hatte sie jedenfalls gedacht. Hier hatte sie wieder eine Familie gefunden. Hatte sie geglaubt. Alles kaputt und vorbei. Das Einzige, was sie hier noch hielt, war die Frage nach dem Wohin. Seit Wochen suchte sie nach diesem einen Ort, der ihr nächstes Ziel sein sollte. Blätterte ihren Atlas von vorn nach hinten durch und von hinten nach vorn: Indonesien. Oman. Tahiti. Hawaii. Nichts passte. Bisher war ihr jedes Mal noch ein Name aus den Seiten entgegengesprungen, wenn sie das Bedürfnis verspürt hatte, weiterzureisen. Dieses Mal aber funktionierte die Magie nicht. Nicht einmal das funktionierte noch. Der Atlas blieb stumm. Und sie eine Suchende.

Aber nun hatte ihr Maria einen Kompass in die Hand gedrückt. Einen Norden zur Orientierung. Zürich also. Zurück in die Kälte, in vielerlei Hinsicht. Die Aussicht, ihre Großmutter wiederzusehen, behagte ihr nicht. Sie hatten sich nichts zu sagen. Und doch horchte Olivia kurz in sich hinein: Nach Hause gehen und die Versöhnung mit Erika suchen – alles wäre anders gekommen, wäre sie nicht so stur gewesen und hätte Rashs Aufforderungen, sich endlich mit ihrer Großmutter auszusprechen, früher befolgt. Sie hatte sich nicht bereit dafür gefühlt. Und war es immer noch nicht. Aber schuldete sie Rash jetzt nicht diesen längst überfälligen Schritt?

Olivia war gerade mal eine Woche in Zürich, als sie zu ihrer Großmutter fuhr. Die Tramlinie Nummer 5 arbeitete sich gemächlich den Berg hoch. Sie wollte ihn einfach nur hinter sich bringen, den Besuch bei ihrer Großmutter. Das Jahr 2013 hatte vor Kurzem begonnen, seit vier Jahren hatten sie jetzt keinen Kontakt mehr, und davor war ihre Beziehung auch nicht als herzlich zu bezeichnen gewesen. Eher wie der Zusammenprall zweier sich abstoßender Magnete. Unmöglich. Ob die Tatsache, dass die Alzheimer-Erkrankung ihre Klauen unausweichlich in Erikas Verstand grub, sie milder hatte werden lassen? Olivia hoffte es. Für sich.

Noch zwei Stationen. Olivia sah ihr jüngeres Ich vor ihrem inneren Auge, wie sie früher täglich von der Schule nach Hause gefahren war, mit verkrampftem Magen und über ihr drohend wie eine Gewitterwolke die Frage, ob sie heute schikaniert oder ignoriert würde. Unwillkürlich verfiel sie in dieselbe nervöse Stimmung von damals. War es angebracht, einfach aufzutauchen, nach so vielen Jahren? Was hatte sie vorzuweisen? Nicht einmal eine Arbeitsstelle. Erika würde kein gutes Haar an ihr lassen. Olivia atmete tief durch die Nase ein und blies die Luft langsam durch die gespitzten Lippen wieder aus. Ruhig bleiben, ermahnte sie sich. Sie würde sich doch wohl nicht vor einer alten Frau fürchten. Es war ein Höflichkeitsbesuch. Höflich, aber distanziert. Ging es nicht einfach darum, sich wieder einmal zu zeigen, sich nach dem Gesundheitszustand zu erkundigen und so zu tun, als ob sie mit der Vergangenheit abgeschlossen hätte? Friede, Freude, Eierkuchen? Nein, flüsterte eine kleine Stimme in ihr. Rashidas Stimme. Es ging um mehr. Und dieses Mehr war es, das ihre Nerven flattern ließ.

Noch eine Station. Automatisch stand sie auf. Die Tram kam zum Stehen.

»Verzeihung, ist das die Haltestelle Kirche Fluntern?«, fragte sie ein älterer Herr mit Blindenstock. Olivia bejahte und wartete, bis er vorsichtig ausgestiegen war. Auch einer Mutter mit Kleinkind ließ sie den Vortritt. Als außer ihr niemand mehr aussteigen wollte, sprang sie gerade noch hinaus, bevor sich die Türen schlossen. Die Tram ruckelte weiter. Der blinde Mann schwang seinen Stock hin und her, regelmäßig wie ein Metronom. Olivias Füße aber fanden den Takt nicht. Wie angewurzelt stand sie da, nur ihr Blick wanderte über die Häuserfassade und die Apotheke vor ihr. Hinauf in den Himmel, der in verschiedenen Grautönen vom angekündigten Schnee erzählte. Hinab Richtung Stadtzentrum, dorthin, von wo sie gekommen war. Sie schaffte es noch nicht einmal, sich umzudrehen und die Straße entlangzugehen, die hinter ihrem Rücken lag. Olivia umschlang ihren Oberkörper. Aber weder Übelkeit noch Nervosität nahmen dadurch ab. Eine Tasse Tee würde ihr jetzt guttun, in ihrem WG-Zimmer. Auf der Gitarre ihre Ängste wegklimpern. Der Gedanke überfiel sie völlig unerwartet und sie schämte sich dafür. Aufgeben, bevor sie überhaupt begonnen hatte? Konnte sie nicht auch bei Erika Tee trinken? Aber als eine Tram auf der gegenüberliegenden Straßenseite anhielt, senkte sie den Kopf, stieg ein und fuhr den Berg wieder hinunter.

Das Glockenspiel über dem Eingang des Geschäfts klingelte höhnisch, als Olivia die Tür zuzog.
Nein.
Nein. Nein. Nein.
Überall dieselbe Antwort. Verdrossen trat sie gegen einen grauen Schneebrocken, der sich als Matsch entpuppte und ihre alten Sneakers durchnässte. Winterschuhe. Daran hatte sie nicht gedacht.

Sie suchte den Himmel über Zürichs Niederdorf vergeblich nach einem Flecken Blau ab, einem verirrten Sonnenstrahl, aber die dunklen Wolken lagen zäh und undurchdringbar über der Stadt. Die Tasche mit den ausgedruckten Lebensläufen drückte ebenso schwer auf ihre Schulter wie das Grau um sie herum auf ihr Gemüt. Die Bilanz des heutigen Morgens war genauso entmutigend wie die der letzten Tage: Weder eines der zahlreichen Restaurants oder einer der Kleiderläden noch der Ramschladen oder das Süßwarengeschäft benötigten eine Arbeitskraft ohne relevante Ausbildung.

Ein kalter Windstoß zerzauste Olivias Locken. Mechanisch drehte sie sie zusammen und steckte sie in den Kragen, entschied dann aber doch, dass die Haare einen gewissen Schutz gegen die Kälte boten, und ließ sie wieder frei.

Sie versuchte im Kopf auszurechnen, wie lange ihre Ersparnisse reichen würden. Das Zimmer in der Wohngemeinschaft, in dem sie seit ihrer Rückkehr vor zwei Wochen wohnte, riss trotz des verhältnismäßig niedrigen Preises ein Loch in ihren Geldbeutel. Zwei, drei Monate, dann stünde sie ohne Geld da. Und dann? Ihre sonst ansteckende Fröhlichkeit vermochte ihre Mundwinkel heute nicht nach oben zu ziehen. Es gab nichts zu lachen. Sie krümmte die Zehen, um der Kälte und Nässe, die mittlerweile durch die Socken gedrungen waren, zu entkommen. Aber das nützte kaum etwas. Ihr ganzer Körper sehnte sich nach Sonne und Wärme, nach kristallklarem Wasser. Nach den bunten Fischen, die vor ihrer Taucherbrille hin und her glitten. Ihre Gedanken glitten zu Rash, und Salz brannte in ihren Augen. Die Zeit im Paradies war vorbei.

Die Menschenmasse um sie herum schien sich plötzlich zu verdoppeln. Ein Blick auf die Uhr verriet ihr, dass dem arbeitenden Volk die Mittagspause bevorstand. Wie Ameisen wuselten die Leute in geordnetem Chaos durch die Gasse, eingepackt in warme Jacken, dicke Schuhe und Wollmützen. Wie es sich gehörte für einen Februar in der Schweiz. Kopf runter, Schultern hoch. Als wollten sie alle mit dem Schädel durch die Wand. Das konnte sie auch. Entschlossen zog sie den Reißverschluss des dünnen Anoraks bis unter das Kinn und reihte sich in die Marschkolonne ein. Noch hatte sie nicht alle Register gezogen.

Der Wind trieb sie wie eine leere Mülltüte vor sich her, vorbei am Hirschenplatz, wo sie gestern bei zwei Hotels, einem Schuhgeschäft und sogar bei der Wurstbude abgeblitzt war. Im Restaurant wurde sie als unterqualifiziert für die Stelle als Servierkraft eingestuft und als überqualifiziert für die Stelle als Tellerwäscherin. Überqualifiziert. Konnte nicht jeder Teller waschen? Mit den Zähnen riss sie an der trockenen Haut ihrer Lippen, bis sie Blut schmeckte.

Der Geruch kündigte ihr Ziel an, bevor sie es überhaupt sah. Unterste Kategorie. Das gelbe M leuchtete ihr fröhlich entgegen. Vor dem McDonald's sammelte sich eine Traube Jugendlicher und Junggebliebener, die in ebendiesen Geschäften des Niederdorfs arbeiteten, die ihre Hilfe nicht benötigten. Ganz schlechtes Timing. Aber ihr linkes Bein schmerzte vom vielen Laufen und in diesem Moment begann der graue Himmel zu weinen, ohne sich entscheiden zu können, ob Schnee oder Regen an der Reihe war. Sie seufzte tief auf und beschloss, wenigstens einen Bewerbungsbogen zu ergattern und in der Wärme des Restaurants auszufüllen.

Die Menschen drängten sich vom Eingang bis zu den Kassen. Verloren stand sie ein paar Minuten in der Schlange. Dank ihrer Größe konnte sie über die meisten hinwegsehen und erspähte schließlich an der am weitesten von ihr entfernten Wand die Broschüren und Bewerbungsbögen. Warum sollte es auch einfach sein? Sie pustete sich eine Haarsträhne aus dem Gesicht, nur um gleich darauf die Haare der Frau vor ihr einzuatmen, die schrill lachend den Kopf nach hinten warf. Olivia versuchte, mehr Abstand zu schaffen, aber sie war eingeschlossen. Ihre Kehle schnürte sich zu, das Blut rauschte laut in ihren Ohren. Die altbekannte Platzangst stülpte einen dunklen Sack über sie. Hektisch strich sie sich erneut über das Gesicht, unterdrückte mühsam ihren Reflex, alle Umstehenden wegzustoßen und davonzurennen. Ihr Herz raste und sie wollte schreien, schreien, weg, einfach rennen und konnte sich doch nicht bewegen. Kontrolle, sagte sie sich. Ein heiseres Piepsen entschlüpfte ihrer Kehle. Kontrolle. Als die Frau vor ihr in der Schlange aufrückte, blieb Olivia stehen, schaffte sich Platz, um durchzuatmen und sich verstohlen die kleine Träne aus dem Auge zu wischen. Dann schob sie sich rückwärts, sich nach allen Seiten hin entschuldigend, aus dem Lokal. Der Bewerbungsbogen konnte warten. Jetzt wollte sie nur noch nach Hause. Nach Hause. Wie seltsam das klang. Wie schnell man sich doch mit einigen Sachen arrangieren konnte, während andere, unwiderruflich zerstörte nicht aufhörten, einen mit Gedanken und Erinnerungen zu torpedieren.

Der feine Regen hatte die meisten Menschen von der Straße vertrieben. Wer noch unterwegs war, hastete unter einem aufgespannten Regenschirm die Gasse entlang. Ein weiteres Ding, das Olivia in den vergangenen vier Jahren nicht gebraucht und daher auch nicht dabeihatte. Sie schrieb sich eine mentale Notiz, möglichst bald einen zu kaufen. Kurz blieb sie stehen und steckte ihre klammen Hände in die Ärmel der Jacke, um sich zu wärmen. Und um das Zittern zu beruhigen. Eine Schirmträgerin rempelte sie an, murmelte eine Entschuldigung und hastete weiter. Olivia drehte sich um; sie sah einen roten, einen blaugrün karierten und einen hellblauen Regenschirm hinter sich, Farbtupfer im Nachmittagsgrau. Ohne recht zu wissen, weshalb, wartete sie, obwohl der feine Nieselregen sich verwandelte, die Tropfen größer und größer wurden. Ein unbestimmtes Gefühl kratzte in ihrem Nacken. Die Leute liefen an ihr vorbei, dahinter tauchten neue bunte Tupfer auf. Nichts Außergewöhnliches. Und doch beschleunigte sich ihr Puls, der sich gerade erst beruhigt hatte, erneut; hart klopfte ihr Herz in der Brust. Sie schüttelte den Kopf, verärgert über sich selbst, strich sich die nassen Haare aus dem Gesicht. Das Gefühl blieb. Unangenehm. Rasch setzte sie sich in Bewegung und joggte, soweit es ihr schmerzendes Bein zuließ, zu ihrer Wohnung, nicht ohne sich immer wieder umzudrehen.

Nach einer langen Dusche, mit der Olivia versuchte, sowohl den Gestank nach Fast Food aus ihren Haaren zu waschen als auch ihre zu Eisklumpen erstarrten Glieder wieder zum Leben zu erwecken, saß sie mit gekreuzten Beinen im grünen Plüschsessel ihrer Vormieterin vor dem Fenster und starrte gedankenverloren in die Dämmerung hinaus. Draußen auf dem kleinen Platz, der keinen Namen trug, spiegelte sich blass das orange Licht der Straßenlampe auf dem nassen Boden. Die wenigen Schneehäufchen, die noch vom Temperatursturz der letzten Woche zeugten, würden sich diese Nacht verflüssigen. Ein paar verspätete Mütter holten ihre Kinder aus der Krippe an der Ecke ab, versteckten sie in den Kinderwagen unter Lagen aus Decken und Regenüberzügen, bevor sie die Kleinen im Eilschritt nach Hause rollten. Ein großer Bruder – oder eine große Schwester, schwierig festzustellen bei der Kapuze der gelben Öljacke, die den Kopf verbarg – warf noch eine Handvoll Steine in den Brunnen ohne Wasser, ehe er – oder sie – der Kinderwagenkarawane nachlief. Die Bäume, die den Platz umsäumten, streckten ihre kahlen Äste Krähenfüßen gleich in den dunkelgrauen Himmel und winkten ihr im leichten Wind zu. Als Kind hätte sie Albträume davon bekommen. Jetzt aber war sie ein großes Mädchen, fünfundzwanzig Jahre alt. Auch so seltsame Einbildungen wie vorhin auf der Straße konnten ihr keine Angst mehr einjagen. Sie hatte schon Schlimmeres erlebt.

Die Heizung bollerte friedlich und sie hörte ihre Mitbewohnerinnen Anja und Svenja im Wohnzimmer nebenan leise diskutieren. Hanni und Nanni, wie sie die beiden heimlich nannte, waren eineiige Zwillinge und einander so ähnlich, dass sie sogar den selben Studiengang gewählt hatten: Ingenieurinformatik. Kein Thema, bei dem es sich zu lauschen lohnte. Sie dachte an ihre eigene kurze Zeit an der Uni zurück. Sie hatte Soziologie als Studienfach gewählt, nachdem sie, wie in der Schweiz üblich, mit beinahe zwanzig ihre Abiturprüfungen abgelegt und zu ihrer Verwunderung auch bestanden hatte. Aber bereits nach zwei Semestern hatte sie die Uni gegen die große, weite Welt eingetauscht. Olivia bezweifelte, dass sie mit einem Abschluss in Soziologie jetzt besser dastehen würde. Aber vielleicht wären die letzten paar Jahre ruhiger verlaufen, hätte sie brav die Schulbank gedrückt, statt rastlos von einem paradiesischen Ort zum nächsten zu reisen. Hätte, wäre, vielleicht. Stand das Leben nicht immer im Konjunktiv?

Sie gähnte herzhaft, wuchtete sich aus dem Sessel und massierte sich das linke Bein. Der komplizierte Oberschenkelbruch vor vielen Jahren hatte eine lange Narbe hinterlassen. Innerlich wie äußerlich. Das leichte Hinken war ihr je nach Tagesform wenig bis kaum mehr anzusehen, aber heute hatte selbst das heiße Wasser die Schmerzen nicht vollständig auflösen können. Olivias Blick huschte zu der Packung Schmerzmittel, die auf dem Nachttisch lag, exakt parallel zu dessen Kante, aber ihr Verstand unterdrückte den Impuls sofort. Kontrolle. Vielleicht später, tröstete sie sich und strich eine imaginäre Falte aus dem Kopfkissenüberzug.

Ihr Zimmer war das kleinste der Wohnung, knappe fünfzehn Quadratmeter, die ihr als Schlaf- und Wohnzimmer dienten. Denn auch wenn ihre Wohngenossinnen einen netten Eindruck machten und sie sogar hin und wieder in der Küche ein paar Floskeln austauschten, war sie doch am liebsten allein. Außer dem Einbauschrank, dem penibel aufgeräumten Schreibtisch, ihrem Bett mit der meerblauen Decke und dem grünen Plüschsessel standen keine Möbel in dem Zimmer, sodass es größer aussah, als es war. An einer Stelle des Parkettbodens fehlte ein Holzteil, sie war schon öfters mit dem großen Zeh in dem Loch hängen geblieben. Sie sollte einen kleinen Teppich dafür kaufen. Einen weichen, flauschigen.

Zwischen dem Tisch und dem Sessel lehnte ihre Gitarre an der Wand. Rashs Gitarre, die jetzt ihr gehörte. Wie jedes Mal, wenn ihr Blick darüberfuhr, überwältigte sie das Bedürfnis danach, über die Saiten zu streichen, um sich zurück zu Rash zu spielen, die Erinnerungen aufleben zu lassen an die Zeit, in der sie glücklich gewesen war. Jede gezupfte Saite ein Gedanke an ihre Schwester, hatte Rash das nicht gesagt? Olivia atmete tief durch die Nase ein und langsam durch den Mund wieder aus, um den Druck in ihrer Brust zu lindern. Neben dem Instrument war die Fotografie im Großformat, die an der Wand über ihrem Bett hing, das einzig wirklich Persönliche in dem Zimmer: ein Blaupunktrochen, der majestätisch über ein Korallenriff hinwegschwebte. Genau dort wollte sie jetzt am liebsten wieder sein. Aber sie hatte das Paradies verlassen. Und war hierher zurückgekommen. Freiwillig. Darüber wunderte sie sich immer noch. Sie hätte an jeden anderen Ort der Welt reisen können, schweigender Atlas hin oder her.

Und doch. Sie war gekommen. Rash hatte ihr eine Aufgabe gestellt: sich mit Erika zu versöhnen. Sie würde es tun. Das war ihr fester Vorsatz. Aber sie hatte keine Ahnung, wie sie diese Aufgabe in Angriff nehmen sollte. Die Jahre bei ihren Großeltern hatten eine schwärende Wunde hinterlassen. An den Gedanken, den alten Verband zu lösen und die Wunde heilen zu lassen, musste sie sich erst gewöhnen. Sie brauchte Zeit. Und Mut, denn es würde wehtun.

Es war nun finster draußen. Das Fenster warf Olivias Spiegelbild zurück ins Zimmer, bleich und ratlos.

Als das Telefon klingelte, hörte das Gespräch nebenan abrupt auf. Olivia wartete, dass entweder Svenja oder Anja abnehmen würde, aber das altmodische Ring-Ring spielte unbeirrt weiter. Erst nach einigen Sekunden dämmerte ihr, dass es ihr eigenes Telefon war. Es steckte in der Jackentasche draußen in der Garderobe. Sie riss die Tür auf und stieß beinahe mit Hanni – oder war es Nanni? – zusammen, die ihr vorwurfsvoll das Handy in die Hand drückte.

Der Anrufer hatte inzwischen aufgegeben. Die angezeigte Nummer sagte ihr nichts, war keine der wenigen, die sie gespeichert hatte. Schon gar nicht die von Daniel, diesem Typen, den sie letzte Woche im Klub kennengelernt hatte und der fast jeden Tag anrief. Lieber Kerl eigentlich, aber unfähig, die Botschaft zwischen den Zeilen herauszuhören. Sie wollte nichts von ihm. Es war eine einmalige Sache gewesen. Zweimalig, um genau zu sein. Olivia lächelte kurz in sich hinein. Nett war es schon gewesen. Aber sie war nicht auf der Suche nach einer festen Beziehung. Gerade als sie das Telefon akkurat neben den Schreibblock auf ihren Tisch legte, klingelte es erneut. Dieselbe Nummer. Ihre Hand schwebte kurz unentschlossen in der Luft, dann drückte sie auf Annehmen.

»Hallo?«

»Oh, hallo? Spreche ich mit Frau Steiner? Olivia Steiner?«

»Falls Sie mir etwas verkaufen wollen – vielen Dank, aber ich habe kein Interesse.« Freundlich, aber bestimmt. Die Leute machten auch nur ihren Job. Aber jetzt wollte sie auflegen.

»Nein, nein, überhaupt nicht, bitte!« Das nervöse, aber charmante Lachen ließ sie innehalten und der Anrufer ergriff sofort die Gelegenheit, weiterzureden. »Mein Name ist Professor Doktor Edelmann, bitte verzeihen Sie die späte Störung. Ich rufe im Auftrag der Eidgenössischen Technischen Hochschule Zürich, der ETH, an. Vielleicht erinnern Sie sich sogar noch an mich?« Ein Funke Hoffnung lag in seiner Stimme, als ob ihm das Erkennen bei der nächsten Frage zugutekommen könnte.

Olivia legte den Kopf schief und durchsuchte das Personenregister in ihrem Kopf nach dem Namen. Seine warme Stimme legte sich wie eine weiche Decke um sie, sie kannte diese Stimme, konnte sie aber niemandem zuordnen. Mit echtem Bedauern antwortete sie: »Tut mir leid, ich habe keine Ahnung, wer Sie sind.«

Wieder ein nervöses Lachen. »Nicht so schlimm. Unser letztes Treffen ist schon sehr lange her, verstehen Sie? Ich war der Assistent Ihres Vaters, während seiner Zeit als Leiter der entomologischen Sammlung der ETH. Vor fünfzehn, sechzehn Jahren.«

Olivia wollte sich hinsetzen, das Telefon abschütteln wie eine giftige Spinne, die sie ins Ohr gebissen hatte. Aber das Gift fing schon an zu wirken, floss ihre Wirbelsäule hinab und lähmte sie. »Ich erinnere mich nicht«, war das Einzige, was sie herauspressen konnte.

Professor Doktor Edelmann schien ihre Erstarrung nicht zu bemerken. Nach dem zaghaften Anfang war der Damm gebrochen und sein Redeschwall ergoss sich unaufhaltsam über sie. »Es tut mir natürlich sehr leid, dass Sie Ihre Eltern so früh verloren haben. Ich habe Ihren Vater sehr geschätzt, und auch Ihre Mutter, deren Bekanntschaft ich ebenfalls machen durfte. Sehr anständige Leute, ganz und gar der Wissenschaft verschrieben.« Er räusperte sich kurz. »Was mich zum Grund meines Anrufs führt.«

Sie wollte ihn fragen, wo er ihre Telefonnummer herhatte, aber ihr Mund war zu trocken.

»Ich wurde von der ETH angefragt, anlässlich des fünfzehnten Todestags in diesem Jahr ein Interview mit Ihnen zu führen. Über Ihre Eltern, verstehen Sie?«

Mit aller Kraft riss sie sich aus ihrer Erstarrung. Die warme Decke fiel von ihr ab. »Ich weiß nicht, wer Sie sind und woher Sie meine Nummer haben. Aber ich kann Ihnen nicht helfen. Tut mir leid.«

André Edelmann bewegte das Telefon im Licht der Stehlampe hinter ihm hin und her, als ob er das Gespräch so wieder aufnehmen könnte. Erstaunt verzog er den Mund. Es würde schwieriger werden, Olivias Vertrauen zu gewinnen, als er gedacht hatte. Aber warum sollte auch einmal etwas einfach sein! Sein ganzes Leben war ein wahrer Hindernislauf gewesen, angefangen mit seinen Eltern, die ihn kein bisschen unterstützt hatten bei seinem frühen Wunsch, ein berühmter Forscher zu werden. Insekten hatten es ihm seit jeher angetan, insbesondere die Lepidoptera, die Schmetterlinge. In der verletzlichen Schönheit dieser Wesen sah er eine Wiedergutmachung für seine Kindheit, für all das, was er sich gewünscht und nie bekommen hatte: Aufmerksamkeit, hauptsächlich. Anerkennung. Achtung. Die wunderbare Metamorphose einer unscheinbaren Raupe in einen prachtvollen Schmetterling hatte er als Omen für sein eigenes Leben angesehen. Die Schmetterlinge waren der fragile Preis, nach dem er immer gestrebt hatte. Und auch der war ihm nicht vergönnt gewesen. Bis jetzt. Er starrte die Wand mit seinen Schätzen an, sein Finger schwebte erneut über der Anruftaste. Aber er ließ es sein. Geduld. Nichts überstürzen. Er war gut vorbereitet, besser als damals. Damals waren ihm die Emotionen dazwischengekommen. Natürlich hatte er sie genossen, diese Freundschaft, vor allem die zu Sandra, Olivias Mutter. Wunderschöne Sandra! Diese roten Haare! Aber sie hatte ihn abgelenkt, die Gefühle zu ihr hatten ihn abgelenkt von seinem Ziel. Ein unverzeihlicher Fehler. Ein weiteres Hindernis in seinem Leben, so hoch wie diese Böcke, über die er im Turnunterricht nie hatte springen können. Aber jetzt war seine Zeit gekommen. Olivia würde ihn zu diesem einen besonderen Schmetterling führen und er würde ihn seinen rechtmäßigen Besitzern zuführen. Er. Der Gedanke elektrisierte ihn. Er warf einen letzten Blick an die Wand und schaltete die Stehlampe aus.

Der Himmel über Zürich strahlte hellblau wie frisch gewaschen, als Olivia einige Tage später nach einem Termin im Jobcenter durch die Altstadt spazierte. Was so ein bisschen

Sonne doch ausmachte! Trotz der anhaltenden Pechsträhne fühlte sie sich heute wieder mehr wie sie selbst. Sie würde es so angehen wie immer: sich treiben lassen und darauf vertrauen, dass sich alles zum Guten wendete. Auch den Besuch bei Erika konnte sie nicht erzwingen; sie war noch nicht bereit dafür. Der richtige Zeitpunkt würde kommen. Diese Einsicht zauberte ihr ein Lächeln aufs Gesicht.

»Ronja Räubertochter?«

Wie witzig. Da trug ein Mädchen denselben Spitznamen wie sie früher. Sie schaute sich verstohlen um, aber die Gasse, durch die sie lief, war so gut wie menschenleer. Kein Mädchen weit und breit. Außer ihr. Ein Stück hinter ihr ein dunkelhaariger junger Mann, der ebenfalls stehen geblieben war. Hatte er gerufen? Schon wollte sie weitergehen, da hielt sie etwas zurück. Nur ein Mensch konnte sie so genannt haben. War das möglich? Ihr Herz schlug eine Spur schneller.

»Olivia?« Der junge Mann kam näher. Schwarze Strähnen fielen ihm in die Stirn, die blauen Augen blitzten fragend darunter hervor. Das Lächeln, das sich zögerlich über die feinen Züge seines Gesichts ausbreitete, hatte sich in all den Jahren nicht verändert. Schelmisch. So schmächtig und klein er damals gewesen war, so schmal und groß war er heute. Sie selbst war mit ihren 1,83 Metern schon alles andere als klein, aber er schien sie noch um ein paar Zentimeter zu überragen.

»Tom!« Sie musste lachen, ungläubig irgendwie und dennoch einfach glücklich, und verlagerte das Gewicht auf das rechte Bein, um dem sich anschleichenden Schmerz keine Angriffsfläche zu bieten.

»Ich wusste es!«, triumphierte Tom. »Deine roten Haare würde ich in jeder Menschenmenge erkennen.«

Reflexartig griff sie sich an den Kopf. Selbst nach so vielen Jahren? Ein lang verlorenes Gefühl der Verbundenheit erfüllte

Olivia. Sie ging einen Schritt auf ihn zu, dann noch einen, und schließlich drückte sie ihn fest an sich.

»Es ist wirklich schön, dich zu sehen, alter Freund.«

Tom hatte sie in ein Café geführt, das Olivia auf ihren Streifzügen durch das Niederdorf noch gar nicht aufgefallen war. Mittlerweile bei der zweiten Tasse Tee angelangt, erzählte Olivia von ihrer vergeblichen Suche nach Arbeit. Sie gab die eine oder andere Anekdote zum Besten, die sie dabei erlebt hatte, musste sogar mehrmals unbändig lachen. Im Rückblick wirkte alles nur halb so schlimm. Zum Schluss streckte sie kapitulierend die Hände in die Luft. »Und bis hierhin bin ich gekommen.« Sie nahm die Kaffeekarte aus dem Block in der Tischmitte, glättete ein Eselsohr, steckte die Karte sorgfältig zurück und richtete die beiden Blöcke mit Getränke- und Menükarten exakt parallel zueinander aus. Als sie aufsah, begegnete sie Toms ungläubigem Kopfschütteln.

»Ich kann immer noch nicht fassen, dass wir uns getroffen haben, einfach so! Zufall!« Er strich sich eine Haarsträhne aus den Augen, die sofort wieder zurückfiel. »Wo warst du all die Jahre bloß?«

Die Menükarte steckte nicht zu hundert Prozent richtig im Block. Olivia nahm auch sie heraus, faltete sie neu und steckte sie zurück.

»Hier und dort.« Sie lächelte vage. Ihr Vagabundenleben löste bei den meisten Leuten Kopfschütteln aus; Unstetigkeit wurde eben doch immer noch gern mit Faulheit gleichgesetzt, damit, keinen Bock auf Arbeiten zu haben, damit, kein Steuer zahlendes, Müll trennendes, Feierabendbier trinkendes Mitglied der anständigen Gesellschaft zu sein. Erika sah das auf alle Fälle so. Auch bei ihrem besten Freund aus Kindertagen wartete sie deshalb lieber erst einmal ab. Die Zeit veränderte die Menschen. Insgeheim aber hoffte Olivia, dass er der Alte geblieben war, sie hoffte es so sehr. Ihr Tom. Sie legte ihren Kaffeelöffel rechtwinklig zum Tassenhenkel auf das Tellerchen darunter.

»Und wo arbeitest du?«, lenkte sie die Aufmerksamkeit auf Tom, der den Faden sofort aufnahm.

Er machte eine ausschweifende Handbewegung. »Hier.«

Olivia folgte der Einladung, sich umzuschauen. »Hier?« In dem kleinen Café standen – sie zählte kurz durch – acht Tische drinnen plus vielleicht zwei, drei draußen, in den warmen Monaten. Gemütlich würde sie es nicht nennen. Eher modern. Kreativ. An den Wänden hingen abstrakte Ölbilder in wilden Farben, mit denen nicht gespart worden war. Statt mit einem Pinsel schienen sie direkt mit dem Spachtel auf die Leinwand gekleistert. Es gab Bilder in allen Größen. Das größte hing hinter ihnen und nahm beinahe die gesamte Wand ein. Sie drehte sich zu ihm um und betrachtete es genauer. Es könnte eine gigantische Sonne in Rot und Orange darstellen, die in einem schmalen Streifen Blau versank. Sie verstand nichts von Kunst, aber die Bilder strotzten vor Energie, und das gefiel ihr. Auf der Kommode neben der Tür, die laut dem Hinweisschild darüber zu den Toiletten führte, standen einige ziemlich verdrehte Skulpturen. Beim Eintreten war sie an der Kuchentheke vorbeigegangen, ohne sie weiter zu beachten. Jetzt sah sie sich die sechs Torten darin an und die kleinen Backwerke, die von ihrem Platz aussahen wie Brownies. Sie liebte Brownies. Wer nicht?

Olivia richtete ihren Blick wieder auf Tom. Der grinste sie an, und für einen kurzen Moment fühlte sie sich zurückversetzt in jenen Tag im Kindergarten, an dem sie nach den Osterferien neben einem Neuen im Stühlchenkreis gesessen hatte. Akkurat seitengescheitelte schwarze Haare, blaue Augen, die hinter der

Brille kleiner aussahen, als sie in Wirklichkeit waren. Tom hatte damals wohl geahnt, dass er zur Zielscheibe des Spotts der kleinen Halbstarken werden würde, und hatte deshalb versucht, sich durch hochgezogene Schultern unsichtbar zu machen. Sie hatte ihn freundlich begrüßt, woraufhin ein Lächeln sein feines Gesicht erhellt hatte. Noch bevor er ihr antworten konnte, hatte sie sich bereits vorgenommen, den Neuling unter ihren Schutz zu stellen. An jenem Tag hatte ihre Freundschaft begonnen.

»Hier?«, wiederholte sie. »Bist du ... Kellner?«

Tom lachte hell. »Koch, Bäcker und Mitinhaber.«

Olivia schürzte anerkennend die Lippen. Bevor sie aber etwas dazu sagen konnte, kamen mehrere Leute in das Café. Tom sprang auf, nahm die Bestellungen entgegen, bereitete Kaffee und heiße Schokolade zu. Alles ruhig und routiniert, wie Olivia fasziniert beobachtete. Durch Souveränität hatte der schüchterne Junge damals nicht geglänzt. Sie lächelte still, voller Freude über Toms Entwicklung und überhaupt über dieses unerwartete Wiedersehen.

Das Café füllte sich, es dauerte noch weitere zehn Minuten, bevor sich Tom wieder zu ihr an den Tisch setzen konnte. Er pustete sich eine Haarsträhne aus dem Gesicht. »Wie du siehst, können wir noch Unterstützung brauchen. Meine Schwester konzentriert sich immer mehr auf ihre künstlerische Karriere und hilft mir dementsprechend wenig.« Er deutete auf die Bilder an der Wand.

»Das hat alles deine Schwester gemalt?« Das Bild an der Wand ihr gegenüber schien einen Affen im Urwaldgrün darzustellen. Soweit sie dies erkennen konnte, jedenfalls. Was auch immer es war, es sah so lebendig aus, als würde es jeden Moment aus dem Rahmen springen. Faszinierend und beklemmend zugleich.

Tom nickte. »Ja, die sind alle von ihr. Wir laden Künstler ein, ihre Kunstwerke hier auszustellen und anzubieten, aber der Februar hat kurzfristig abgesagt. Also ist sie sozusagen eingesprungen. Wir organisieren auch Lesungen. Konzerte wären nicht schlecht, aber dafür haben wir zu wenig Platz. Keine gute Akustik.«

Olivia nickte, hörte aber nur mit einem Ohr zu. Hatte Tom ihr eben einen Job angeboten?

»… deswegen heißt das Café MokkArt.« Er lehnte sich zurück, die Arme hinter dem Kopf verschränkt. Tiefenentspannt. Hatte er ihr nun eine Arbeit angeboten? Es kribbelte in ihrem Bauch und in ihrem Finger. Sie unterdrückte den Impuls, auch seinen Kaffeelöffel nach ihrem Verständnis von Harmonie auszurichten, und sah ihn fragend an. Sag was, bat sie im Stillen.

Und tatsächlich. »Hättest du Interesse? Es wäre nur Bedienung, aber zumindest als Überbrückung?«

Erleichtert brach sie in ein ungestümes, kehliges Lachen aus. »Natürlich, das wäre wunderbar!«

Olivia bändigte ihre Haare mit einem Tuch, das sie sich mehrmals um den Kopf schlang, dann tauschten sie Telefonnummern. Tom nahm einen Brownie aus der Vitrine und reichte ihn ihr.

»Spezialität des Hauses«, erklärte er. Das Wasser lief ihr bereits vom Duft im Mund zusammen, schokoladig, deftig schokoladig. Am liebsten würde sie sofort hineinbeißen. Ein kleines Mädchen drückte Mund und Nase gegen die Scheibe der Vitrine und trat Olivia auf den Fuß.

»Pass doch auf«, murmelte sie irritiert und rückte von dem Kind ab, nicht ohne ihm noch einen bösen Blick zuzuwerfen. Tom hingegen nahm seelenruhig einen Lappen und putzte das Glas, nicht ohne mit der sich entschuldigenden Mutter ein paar freundliche Worte zu wechseln. Er war eben schon immer der besonnenere von ihnen beiden gewesen

Olivia schlenderte, noch einige der Gemälde betrachtend, zum Ausgang. Sie konnte ihr Glück kaum fassen. Endlich hatte sie Arbeit. Und noch dazu hatte sie ihren alten Freund wiedergetroffen. Nach so vielen Jahren! Hoffentlich würde die alte Vertrautheit zwischen ihnen wieder aufleben; wie wunderbar wäre es, wieder jemanden zu haben, mit dem sie über alles sprechen konnte. Das vermisste sie. In Wahrheit vermisste sie Rash. Aber Rash würde sie nie wiedersehen. Der Schmerz holte sie ein, breitete sich wieder brennend in ihr aus. Rasch biss sie in den saftigen Brownie, um ihn wegzudrängen, bevor er erneut ganz von ihr Besitz ergreifen konnte.

Als sie die Tür öffnete, kam ihr eine Frau entgegen. Der massige Körper steckte in knallroten Leggins, ebenso roten halbhohen Fransenstiefeln und einer mit geometrischen Formen übersäten lila-beigen Strickjacke. Beim Anblick der Bienenstockfrisur wäre selbst Amy Winehouse vor Neid erblasst. Abgerundet wurde das Bild von der Katzenaugenbrille, hinter der die gleichen blauen Augen hervorblitzten wie unter Toms dunklen Haarsträhnen. Als sie Valerie zuletzt gesehen hatte, war sie klein und mollig gewesen. Jetzt war sie groß und mollig. Eine Urgewalt. Exzentrisch bis zum Gehtnichtmehr. In ihrer Kindheit hatten sie wenig miteinander zu tun gehabt; die Freunde ihres kleinen Bruders Tom hatten sie nicht interessiert. Valerie hielt ihr höflich die Tür auf, offensichtlich ohne sie zu erkennen. Während Olivia sich an ihr vorbeiquetschte, blieb ihr buchstäblich die Luft weg.

KAPITEL 2

Welcher Platz war besser dafür geeignet, seinen Gedanken nachzuhängen, als der Zehnmeterturm? Tom inhalierte den Chlorgeruch und schlang die Arme um seinen feuchten Oberkörper. Es war kühl in der Halle und nach dem anstrengenden Training war er erschöpft. Trotzdem brauchte er jetzt noch ein paar Minuten für sich. Er setzte sich hin, ließ die Beine ins Leere baumeln und beobachtete, wie ein Teamkollege nach dem anderen zu den Duschen schlenderte. Sachte massierte er seine Oberschenkel; die Trampolinübungen waren ihm heute schwergefallen. Wurde er langsam zu alt fürs Turmspringen? Die Zeit, in der er an Meisterschaften teilgenommen hatte, war schon lange vorbei. Nun trainierte er nur noch aus zwei Gründen: für die zwei Sekunden Freiheit, die ihm jeder Sprung schenkte, das kurze Gefühl der Schwerelosigkeit, für den Augenblick, in dem Sorgen und Verpflichtungen verschwanden. Und für seinen großen Traum, von noch viel weiter oben zu springen.

Bernie, der Bademeister, schlurfte auf das Sprungbecken zu. »Ich schließe gleich, komm mal runter dort!«

Tom hob den Daumen, blieb aber sitzen. Er dachte an Olivia. Was für ein ungeheurer Zufall! Wann hatten sie sich zuletzt gesehen? Vor dreizehn, vierzehn Jahren. Oder war es noch länger her? Immer wieder hatte er an sie gedacht, als Kind, selbst noch als Jugendlicher. Er hatte sich gefragt, was wohl aus ihr geworden war. Dann, irgendwann, zu beschäftigt mit seinem Leben, waren die Gedanken an sie immer seltener geworden. Und nun liefen sie sich vor seinem Arbeitsplatz in die Arme. Es hatte ihn kurz geschmerzt, dass sie ihn nicht sofort erkannt hatte, aber an ihm war auch nichts so Auffälliges wie die kupferrote Lockenpracht von Olivia. Er strich sich die nassen Haare aus der Stirn und rieb sich die Gänsehaut von den Oberarmen. Er hatte sie den ganzen Nachmittag nicht mehr aus dem Kopf bekommen, seine Ronja Räubertochter. Das wilde Mädchen aus der studierten Familie, wie sie seine Mutter, selbst Dorffriseuse, naserümpfend genannt hatte. Die Kindergartenliebe, die ihn vor den anderen Kindern beschützt hatte. Obwohl sie ein Jahr jünger war als er, hatte sie damals schon alle anderen überragt. Aus dem rotzfrechen Mädchen, das sich von niemandem den Mund hatte verbieten lassen, war eine hübsche Frau geworden. Nicht viel kleiner als er, schlank. Fast ein wenig zu schlank. Die Augen von solch einem intensiven Blau, dass er sie einfach anstarren musste, dass er drohte, in ihnen zu versinken. Ihre Locken umgaben sie wie eine Wolke aus gesponnenem Karamell. Bestimmt hatte er sich das eingebildet – schließlich hatten sie in einem Café gesessen –, aber sie schien nach gebranntem Zucker zu duften.

Die Stupsnase war Stupsnase geblieben. Das unbändige Lachen auch, nur etwas heiser hatte es geklungen, als wäre es in letzter Zeit nicht oft zum Einsatz gekommen. Die zerrissene Jeans, die ausgelatschten Sneakers und das verblichene Halstuch mit Ornamentmuster hatten hingegen wenig gemeinsam mit ihrem früheren Kleiderstil, passten aber viel besser zu ihrem Charakter. Wie sie immer geflucht hatte über ihre Strumpfhosen und die Röcke, die sie am Klettern gehindert hatten. Tom lachte leise. Dann zog er die Stirn kraus. Im Gegensatz dazu erstaunte ihn, wie sie heute auf das kleine

Mädchen vor der Kuchenvitrine reagiert hatte. Ja, es hatte Speichel- und Fettflecken auf der Scheibe hinterlassen, aber doch nur, weil es den Kuchen bestaunen wollte, und es war doch bloß ein Kind!

Olivias Facebook-Account, in dem er nach Feierabend ein bisschen herumgeschnüffelt hatte, war für die ganze Welt einsehbar. Es gab zwar keine persönlichen Angaben wie Geburtstag, Aufenthaltsort oder Familienstand, keine Fotos von Urlauben oder Sonnenuntergängen, keine Katzenvideos, keine Selfies, abgesehen von dem unscharfen Profilbild, auf dem außer roten Haaren kaum etwas zu erkennen war. Aber in ihrem letzten Eintrag vor zwei Wochen hatte sie darüber informiert, dass sie wieder in Zürich sei und Arbeit suche. Aus dem Grund hatte sie ihre Telefonnummer angegeben. Davor gab es im Abstand mehrerer Monate nur einige Posts, eher dafür gedacht, Freunde und Familie darüber zu informieren, dass sie noch lebte, als Details aus ihrem Leben breitzutreten. Trotzdem, ihre Handynummer auf einer allen zugänglichen Seite! Olivia schien nicht viel Ahnung von Social Media zu haben. Vielleicht sollte er ihr erklären, was es mit der Privatsphäre bei Facebook auf sich hatte.

»Muss ich die Feuerwehr anrufen, damit sie dich runterholen?«, brüllte Bernie. Tom schreckte aus seinen Gedanken. Unbeholfen rappelte er sich auf, die Beine eiskalt. Er liebäugelte mit der Leiter, entschied sich dann aber angesichts der vor Kälte und Trampolinstrapazen zitternden Muskeln gegen die Kraxelei. Außerdem – einmal auf dem Turm, gab es nur eine Option. Er rubbelte seine Unterschenkel warm, sprang ein paar Mal auf und ab. Bernie begann demonstrativ, im hinteren Teil die Lichter auszuschalten. Tom stellte sich vorn an die Kante und hob die Arme. Er schloss die Augen, seine Gedanken flogen zu den Klippen von Acapulco. Dort oben würde er eines

Tages stehen. Irgendwann. Er spürte den von der Sonne aufgeheizten Stein unter seinen Füßen, hörte das Kreischen der Möwen und den Applaus des Publikums, das Tosen der Wellen viele Meter unter sich. Adrenalin durchschoss ihn, ein Lächeln stahl sich auf sein Gesicht. Ein kurzer Ruck aus den Knien und er sprang ab, drehte einen einfachen Vorwärtssalto und schoss einer Pfeilspitze gleich ins Wasser. Als er auftauchte, lag die Schwimmhalle im Dunkeln.

Tom belegte gerade Brötchen, als Valerie in die Küche platzte. Er bemerkte eine lila Strähne in ihrer schwarzen Mähne, die sie heute zu einem lockeren Dutt hochgesteckt trug. Er deutete mit dem Messer darauf.

»Neu?«

Valerie hob die rechte Augenbraue und er nahm das Messer runter. Sie schaffte es selbst mit so wenig, dass er sich fühlte wie ein Kind.

»Was wolltest du mich gestern Dringendes fragen, *Chéri*?«, erinnerte sie an das Gespräch, das am Vortag durch einen Anruf ihres Kunstagenten unterbrochen worden war, der gerade für Valerie eine Ausstellung in Bern organisierte. Die Unterbrechung hatte Tom davon abgehalten, seiner Schwester von Olivia zu erzählen.

Jetzt legte er das fertige Brötchen zu den übrigen auf die Platte. Ohne auf die Frage einzugehen, schmierte er Butter auf die nächste Brötchenhälfte, packte ein Salatblatt und zwei Scheiben Schinken darauf und rundete das Ganze mit einem Klecks Honigsenfsoße ab. Zweite Brötchenhälfte drauf und ab auf die Platte. Nächstes Sandwich. Butter, Salat, Schinken, Soße. Valerie stand immer noch vor ihm, ihre Aufmerksamkeit galt allerdings mittlerweile ihrem Telefon. Er legte das Messer ab und nahm Anlauf, sie anzusprechen, stellte dann aber doch erst die volle Platte in die Vitrine. Es war kurz vor acht Uhr. Ein Schwall Zombies kam in den Laden. Sie versorgten sich hier mit ihrem Lebenselixier to go, bevor sie sich in den Schlund des Arbeitsalltags stürzten. Bei den meisten konnte weder die dicke Schicht Make-up noch der Lippenstift in allen möglichen Rottönen Unlust oder Müdigkeit verbergen. Auch Tom unterdrückte nur mit Mühe ein Gähnen. Er musste all seine Energie aktivieren, um mit dem Ansturm allein fertig zu werden, Croissant hier, Brötchen auf die Hand da, Kaffee mit Sojamilch, nicht zu heiß, Espresso mit einmal braunem Zucker, nein, doch zwei Päckchen bitte. Valerie telefonierte unterdessen in der Küche mit ihrem Kunstagenten, einem Interessenten oder einem Hersteller noch speziellerer Farbe oder Pinsel. Die Malerei war Mittelpunkt ihres Lebens. Zentrum ihres Denkens. Das Café erwirtschaftete das notwendige Geld. Und er war der Esel, der sich hauptsächlich darum kümmerte. Er musste sich bemühen, geduldig zu bleiben und sein Lächeln nicht zu verlieren.

Nachdem die graue Masse sich wieder aus dem Café geschoben hatte, blieben nur zwei kinderwagenbestückte Mütter, die wahrscheinlich schon seit Stunden wach waren. Auf jeden Fall orderten sie Gebäck und Kuchen in einer Menge, die eher an ein Mittagsbuffet erinnerte als an ein Frühstück.

Valerie war inzwischen umgezogen. Sie saß an einem der kleinen Tische – wohlweislich nach dem ganzen Stress. Er ließ einen Espresso einlaufen, bereitete einen schaumigen Latte macchiato für seine Schwester und setzte sich zu ihr. Ohne von ihrem Telefon aufzusehen, nahm sie den Kaffee entgegen und rührte um. Tom stürzte den Espresso in einem Schluck hinunter. Er löste das Haarband, das seine langen Haare aus dem Gesicht hielt und ließ sie über die Augen fallen. Aus diesem Versteck heraus betrachtete er Valerie. Die zwei Jahre Altersunterschied sah man ihnen seit seinem zehnten Lebensjahr nicht mehr an. Der langersehnte Wachstumsschub hatte ihn in Kürze auf ihre Größe katapultiert. Mittlerweile überragte er sie beinahe um einen Kopf. Während er aber schon als kleiner Junge sehr sportlich gewesen war, hatte sie immer gern gegessen. Unmöglich, die Anzahl all ihrer Diäten mit den vielversprechenden Namen zu rekonstruieren. Pünktlich am Tag der Eröffnung des MokkArt hatte sie den Gedanken ans Abnehmen zum Glück aufgegeben.

Trotz, oder vielleicht sogar genau wegen ihres Übergewichts war sie eine gut aussehende Frau. Warum sie sich jeden Tag das Gesicht mit Schminke zukleisterte, blieb ihm ein Rätsel. Weniger war mehr. Aber Valerie war immer schon ein bisschen zu viel von allem gewesen. Zu groß. Zu dick. Zu laut. Zu schrill. Was ihr bei ihrer Karriere als Künstlerin einen gewissen Vorteil verschaffte, da sie Gott und die Welt kannte. Einmal ins Gespräch gekommen, konnte sie jeden im Handumdrehen für sich einnehmen. Ein Charakterzug, der mit seiner eigenen Schüchternheit so viel gemeinsam hatte wie ein Kreis mit einem Quadrat. Aber wegen ihrer Beliebtheit konnte sie sich eben auch kaum mehr im Café einbringen.

»Ich habe gestern Olivia getroffen.«

»Hm.« Valerie schleckte den Schaum vom Löffel, sah aber immer noch nicht auf, sondern tippte rasend schnell eine Nachricht. Am liebsten würde er dieses blöde Telefon in ihrem Latteglas versenken.

»Olivia? Du erinnerst dich? Meine Kindergartenfreundin? Die Rothaarige?«

Endlich eine Reaktion. Valerie sah auf und schaute ihn stirnrunzelnd an. »Das Hippiemädchen, das sich gestern an mir vorbeigequetscht hat, als hätte es den Teufel gesehen?«

Hatte Olivia vielleicht auch. Valerie sah ihn immer noch an

und Tom verwandelte sein Schmunzeln galant in ein gewinnendes Lächeln. Es war ihm ein echtes Bedürfnis, seiner Kindergartenliebe zu helfen, da konnte er es sich nicht mit seiner Schwester verscherzen. In diesem Moment betrat eine junge Frau mit einem quengelnden Mädchen das Lokal. Lautlos fluchend erhob er sich. Die Frau bat darum, die Toilette benutzen zu dürfen, er nickte, wies ihr den Weg und kehrte direkt zurück. Valerie hatte dennoch schon wieder das Interesse verloren und betrachtete erneut versunken ihre E-Mails, das halb volle Glas hielt sie in der Luft, als ob sie es vergessen hätte. Vorsichtig klopfte er mit dem Kaffeelöffel dagegen. In dem Moment kam ihm wieder Olivia in den Sinn, wie sie gestern versucht hatte, ihren Löffel rechtwinklig zum Tassenhenkel auszurichten. Faszinierend, wie sie ihn ein paar Millimeter in die eine und dann wieder in die andere Richtung geschubst hatte. Als ob es eine Rolle spielte.

»Olivia sucht Arbeit«, sagte Tom, als er Valeries fragende Miene sah.

»Dann wünsche ich ihr viel Erfolg. Im Secondhandladen in der Nähe des Rosenhofs können sie vielleicht noch so jemanden wie sie brauchen.«

Jemanden wie sie. Die Art, wie sie von Olivia sprach, passte ihm nicht. Er ließ seine Haare wieder über die Augen fallen und schwenkte den letzten Rest Espresso im Kreis, als ob ihm der Kaffeesatz einen Hinweis auf die beste Strategie geben könnte.

»Ich dachte eher daran, sie hier einzustellen.« Er spähte durch die Haare und sah Erstaunen im Gesicht seiner Schwester.

»Ich habe nicht das Gefühl, dass wir Verstärkung brauchen«, sagte Valerie.

Auf diesen Einwand war Tom vorbereitet. »Schau, du bist dermaßen mit deiner kommenden Ausstellung beschäftigt, dass du kaum Zeit hast, mir zu helfen. Aber ich kann nicht in der Küche stehen und gleichzeitig die Bedienung übernehmen. Wir schlagen damit zwei Fliegen mit einer Klappe: Du kannst dich voll und ganz auf deine Kunst konzentrieren und ich mich auf die Küche.«

Valerie blies die Wangen auf wie immer, wenn sie nachdachte. Zu gegebener Zeit sollte er sie mal darauf hinweisen, wie unvorteilhaft das aussah.

Er legte noch eine Schippe drauf: »Wir sind gleichberechtigte Partner, Valerie. Aber den Hauptteil der Arbeit stemme ich. Wenn ich sage, dass wir Verstärkung brauchen, dann solltest du mir vertrauen.«

Jetzt stach Valerie mit dem Zeigefinger in die Luft wie er vorhin in der Küche mit dem Messer. »Und wem hast du diese Partnerschaft zu verdanken, *Chéri*? Schließlich ist es mein Geld, das in diesem Café steckt. Mein Geld, damit du eine Arbeit hast, die dir noch dazu eine gewisse Flexibilität erlaubt.«

Die Worte schnitten tief in seinen Stolz. Mitinhaber oder nicht, Valerie saß immer am längeren Hebel. Tom hasste es, wenn sie ihm unter die Nase rieb, wie abhängig er von ihr war. Aber dieses Mal ebnete ihre Andeutung den Weg zu dem Argument, mit dem er die Diskussion gewinnen würde. »Was nützt mir die Flexibilität, wenn ich nicht auf dich zählen kann? Unsere Vereinbarung lautete, dass nachmittags, wenn Carla von der Schule nach Hause kommt, immer jemand zu Hause ist. Entweder du oder ich. Sie ist erst sieben. Gerade vorgestern aber war sie wieder den halben Nachmittag allein, weil du kurzfristig einen Termin mit diesem Galeristen hattest. Soll ich in solchen Fällen das Café einfach schließen?«

Valerie war wie eine Mutter für seine Tochter Carla. Nein, eigentlich war sie ihre Mutter, denn es gab keine andere Frau in Toms Leben, die diese Rolle mit mehr Hingabe ausübte. Das Wohlergehen des Mädchens stand für Valerie an erster Stelle, was sie in ein Dilemma brachte, denn dort stand auch die Malerei. Ihre steigende Bekanntheit in der Kunstszene und die damit verbundene Mehrarbeit trugen nicht dazu bei, den Gewissenskonflikt zu verkleinern, das wusste Tom. Würde Olivia im Café arbeiten, könnte er nachmittags pünktlich gehen, zum Beispiel um Carla bei den Hausaufgaben zu helfen oder sie zum Klavierunterricht zu bringen. Und Valerie könnte ruhigen Gewissens ihrer Kunst frönen. Dieses eine Mal hatte er den ungleichen Machtkampf gewonnen.

Der Ansturm der Zombies, wie Tom die Kundenwelle kurz vor acht Uhr scherzhaft nannte, war abgeklungen. Olivia lehnte an der Wand neben der offenen Küchentür und nippte vorsichtig an ihrem Pfefferminztee. Von Kaffee bekam sie seit jeher Bauchschmerzen, auch wenn sie seinen Duft liebte. Was ihr allerdings jetzt im Magen lag, wog um einiges schwerer. Valerie saß mit einem lackierten Affen, ihrem Kunstagenten, an einem der Tischchen und warf ihr immer wieder kontrollierende Blicke zu. Wie um sich zu überzeugen, dass Olivia nicht tatenlos herumstand, sondern das in sie investierte Geld tatsächlich wert war. Toms Versicherung, dass sie eine Hilfe suchten, hatte sich gleich an ihrem ersten Arbeitstag als Lüge entpuppt. Valerie hatte sie von oben bis unten gemustert. Mit ihren aufgeblasenen Wangen hatte sie ausgesehen wie ein Backenhörnchen. Sie hatte ihr wortlos die rote Schürze gereicht; das »Hoffentlich kann sie was«, das sie Tom zugeraunt hatte, war aber laut genug gewesen, dass Olivia es hatte hören können. Dann war Valerie verschwunden, ohne sie eines weiteren Blickes zu würdigen.

Seitdem waren zwei Wochen vergangen. Anfangs hatte ihr Valerie wie eine wachsame Eule auf der Schulter gesessen und ihr bei jedem falschen Handgriff die Krallen ins Fleisch gedrückt. Die Milch schäumte sie nicht schaumig genug, das

Kuchenstück schnitt sie nicht groß genug, die Zubereitung ging nicht schnell genug. Ihre Sneakers waren zu ausgelatscht, die Haare sollte sie zusammenbinden, aber bitte nicht mit dem Hippietuch. Lachen durfte sie, selbstverständlich, aber nicht so viel und vor allem nicht so laut, *Chérie*!

»Wie viele Ohrstecker hast du da in den Ohren?«, hatte sie sie gefragt und demonstrativ gezählt. »Acht links und fünf rechts? Was willst du denn jetzt darstellen, einen Hippie oder einen Punk? Morgen kommst du bitte nur noch mit einem pro Seite, ja? Wir wollen die Kunden nicht erschrecken.«

Olivia blinzelte, im ersten Augenblick zu verblüfft, um zu antworten. Kritik war in Ordnung, kein Ding, solange sie gerecht war! »Wie wäre es«, sagte sie und wusste, sie sollte besser den Mund halten, »wenn du erst einmal selbst in den Spiegel schaust, bevor du den Stil deiner Mitmenschen federst und teerst? Läufst du nicht selbst rum wie ein bunter Hund? Ich meine – neongrüne Leggins zu pinkem Poncho? Wenn du dich um die Kunden sorgst, solltest du am Eingang gratis Sonnenbrillen verteilen, damit sie nicht geblendet werden.«

Valerie keuchte empört und sah aus, als ob sie sich wie ein wild gewordener Pitbullterrier auf sie stürzen wollte – und wahrscheinlich hätte sie es getan, wäre Tom nicht dazwischengegangen.

»Hast du das gehört, Tom?«, hatte sie gebellt. »Hast du das gehört? Sie soll ihre Sachen packen und gehen!«

Hätte Tom nicht schlichtend eingegriffen, stünde sie jetzt wieder ohne Job da. Was in vieler Hinsicht schade gewesen wäre; sie brauchte die Arbeit und sie empfand Toms Nähe als wohltuend. Seine ruhige und besonnene Art entspannte sie. Rash hatte den gleichen Effekt auf sie gehabt. Die Gesten, die ihre leise Stimme so bestimmt unterstrichen hatten, dass sie gar nicht auf die Idee gekommen war, irgendetwas infrage zu stellen. Die warmen Augen, die ihr dieses untrügliche Gefühl von Sicherheit gegeben hatten …

Die Erinnerung zog sie in ein stachelbewehrtes Labyrinth. Bevor sie sich zu sehr darin verlor, fing sie ihre Gedanken wieder ein und scheuchte sie zurück in Richtung Tom. Wenn Tom sie berührte, ein flüchtiges Streifen der Hände während der Arbeit, fühlte es sich an, als ob an dieser Stelle ein warmer, farbig funkelnder Fleck auf einer seit Monaten schwarzen Leinwand erschien. Wenn er sie ansah, mit seinen blauen Augen unter den dunklen Haaren, musste sie lächeln, ob sie wollte oder nicht. Ihr Wunsch, dass sich das alte Vertrauen zwischen ihnen wieder einstellen möge, hatte sich erfüllt – in manchen Momenten kam es ihr vor, als ob diese tiefe Freundschaft aus Kindertagen nie unterbrochen worden wäre.

Dass er nun als Blitzableiter zwischen Valerie und ihr fungieren musste, war ihr nicht recht. Wahrscheinlich musste er laufend ein gutes Wort für sie einlegen, anders konnte sie sich nicht erklären, wieso Valerie sie noch nicht endgültig auf die Straße gesetzt hatte. Seit der Diskussion über die Ohrstecker beschränkte sich Toms Schwester immerhin darauf, nur noch stichkontrollenartig alle paar Stunden vorbeizuschauen. Dann stand sie meist mit Tom flüsternd in der Küche oder saß so wie jetzt mit Agent, interessiertem Käufer oder anderen Künstlern an ihrem Tischchen und behielt sie im Auge. Olivia seufzte auf. Kein angenehmes Arbeitsklima.

Mit einem Lappen polierte sie die silbernen Knöpfe und Hebel der Kaffeemaschine, bis kein Wasser- oder Fettfleck mehr sichtbar war. Eben wollte sie zu den Tischen gehen, als sich zwei junge Männer der Ladentür näherten. Olivia setzte ihr freundlichstes Lächeln auf und stemmte die Hände geschäftstüchtig in die Hüfte. Ihre Fröhlichkeit erstarb auf der Stelle, als sie in einem der beiden Männer Daniel erkannte. Ihre

Bekanntschaft aus dem Klub. Sie ahnte mittlerweile, dass sie von Anfang an klarer hätte kommunizieren müssen, dass sie nicht an einer Beziehung interessiert war. Daniels Gesicht leuchtete bei ihrem Anblick auf.

»He, Olivia, du hier? Was geht ab?«

Sie krümmte sich innerlich. Gut aussehen, aber keinen normalen Satz artikulieren können.

»Daniel. Was für ein Zufall.«

»Du hast dich gar nicht mehr gemeldet«, warf ihr Daniel vor, mit Schmollmund und Welpenblick. Sie konnte es nicht leugnen, er sah zum Anbeißen aus. »Und zurückgerufen hast du auch nicht.«

»Ja, weißt du …«

»Ich habe dich vermisst.« Sein Freund im Hintergrund tippte unbeteiligt auf seinem Telefon herum. »Lass uns heute Abend ausgehen!«

Zum Glück war das Café ausnahmsweise leer. Bis auf Valerie. Aus dem Augenwinkel beobachtete Olivia, wie sich der gelackte Affe verabschiedete und Valerie ihre Leopardenleggins in die Küche bewegte. Flüsterstunde.

»Eher nicht, Daniel.« Sie lächelte gequält. Er war ja wirklich ein lieber Kerl. Aber jedes weitere Treffen würde bei ihm nur noch mehr Hoffnung wecken. »Es tut mir leid, aber das mit uns zwei …« Daniel blinzelte. Hatte er verstanden? Sein Freund ließ das Telefon sinken und verfolgte die Szene mit unverhohlener Neugierde. »Das wird leider nichts, mit uns zwei.«

Es folgten einige gestammelte Aber, ein roter Kopf wegen der Schmach der öffentlichen Abfuhr – mittlerweile war ein Pärchen eingetreten, das allerdings mehr Interesse für die Kunst zeigte denn für das Spektakel an der Kuchentheke –, ein tröstender Schlag des Freundes auf den Rücken von Daniel, gefolgt von einem bösen Blick in Richtung Olivia. Dann verließen die zwei den Laden. Das Pärchen bestellte nun doch einen Espresso und eine heiße Schokolade zum Mitnehmen, die Frau machte mit dem Telefon ein Foto von dem großen Sonnenuntergang und nahm eine Visitenkarte. Valerie würde zufrieden sein. Als Olivia wieder allein war, nahm sie den Lappen und ging von Tisch zu Tisch, um sicherzugehen, dass sie sauber waren. Es bereitete ihr keinen Spaß, anderen Leuten wehzutun. Aber sie suchte nur Ablenkung. Bei einem eventuellen nächsten Mal würde sie die Grenzen von Anfang an klarer ziehen. Sie nahm alle Karten aus den Blöcken, arrangierte sie von klein nach groß und stellte sie zurück. Die Stühle richtete sie akkurat einander gegenüber aus, die Skulpturen ordnete sie in Reih und Glied. Hatte sie das nicht erst gestern Nachmittag getan? Was die verrenkten Dinger wohl trieben, wenn das Licht ausging? Als sich Olivia der einen Spaltbreit geöffneten Küchentür näherte, hielt sie den Atem an und spitzte die Ohren.

»Sie treibt mich in den Wahnsinn, Tom! Jetzt eben wieder, alles muss exakt ausgerichtet sein, gerade stehen, gerade hängen! Es sieht aus wie in einer Militärkaserne!«

»Schon mal eine gesehen?«, stichelte Tom.

»Du weißt, was ich meine. Sogar die Skulpturen stehen wie die Zinnsoldaten! Die sollen aber frei sein, spontan! Ich drehe sie so herum, sie dreht sie wieder gerade.«

»Aber die Kunden mögen Olivia. Sie ist hilfsbereit, zuvorkommend, sie lacht viel …«

»Sie ist langsam. Hinkt sie? Ich habe das Gefühl, dass sie keine Kinder mag. Und sie flirtet.«

Flirten? Das hatte sie gründlich missverstanden. Die Pause, die darauf folgte, war etwas zu lang.

Dann erwiderte Tom trocken: »Fördert den Verkauf.«

»Tom, *Chéri*.« Hörte sie da etwa einen flehenden Unterton in Valeries Stimme? »Ich möchte einfach nicht …« Der Rest versank im Lärm der Küchenmaschine.

KAPITEL 3

Einfach das Handtuch zu werfen kam für Olivia nicht infrage. Das war nicht ihre Art. Es gab immer für alles eine Lösung. Außerdem hing das Damoklesschwert in Form des anstehenden Besuchs bei ihrer Großmutter über ihr – sie musste eine Arbeit vorweisen können, sonst würde sie sich niemals dazu durchringen. Inzwischen war auch ein zweiter Versuch gescheitert, sogar noch bevor die Tram überhaupt die richtige Haltestelle erreicht hatte. Die Zeit ist noch nicht reif, beruhigte sich Olivia wieder und wieder. Bald. Auf eine Woche mehr oder weniger kam es doch bestimmt nicht an. Mit dieser Ausrede hielt sie das schlechte Gewissen in Schach, das in regelmäßigen Abständen an ihr nagte.

Valerie mochte sie nicht, das war nicht zu übersehen. Was die Arbeit anging, gab Olivia ihr sicher keinen Grund. War es wirklich nur ihre Art, die Valerie dermaßen irritierte, und musste sie ihre Abneigung so offen zeigen? Olivia machte jedenfalls einen möglichst großen Bogen um ihre Chefin. Besser so. Die Arbeit gefiel ihr, allerdings bereitete ihr das lange Stehen Mühe. Wenn die Schmerzen im Bein zunahmen, hatte sie sich anfangs wann immer möglich auf das riesige Bild mit dem Sonnenuntergang konzentriert und sich ihren schwerelosen Körper im warmen Wasser vorgestellt. Vor einigen Tagen aber hatte die Ausstellung gewechselt, nun musste sie sich mit der Schwarz-Weiß-Fotografie einer Treppe begnügen. Wunderbar symmetrisch, aber kalt. Meistens war sie allerdings zu beschäftigt, um ihrem Kunstverständnis auf die Sprünge zu helfen. Zwischen der morgendlichen Zombieattacke und dem Ameisenvolk, das am Mittag über die belegten Brötchen, Quiches und Salatteller herfiel, kamen die Mütter, die ihre Kinder im Kindergarten abgeliefert hatten und nun ihren leeren Energiespeicher mit Zucker auffüllen wollten. Am Nachmittag folgte die zweite Welle Mütter, die sich vorsorglich mit Kaffee und Kuchen stärkten, bevor sie die kleinen Quälgeister abholen mussten. Einige gehörten auch zu beiden Kategorien. Und natürlich immer wieder Daniel. Jeden Tag zur selben Zeit, vormittags um halb elf. Er schien die Abfuhr von letzter Woche gut verarbeitet zu haben. Entweder tauchte er allein auf oder aber mit seinem schweigsamen Freund im Schlepptau. Wie gerade eben. Kundschaft konnte man sich halt nicht aussuchen. Aber sein Durchhaltevermögen war besorgniserregend.

»Daniel. Schon wieder?« Es sollte keine Frage werden, sondern eine Feststellung, aber der Vorwurf darin hatte sich verselbstständigt.

»Olivia! Dein Lächeln lässt heute sogar die Sonne verblassen.« Es war tatsächlich neblig draußen. »Der Poet steht dir nicht.« Daniel ließ sich nicht einschüchtern und strahlte sie an. »Was kannst du uns denn heute empfehlen? Die Schokodinger sehen lecker aus.«

Seufzend verlagerte Olivia das Gewicht vom linken auf das rechte Bein und fing an aufzuzählen: »Klassische Brownies mit Walnüssen, Brownies mit gebrannten Mandeln, Brownies mit Frischkäsefrosting, Süßkartoffelbrownies – glutenfrei, falls du weißt, was das heißt –, Brownies mit Himbeeren und weißen Schokostückchen und welche mit Ingwer und Pekannüssen.« Sie trat einen Schritt zurück und lehnte sich gegen die Kaffeemaschine. Schlussendlich bestellte Daniel einen Milchkaffee und ein Croissant zum Mitnehmen, sein Kollege traute sich an ein Schinkensandwich und eine Flasche Wasser. Sie steckte das übertrieben hohe Trinkgeld in die dafür vorgesehene Dose und sah den beiden kopfschüttelnd nach. Daniel war nur ein harmloser Kerl, der sich verknallt hatte. Lästig, aber irgendwie auch schmeichelnd. Es würde vorübergehen. Und seine Besuche schafften eine angenehme Routine. Sie mochte Routine.

Es war sechs Uhr, Olivias Schicht war für heute zu Ende. Tom hastete jeden Tag außer freitags schon kurz vor fünf Uhr zur Tür hinaus, pünktlich wie das berühmte Schweizer Uhrwerk und über den Grund für sein eiliges Aufbrechen schweigend wie eine Schweizer Bank zu den Konten schwarzafrikanischer Diktatoren. Ging sie ja auch nichts an, aber neugierig war sie schon. Zu ihrem Leidwesen tauchte dann meistens Valerie als Babysitterin auf – nur für den Fall, dass sie die volle Kasse mitgehen lassen wollte. Aber heute hatte sie Toms Schwester den ganzen Tag nicht zu Gesicht bekommen. Das war schon Grund genug für gute Laune. Noch dazu war heute ein ausgesprochen milder Märztag, und wer das Schweizer Wetter nicht kannte, könnte meinen, Frühlingsluft zu schnuppern. Aber es konnte gut sein, dass es morgen wieder schneite. Olivia schloss das Café ab und schlenderte entspannt am Restaurant Weißer Wind vorbei und wenig später am Kinderbuchladen Zürich. An Tagen wie diesen fühlte sie sich beinahe wohl in ihrer alten Heimat, ein bisschen zumindest, und der Gedanke, länger hierzubleiben als unbedingt notwendig, kam ihr nicht mehr gänzlich abwegig vor. Vor dem Grossmünster blieb sie stehen und genoss die letzten Sonnenstrahlen. Sie streckten sich nach ihr aus, als bäten sie darum, sie festzuhalten, damit sie nicht hinter den Dächern auf der anderen Seite der Limmat untergehen mussten. Olivia schmiegte sich in ihre warme Umarmung, bevor sich das Licht endgültig zurückzog. Als in diesen stillen Moment das altmodische Klingeln ihres Telefons platzte, sprang sie vor Schreck beinahe gegen die Münstermauer.

Atemlos meldete sie sich, ohne vorher auf das Display zu schauen. Wahrscheinlich war es Tom. Oder Daniel, wieder einmal? Aber es war eine fremde Stimme, die sich meldete.

»Frau Steiner?« Olivia runzelte die Stirn, die Erinnerung an eine ähnliche Situation vor drei Wochen schlängelte sich hoch.

»Professor irgendwas«, stellte sie fest. Nach dem Verschwinden der Sonne breitete sich eine eher zur Jahreszeit passende Kühle aus. Olivia begann zu frösteln. Eilig bewegte sie sich in Richtung ihrer Wohnung.

»Edelmann, Professor Doktor Edelmann. Ich freue mich, dass Sie sich dieses Mal an mich erinnern!«

»Ich habe schon gesagt, dass ich Ihnen nicht helfen kann«, erinnerte ihn Olivia, irritiert über die Beharrlichkeit.

Edelmann lachte sein nervöses Lachen. »Das haben Sie, sehr deutlich. Aber ich habe mittlerweile selbst ein wenig nachgeforscht und dachte, vielleicht könnten Sie ja wenigstens ein paar Lücken füllen?«

Olivia verlangsamte ihre Schritte, um wieder zu Atem zu kommen. Lücken füllen. Nicht einmal das. Es gab nichts zu füllen.

»Sie wissen ja, dass Ihre Eltern vor ihrem Dahinscheiden den Fund des Schmetterlings *Greta morgane nicaraguensis* nicht beweisen konnten. Es gibt keine Bilder, nichts. In Fachkreisen wird gemunkelt, dass die Meldung eine Täuschung gewesen sei. Sensationell zwar, denn dieser Schmetterling ist sehr schwer auffindbar, aber leider eine Täuschung. Verstehen Sie, was ich sage, Frau Steiner?«

Seine sympathische Brummstimme lullte Olivia gegen ihren Willen dermaßen ein, dass sie stehen blieb. Verstand sie? Sie fühlte sich wie unter Wasser, warmem Wasser, wohlgemerkt.

Schön warm. Plötzlich war sie so müde, zu müde, um zu antworten. »Hm«, blubberte sie deshalb nur, ohne einen klaren Gedanken fassen zu können. Einfach fallen lassen.

Edelmann zögerte einen Moment, dann übergoss er sie mit einem weiteren warmen Redeschwall. »Ich möchte Ihnen helfen, Frau Steiner, die Reputation Ihrer Eltern wiederherzustellen. Das liegt doch bestimmt auch in Ihrem Sinn? Das Medieninteresse wird dieses Jahr zunehmen, wir haben schon einige Anfragen von Fachzeitschriften bekommen, die endlich Klarheit wollen. Niemand weiß, was aus dem Schmetterling wurde, außer Ihnen! Das Beste wäre, allen Fragen zuvorzukommen und ein eigenes Statement abzugeben. Oder, noch besser, ein Foto oder irgendetwas Greifbares vorzuweisen. Ich meine, Gerüchte gehört zu haben, dass sogar ein Präparat existieren soll. Das wäre eine Sensation! Verstehen Sie?«

Der letzte Satz war um eine Nuance höher als das beruhigende Brummen. Das Wasser um sie herum gefror zu Eis und schlagartig konnte sie wieder klar denken. »Ich weiß gar nichts von dem Schmetterling. Ich war noch ein Kind! Lassen Sie mich bitte in Ruhe! Rufen Sie nicht wieder an.«

»Aber ...«

Kaum war sie um die nächste Ecke gebogen, klingelte das Telefon erneut. Ohne den Rhythmus ihrer Schritte zu verlieren, nahm sie ab. »Ich hatte Sie gebeten, mich in Ruhe zu lassen!«, blaffte sie.

»Olivia?« Die Frauenstimme am anderen Ende ließ sie abrupt anhalten. Bis eben war es doch so ein schöner Tag gewesen, dachte sie verzweifelt.

Maria. Vermittlerin zwischen den Fronten. Ihre Verbündete über die zehn Jahre, die sie in dem Haus der Großeltern gelebt hatte, Anlaufstelle bei Kummer und Einsamkeit. Bei mobbenden Freundinnen, Herzschmerz, schlagendem Großvater und keifender Großmutter. Aber Marias Anrufe verhießen nie etwas Gutes. Denn Maria stand auf beiden Seiten.

»So darf man aber keinen Anruf entgegennehmen«, tadelte sie Olivia denn auch sogleich.

»Ich weiß, Maria, tut mir leid. Ich dachte, du wärst jemand anders«, entschuldigte sie sich brav. Dann wartete sie, dass Maria zum Punkt kam. Denn das würde sie, ohne Umwege. Olivia wusste auch schon, was Maria sagen würde.

»Du bist schon seit über einem Monat zurück und immer noch nicht vorbeigekommen.«

Immerhin war sie überhaupt wieder in der Schweiz. Zu mehr konnte sie sich momentan nicht überwinden. Sie konnte die unsichtbare Barriere einfach nicht bezwingen. Ausrede, flüsterte es in ihrem Kopf, das Flüstern hörte sich an wie Rashs Stimme. Es traf sie wie ein Schlag in den Magen.

»Ich war zweimal auf dem Weg zu euch, Maria, aber ich schaffe es noch nicht.«

»Gestern war ihr Geburtstag. Du hättest zumindest anrufen können.«

»Weiß sie überhaupt noch, wer ich bin?«, hielt Olivia dagegen, um nicht zugeben zu müssen, dass sie den Geburtstag vergessen hatte. Und um zu erfahren, wie dringend ein Besuch wirklich war.

»Sie erinnert sich sehr gut an dich, Olivia. Nur nicht jeden Tag. Aber sie redet oft von dir.«

Nur Schlechtes, wahrscheinlich, wollte sie zurückgeben, presste aber noch rechtzeitig die Lippen zusammen. Sie scharrte mit den Füßen über das Kopfsteinpflaster und wünschte sich nur noch, endlich zu Hause zu sein, in ihrem tröstenden Bett.

»Ich werde bald kommen, Maria, ich verspreche es dir. Gib mir noch ein bisschen Zeit.«

»Zeit, Olivia, ist ein Gut, über das deine Großmutter nicht mehr in Mengen verfügt.«

Der Rest der Woche zog sich in die Länge. Der Anruf lag ihr wie ein Stein im Magen. Sie war zerstreut während der Arbeit und ließ Valeries Attacken ohne größere Reaktionen über sich ergehen. Selbst Daniels poetischen Ergüssen schenkte sie keine Beachtung. Ihr graute vor dem Samstagnachmittag, wenn sich mit ihrem Feierabend das Wochenende ankündigen würde. Zwei lange Tage, Sonntag und Montag, die es auszufüllen galt. Perfekt für einen Besuch bei der Großmutter. Als Tom sie am Freitagnachmittag bei Ladenschluss fragte, was ihr für eine Laus über die Leber gelaufen sei, schlug sie ihm vor, eine kleine Runde zu drehen. Sie spazierten über den belebten Bellevueplatz hinunter zum Zürichsee, wo sie ihm ihr Herz ausschüttete.

»Du hast deine Großmutter seit vier Jahren nicht gesehen und nicht mit ihr gesprochen?«, fragte Tom ungläubig.

Olivia sah sich immer wieder um. Irgendetwas lag in der Luft, machte sie nervös.

»Suchst du jemanden?«

»Nein.« Langsam schüttelte sie den Kopf. »Nein. Ich dachte nur …« Was hatte er sie gefragt? »Maria weiß immer, wo ich bin.«

»Aber Erika ist deine Großmutter. Sie hat dich großgezogen. Sie ist deine Familie«, eiferte sich Tom und fuhr sich mehrmals mit den Fingern durch die dunklen Haare. Familie schien eine wichtige Sache für ihn zu sein. Für Olivia war sie das nicht. Nicht mehr.

»Es war ihre Pflicht, mich großzuziehen. Mehr hat sie aber auch nicht getan. Hätten sie mich in ein Heim gesteckt, hätte ich wahrscheinlich eine glücklichere Jugend gehabt.«

Tom schüttelte den Kopf, kickte ein Steinchen vor sich her. »Dann solltet ihr darüber sprechen. Vielleicht tut es ihr leid? Vielleicht wusste sie es zu dem Zeitpunkt nicht besser? Vielleicht …«

»Sie hat Alzheimer, Tom.« Olivia zögerte einen Moment, bevor sie weitersprach: »Ich bezweifle, dass sie sich überhaupt daran erinnert, wie kaltherzig sie nach dem Tod meiner Eltern mir gegenüber war. Oder daran, wie mein Großvater mich sonntags immer schlug, weil ich nicht mit in die Kirche wollte. Wie sie meine Bedürfnisse nach Liebe und Nähe ignoriert hat, bis ich selbst keine Nähe mehr wollte, von niemandem. Sie hat mich gehasst, Tom. Weil ich lebte und ihre Tochter nicht.« Olivia hatte sich in Rage geredet; dabei waren ihr Details rausgerutscht, die sie nie wieder hatte preisgeben wollen. Als Rutschbahn hatte das Vertrauen gedient, das sich in den letzten Wochen zwischen Tom und ihr aufgebaut hatte. Er würde sie verstehen. Sie holte tief Luft und ließ sich auf eine der steinernen Bänke plumpsen, die das Seeufer säumten. Tom setzte sich zu ihr. Er stützte die Ellbogen auf seine Knie und das Kinn auf seine Hände; scheinbar gedankenverloren starrte er das Ausflugsschiff an, das soeben die Passagiere der letzten Fahrt für heute ausspuckte.

Sie schwiegen eine Weile, bis Tom das Wort ergriff: »Warum bist du überhaupt hier, wenn du dich so sehr sträubst, sie zu sehen?«

»Ich habe jemandem versprochen, mich mit ihr zu versöhnen.«

Tom bedachte sie mit einem neugierigen Blick, aber sie schüttelte nur den Kopf. Sie würde keine weitere Erklärung dazu abgeben.

»Dann solltest du das tun«, sagte er.

Ihr Vertrauen in Tom schwankte für einen kurzen Moment. Hatte er ihr eigentlich zugehört? Aber tief im Inneren wusste sie, dass er recht hatte. War sie nicht deswegen zurückgekommen? Seine Worte formten ein Echo zu Rashs Mantra. Versöhnung. Das klang so einfach. Was war Erika schon anderes als eine alte kranke Frau? Sie hatte keinerlei Macht mehr über sie. Oder vielleicht doch?

»Ich schaffe es ja nicht einmal …«

»Keine Ausreden«, unterbrach er sie. »Noch dieses Wochenende wirst du sie besuchen«, sagte er bestimmt, »und ich werde dich begleiten, nur für den Fall.«

»Für welchen Fall?«

»Einfach so.«

Panik erfasste sie angesichts dieses Ultimatums, das Atmen fiel ihr plötzlich schwer. Sie versuchte, langsam durch die Nase ein- und durch den Mund auszuatmen. Kontrollier dich, ermahnte sie sich. Musste sie es nicht eines Tages hinter sich bringen? Und jetzt konnte sie sogar mit Toms Unterstützung rechnen. Vielleicht würde Erika ihre Krallen nicht ausfahren, wenn sie in Begleitung erschien. Aber ihr Mund machte sich selbstständig und plapperte wild drauflos:

»Unmöglich, dieses Wochenende. Das geht nicht. Das ist zu kurzfristig. Maria möchte bestimmt einen Kuchen backen. Das macht sie immer, wenn Besuch kommt.« Wie lächerlich das klang. Wäre sie nicht auch unerwartet erschienen, hätte sie sich bei einem ihrer Anläufe getraut? Sie war doch diejenige, die diese Gnadenfrist brauchte, um sich vorzubereiten, nicht die Haushälterin.

Aber Tom schien den Köder zu schlucken. »Dann halt nächstes Wochenende. Versprochen? Hoch und heilig?«

Olivia schluckte die Nervosität hinunter wie damals, als sie sich Auge in Auge mit einem Hai wiedergefunden hatte. Nicht rumzappeln, nicht panisch werden, sagte sie sich. Es war alles gut gegangen. Es würde alles gut gehen.

»Versprochen«, murmelte sie. Im Moment würde sie den Hai ihrer Großmutter vorziehen.

»Fantastisch. Und wenn wir schon dabei sind, Pläne zu schmieden: Hättest du Lust, mich diesen Sonntag auf einen Ausflug zu begleiten? Bisschen raus aus der Stadt, rein in die Natur?«

Dieser Vorschlag klang um einiges attraktiver als der Besuch bei Erika. Olivia hatte Zürich seit ihrer Ankunft kein einziges Mal verlassen, und auch wenn sie Fluss und See und Bäume in Reichweite hatte, sehnte sie sich nach Grün.

»Sehr gern. Wohin soll es gehen?«

»Überraschung.«

Wie es sich für einen Sonntag um kurz nach halb acht Uhr morgens gehörte, döste der Zürcher Hauptbahnhof noch. Eine Gruppe asiatischer Touristen wartete beim Gruppentreffpunkt unter der großen Uhr. Ein Haufen Jugendlicher schlich an Tom vorbei, wahrscheinlich Richtung Bett. Die Reinigungstruppe, die den Bahnhof immer tipptopp sauber hielt, legte ihre Kaffeepause beim Snackwagen ein. Und dazwischen ein paar verlorene Seelen, die mit oder ohne Koffer durch die Halle irrten. Der Staub in der Luft funkelte im Sonnenlicht, das durch die großen Oberlichter einfiel, die Ansagen über Ein- und Abfahrten der Züge und das Quietschen der bremsenden Lokomotiven belebten das ehrwürdige Gebäude. Das alles erfüllte ihn wie immer mit Vorfreude darauf, die Enge der Stadt für ein paar Stunden zu verlassen. Automatisch wanderte sein Blick in die Ecke zwischen Kiosk und Fahrkartenautomat. Er erwartete, dort die uralte Dame mit den schlohweißen Haaren und dem mit ihrem Hab und Gut gefüllten Einkaufswagen zu sehen. Tag für Tag stand sie da, seit gefühlten hundert Jahren. Nicht aber heute. Vielleicht war sie ja in der Kirche oder hielt Sonntagsruhe.

Er sah Olivia schon von Weitem vor Gleis 10 stehen. Sie hatte seine Anweisungen befolgt und trug solide Schuhe und warme Kleidung. Zumindest das, was sie darunter verstand. Sie schien keine Jeans ohne Riss zu besitzen. Die Haare hatte sie mit einem bunten Tuch zu einem wilden Büschel zusammengebunden. Wie ein kleines Kind, das auf die Toilette musste, zappelte sie hin und her und äugte immer wieder zu der großen Uhr hinüber. Ja, er kam ein paar Minuten zu spät. Es gab aber auch niemanden, der pünktlicher war als Olivia. Schließlich bemerkte sie ihn und rieb sich freudig die Hände.

»Der frühe Vogel fängt den Wurm oder so ähnlich, nicht?«, rieb sie ihm die fünf Minuten Verspätung lachend unter die Nase. Er streckte ihr schnell die Zunge raus, übermütig vor guter Laune, und begrüßte sie seinerseits mit drei Küsschen auf die Wangen, links, rechts, links. Schließlich waren sie heute nicht als Arbeitskollegen, sondern als Freunde unterwegs. Hoffte er jedenfalls. Und die intimere Begrüßung gab ihm die Gelegenheit, ihren Duft einzuatmen. Olivia roch nämlich wirklich nach gebranntem Zucker. Nicht, als würde sie sich jeden Morgen mit Karamell eincremen. Keine aufdringliche Süße wie die eines billigen Parfüms. Aber ein leichter Hauch des Duftes, der beim Bräunen von Zucker aus der Pfanne aufsteigt.

Vor der Abfahrt holte Tom beim Snackwagen noch einen Espresso für sich und einen Pfefferminztee für Olivia, in den sie, einmal im Zug, zwei Päckchen Zucker schüttete. Süß müsse Minztee sein, sagte sie, lächelte ihn seltsam wehmütig an und rührte um, während er seinen bitteren Kaffee trank. Als die Fahrt losging, starrte sie gedankenversunken aus dem Fenster. Die Morgensonne verfing sich kurz in ihren Haaren und brachte sie zum Glühen, bevor die Strahlen weiterwanderten. In einer Stunde wären sie in Bern, wo sie umsteigen mussten in den Zug, der sie an ihr Ziel bringen würde: Interlaken. Zwischen dem Thuner- und dem Brienzersee gelegen, vor dem traumhaften Panorama der Berner Alpen. Tom verfolgte den Kondensstreifen eines Flugzeugs hoch oben am Himmel. Wohin es wohl flog? Vielleicht sogar nach Mexiko?

»Was für ein Gefühl der Freiheit ...«, murmelte er.

Olivia schrak auf und folgte seinem Blick nach oben. »Fliegen?«

Tom nickte enthusiastisch. »Die Leichtigkeit, die es dir gibt, das Gefühl, dass die Luft dich trägt ... Es gibt nichts Schöneres auf der Welt!«

Olivia musterte ihn intensiv, mit ihren Augen, so blau wie das Wasser unter den Klippen Acapulcos, und schien zu erwarten, dass ihm Federn wachsen würden. Als dieses Wunder ausblieb, lachte sie.

»Das nennst du Freiheit? Eingesperrt in einer Blechbüchse mit Flügeln, Tausende Meter über der Erde, dein Leben in den Händen der beiden Menschen vorn im Cockpit?« Sie lachte weiter und schüttelte den Kopf. Die Geste wirkte eher erschrocken als belustigt. Olivias nächste Worte bestätigten seinen Eindruck. »Nein, nein, die Kontrolle über mein Leben gebe ich nicht mehr so schnell her. Außer wenn unbedingt notwendig, ansonsten bleiben meine Füße auf dem Boden.« Sie kicherte leise weiter, als wäre allein der Gedanke daran, in ein Flugzeug zu steigen, komplett absurd.

Er hatte gar nicht das Fliegen im Flugzeug gemeint. »Du sitzt gerade in einem Zug, der wahrscheinlich von einem Computer gesteuert wird«, erwiderte Tom knapp. Plötzlich war er nicht mehr überzeugt, dass sich Olivia über seine Überraschung freuen würde. Für ihn war sie immer noch das wilde Mädchen, das sich beim Rumtoben gern den Rock auszog und nur in Strumpfhose rumlief. Das beim Nachbarn die Äpfel vom Baum klaute, während er zitternd Wache schob. Das, ohne zu zögern, von den höchsten Mauern sprang und sich auf dem Pausenhof mit einer Selbstverständlichkeit in die Fußballmannschaft einschleuste, dass die Jungs nicht zu widersprechen wagten. Angst war für sie ein Fremdwort gewesen. Die heutige Olivia hatte er wegen dieser Erinnerungen vielleicht falsch eingeschätzt. Was wusste er schon von ihrem neuen Ich? In den paar Wochen, die sie jetzt zusammen arbeiteten, hatte sie es beharrlich vermieden, davon zu erzählen, wo sie in den vergangenen Jahren gewesen war und was sie wo auch immer getrieben hatte. Als ob ihr Leben nur in dem Moment stattfinden würde, in dem sie sich gerade befand, während Vergangenheit und Zukunft unleserlich am Rand ihres Fokus verschwammen. Wenn er sie nach den letzten Jahren fragte, wechselte sie Mal für Mal so gekonnt das Thema, dass er seine Frage ganz vergaß.

Wieder lachte Olivia. Sie schien die Angelegenheit immer noch amüsant zu finden. »Aber der Zug hat doch Bodenkontakt«, antwortete sie auf seinen hämischen Kommentar.

Frauenlogik, lag es ihm auf der Zunge, er wollte die Diskussion aber nicht noch weiter anheizen. Außerdem schob gerade eine junge Mutter ihren kleinen Jungen an ihnen vorbei, während sich das Baby im Tragetuch vor ihrer Brust die Seele aus dem Leib schrie. Er lächelte ihr aufmunternd zu.

»Hoffentlich setzt sie sich nicht in diesen Wagen«, murmelte Olivia.

Er drehte sich zu ihr. »Kein Kinderfreund?« Tom versuchte, seiner Stimme einen lockeren Klang zu geben. Die Frage lastete schon lange auf ihm.

Sie zuckte mit den Schultern. »Meine eigene Kindheit war der reinste Albtraum. Warum also selbst welche haben? Damit ihnen das Gleiche passiert?«

»Du könntest versuchen, ihnen eine bessere Kindheit zu schenken?« Er merkte eine leichte Aggressivität in sich aufsteigen und holte tief Luft, um wieder ins Gleichgewicht zu kommen.

»Ich mag keine Kinder. Und Kinder mögen mich nicht. Außerdem, was ist mit der Freiheit, die du so gepriesen hast? Dabei sind Kinder kaum hilfreich. Ich möchte mir aber nicht wieder die Flügel stutzen lassen.«

Warum wieder, fragte er sich. Aber irgendwie hatte sie recht. Hatte Carla nicht auch sein Leben kräftig durcheinandergeschüttelt, seine Träume auf Eis gelegt? Und dennoch würde er keinen Moment mit ihr missen wollen. Er würde Olivia so gern von ihr erzählen, aber bislang hatten ihn ihre Reaktionen auf Kinder, die er tagtäglich im Café beobachtete, davon abgehalten. Nun sah er sich in seiner Vorsicht bestätigt. Würde er ihr sagen, dass er selbst Vater eines kleinen Quälgeists war, würde sie wahrscheinlich die Schürze hinschmeißen und das Weite suchen. Das wollte er nicht. Er wollte sie nicht wieder verlieren. Es fühlte sich so gut an, sie jeden Tag zu sehen.

Die Mutter mit dem schreienden Baby war mittlerweile in den nächsten Wagen gezogen.

Lukas, der Einfachheit und der vielen Englisch sprechenden Touristen wegen Luke genannt, erwartete sie vor dem Bahnhof, wie immer, wenn Tom sich anmeldete. Tom spürte sofort Olivias Unsicherheit, als sie das Logo auf der Tür des Autos sah – Adventure Jumps –, und versuchte krampfhaft, das Gespräch auf unverfängliche Themen zu lenken.

»Luke und ich kennen uns seit der Mittelschule«, erzählte er ihr. »Er ist ziemlich durchgeknallt, aber auf ihn ist Verlass.« Olivias misstrauischer Blick ließ ihn schnell wieder den Mund halten.

Er hatte Luke am Telefon darauf hingewiesen, dass es sich um eine Überraschung handelte, weshalb Luke, der sonst kaum einen Satz formulieren konnte, ohne über seine Leidenschaft zu sprechen, kein Wort über ihr Ziel verlor. Voller Eifer spielte er den Touristenführer für Olivia. Während sie aus Interlaken hinausfuhren in Richtung Grindelwald, erklärte er ihr wortreich das Bergpanorama: Allen voran erwartete sie natürlich das berühmte Dreigestirn Eiger, Mönch und Jungfrau, in Schnee und Eis gehüllt. Geradeaus gelangte man zum Lauberhorn, wo jedes Jahr das Ski-Weltcup-Rennen durchgeführt wurde. Weiter hinten lag das Schilthorn. Als sie links in Richtung Grindelwald einbogen, kündigte Luke den Blick auf den Mättenberg, das Wetterhorn und die eindrucksvolle Eigernordwand an. Vor Begeisterung über die großartige Natur um sie herum hüpfte er auf seinem Sitz auf und ab wie ein Gummiball. Lukes quirliges Wesen passte zu seinem Beruf wie der Schnee zum Gletscher. Selbst Olivias Anspannung nahm spürbar ab. Mit dem Ansatz eines Lächelns auf dem Gesicht lauschte sie leicht vorgebeugt ihrem Führer. Sie fuhren vorbei an den typischen Häusern des Kantons Bern, mit ihren teilweise weit hinuntergezogenen Ziegeldächern, den dunklen Holzverkleidungen und Blumenkästen vor den kleinen Fenstern. Temperaturbedingt noch ohne Blumen. Auch die blassgrünen Wiesen schienen sich nach dem Frühling zu sehnen, der ihnen die bunten Farbtupfer bescheren würde. Vielerorts waren sie allerdings noch von einer hartnäckigen Schneeschicht bedeckt. Neben der Straße verliefen die Schienen der Eisenbahn, die jedes Jahr Tausende Touristen nach Grindelwald brachte und von dort aus weiter auf das Jungfraujoch. Olivia war so abgelenkt, dass sie nicht nach dem Ziel fragte, bis sie fast davorstanden. Der Motor erstarb, jetzt war nur noch das Rauschen der Lütschine neben ihnen zu hören. Sonst herrschte Stille. Das grau-türkisfarbene Wasser des Baches, gespeist vom Schnee der Eigernordwand, schoss tosend durch die enge Gletscherschlucht.

»Nein.« Olivia stand in sicherem Abstand zur Plattform, die Beine in den Boden gerammt wie ein störrischer Esel, das Gesicht leichenblass. »Niemals springe ich dort hinunter. Fünfundachtzig Meter? Niemals!«, wiederholte sie wieder und wieder. »Mein Leben an ein Seil hängen und in seine Hände geben?« Sie zeigte beinahe beschuldigend auf Luke, der ein gekränktes Gesicht machte, gleichzeitig aber sichtlich amüsiert die Augenbraue hob und zu Tom rüberblinzelte. Die springt ganz sicher nicht, schien er ihm mitzuteilen. Als ob er das nicht selbst einsah. Er hatte gehofft, seine Leidenschaft mit Olivia teilen zu können. Eine kleine Intimität, die ihrer Freundschaft wieder das Leben einhauchen sollte, das damals für ihn der Treibstoff gewesen war, jeden Tag aufzustehen. Spaß haben zusammen, den Alltag hinter sich lassen, spüren, wie das Adrenalin durch die Venen peitscht. Aber Menschen veränderten sich eben über die Jahre. Er war davon ausgegangen, dass sich aus dem draufgängerischen Mädchen eine draufgängerische junge Frau entwickelt hatte. Aber das stimmte nicht. Er verspürte ein leichtes Bedauern darüber. Wie würde sich ihre Freundschaft entwickeln? War es überhaupt möglich, nach all der Zeit wieder dasselbe Maß an Vertrauen und Verbundenheit zu erreichen wie damals? Damals waren sie Kinder gewesen. Heute waren sie erwachsen, jeder mit seiner Geschichte, seinem Rucksack. Etwas in ihm weigerte sich zu akzeptieren, dass sie vielleicht nur Arbeitskollegen bleiben würden. Aber was, wenn Olivia nach diesem Tag die Lust auf Ausflüge mit ihm verloren hatte?

Tom seufzte. Sollte Olivia doch machen, was sie wollte. Er hatte es immerhin versucht. Wenn Luke extra außerhalb der Saison für ihn die Plattform klarmachte, dann würde er das ausnützen und sich die fünfundachtzig Meter am Bungeeseil in die Schlucht stürzen. Am besten zwei- oder dreimal. Nach all den Jahren, die er hier hatte kostenlos springen können als Gegenleistung für seine Werbeauftritte – *selbst der zweifache Jugendschweizermeister im Turmspringen springt mit Adventure Jumps* –, brauchte er dabei nicht einmal die Augen zu öffnen. Er kannte jede Spalte der Schlucht. Er würde die Augen schließen, die Kälte vergessen und von den Klippen Acapulcos in die Tiefe fliegen.

KAPITEL 4

André Edelmann zog die Gardinen auf und Sonnenlicht flutete das normalerweise verdunkelte Wohnzimmer der Zweizimmerwohnung im ersten Stock. Heute war ein guter Tag, das spürte er. Heute würde er weiterkommen. Er stellte sich mitten hinein in den Tsunami aus Licht, beobachtete, wie die Staubpartikel funkelten. Sie erinnerten ihn an die Schuppen auf den Flügeln seiner Schmetterlinge. Schließlich wandte er sich von dem Sonnenspektakel ab, drehte sich zur Wand und begrüßte seine Schätze: den leuchtend grün schimmernden *Papilio palinurus*, den strahlend blauen *Morpho cypris*, den orangefarbigen *Boloria selene*, den wie ein Achat oliv, braun, weiß und gelb gemaserten *Habrosyne derasa*, den anthrazit-rot gestreiften *Tyria jacobaeae* und all die anderen Präparate, die fein säuberlich beschriftet in ihren Glaskästen ihre Pracht entfalteten.

Das Läuten der Kirchenglocke riss ihn aus seiner Bewunderung. In Kürze würde sein Zug fahren. Mit leisem Bedauern zog er die Vorhänge wieder zu, bis das Wohnzimmer aufs Neue im Dunkeln lag und somit der Glanz seiner Lepidoptera-Sammlung geschützt war. Im Schlafzimmer holte er ein Tweedjackett aus dem Schrank, schokoladenbraun, passend zur Jeans und zum beigen Hemd. Kurz dachte er daran, eine Krawatte umzubinden, verwarf die Idee aber wieder. Zu formal. Er blies den Staub von den Schultern des Jacketts, putzte seine Brille und überprüfte die Aktentasche. Bevor er das Haus verließ, steckte er sich ein Kräuterbonbon in den Mund. Sein Hals kratzte von der ungewohnten Anstrengung, tiefer zu sprechen. Aber wenn er überzeugend auftreten wollte, musste er sich diese Stimme zu eigen machen.

Olivia stand wie jeden Tag um halb sechs Uhr auf. Ihr Körper protestierte nicht dagegen. Im Gegenteil, meist schlug sie die Augen auf, bevor der Wecker überhaupt klingelte. Unter der Woche musste sie um sieben Uhr im Café sein. Das lag nur knapp zehn Gehminuten von ihrer WG entfernt. An anderen Orten war es einfacher gewesen, sich so früh morgens zu beschäftigen, als hier, wo es um die Uhrzeit dunkel und kalt war. Aber sie brauchte diese Routine, eine Abweichung davon kam nicht infrage. Sie hatte sich eine Bibliothekskarte zugelegt und verbrachte die frühen Morgenstunden meist lesend in ihrem grünen Plüschsessel. Hemingways »Der alte Mann und das Meer« schlug sie gerade in seinen Bann. Nur zu gern würde sie einfach sitzen bleiben und noch ein paar Seiten schmökern. Aber heute war Dienstag, in einer Viertelstunde musste sie bei der Arbeit sein. Kurzerhand packte sie das Buch in ihre Tasche. Während der Mittagspause würde sie weiterlesen.

Ein paar Stunden später wischte sich Olivia hektisch die Brotkrümel von der Hose. Sie hatte beim Lesen komplett die Zeit vergessen, und wenn es eine Sache gab, die Valerie und Olivia gemeinsam hatten, dann war es ihre Abneigung gegenüber Unpünktlichkeit. Während sie zurück in Richtung MokkArt eilte, schwammen ihre Gedanken wieder zu Santiago und seinem Fisch aus »Der alte Mann und das Meer«. Die Erzählung faszinierte sie, und sie konnte sich nicht entscheiden, mit wem sie mehr mitlitt. So versunken, bemerkte sie den Mann erst, als er sich ihr in den Weg stellte.

»Frau Steiner?«

Sie erkannte die Stimme sofort. Mit dem Buch schirmte Olivia die Augen gegen die Sonne ab.

»Herr Professor. Irgendwas.«

In Wahrheit erinnerte sie sich dieses Mal an den Namen, sie wollte ihm den Gefallen aber nicht tun. Der Professor schien allerdings nicht irritiert zu sein über die Geringschätzung. Er lachte und trat zur Seite, sodass er nicht mehr im Gegenlicht stand. Ein kleiner Mann, nicht gertenschlank, aber auch nicht füllig, in Jeans und dunkelbraunem Jackett. Die tiefe Stimme passte irgendwie gar nicht zu ihm. Olivia schätzte ihn auf Mitte, Ende dreißig. Das Gesicht wurde dominiert von der rechteckigen Brille und war eingerahmt von einem gepflegten Dreitagebart und kurzen hellbraunen Haaren. Eigentlich machte er einen netten Eindruck. Aber konnte er sie nicht in Ruhe lassen?

»Was wollen Sie schon wieder von mir? Ich kann Ihnen nicht helfen!«, versuchte sie, ihn davonzuekeln. Woher wusste er überhaupt, wo er sie finden konnte? Sie erinnerte sich schwach an den Vortrag Toms über persönliche Angaben auf Facebook. Sie würde diesen Modus endlich auf privat umstellen müssen.

Beschwichtigend hob der Professor die Hände und entschuldigte sich für die Störung. »Ich versuche nur, meine Arbeit zu erledigen, verstehen Sie? Mein Arbeitgeber würde sich wirklich freuen über das Interview, es wäre sehr wichtig für die Welt der Lepidoptera-Forschung.«

Olivia sah ihn abwartend an.

»Schmetterlingsforschung«, beeilte sich der Professor zu übersetzen. Er lächelte verständnisvoll und souverän, während seine Hundewelpenaugen hinter der Brille um eine Zusage bettelten.

Sie wusste sehr wohl, in welchem Forschungsgebiet ihre Eltern tätig gewesen waren. Sie wusste auch, dass sie ihm nicht würde helfen können, sosehr sich die ETH auch darüber freuen würde. Was er von ihr verlangte, war unmöglich. Schon setzte sie zu einer weiteren Absage an, als Valerie um die Ecke bog. Sie war zu spät. Gleich würde es ein Donnerwetter geben. Olivia hatte zwar mittlerweile verstanden, dass sie unter Toms Schutz stand. Aber sie erinnerte sich noch gut an den Zusammenstoß vor einigen Tagen: Valerie war ihr wie ein Bluthund auf Schritt und Tritt gefolgt. Aus jedem kleinsten Fehler hatte sie einen Elefanten gemacht und ihr zum ersten Mal ganz offen nahegelegt – wenn auch außerhalb von Toms Hörweite –, sich schnellstmöglich eine andere Beschäftigung zu suchen. Das wollte Olivia auch tun. Überrascht sah sie, wie sich jetzt Daniel, der offensichtlich an der Ecke gewartet hatte, angeregt mit Valerie unterhielt. Am Ende der Unterhaltung warf Valerie ihr einen raschen Blick zu, dann betrat sie das Café und Daniel verschwand um die Ecke. Nicht ohne ihr vorher noch zuzuwinken.

Edelmann, der davon offenbar nichts mitbekommen hatte, wagte einen erneuten Vorstoß, appellierte mit seiner honigwarmen Stimme an ihr Verantwortungsbewusstsein gegenüber dem wissenschaftlichen Erbe ihrer Eltern. Beinahe musste sie lachen, aber jetzt trat Tom aus der Tür und sah fragend zu ihr herüber.

Sie unterbrach den Professor mitten im Satz. »Sie lassen ja doch nicht locker, nicht wahr?« Irgendetwas würde sie sich schon aus den Fingern saugen können. Hauptsache, er ließ sie danach in Ruhe. »Ich rufe Sie an, Professor. Edelmann«, schob sie seinen Namen gerade noch nach. »Dann vereinbaren wir einen Termin.«

Edelmanns Augen leuchteten auf. »Versprochen?«

Brauchte er etwa noch eine schriftliche Bestätigung? »Ja, versprochen«, sagte Olivia und entzog ihm ihre Hand, die er aus Freude oder Erleichterung gepackt hatte. Er sollte sparsamer mit seinem Eau de Toilette umgehen.

Heute war es so weit. Heute gab es kein Entkommen mehr. Wäre ein Henker mit Kapuze über dem Kopf aufgetaucht, um sie zum Galgen zu führen, Olivia hätte sich nicht gewundert. Sie gehorchte ihrem flauen Magen, leerte den Rest des zuckrigen Pfefferminztees in den Abguss, griff nach ihrer Tasche und ging hinaus. Im Hausflur machte sie noch einmal kehrt, sperrte die Wohnungstür wieder auf und ging zurück in die Küche. Doch, der Herd war ausgeschaltet und der Kühlschrank war zu. Aber der Stadtplan, mit Magneten an der Kühlschranktür befestigt, hing schief. Sie rückte ihn gerade, und wo sie schon dabei war, richtete sie auch die übrigen Zettel und Notizen parallel dazu aus. Wirklich besser fühlte sie sich danach nicht. Aber immerhin war jetzt dieser Teil der Welt in Ordnung. Sie wandte sich ab und verließ endgültig die Wohnung.

An der Tramhaltestation wartete Tom auf sie, wie immer in Jeans, aber statt des üblichen schwarzen T-Shirts trug er ein hellblaues Hemd, das seine Augen zum Leuchten brachte. Er wusste nicht, was ihn erwartete. Aber er schien sich aus einem ihr unbegreiflichen Grund zu freuen, Erika kennenzulernen. Sie selbst suchte vergeblich nach Freude, aber die Rückendeckung gab ihr Kraft. Sie wollte am liebsten seine Hand packen, um sich daran festzuhalten. Und um das Kribbeln zu spüren, das sie vielleicht von ihrer Nervosität ablenken würde. Er hingegen war die Ruhe selbst. Wie Rash.

»Warum nennst du deine Großmutter nur beim Vornamen?«, fragte Tom.

Olivia blieb ihm die Antwort schuldig. Stattdessen zog sie den Reißverschluss des dünnen Anoraks zu. Tatsache war, dass sie durch den Vornamen Distanz wahrte. Omi hatte sie Erika früher genannt. Ganz früher. Als sie eben noch eine Omi gewesen war für sie. Kein Mutterersatz für eine Mutter, die sich nicht ersetzen ließ. Als noch keine Diskrepanzen und Diskussionen das tägliche Leben bestimmt hatten. Bevor sie hatte erkennen müssen, dass sie ihren Großeltern egal war. Die bekannte Panik begann sich wieder in ihr auszubreiten. Ihr Herz raste. Sie versuchte zu schlucken, aber ihr Mund war zu trocken. Einatmen. Ausatmen. Und bloß nicht weinen!

Tom legte seine Hand sanft auf ihren Arm, als ob er ihr Unwohlsein spürte. »Sie wird sich bestimmt freuen, dich zu sehen.«

Bestimmt.

»Vielleicht habt ihr beide diese Pause gebraucht, um euch jetzt ohne Vorbehalte und ohne alten Groll aussprechen zu können.«

Bestimmt.

Die Tram kam. Tom nahm seine Hand von ihrem Arm und legte sie auf ihren Rücken, als ob er sie davon abhalten wollte zu fliehen. Er dirigierte sie in Richtung Tür. Sie war ihm dankbar dafür, dass er die Führung übernahm. Sonst wäre sie jetzt schon wieder umgekehrt.

»Keine Blumen?«, fragte er, als sie sich hinsetzten.

»Keine Blumen«, presste Olivia hervor. Die Berührung fühlte sich gut an, die Nervosität blieb.

Maria war älter geworden. Natürlich war sie das, immerhin waren vier Jahre vergangen, seit Olivia ausgezogen war, und sie musste Anfang siebzig sein. Aber das Alter hatte seine Spuren hinterlassen und das schockierte Olivia. Eine Kurzhaarfrisur, völlig ergraut, ersetzte den langen, einstmals blonden Zopf. Die prallen Apfelbäckchen hatten der Schwerkraft nicht mehr trotzen können und die Falten um den Mund, früher nur feine

Linien, zogen nun markante Gräben. Aber die Augen strahlten dieselbe Wärme aus wie immer, bemerkte Olivia erleichtert. Sie fragte sich, wie diese gutmütige Frau seit über vier Jahrzehnten für ihre Großmutter arbeiten konnte, ohne dabei zugrunde gegangen zu sein. Und die Arbeit war in den letzten Jahren bestimmt nicht einfacher geworden, mit einer Alzheimer-Patientin.

Sie umarmten sich innig, dann hielt Maria Olivia auf Armlänge und begutachtete sie von oben bis unten mit kritischem Blick.

»Du solltest mehr essen, Kind. Und wie läufst du denn herum? Den Riss in der Hose flicke ich dir gern, gleich nachher, wenn du magst.«

Olivia verdrehte lachend die Augen. »Das ist Tom, Maria«, stellte sie ihren Begleiter vor. »Ein alter Freund von mir.« Das ungute Gefühl, das sich seit dem Aussteigen aus der Tram weiter verstärkt hatte, war bei Marias Anblick zum Glück auf ein erträgliches Maß gesunken.

»Freut mich, Tom«, sagte die Haushälterin. »Erika wartet bereits. Ich habe einen gedeckten Apfelkuchen gebacken, den magst du doch so.« Mit beiden Händen scheuchte Maria sie vor sich her in Richtung Wohnzimmer. Olivia konnte sich kaum umschauen, bemerkte aber beim Vorbeigehen, dass die Wände des Vorzimmers einen Anstrich nötig hatten und dass einige der Randleisten des Fischgrätenparketts fehlten. Wahrscheinlich von Holzwürmern gefressen.

Maria öffnete die Flügeltür und Olivias Herz sackte in die Hose. Erika. Ihre Großmutter. Herrscherin über Eislandia, das ganze Haus ihr Hoheitsgebiet. Eine zarte Gestalt, gekleidet in ein hellgelbes Kostüm, das ihren siebenundsiebzig Jahren entsprechend faltige Gesicht umrahmt von kinnlangem weißem Haar. Ein leichtes Make-up gab ihr eine Frische, die Olivia so nicht in Erinnerung hatte.

Zusammen mit ihrem vor vier Jahren verstorbenen Mann, anno dazumal einer der angesehensten Richter der Stadt, war sie in den gehobenen Kreisen Zürichs unterwegs gewesen. Kurz nach seinem Tod wurde die Diagnose Alzheimer gestellt. Zu Beginn nahm die Krankheit einen sehr leichten Verlauf, wie ihr Maria am Telefon einmal erklärt hatte: Beeinträchtigung des Kurzzeitgedächtnisses, Orientierungsstörungen. Verlegen von Gegenständen. Aber seit einigen Monaten verschlechterten sich die Symptome schubweise. Mal erkannte sie Verwandte und Freunde, mal konnte sie sich nicht an sie erinnern oder sie verwechselte sie mit anderen. Manche alte Bekannte verschwanden vollkommen aus ihrem Gedächtnis. An den schlechten Tagen, wie Maria sie nannte, zog sie sich komplett in sich zurück oder aber sie war rastlos, nervös, als wüsste ihr Geist, dass er nach und nach ausgelöscht wurde.

Olivia überkamen plötzlich Zweifel. Warum war sie überhaupt zurückgekommen? Was spielte es für eine Rolle, ob sie hier war oder nicht? Ihre Großmutter konnte es bestimmt verschmerzen, sie zu vergessen. Wahrscheinlich war sie sogar diejenige, die sie am ehesten vergessen wollte. War sie nicht tagtäglich Spiegel der Tatsache, dass ihre Mutter, Erikas Tochter, nicht mehr lebte?

»Erika.« Sie ging einen Schritt auf den Sessel zu, während sich ihre Großmutter mithilfe eines Stockes aufrichtete, wurdevoll wie eh und je. »Alles Gute zum Geburtstag, Erika.« Sie fühlte sich wie ein Trampeltier neben der einen Kopf kleineren graziösen Frau. Erika sah sie einen Moment ausdruckslos an. Die blauen Augen der alten Dame waren so viel härter als ihre und doch die gleichen. Erkannte ihre Großmutter sie überhaupt? Plötzlich blitzte Erika sie unerwartet wach an. In der Sekunde wusste Olivia, dass sie den ersten Fehler begangen hatte.

»Wenn du erwartet hast, eine verblödete alte Frau anzutreffen, die sich nicht einmal mehr an ihren Namen erinnern kann, muss ich dich enttäuschen, Olivia. Im Gegensatz zu dir weiß ich sehr wohl, dass mein Geburtstag bereits vor zwei Wochen war.«

Im Barockspiegel an der Wand gegenüber konnte sie zusehen, wie sie schrumpfte, erst auf Erikas Größe, dann verwandelte sie sich in eine Maus. »Ich feiere nie Geburtstag«, brachte sie als Entschuldigung vor, die Stimme ungewollt piepsig. Sie räusperte sich und warf Tom einen Blick zu. Der stand neben der Tür, fluchtbereit, wie es ihr schien, und beobachtete das Spektakel mit offenem Mund, die Haare verdeckten ein Auge. Hatte sie ihn nicht gewarnt? Ob er jetzt verstand, warum sie sich kaum hatte überwinden können, herzukommen? Harmonische Familienvereinigung sah anders aus.

»Das ist deine Entscheidung«, antwortete Erika scharf. »Aber sie gibt dir nicht das Recht, deine Mitmenschen links liegen zu lassen. Du scheinst dich nicht verändert zu haben in den letzten Jahren.« Der Hieb brach der Maus das Rückgrat. Olivia ließ sich ungelenk in den Sessel neben dem Kamin fallen. In dem Moment erschien Maria mit einem Tablett voller schneeweißer, wahrscheinlich frisch gestärkter Stoffservietten, Teller und filigraner Tassen. Das Rosenthalgeschirr, welche Ehre. Die Haushälterin richtete geschickt den Tisch her, auf dem Olivia auch den angekündigten Apfelkuchen entdeckte sowie eine mit einer wärmenden Haube abgedeckte Kanne, vermutlich Kaffee. Eine Tasse süßer Pfefferminztee käme ihr jetzt recht, als Ersatz für den Tee, den sie vor ihrem Aufbruch nicht mehr hatte trinken können. Sie wollte Maria darum bitten, aber die war damit beschäftigt, Tom vorzustellen.

»Thomas Frank«, wiederholte Erika und begutachtete Tom eingehend, als versuchte sie, sich etwas in Erinnerung zu rufen.

Wenn Olivia es nicht besser wüsste, würde sie meinen, dass die Härte in Erikas Augen eine Nuance weicher wurde. »Und Sie sind wer genau?«

»Tom reicht schon«, sagte Tom und strich sich mit einer verlegenen Geste die Haare aus dem Gesicht. »Ich betreibe ein Café, Olivia arbeitet bei mir. Wir sind Freunde.«

Erika lachte auf, ein kratziges Geräusch, trocken, als würde Sandpapier über Stein gezogen. »Eine Servierdame! Hatte ich dir nicht immer gesagt, dass nichts Schlaues aus dir werden wird?«

Olivia warf einen raschen Blick hinüber zu Maria, die mit stoischer Miene neben der Tür stand. Feinsinn hatte Erika noch nie besessen. Die erste Attacke hatte Olivia kalt erwischt. Nun aber hatte sie ihren Schutzschild hochgefahren und die Beleidigung floss daran hinab wie Vogeldreck an einer Fensterscheibe.

»Lassen Sie uns doch zu Tisch gehen, Thomas«, forderte ihn Erika auf, während sie Olivia mit einem Kopfnicken dazu brachte, ihnen zu folgen. Persona non grata. Zurück auf Feld eins. Automatisch setzte sie sich auf den Platz, von dem aus sie die Fotoausstellung auf der Anrichte nicht sah. Der Apfelkuchen hingegen ließ ihr das Wasser im Mund zusammenlaufen.

»Es nützt nichts, nicht hinzuschauen.«

Olivia runzelte die Stirn, versuchte aber, ruhig zu bleiben. Normalerweise käme jetzt ein Angriff nach dem anderen, auf die sie immer bissiger und wütender antworten würde. Sie hoffte, dass Erika die Nummer in Toms Gegenwart nicht abziehen würde. Auch sie würde sich zusammenreißen. Höflich bleiben. An der Oberfläche. Schließlich hatte ihre Großmutter auch heute kein Interesse an einer versöhnlichen Aussprache, das hatte sie gleich in den ersten Sekunden erkannt. Und ob es danach eine nächste Chance gäbe, würde sich zeigen.

»Ich kann mich hinsetzen, wo ich möchte, und anschauen, was ich möchte. Ich habe immer hier gesessen, warum sollte ich das heute ändern?« Sie zwang sich sogar zu einem nonchalanten Lächeln.

»Weil du mit der Vergangenheit irgendwann abschließen musst?« Erika lächelte nicht zurück.

»Ich kann mich nicht erinnern, schon vergessen? Was soll es dann bringen, Fotos anzuschauen?« Das klang schon patziger als geplant. Es musste an der Energie in diesem Haus liegen, dass sie es einfach nicht schaffte, sachlich zu bleiben.

Tom, der Erika den Stuhl hinschob, ganz der Gentleman, sah Olivia mahnend an und er hatte ja recht – sie war nicht gekommen, um zu streiten. Er umrundete den Tisch und begann, die Familienbilder in Augenschein zu nehmen, als hinge der Weltfrieden davon ab. Olivia verlor sich in der Betrachtung des Apfelkuchens und ließ nur einzelne Wortfetzen zu sich dringen. Wie hübsch Erika doch ausgesehen habe an ihrer Hochzeit, und wann denn der Ehemann verstorben sei? Georg heiße er also und vor bald fünf Jahren, herzliches Beileid. Die Haarfarbe müsse von der Großmutter über die Mutter an Olivia vererbt worden sein, was für eine Seltenheit in diesen Breitengraden, auch wenn die Locken wohl vonseiten des Vaters kämen. Genauso wie offensichtlich die hochgewachsene Statur. Ob Olivias Mutter ein Einzelkind gewesen sei? Der Apfelkuchen verlor plötzlich seine Anziehungskraft.

»Ich habe eine Anfrage erhalten von der ETH, für ein Interview über die Reise nach Nicaragua«, störte Olivia das Geplänkel. Eigentlich hatte sie nicht vorgehabt, es zu erwähnen. Mitten im Satz unterbrach Erika ihre Ausführung darüber, dass ihr nach der schweren und riskanten Geburt ihrer Tochter nahegelegt worden war, keine weiteren Kinder zu bekommen, und drehte den Kopf im Zeitlupentempo zu Olivia. Toms Gesicht war ein einziges Fragezeichen. Maria, gerade dabei, seine Kaffeetasse zu füllen, setzte vorsichtig die Kanne ab und wartete stirnrunzelnd auf die Reaktion.

»Du hast natürlich abgelehnt«, sagte Erika, kerzengerade auf ihrem Stuhl sitzend.

Olivia hob die Augenbraue. »Wieso sollte ich? Meintest nicht du eben, ich müsse mit der Vergangenheit aufräumen? Was für eine bessere Möglichkeit gäbe es denn, als mir einmal alles von der Seele zu reden?« Maria stellte die Kaffeekanne ab und lehnte sich mit verschränkten Armen gegen die Wand. Nach dieser langen Zeit bei der Familie durfte sie sich das erlauben. Tom kaute auf seinem Apfelkuchen herum und versuchte, so unbeteiligt zu wirken wie möglich.

Erika dagegen starrte sie an. »Und meintest du nicht eben, du könntest dich nicht daran erinnern? Oder war das vielleicht immer nur eine Ausrede? Nicht einmal mir hast du erzählt, was auf dieser Reise genau passiert ist!«, polterte die alte Dame los. »Nach all den Jahren weiß ich immer noch nicht, wie die letzten Stunden und Minuten meiner Tochter aussahen. Und jetzt willst du das einem wildfremden Menschen erzählen? Nein, sage ich dir. Das ist eine Familienangelegenheit. Solltest du dich an irgendetwas erinnern, dann möchte ich das als Erste wissen.«

Ich weiß noch gar nicht, ob ich es wirklich tun werde, wollte Olivia ihre Großmutter beruhigen, aber irgendetwas an ihrer Reaktion veranlasste sie dazu, ihre guten Vorsätze endgültig sausen zu lassen und stattdessen weiter im Wespennest herumzustochern. »Es ist kein wildfremder Mensch. Er hat sich als André Edelmann vorgestellt, Professor Doktor. Erinnerst du dich an ihn? Er hat wohl …« Sie hielt inne. Erika stützte sich mit beiden Händen auf den Tisch.

»Auf gar keinen Fall! Ich verbiete es dir!«

Olivia zuckte ungläubig zurück. »Du verbietest es mir? Ich bin fünfundzwanzig Jahre alt, stehe auf eigenen Beinen, und du verbietest mir, mit anderen Menschen als mit dir über meine Eltern zu reden? So wie du und Georg mich nach ihrem Tod aufgenommen und aufgezogen habt, mit so viel Liebe und Verständnis«, ihre Stimme troff mittlerweile vor Sarkasmus, »da soll ich mich zuerst dir anvertrauen?« Sie biss die Zähne zusammen, um die Tränen zurückzuhalten. Sie würde Erika nicht die Genugtuung geben, sie weinen zu sehen. Das hatte sie nie. Würde sie nie. Sie hatte sich unter Kontrolle. Einatmen. Ausatmen.

Maria warf ihr einen vorwurfsvollen Blick zu. Erika rang sichtlich um Fassung und um Worte. Als sie beides nicht wiederfand, verließ sie mit versteinertem Gesicht das Zimmer, ohne sich zu verabschieden. Die Besuchszeit war vorüber. Schade um den Apfelkuchen.

Tom lief schweigend neben Olivia, sah sie aber ab und zu von der Seite an. Ihr Gesicht gab keinen Aufschluss darüber, ob die Diskussion sie noch beschäftigte, ihr Gang war unbeschwert. Er hingegen wusste nicht, was er von diesem Besuch halten sollte; die Diskussion hatte ihn schockiert. Auch das Verhältnis zu seinen Eltern war in den letzten Jahren eher kühl gewesen wegen seiner viel zu frühen Vaterschaft, aber sie waren sich immer respektvoll begegnet. Familie war wichtig, besonders wenn man wie Olivia kaum Verwandtschaft hatte. Er fragte sich wieder einmal, was er überhaupt von ihr wusste. Ihre Verschwiegenheit irritierte ihn zunehmend. Selbst von diesem Interview hatte er nichts gewusst. Vertraute sie ihm nicht? Er fühlte sich kindischerweise ausgeschlossen. Aber ausgeschlossen woraus? Sie waren nur Freunde. Oder vielleicht nicht einmal das? Ehemalige Freunde, jetzt Arbeitskollegen? Ein Stich fuhr durch seine Brust.

»Ich werde nicht schlau aus ihr.« Er merkte erst, dass er den Satz zu laut gemurmelt hatte, als sich Olivia zu ihm umdrehte.

»Aus wem? Aus Erika? Da sind wir schon zwei.«

»Na ja, eigentlich aus dir, Olivia.« Frontalangriff. »Der Besuch lief wohl nicht so, wie du erwartet hast.«

Olivia blieb stehen, einige Meter von den Menschen entfernt, die an der Tramhaltestelle warteten. »Doch, eigentlich habe ich ihn mir genauso vorgestellt. Auf diese Weise läuft es immer ab, wenn wir uns sehen.« Sie zuckte mit den Schultern und fügte hinzu: »Vielleicht hättest du nicht mitkommen sollen. Tut mir leid.«

Eine Entschuldigung brauchte er nicht, schließlich hatte er sie dazu gedrängt. Aber hatte sie nicht vorgehabt, sich mit Erika zu versöhnen? »Sie ist eine alte, wehrlose Frau. Sie ist krank. Meinst du nicht, du bist etwas zu grob mit ihr umgegangen?« Er biss sich auf die Zunge. Wahrscheinlich war er jetzt zu weit gegangen.

Wie erwartet wich das Lächeln aus Olivias Gesicht. »Hat sie nicht angefangen? Gut, ich dachte, wir treffen auf eine Frau, die sich nicht erinnert, welchen Tag wir haben. Mein Fehler. Aber musste sie danach anfangen, Dreck zu schleudern? Sie hätte auch anders reagieren können. Aber das kann sie eben nicht.«

So kalt, wie sie vorgab, ließ sie der Besuch doch nicht, stellte Tom fest. »Du hast dich provozieren …«

Olivia unterbrach ihn, als ob sie seinen Einwurf gar nicht gehört hätte: »Was weißt du schon von ihr? Sie ist arrogant, hart und verbittert, aber bestimmt nicht wehrlos. Alzheimer? Dass ich nicht lache. Da haben sie mir einen schönen Bären aufgebunden.« Sie presste die Lippen aufeinander; möglicherweise war ihr bewusst geworden, dass sie zu weit gegangen war. Oder sie fragte sich, warum sie ihr wahrscheinlich tolles

Leben irgendwo, wo auch immer, aufgegeben hatte, um ihrer Großmutter wegen zurückzukommen. Wem hatte sie versprochen, Frieden mit ihr zu schließen?

Die Tram kam quietschend um die Kurve. Sie stiegen ganz hinten ein, wo sie allein waren. Beim Hinsetzen berührten sich ihre Knie und blieben für ein paar Sekunden dort, als wäre das ganz normal. Erst dann rückte Olivia ein Stückchen ab. Trotzdem war sie noch nahe genug, um Tom das Gefühl zu geben, in einer Karamellwolke zu sitzen. Ihm wurde schwindlig, sein Kopf fühlte sich so leicht an wie ein Heliumballon auf dem Weg in den unendlichen Himmel. Wie konnten ihm seine Sinne nur so einen Streich spielen? Er sah aus dem Fenster, um sich abzulenken, aber selbst dort begegnete ihm ihr verschwommenes Profil, zwischen vorbeifahrenden Autos, Bäumen mit grünen Knospen und Häuserfassaden. Seine Gedanken wanderten zu dem Besuch. Ihm war Erika nicht arrogant erschienen. Im Gegenteil. Verletzlich. Und einsam. Außerdem verstand er eine Sache partout nicht.

»Warum hast du ihr nie erzählt, was in Nicaragua passiert ist?«, fragte er die Reflexion im Fenster und drehte sich dann zu Olivia um. »Meinst du nicht, dass sie ein Recht darauf hat?«

Olivia rutschte auf ihrem Sitz hin und her, schlug das linke Bein über das rechte, wodurch sie sich halb von ihm wegdrehte. Sie sah erschöpft aus. »Weil ich mich nicht daran erinnere«, murmelte sie und zupfte am Riss in ihrer Hose.

Richtig, das hatte sie gesagt. »Wie kann man ein dermaßen traumatisches Erlebnis nur vergessen?«, fragte Tom.

»Eben weil es traumatisch war?«, erwiderte Olivia schnippisch, fuhr dann aber versöhnlicher fort: »Ich habe es verdrängt. Verpackt, verstaut, was weiß ich. Irgendwo steckt die Erinnerung noch. Meinten jedenfalls die Psychotherapeuten, zu denen ich geschickt wurde. Aber zum Leben erweckt sie meine Eltern auch nicht mehr.«

In der Sekunde, die sie brauchte, um das Gesicht von ihm wegzudrehen, bemerkte er, dass ihre Augen feucht schimmerten. Am liebsten würde er seinen Arm um sie legen. Aber seine Vernunft sagte ihm, dass sie genau das nicht wollte.

»Wer ist denn dieser Professor Edelmann?«, fragte er stattdessen.

Auf die Frage folgte eine lange Pause. Olivia, immer noch von ihm abgewandt, suchte etwas in ihrer Tasche und schnäuzte sich so unauffällig wie möglich die Nase. Dann erklärte sie: »Er hat damals als Assistent meines Vaters gearbeitet. In der entomologischen Sammlung der ETH.«

»Ento... was?«

Sie lächelte schwach. »Entomologie. Insektenkunde.«

Natürlich. »Und was möchtest du ihm in diesem Interview erzählen?«

Das Lächeln verschwand, sie spielte mit dem Taschentuch in ihrer Hand. Zwei Stationen vergingen, bis sie antwortete: »Ich weiß es noch nicht.«

KAPITEL 5

Drei Tage nach dem Besuch bei ihrer Großmutter stieg Olivia aus der Tramlinie Nummer 15 in der Nähe des Hotels, in dem sie mit Professor Edelmann verabredet war. Sie hätte laufen können, lag es doch zwischen der ETH, wo der Professor arbeitete, und ihrem WG-Zimmer. Aber heute galoppierte der Schmerz in ihrem Bein; der Tag war anstrengend gewesen und das Wetter trüb-kalt. Anfang April und immer noch Winter. Sie konnte sich einfach nicht mehr an dieses ewige Grau gewöhnen. Jede vorfrühlingshafte Regung wurde sofort von der nächsten Kältewelle im Keim erstickt. Selbst die Besuche im Hallenbad, in das sie ging, um sich im Wasser schwerelos zu fühlen, sich in Gedanken zurückzukatapultieren in unbeschwerte Zeiten, endeten mit Enttäuschung. Das Wasser fühlte sich an, als würde es direkt aus der Arktis ins Becken gepumpt werden. Kein Vergleich zu den warmen sechsundzwanzig oder so Grad, die sie in den letzten vier Jahren genossen hatte. Aber gut. So wie sie Erika erlebt hatte, sah sie keinen Grund, noch viel länger in diesen grimmigen Breiten zu bleiben. Ein paar Monate weiterarbeiten, den Gürtel noch enger schnallen, dann hätte sie wieder genug Geld beisammen, um in die Wärme fliehen zu können. Der Gedanke hellte ihre Stimmung auf. Ein Silberstreifen am Horizont.

Heute entdeckte Olivia den Professor, bevor er sie sah. Seine Stimme hatte buchstäblich vibriert vor Freude, als sie ihn angerufen hatte, um einen Termin für das Interview zu vereinbaren. Auch wenn er eine Nervensäge war, tat es ihr leid, dass sie ihn enttäuschen würde. Sie hatte sich nicht dazu durchringen können, eine Geschichte zu erfinden, und ihr Bedürfnis, sich an den Tod ihrer Eltern zu erinnern, lag bei null. Nur wegen Erika stand sie trotzdem hier, wurde ihr bewusst. Sie gab das Interview einzig, um ihre Großmutter zu ärgern. Wenn jemand nicht nach Erikas Pfeife tanzte, versuchte sie es mit Verboten. Heute wie damals.

Der Wind wehte das aufdringliche Parfüm des Professors zu ihr herüber, bevor er selbst eintraf. Als er schließlich vor ihr stand, begrüßte er sie mit einem enthusiastischen Händeschütteln und einem herzlichen Lächeln, das seine braunen Augen hinter den Brillengläsern zum Leuchten brachte. Während er ihr die Tür aufhielt und sie durch die Empfangshalle des Hotels in Richtung Bar gingen, redete er ohne Unterlass. Welch ungemütliches Wetter, also bitte schön, langsam könne doch der Frühling Einzug halten. Zürich sei solch eine bezaubernde Stadt im Frühling, ob sie nicht auch finde? Aber Olivia fand nur, dass der Professor deutlich nervöser war als sie selbst, was ihre Sympathie weckte, und dass seine warme Stimme deutlich entspannender auf sie wirkte als das arktische Wasser des Hallenbads. Die Stimme wurde zum sanften Wellenplätschern, sie horte nicht mehr zu, ließ sich treiben.

»Haben Sie sich verletzt?«, fragte der Professor.

Olivia blieb stehen, musste erst an die Oberfläche tauchen.

»Wie bitte?«

»Sie hinken leicht, verstehen Sie? Deswegen frage ich.«

Olivia machte eine abwehrende Geste. »Eine alte Verletzung«, murmelte sie und steuerte auf den hintersten Tisch zu. Erst als sie saß, merkte sie, dass sie sich genauso gut an jeden anderen Tisch hätte setzen können. Die Bar war menschenleer.

Umständlich packte der Professor Papier und Stift aus seiner Tasche, legte sein Telefon daneben und fragte sie, was sie trinken wolle. Sie bestellte einen Pfefferminztee und nutzte die paar Sekunden, die er brauchte, um die Getränke an der Theke zu ordern, um ihre Gedanken zu sammeln.

»Professor Edelmann«, begann sie, als er den Tee und einen Espresso auf den Tisch stellte, brach dann aber ab und leerte erst zwei Tütchen Zucker in den Tee. Edelmann drückte auf den Aufnahmeknopf des Telefons und sah sie erwartungsvoll an. Olivia verfluchte den Tag, an dem sie zugesagt hatte.

»Professor«, hob sie ein zweites Mal an. »Ich weiß nicht …«

»Sie wissen nicht, wo Sie anfangen sollen. Das ist ganz normal«, unterbrach er sie, milde lächelnd, als spräche er mit einer Studentin, die unter Prüfungsangst litt.

»Nein.« Zerknirscht schüttelte sie den Kopf. Edelmann rückte seine Brille zurecht. »Es ist so … Ich kann Ihnen nichts über die Forschungsreise erzählen. Ich erinnere mich nicht.« Verstehen Sie, wollte sie noch dranhängen, aber für schlechte Witze war das nicht der passende Zeitpunkt.

Für einen kurzen Moment verzog Edelmann das Gesicht, als hätte sie ihm mitgeteilt, dass Frühling, Sommer und Herbst dieses Jahr ausfielen und es direkt mit dem Winterwetter weiterginge. Oder als hätte sie ihm die Story, die seinen Hintern retten konnte, vor der Nase weggeschnappt. Einen Wimpernschlag später lächelte er wieder freundlich.

»Ich verstehe. Trauma?«

»Dissoziative Amnesie«, berichtete Olivia verlegen und fixierte den obersten Hemdknopf ihres Gegenübers.

Der Professor nahm die Brille ab, fischte ein Tüchlein aus seiner Jacketttasche und polierte sie lange und gründlich. Olivia traute sich nicht, ihn zu unterbrechen, und rührte ebenso lange und möglichst lautlos in ihrem Tee.

»Sie brauchen sich nicht dafür zu schämen, Frau Steiner.« Olivia schreckte aus ihrer Meditation hoch. Ich schäme mich nicht, wollte sie sagen, aber der Professor plauderte gelassen weiter. »Das ist eine normale Reaktion Ihrer Psyche, verstehen Sie? Sie haben einen Therapeuten besucht deswegen, nehme ich an? Oder ... tun es immer noch?«, fügte er zögerlich hinzu.

»Abgebrochen. Eine dissoziative Amnesie kann rückgängig gemacht werden, wenn der Patient an einer Traumaaufarbeitung interessiert ist. War ich aber nicht. Ich wollte mich nicht erinnern. Das konnte auch ein Seelenklempner nicht ändern.«

»Richtig. Verstehe. Diese Therapeuten nützen ja auch wirklich nichts.« Edelmann lachte, nahm den Kugelschreiber mit dem Logo des Zürcher Zoos in die Hand und klopfte damit auf den Papierblock. Er schien über etwas nachzudenken. Dann fuhr er fort: »Der Abgabetermin ist erst Ende August. Lassen Sie uns ein Experiment durchführen: Wir tasten uns einfach vorsichtig an das Thema heran. Von hinten.«

»Von hinten«, wiederholte Olivia, unsicher darüber, ob sie ihm folgen konnte. Aber dass der Professor nicht so einfach vom Thema abließ, entfachte ein nervöses Feuer in ihr.

»Genau. Von hinten. Im Zeitstrahl, verstehen Sie?« Nein, verstand sie nicht. Edelmann zeichnete mit dem Finger eine lange Linie auf den Tisch und deutete auf das Ende. »Hier, zu dem Zeitpunkt fand die Forschungsreise statt. In Nicaragua, korrekt? Und hier«, er zeigte auf den Beginn, »befinden wir uns jetzt. Von hier aus bewegen wir uns rückwärts. Sie erzählen mir einfach aus Ihrem Leben, interessante Stationen, Erlebnisse, Reisen, Begegnungen.« Seine Gelassenheit legte sich wie eine Decke über ihre Nervosität und erstickte die Flammen. Gerade eben noch wäre sie am liebsten aufgestanden und hätte die Bar verlassen. Jetzt war sie wieder ganz ruhig. Doch was er ihr zu erklären versuchte, hatte sie noch nicht verstanden.

»Was hat das mit dem Forschungsergebnis meiner Eltern zu tun?«

»Nichts. Mit dem Ergebnis, zumindest. Aber vielleicht finden wir einen Triggerpunkt«, meinte Edelmann leichthin. »Etwas, das uns Zugang verschafft zu Ihrem Unterbewusstsein.« Er klang, als hätte er selbst schon Erfahrung mit Therapien gemacht.

Sie hatte sich darauf eingelassen. Sie hatte dem Interview zugestimmt. Ob es wirklich möglich wäre, diese Erinnerungen, die irgendwo in den Tiefen ihres Seins schlummerten, aufzuwecken? Wollte sie das wirklich? Olivia war sich nicht sicher, weder beim einen noch beim anderen.

»Und warum wollen Sie das für mich tun? Ich meine, wochenlang abwarten, bis Sie vielleicht – oder auch nicht – die Information bekommen, die Sie sich erhoffen?«

Edelmann sah ihr offen ins Gesicht. »Weil ich Sie interessant finde. Weil ich an Sie glaube.«

Seine warmwasserweiche Stimme durchrieselte sie besänftigend und trieb ihr die Wärme ins Gesicht. Flirtete er etwa mit ihr? Sie konnte nicht sagen warum, aber sie fühlte sich überraschend wohl in seiner Gegenwart. Sie könnte ihm stundenlang zuhören. Wieso sich nicht einfach darauf einlassen? Verlieren konnte sie nichts.

Also. »Ägypten.«

Der Professor räusperte sich. »Wie bitte?«

»Meine letzte Station, bevor ich in die Schweiz zurückkam. Ägypten.«

Jetzt gab es kein Zurück mehr.

Erika stand vor der Anrichte und betrachtete die aufgestellten Fotos. Das einzige Bild in Schwarz-Weiß zeigte eine junge Braut mit einer eleganten Hochsteckfrisur. Sie trug ein mit winzigen Knöpfen hochgeschlossenes Kleid und lächelte ihren frisch angetrauten Ehemann an; ein stolzer, selbstbewusst blickender Mann mit dichtem dunklem Haar, stechenden Augen und einem kecken Schnurrbart. Daneben ein farbiges Bild derselben Frau, ein wenig älter, wie es ihr schien. Auf dem Arm hielt sie einen Säugling, dessen Köpfchen bedeckt war mit einem feinen Flaum kupferroter Haare. Erika konnte nicht erkennen, ob es ein Junge oder ein Mädchen war, denn das Kind steckte in einem weißen Taufkleid. Irgendetwas aber sagte ihr, dass die Frau ein Mädchen im Arm hielt. Leicht strich sie mit dem Finger über das Bild. Dahinter stand in verwaschenen Farben das Porträt eines Mädchens – war es dasselbe? –, nun bestimmt schon vierjährig, die roten Haare in zwei adrette Zöpfe geflochten. Ein anderes Foto zeigte das Brautpaar einige Jahre später. Ob die Hochzeit wirklich der schönste Tag im Leben der Braut gewesen war? Die rothaarige Frau lachte auf diesem Bild, aber das Lachen wirkte angestrengt. Der Mann reckte stolz und wichtig seinen Rücken, während seine Hand schwer auf ihrer Schulter zu lasten schien. Das Mädchen dazwischen, näher bei der Mutter als beim Vater, trug ein geblümtes gelbes Kleid, die Hände lagen artig auf den Knien. Erika wollte es am liebsten in die Arme nehmen. Ihr Blick huschte über weitere Bilder, das Mädchen wurde immer größer, die Frau immer älter, der Mann immer herrischer. Plötzlich legte sich eine Hand auf ihren Arm. Sie zuckte zusammen.

»Ich bin es, Erika. Maria.«

Erikas Lippen begannen gegen ihren Willen zu zittern. Sie suchte in dem freundlichen Gesicht nach Anhaltspunkten für ein Erkennen.

»Ich arbeite seit über vierzig Jahren für Sie. Ihre Haushälterin. Erinnern Sie sich?«

Und tatsächlich, hier hatte das Vergessen gnädigerweise vergessen, seinen schwarzen Pinsel anzusetzen. »Maria, natürlich.«

Sie seufzte. »Verzeihen Sie. Nächstes Mal erkenne ich Sie eher wieder.« Oder auch nicht. Sie fragte sich beschämt, wie oft sich diese Szene oder eine ähnliche schon abgespielt haben mochte.

»Brauchen Sie Hilfe mit der Familie?«, unterbrach Maria fröhlich ihre deprimierten Gedanken. »Schauen Sie, das hier sind Sie selbst, mit Ihrem verstorbenen Mann Georg. Wie hübsch Sie aussahen, nicht wahr? Solch ein wunderschönes Brautkleid. Geschneidert haben Sie es, alle Welt hat es bewundert. Sie waren eine bekannte Damenschneiderin, wissen Sie? Und hier sind Ihre Tochter Sandra und deren Mann Patrick.« Das rothaarige Mädchen war also ihre Tochter. Deswegen spürte sie so eine große Nähe zu ihr beim Betrachten der Fotos. Auf dem Bild, auf das Maria jetzt zeigte, waren Sandras Haare kurz geschnitten und sie trug ein für ihren Geschmack skandalös knappes Kleid und eine schmale Silberkette mit Anhänger. Ihr Schwiegersohn war ein Bär von einem Mann: groß, breite Schultern, dunkelblonde Locken, warme braune Augen. Beschützend lag sein Arm um die Schultern seiner Frau. Er strahlte Sicherheit aus. Erika mochte ihn sofort. Wenn ihre Tochter mit diesem Mann zusammen war, brauchte sie sich als Mutter nicht zu sorgen. Maria nahm das nächste Bild in die Hand und Erika musste zweimal hinschauen. Wieder ein kleines Mädchen mit roten Haaren, dieses Mal aber gelockt. Strahlend blaue Augen, saphirblau, wie ihre eigenen. Lachend stand sie mit einem blank polierten Schulranzen, blank polierten Schuhen, roter Strumpfhose und einem karierten Röckchen vor einem Tor, das wohl zur Schule führte. Unsicher sah sie zu Maria.

»Das ist Olivia. Ihre Enkelin. Erst vor einigen Tagen kam sie zu Besuch.«

Erika nickte, wenig überzeugt. Sie wusste, dass sie all diese Menschen kannte, sie spürte die Verbindung. Aber die Gesichter sagten ihr nichts. Wie oft hatte ihr Maria schon diesen Vortrag gehalten? Es folgten Aufnahmen von ihrer Tochter – »Sandra«, murmelte sie, aus Angst, den Namen gleich wieder zu vergessen – zusammen mit ihrem Schwiegersohn und ihrer Enkelin, jedes Mal ein wenig größer und wilder, wie ihr schien, immer lachend. Das letzte Foto zeigte wieder die Frau vom ersten Bild. Ihre Haare waren mittlerweile von weißen Strähnen durchzogen. Sie ähnelte der alten Frau, die ihr jeden Tag aus dem Spiegel entgegensah: zusammengepresste Lippen, tief eingegrabene Falten, die Miene enttäuscht. Zwischen ihr und dem Mann, mit dem sie gemäß den Bildern verheiratet gewesen war, stand das Mädchen, vielleicht zehn-, elfjährig, die roten Locken streng zurückgekämmt. Steif und mit vor der Brust gekreuzten Armen. Das Gesicht verschlossen. Wo war ihr Lachen hin? Und wo war Sandra? Wo war ihre Tochter? Ohne es zu merken, waren ihre Hände an ihren Hals gewandert und befingerten die Halskette, die sie trug. Eine Silberkette mit einem kleinen Anhänger, was war das für ein Anhänger, ein Schmetterling? Erika schüttelte den Kopf. Die Kette gehörte nicht ihr. Sie trug immer ein Kreuz. Sie suchte die Aufnahme, auf der Sandra dasselbe Schmuckstück trug. Als sie das Foto gefunden hatte, verstärkte sich das ungute Gefühl. Warum trug sie diese Kette und nicht ihre Tochter?

»Sandra«, murmelte sie erneut.

Maria lächelte ihr aufmunternd zu. »Sandra ist gerade nicht hier. Sie bewahren die Kette für sie auf, Erika.«

Etwas an diesen Worten kam ihr falsch vor. Ein Lichtblitz schoss durch ihren Kopf, zu schnell und zu heiß, als dass sie den Gedanken, die Erinnerung hätte fassen können. Es trieb sie zur Weißglut.

Maria zog sie sanft am Arm. »Und jetzt machen wir Sie bereit fürs Bett, was meinen Sie? Morgen ist ein neuer Tag.«

Vom Winde verweht, fiel es Erika klar und deutlich ein. Banalitäten vergaß sie nicht.

Einen Moment lang gab sich Olivia der Vorstellung hin, einfach aufzustehen und wegzugehen. Aber sie wusste, dass sie eine endgültige Entscheidung getroffen hatte. Sie würde sachlich bleiben, nicht allzu sehr in die Tiefe gehen. Vielleicht würde dann auch der Schmerz nicht überhandnehmen. Sie nahm einen Schluck Tee. Edelmann schob das Telefon näher an sie heran und strahlte sie erwartungsvoll an. »Dann entführen Sie mich nach Ägypten«, brummte er mit dieser Stimme, die so gar nicht zu ihm passte und sie dennoch in Sicherheit wiegte wie die Arme eines starken Mannes.

»Ja, also …« Wie sollte sie überhaupt beginnen? Sie verschränkte ihre Finger ineinander und kratzte mit dem Daumennagel über den Handballen, wieder und wieder, auf der Suche nach dem Anfang.

»Beginnen Sie doch damit, mir zu erklären, wie Sie überhaupt auf Ägypten gekommen sind.« Edelmann schien sie mit all ihren Ängsten genaustens lesen zu können. Fast so, als ob er sie spüren würde. Olivia wusste nicht, ob ihr das gefiel oder ob es sie nervös machen sollte, aber sie griff nach dem Rettungsring.

»Ich habe einen Schulatlas, so ein altes, dickes Buch aus der Grundschule noch. Er begleitet mich überallhin. Darin ist die ganze Welt versteckt, und schon als Kind liebte ich es, ihn durchzublättern, fremdartige Namen auszusprechen, auf imaginäre Reisen zu gehen. Später half er mir, meinem Leben … zu entfliehen. Er ist meine Kristallkugel, er weist mir den Weg. Ich blättere ihn mit geschlossenen Augen durch, halte an einer Seite an, setze den Finger irgendwo auf das Papier – und dorthin gehe ich. Zuletzt war das Ägypten. Für Sharm El Sheikh habe ich mich allein wegen des verlockend klingenden Namens entschieden. Und natürlich, weil es am Roten Meer lag.«

Im Nachhinein hatte sie sich immer wieder gewünscht, sie hätte eine andere Seite aufgeschlagen.

Aber zu Beginn war alles gut gelaufen. Sie hatte Arbeit im Büro einer Tauchschule gefunden und dank der Hilfe ihres Kollegen Fadil rasch Zugang bekommen zur Kultur des Landes. Seine heißen Küsse hatten bestimmt dazu beigetragen. Dafür, dass sie immer eine mittelmäßige Schülerin gewesen war, lernte sie erstaunlich schnell, Arabisch zu sprechen. Es kam eben doch auf den Lehrer an. Je nach Laune verbrachte sie die Nächte in ihrem Zimmer in dem kleinen Hostal im alten Teil der Stadt, dort, wo die Ortschaft als Fischerdorf ihren Anfang genommen hatte, oder in Fadils Wohnung. Häufig traf sich dort ein Zirkel junger Leute, denen das touristische Nachtleben in Na'ama Bay nichts bedeutete. Dann herrschte in Fadils Wohnung ein fast babylonisches Sprachgewirr: Arabisch, Englisch, Russisch, Französisch, Kauderwelsch. Jeder durfte neue Freunde mitbringen, es herrschte ein stetiges Kommen und Gehen. Dieser frische soziale Wind blies ihr neuen Mut zu, neue Hoffnung, bei der Verteilung des Glückes vielleicht doch nicht an letzter Stelle gestanden zu haben. Wie ein zügelloses Pferd stürmte sie durch die Tage, arbeitete ihre Zeit im Büro ab und rückte bereits nach wenigen Wochen auf einen frei gewordenen Platz im Tauchlehrerkader. Befand sie sich gerade mal nicht unter Wasser, unternahm sie Ausflüge in die Umgebung mit Leuten, die sie bei Fadil kennengelernt hatte. Die bergige Wüste der südlichen Sinai-Halbinsel faszinierte Olivia, sie fand dort die gleiche Stille wie unter Wasser. Die religiösen Grabenkämpfe, die in dem zwischen Israel und Ägypten hin- und hergerissenen Landzipfel ausgetragen wurden, interessierten sie nicht. Religion und Politik waren zwei Dinge, über die sie sich keine Gedanken machte.

Das änderte sich, als sie bei einem Treffen in Fadils Wohnung – sie war schon seit über sechs Monaten in Ägypten – Rashida begegnete. Der Freund eines Freundes hatte sie eingeladen. Rash stammte aus Kairo, wo sie Mathematik studierte. Ihre Leidenschaft aber galt der Politik und den Menschenrechten. Schon als im November 2010 in Tunesien die Revolution ihren Anfang genommen hatte, die bald unter dem Namen Arabischer Frühling bekannt wurde, hatte Rashida begonnen, sich immer stärker politisch zu engagieren. Ab Januar hatte sie mit Tausenden Leuten auf dem Tahrir-Platz in Kairo lautstark Veränderungen gefordert. Sie wurde schnell zu einer der aktivsten Bloggerinnen, unermüdlich dokumentierte sie die Demonstrationen und die damit zusammenhängenden Unruhen. Etwas zu laut, wie es manchen offenbar schien. Mehrere Male wurde sie überfallen, einmal sogar brutal zusammengeschlagen und einmal entkam sie nur knapp einer jener Massenvergewaltigungen, über die sie berichtete. Als sie die ersten Morddrohungen erhielt, beschloss sie, Kairo für eine Weile den Rücken zu kehren und woanders weiterzubloggen. Ihre Wahl war auf Sharm El Sheikh gefallen.

Als Olivia nun Rash an diesem Abend zum ersten Mal begegnete, schlug die Diskussion hohe Wellen; es ging um die Inhaftierung der Familie Mubarak. Olivia lehnte sich zurück und beobachtete. Die Shisha ließ sie wie immer passieren, stattdessen hielt sie sich an ihrem Glas mit heißem, süßem Pfefferminztee fest, das Getränk hatte sie in den letzten paar Monaten für sich entdeckt. Rashida fiel ihr sofort ins Auge; nicht etwa, weil sie neu war oder am lautesten geredet hätte, nein, sie fiel auf, weil sie die Königin war inmitten eines wild gewordenen Bienenstocks. Ihre Meinung äußerte sie leise und unaufgeregt. In diesen Momenten verstummte das nervöse Summen, um, kaum hatte Rashida aufgehört zu sprechen, abermals anzuschwellen. Laut, leise, laut, leise. Rashidas schlanke Finger, mit denen sie sich entweder durch ihre kurz geschnittenen schwarzen Haare fuhr oder in großen Gesten ihre leisen Worte unterstrich, wickelten Olivia ein wie Zuckerwatte. Erst als die Ägypterin aufstand, um nach Hause zu gehen, trat Olivia an sie heran.

»Hast du Lust, morgen mit mir einen Kaffee zu trinken?«, fragte sie und kam sich vor wie ein Teenager, der sein Idol um ein Autogramm bat.

Schon nach wenigen Tagen wurden die beiden Frauen unzertrennlich. Sie gaben ein merkwürdiges Bild ab, Olivia groß und rothaarig, Rash einen Kopf kleiner und dunkel. Für die Zuneigung, die sie füreinander empfanden, spielte dies aber keine Rolle. Es war kein romantisches Gefallen in dem Sinn, oder vielleicht doch, denn Liebe war es schon, was Olivia verspürte, aber eben ohne den sexuellen Beiklang. Sie war pur, diese Liebe.

Eines Tages nannte Rash Olivia zum ersten Mal ihre Schwester. Olivia meinte in dem Moment, vor lauter Freude innerlich zu brennen. Wie sehr hatte sie sich immer eine große Schwester gewünscht, und nun war dieser Wunsch tatsächlich in Erfüllung gegangen. Seit dem Tod ihrer Eltern hatte ihr niemand mehr so nahegestanden wie Rash. Sie hatte wieder eine Familie.

Die nächsten Monate kamen ihr vor wie die schönste Zeit ihres Lebens. Schon morgens vor der Arbeit trafen sie sich in einem Café auf dem Alten Markt, wo Rashida Mokka trank, der so stark war, dass ihre Augen glühten. Dazu aßen sie Fladenbrot mit dickem Joghurt, Gurken und Oliven. Abends spazierten sie über den Markt, vorbei an den Ständen mit bunten Gewürzen und billigen Souvenirs, den Duft von Kreuzkümmel, Minze und gegrilltem Fleisch in der Nase. Rashida versuchte, Olivia für Politik zu interessieren. Olivia versuchte, Rashida das Schwimmen beizubringen. Beides mit mittelmäßigem Erfolg. Dann brachte Rash Olivia bei, Gitarre zu spielen, was erstaunlich gut klappte. Olivia zeigte ein ungeahntes Talent. Die Nächte bei Fadil endeten und wurden ersetzt durch stundenlanges Saitenzupfen, begleitet von Rashidas melancholischem Gesang.

»Olivia.« Rashida kauerte zu ihren Füßen. Der Abendwind, der ins Zimmer blies, brachte kaum Erfrischung, dafür aber den Ruf des Muezzins zum letzten Gebet des Tages. Olivia legte die Gitarre weg, sie fühlte, dass ihre Schwester hin- und hergerissen war zwischen ihrer Pflicht, zu beten, und einer Frage, die sie sich nicht zu stellen traute.

»Olivia«, sagte sie noch einmal. »Ich weiß, du sprichst nicht gern darüber, aber ich spüre doch, dass da ein Schatten über dir liegt. Was ist mit deinen Eltern passiert?« Sie hatte diese Frage schon zu Beginn ihrer Freundschaft gestellt und Olivia hatte ihr keine andere Antwort gegeben als die, dass ihre Eltern tot waren. Sie wussten alles voneinander, aber dieses Thema war ihr blinder Fleck. Und wenn es nach Olivia ging, sollte es dabei bleiben.

»Meine Eltern sind gestorben. Punkt. Sie sind einem Schmetterling nachgejagt, der ihnen anscheinend wichtiger war als ich. Punkt. Und an mehr erinnere ich mich nicht. Punkt. Punkt. Punkt.« Ihre Antwort war heftiger ausgefallen als notwendig, sie sah Rashida an, dass sie verletzt war, aber Rash wäre nicht Rash, wenn sie mit ihren feinen Antennen nicht den giftigen Stachel in Olivias Herz entdeckt hätte und nun über Tage und Wochen versuchte, ihn mit vorsichtigen Fingern und chirurgischer Präzision zu entfernen. Und schließlich gelang es Olivia, sich zu öffnen, für diese Frau, die ja sowieso ganz tief in ihre Seele zu blicken vermochte. Olivia erzählte ihr stückchenweise von der Kindheit und Jugend bei ihren Großeltern, die sie nur aus reinem Pflichtbewusstsein und ohne Liebe großgezogen hatten. Von den Tagen, die sie eingesperrt in ihrem Zimmer hatte verharren müssen – als Strafe dafür, dass sie war, wie sie war, die personifizierte Erinnerung an ihren Vater, den Sündenbock. Von den Schlägen des Großvaters und den Zurechtweisungen der Großmutter.

»Ich war keine Sekunde lang traurig, als ich vom Tod meines Großvaters erfuhr«, bekannte sie eines Tages und merkte im selben Moment, wie sehr sie dieses Geständnis erleichterte. Natürlich hatte Rashida recht gehabt damit, dass ihre Vergangenheit auf ihr lastete wie ein Schatten. Aber der lichtete sich nur teilweise, denn auf die meisten Fragen konnte sie weiterhin keine Antwort geben. Da war zu wenig Licht.

»Und als er keine Macht mehr über dich hatte, sein Anspruch nicht mehr dein Leben bestimmten – welches ist denn nun dein Ziel? Wo willst du hin?«

Olivia verspürte auf einmal eine unbändige Lust, ihre Fingernägel zu kauen, und setzte sich auf ihre Hände, um die Kontrolle zu behalten.

»Wozu ein Ziel?«, fragte sie beinahe patzig. »Ich lasse mich treiben wie ein Stück Holz auf dem Meer. Die Strömung wird es richten. Ich bin Tauchlehrerin, Arbeit werde ich immer finden. In Sharm El Sheikh bleibe ich, solange es mir hier gefällt, und solange du hier bist, gefällt es mir.« Schließlich kannte sie außer Rash niemanden, dem sie etwas bedeutete. Olivia wusste, dass Rashida diese Antwort aufstieß. Ihre Freundin glaubte schließlich an ein Ideal, wofür es sich zu kämpfen lohnte. Demokratische Wahlen, Frauenrechte, Menschenrechte. Manchmal ließ Rash Olivia nach einer solchen Diskussion sitzen und tauchte danach tagelang nicht auf. Sie fuhr nach Kairo und demonstrierte. Worauf sich Olivia vorkam wie ein Zugvogel ohne Orientierungssinn. Und unvollständig wie ein Puzzle, dem das wichtigste Teil fehlte. Aber Rashida kam immer wieder zu ihr zurück.

In der Zwischenzeit vergingen die Monate. Die Hitze des Herbstes 2012 trieb Olivia noch häufiger zwischen die Blaupunktrochen und Glasfische, und wann immer möglich fuhr sie zusammen mit Rashida hinaus aus Sharm El Sheikh zu ihrem kleinen Flecken Paradies. Was gab es Schöneres?
»Ja«, sagte Rash, als sie im feinen Sand saßen, das türkisblaue Wasser vor ihnen, weit und breit keine Menschenseele. »Aber bist du wirklich glücklich?«
»Ich bin glücklich, wenn du in meiner Nähe bist. Du bist meine Familie. Die Luft, die ich zum Atmen brauche. Der Glitzer, der die Welt zum Leuchten bringt.« Sie übertrieb mit Absicht, um der Frage ihre unterschwellige Schwere zu nehmen. Manchmal lachte Rash bei diesen Beteuerungen, und sie umarmten sich und schworen sich ewige schwesterliche Liebe. Andere Male schnitt sie Olivia das Wort ab und meinte, Olivia müsse erst mit ihrer eigenen Familie Frieden finden, bevor sie eine neue bilden könne. In solchen Momenten war es Olivia, die weglief, sich ins Wasser stürzte, sich in einen Fisch verwandelte, um in der Stille unter der Meeresoberfläche ihre Welt zu vergessen. Aber auch sie kehrte immer wieder zu Rash zurück. Sie waren miteinander verbunden wie zwei Marionetten, die an denselben Fäden hingen. Ohne die eine bewegte sich die andere nicht.

An einem Abend Mitte November saßen Olivia und Rash in einem Café auf dem Alten Markt. Es war weit nach Mitternacht. Obwohl sie nur kurz einen Happen hatten essen wollen, waren sie weitergelaufen, um den frischen Wind zu genießen, der die Hitze der vergangenen Tage vergessen ließ. Waren hier kurz stehen geblieben, um Freunde zu begrüßen, hatten dort einen Halt eingelegt, um eine Handvoll Nüsse zum Knabbern zu kaufen. Hielten sich versteckt an den Händen und kicherten ausgelassen über die schmalzigen Liebesschwüre der ägyptischen Händler, die ihnen alles Mögliche andrehen wollten. Am nächsten Tag würde Rashida für eine Woche nach Kairo fahren, und die Lust, ins Bett zu gehen und damit den Morgen herbeizubeschwören, war gering. Also nahmen sie im Café Platz.

»Was soll ich nur tun ohne dich, eine ganze Woche lang?«, fragte Olivia und riss theatralisch die Arme hoch.

»Arbeiten«, antwortete Rashida lapidar und wieder mussten sie lachen. »Ich lasse dir die Gitarre hier. Jede Saite, die du zupfst, ist ein Gedanke an mich, Schwester.«

Sie schwiegen, während der Kellner zwei Gläser und eine Wasserflasche vor sie auf den Tisch stellte. Dann sagte Rashida: »Wegen unserer Reise nach Jordanien …«

Olivia schenkte ein, dann presste sie die kalte, von Kondenswasser überzogene Flasche an ihre Stirn. »Was ist damit?« Ihre Stimmung verlor das Gleichgewicht, torkelte, sie wollte sie auffangen, aber vergeblich.

»Ich finde, wir sollten doch lieber in die Schweiz fliegen. Bitte, Olivia!«

Brüsk stellte Olivia die Flasche auf den Tisch, Wasser spritzte. Es war so ein schöner Abend gewesen, warum musste Rash nun ein Thema anschneiden, von dem sie genau wusste, dass es sie treffen würde?

»Es würde mir wirklich viel bedeuten, und du könntest dich mit deiner Großmutter aussprechen, bevor es für sie zu spät ist. Denk dran, sie ist krank.« Sie lächelte Olivia an, irgendwie schuldbewusst, als ahnte sie, nein, als wüsste sie ganz genau, dass sie verbotenes Terrain beschritten hatte. Eine Sache war es, sich ein paar Erinnerungen von der Seele zu reden, eine andere, sich ihnen Angesicht zu Angesicht zu stellen. »Vielleicht ist es ja einfacher für dich, wenn ich an deiner Seite bin. Du weißt, ich unterstütze dich immer. Du könntest dich von dieser Fessel befreien, endlich. Und vielleicht würden damit auch andere Prozesse in Gang gesetzt. Du weißt schon, deine Eltern. Das Unglück.« Ein Flehen lag in Rashs Blick, und Olivia wusste, sie meinte es nur gut. Sie wollte ihr nur helfen. Aber Olivia wollte diese Hilfe nicht. Nicht, was diese Sache anging.

»Ich möchte nicht in die Vergangenheit schauen, Rash. Ich lebe im Hier und Jetzt. Die Schweiz und alles, was sie für mich verkörpert, habe ich hinter mir gelassen. Und genau deswegen bin ich frei!«, sagte sie verärgert. »So frei, dass ich meine eigenen Entscheidungen treffe. Wie zum Beispiel, mich nicht mit dieser Frau aussprechen zu wollen. Und wie zum Beispiel, jetzt zu gehen, weil es mich nervt, dass du meine Meinung einfach nicht akzeptieren willst.« Und damit stand sie auf und verließ das Café, zerdrückte die leere Wasserflasche in ihrer Hand und pfefferte sie in den Abfalleimer, der auf der Straße stand, bevor sie diese überquerte. Warum konnten sie die letzten Stunden vor ihrer einwöchigen Trennung nicht einfach genießen? Sich mit Erika auszusprechen, machte das Geschehene nicht ungeschehen. Und selbst wenn aus einem nicht plausibel erklärbaren Grund dadurch die Erinnerungen an das Unglück, durch das ihre Eltern gestorben waren, auftauchen würden – sie würde sie umgehend im Marianengraben versenken. Wozu in der Vergangenheit wühlen, wenn man die Gegenwart genießen konnte? Aber auch: wozu streiten, am Abend bevor Rash abreiste? Schuldbewusst schaute Olivia zurück.

Das Letzte, was sie sah, bevor ein Auto sich dazwischenschob, war Rashidas verletzter Gesichtsausdruck.

Und das Erste, was sie danach hörte, war ein Knall.

Die Druckwelle schleuderte sie durch die Luft in den Stand eines T-Shirt-Verkäufers. Benommen blieb sie liegen, sirrende Ohren, wie in Watte verpackt. Heiß, es war so heiß. Ein T-Shirt mit der Aufschrift *I love Sharm El Sheikh* lag direkt vor ihr, mit zitternder Hand schob sie es beiseite. Menschen rannten wild durcheinander, das Auto brannte. Das Café brannte.

»Rashida«, murmelte Olivia, stemmte sich aus dem Stoffhaufen, torkelte über die Straße. Die Hitze vor dem Café war wie eine Wand. Jemand wollte sie festhalten, als sie die Terrasse betrat, auf der sie vor weniger als einer Minute noch selbst gesessen hatte. Rauch brannte in ihren Augen, füllte ihre Lungen, sie hustete, kniete sich auf den Boden und tastete sich voran, verbrannte sich die Hand an dem heißen Metall eines umgekippten Stuhles. Rashida war von der Wucht der Explosion an die Wand geschleudert worden, lag auf dem Boden wie ein achtlos hingeworfenes Häufchen Wäsche. Sie blutete aus einer Wunde an der Stirn, der Kopf seltsam schräg. Das Blut lief ihr über ihre Augen, diese wunderschönen Augen. Olivia versuchte es wegzuwischen, damit Rash sie wieder öffnen konnte. Sie schüttelte ihre Freundin sanft, ihre Schwester, ihre Familie. Nahm Rashs Hand, zog daran. Die Hand fiel kraftlos zurück. Olivia zitterte, als ob sie statt Knochen plötzlich ein Starkstromkabel im Körper hätte. Dann ein Ploppen in den Ohren und Geräusche überrollten sie wie Panzerwagen. Sirenen kreischten, Befehle wurden gebrüllt, Menschen heulten vor Schmerz. Der süßliche Geruch nach verbranntem Fleisch traf sie wie ein Keulenschlag, ließ sie würgen. Sie versuchte aufzustehen, aber ihre Beine trugen sie nicht. Zwei Helfer mit einer Trage drängten sich an ihr vorbei. Sie wollte ihnen sagen, dass es zu spät sei, aber sie wurde gepackt und hochgehoben. Das flackernde blaue Licht der Rettungswagen blendete sie, trotzdem starrte sie hinein. Hoffte, dass der Rauch und das Licht die traurigen Augen ihrer geliebten Schwester von ihrer Netzhaut löschen würden.

Rash war tot. Die Marionettenfäden durchtrennt. Und Olivia fühlte sich erneut wie ein verlorener Zugvogel, nur dieses Mal ohne Hoffnung, ihre Orientierung jemals wiederzufinden. Denn nun sank sie selbst auf den Grund des Marianengrabens, dem tiefsten Punkt der Erde. Sie wusste nicht, wie sie wieder an die Oberfläche gelangen sollte, und ließ sich deshalb einfach weiter sinken. Abtauchen. Bis ihr die Luft ausgehen würde und dann noch weiter.

Aber die Erde drehte sich weiter, das Leben nahm seinen Lauf. Olivias Leben jedoch hatte all seine Farben verloren. Ein Glitzerbildchen ohne Glitzer. Die Sonne wärmte sie nicht mehr, die Fische wirkten blass, ihre neue Heimat schien sinnlos. Als daher am Weihnachtsmorgen Maria anrief und sie bat, nach Hause zu kommen, weil der Alzheimer immer größere Stücke aus Erikas Gedächtnis riss, fühlte Olivia sich erleichtert. Die Entscheidung war für sie gefällt worden. Es war nicht der Ort, den sie als nächstes Ziel gewählt hätte, aber sie fügte sich. Es war Rashs letzter Wunsch gewesen, sozusagen. Olivia würde es für sie tun.

Olivia starrte in ihre leere Teetasse. Auf dem Boden pappte ein Rest Zucker. Erst als der Professor ihr ein Taschentuch in die Hand drückte, merkte sie, dass sie weinte. Sie schniefte in das Tuch und trocknete ihre Tränen. Jetzt tat sie also das, worum Rashida sie so oft gebeten hatte. Hätte sie es doch früher getan …

»Das ist eine traurige Geschichte, Olivia«, sagte André Edelmann mit Mitgefühl in seiner Stimme. Sie versank darin wie in einem weichen Kissen.

»Hm«, murmelte sie, »ja«, und putzte sich die Nase. Es waren erst wenige Monate vergangen, der Schorf auf der Wunde in ihrer Seele war brüchig, die neue Haut darunter noch dünn. Allein die Gitarre war ihr von Rashida geblieben. Jedes Mal, wenn sie die Saiten zupfte und die vertrauten Melodien spielte, sah sie wieder die Bilder dieser glücklichen Zeit vor sich, sie brachten ihr Trost. Oder weckten die Trauer in ihr. Sie hatte ihre Eltern verloren und nun auch ihre engste Freundin. Ihre Schwester. Jetzt blieb nur noch Erika. Sie war der letzte Mensch ihrer wirklichen Familie. Vielleicht sollte sie sich doch endlich einen Ruck geben und sich mit ihr aussprechen.

KAPITEL 6

Sie rannte. Es war dunkel, sie wusste nicht, wo sie war. Aber sie musste rennen, schnell, schneller. Es kam näher. Noch schneller rennen. Nicht nach hinten sehen. Ihr Atem ging keuchend. Sie fiepte vor Angst. Riss den Mund auf, aber statt Luft strömte etwas anderes hinein, etwas Schweres, Klebriges. Sie wollte schreien, aber es kam kein Ton aus ihrer Kehle. Etwas riss an ihrem Bein.

Mit rasendem Herzen und schweißnass lag Olivia in ihrem Bett. Die Augen weit aufgerissen, starrte sie minutenlang an die Decke, bis der schwache Schein der Straßenlampe, der durch die Fensterläden fiel, die Konturen des Zimmers zum Vorschein brachte. Sie war in Sicherheit. Aber wovor? Eine feine Gänsehaut lief in Wellen über ihren Körper, ihre Zähne klapperten. Seit mindestens zehn Jahren hatten sie keine Albträume mehr heimgesucht. Sie sehnte sich danach, die Nase in ihren Stoffhund zu drücken, wie sie es als Kind getan hatte, um sich zu beruhigen. Aber sie lag allein im Bett. An Schlaf war heute Nacht nicht mehr zu denken.

»Olivia, wo steckst du? Es ist Viertel vor neun, du bist zwei Stunden zu spät!« Irritiert legte Tom das Handy weg und widmete sich dem nächsten Kunden. Dem Duft aus der Küche zufolge sollte der Möhrenkuchen gleich aus dem Ofen genommen werden. Kurz informieren, wenn man nicht pünktlich zur

Arbeit erscheinen kann, das war doch wohl nicht zu viel verlangt. Der Laden brummte, ihm fehlten Hände. Olivia steckte sonst wo und Valerie traf sich mit ihrem Agenten. Oder doch nicht? Gerade schob sie sich durch die Eingangstür. Ihre Miene ließ nichts Gutes ahnen.

»Abgesagt?«

Valerie schnaubte. »Der Sack. Immer ist irgendjemand wichtiger als ich.« Sie lächelte professionell den jungen Mann an, der einen schwarzen, großen Kaffee zum Mitnehmen verlangte. Immer noch lächelnd fragte sie: »Und wo steckt unsere Angestellte des Monats?«

Wenn er das wüsste! Tom zog es vor, auf eine Antwort zu verzichten. Stattdessen spurtete er in die Küche, um den Kuchen im letzten Moment aus dem Ofen zu retten. Keine Minute darauf erschien Olivia in der Küchentür.

»Na endlich!«, rief er und wollte sie gerade bitten, ihm doch in Zukunft Bescheid zu geben, wenn sie gedachte, später zu erscheinen. Aber die Müdigkeit einer schlaflosen Nacht hatte Schatten auf ihr Gesicht gemalt. Er würde zu einem anderen Zeitpunkt mit ihr sprechen.

Das Café schien sich heute nicht leeren zu wollen. Selbst Valerie kam offenbar nicht dazu, Olivia zu rügen. Tom erwischte sie nur dabei, wie sie ihr etwas ins Ohr zischte, was nicht gerade wie ein freundliches Guten Morgen klang. Die Fehde zwischen den beiden Frauen setzte ihm zu. Egal auf welche Seite er sich schlug, es war die falsche. Die Hoffnung, dass sich Valerie mit der Zeit an Olivia gewöhnen würde, blieb bisher unerfüllt. Im Gegenteil: Valerie kritisierte Olivia, wann immer möglich. So kannte er sie gar nicht.

Tom strich sich die Haare aus den Augen und schielte zu Valerie. Seine Schwester, die heute mit einem weit schwingenden, rot-weiß getupften Pin-up-Kleid und der passenden Schleife im tiefschwarzen Haar dem warmen Frühlingstag huldigte, klopfte mit dem Mittelfinger ein Stakkato auf den Tresen. Mit brennendem Blick verfolgte sie Olivia, die auf dem Weg in ihre Mittagspause die Straße überquerte.

»Warum hasst du Olivia so?«, fragte er Valerie ganz direkt in einem ruhigen Moment.

Die Wut rauchte förmlich aus Valeries Ohren – und einen Augenblick lang wunderte er sich, dass der Feuermelder nicht losging. Sie sah ihn mit diesem Blick an, der ihn immer um ein paar Zentimeter schrumpfen ließ, sosehr er sich auch dagegen wehrte.

»Ich hasse sie nicht«, sagte sie, das Verb betonend. »Aber ich brauche sie hier nicht. Wenn du Hilfe benötigst, können wir gern eine andere Person einstellen.«

»Sie leistet gute Arbeit, Valerie. Der Umsatz ist gestiegen …«

»Der Umsatz steigt immer bei Frühlingsanfang, *Chéri*«, unterbrach ihn Valerie. »Sie bringt Probleme. Das fühle ich. Und als Höhepunkt taucht sie einfach zwei Stunden zu spät auf, ohne Entschuldigung! Wenn sie nicht selbst bald einsieht, dass sie hier keine Zukunft hat, werde ich sie rausschmeißen. Es funktioniert nicht.«

Tom ballte die Hände in den Hosentaschen zu Fäusten. »Du kannst ihr nicht kündigen, dazu brauchst du mein Einverständnis.«

»In dem Fall werde ich einen Weg finden, damit sie von allein den Hut nimmt. Sie ist nicht gut für dich.«

»Sie ist … was? Worauf spielst du an? Wir sind nur Freunde!« Er hasste ihren sechsten Sinn, diese verdammten Antennen, dank denen sie immer lange vor ihm selbst wusste, was in ihm vorging.

»Du hast andere Dinge, um die du dich dringender kümmern solltest. Um Carla, zum Beispiel.« Die Schleife in Valeries Haar wackelte bei jedem Wort, das sie sagte.

Er vernachlässigte nichts und niemanden. Höchstens seine eigenen Träume und sein eigenes Leben. Aber das konnte er Valerie natürlich nicht sagen. Also winkte er ab. »Sorge dich nicht meinetwegen. Ich habe alles unter Kontrolle. Gib Olivia eine Atempause, bitte. Zum Wohl des Arbeitsklimas, okay?«

Am Nachmittag nahm er Olivia für ein Gespräch beiseite, zwischen Küchentür und Kaffeemaschine.

»Was war los heute Morgen?«

»Schlechte Nacht. Albträume. Wecker nicht gehört. Wird nicht wieder vorkommen, entschuldige«, murmelte Olivia.

»Sollte es besser nicht. Valerie war sauer.«

»Ist sie das nicht immer?« Olivia marschierte zu einem Tisch, um zu kassieren. Heute war ihr das Hinken stärker anzusehen als sonst. Heute lag um ihr ganzes Wesen eine Aura aus Schmerz, auch wenn sie lachte und scherzte wie immer. Selbst ihr Karamellduft schien schwächer zu sein. Wie gern würde er seine Hand auf ihre Schulter legen und alle ihre Verletzungen, egal welcher Art, in den Himmel schicken. Das konnte er zwar nicht, aber vielleicht würde es ihm gelingen, ihr auf eine andere Weise zu helfen. Auf einer anderen Ebene.

»Wann besuchst du deine Großmutter wieder?«, fragte er, als sie zur Kaffeemaschine zurückkam, um einen Cappuccino zuzubereiten.

Sie hielt mitten in der Bewegung inne. Das Kännchen mit der aufgeschäumten Milch baumelte in der Luft, der Schaum kurz davor, über den Rand zu fließen wie Wolken über einen Bergkamm. Sie sah nach links, dann nach rechts, als versuchte sie, jemanden zu finden, der ihr diese irrwitzige Frage erklären könnte.

»Habe ich doch erst letzte Woche?«, antwortete sie verständnislos und sah ihn an, als wäre sie nicht sicher, ob sie sich im selben Zeit-Raum-Kontinuum aufhielt wie er, oder als befürchtete sie, er litte unter Gedächtnisschwund und könnte sich nicht an den desaströsen Besuch erinnern. Tom lächelte stoisch. Olivia holte ein Stück Möhrenkuchen mit einer dicken Schicht Zuckerguss aus der Vitrine und brachte ihn einem Gast.

»Ich finde, du solltest noch einmal mit deiner Großmutter reden«, sagte er, als sie an ihm vorbei in die Küche ging. Die Reaktion bestand aus einem Knurren und der unmissverständlichen Aufforderung, ihr beim Ausräumen der Spülmaschine zu helfen. »Bist du nicht extra ihretwegen aus ich weiß nicht wo zurückgekommen?«

»Ägypten.«

»Was?«

»Aus Ägypten bin ich zurückgekommen.«

Neid stach ihn mit seinem elenden Stachel in die Brust. Leben, dort wo andere Urlaub machten. Natürlich. Während er weiterhin nur davon träumen würde, von den Klippen, dem Sprung in die Tiefe, von Salz auf der Haut. Er pappte hier fest wie der Zuckerguss auf dem Kuchen. Lauter als beabsichtigt stapelte er die trocken polierten Teller. Vielleicht war sie bis jetzt nie damit rausgerückt, weil sie ahnte, wie er sich fühlen würde?

Olivia lächelte ihn wehmütig an. »Auch im vermeintlichen Paradies ist der Alltag nicht immer einfach. Wenn du möchtest, erzähle ich dir später davon. Außer du verdrückst dich wieder pünktlich?«

Ja, musste er. »Freitag wäre besser«. Die implizite Frage nach dem Grund für sein stets pünktliches Aufbrechen entging ihm nicht, aber er gab keine weitere Erklärung ab. Ganz bestimmt würde er ihr jetzt nicht von Carla erzählen. Aber wann? Er schob die Frage beiseite und lenkte das Gespräch zurück zu seinem Ausgangspunkt. »Der letzte Besuch bei deiner Großmutter ging in die Hose.«

Damit brachte er sie zum Lachen. »Besser kann man es nicht sagen.«

»Du solltest einen neuen Versuch starten«, insistierte er. Bevor sie ihn unterbrechen konnte, fuhr er fort: »Ich habe euch beobachtet. Ich glaube, dass sie sich mit dir versöhnen möchte. Trotz der harschen Worte. Es gab Momente, während deiner Apfelkuchentrance, in denen sie dich angesehen hat, als wartete sie nur darauf.«

»Diesen Eindruck hatte ich nicht«, wehrte Olivia ab. »Was soll ich ihr denn schon sagen? Tut mir leid, Erika, dass ich mich nicht erinnern kann? Auslachen wird sie mich und mir vorwerfen, es nur nicht genug versucht zu haben.«

»Ihr seid beide sture Esel«, sagte Tom und schüttelte halb amüsiert, halb frustriert den Kopf.

»Wieso kann nicht sie den ersten Schritt tun? Ich habe mehr gelitten als sie«, argumentierte Olivia leise.

Tom sah sie lange an. »Glaubst du?«

Als Tom wie angekündigt pünktlich um Viertel vor fünf das Geschäft verließ, blieb Olivia allein und irritiert zurück. Allein, weil Valerie glücklicherweise nicht mehr auftauchte, und irritiert, weil sie keine Erklärung dafür fand, wieso Tom sie so dazu drängte, Frieden mit Erika zu schließen. Die alte Dame hatte ihn bereits nach einer Stunde fest in ihr Spinnennetz gewickelt, und das ohne mehr als ein paar Sätze mit ihm gewechselt zu haben. Aber, meldete sich eine andere Stimme in Olivia zu Wort, hatte er nicht eigentlich recht? Genauso wie Rash? Sahen vielleicht alle um sie herum, was gut war für sie beide, außer Erika und sie selbst? Nach dem missglückten Treffen konnte sie sich nicht vorstellen, dass Erika an einer Versöhnung, einer Aufarbeitung ihrer Beziehung interessiert war, wie Tom behauptete. Aber manchmal war man auch blind auf einem Auge.

Bewusst oder unbewusst. Abwesend bediente Olivia ein paar Gäste und musste sich darauf hinweisen lassen, dass sie zu wenig Wechselgeld rausgegeben hatte. Sie fragte sich, ob sie so einfach verzeihen könnte, käme Erika mit dem Wunsch auf sie zu, Frieden zu schließen. Zugleich notierte sie den Wunsch eines Stammkunden, doch baldmöglichst draußen ein paar Tische aufzustellen. Viel zu viele Gedanken klackerten wie Murmeln durch ihren Kopf, schmerzliche Geräusche. Als Daniel vor ihr stand, mit einer Rose in der Hand, seufzte sie laut auf. Konnte der Tag noch schlimmer werden?

»Kannst du die Spielchen nicht endlich sein lassen?«, fuhr sie ihn an. »Ich bin nicht an dir interessiert. Daran ändert auch das Dauerwerben nichts. Und wenn ich noch einmal deine Nummer auf meinem Display sehe …« Die Geduld für eine schonendere Abfuhr brachte sie heute nicht auf.

Daniels Grübchenlächeln erlosch. Unschlüssig darüber, was er mit der Rose anstellen sollte, stand er vor dem Tresen, schließlich legte er sie auf einen Tisch und schlich mit sichtbar angeknackstem Stolz aus dem Café. Olivia warf die Blume in den Mülleimer. Dann begann sie mit dem Putzen und Aufräumen, um pünktlich den Feierabend einläuten zu können.

Eine knappe Stunde später machte sie endlich die Tür hinter sich zu. Gerade zog sie den Schlüssel aus dem Schloss, als ihr Telefon klingelte. Eine unbekannte Nummer leuchtete auf dem Display. Olivia zögerte kurz, dann ging sie dran. Daniel? Sie hatte seine Nummer schon vor Wochen gelöscht. Hatte er nicht verstanden, was sie ihm gerade gesagt hatte?

»Hallo?«

Keine Antwort. Vielleicht war die Verbindung unterbrochen worden. Unsicher sah sie auf das Display, aber die Zeit lief noch, mit der Verbindung war also alles in Ordnung.

»Hallo?«, fragte sie wieder. Jetzt hörte sie jemanden am anderen Ende atmen, dann wurde aufgehängt. Olivia zuckte mit den Schultern. Wird sich verwählt haben. Aber kaum steckte das Telefon wieder in der Tasche, klingelte es erneut. Sie bekam große Lust, das Ding in den nächsten Kanalschacht fallen zu lassen, aber dieses Mal kannte sie den Anrufer.

»Maria, was gibt's? Hast du gerade schon mal angerufen, von einem anderen Telefon aus?«

Maria verneinte – warum sollte sie? Aber sie habe eine dringende Bitte: »Ich habe einen entzündeten Zahn und könnte gleich jetzt beim Arzt vorbeischauen.« Erika und sie säßen im Streber, sie erinnere sich sicher, Erikas Lieblingscafé, aber sie müsse sofort los, sonst würde die Zahnarztpraxis schließen.

Olivia schwante Böses. Und so kam es auch: »Könntest du bitte rasch herkommen und auf Erika aufpassen? Sie ist zurzeit ein wenig ... wirr. Du weißt schon. Ich kann sie nicht mitnehmen.«

Ernsthaft. Der Tag konnte tatsächlich noch schlimmer werden.

Wirr also. Vielleicht so wirr, dass sie ihre letzte Begegnung nicht mehr auf dem Radar hatte? Tom wäre bestimmt stolz auf sie, dachte Olivia und versuchte, den Sarkasmus zu unterdrücken. Sie fühlte sich völlig überrumpelt. Üblicherweise brauchte sie Tage, um sich auf ein Treffen mit Erika vorzubereiten. Jetzt blieben ihr nur die zehn Minuten, die sie mit der Tram fuhr, um zum Lieblingscafé ihrer Großmutter zu gelangen. Sie wünschte, sie hätte Marias Bitte ausgeschlagen, eine Ausrede erfunden. Ihr Kopf dröhnte. Als sie das Café betrat, lief ihr Maria schon ungeduldig entgegen.

Nun denn. Auf in den Kampf. Sie bestellte bei der vorbeieilenden Servicekraft einen Pfefferminztee. Erika saß an einem Vierertisch am Fenster und sah hinaus, vor ihr eine halb leere Tasse milchiger Kaffee. Das warme Licht der Abendsonne legte einen Weichzeichner auf ihr Gesicht und verjüngte sie förmlich um ein Jahrzehnt. Puderrosa Kostüm, Tasche im ähnlichen Farbton, sogar der Lippenstift passte. Elegant und perfekt wie immer. Inszeniert wie für ein Hochglanzmagazin. Erst als Olivia sich setzte und Erika ihr den Kopf zuwandte, bemerkte sie den Unterschied. Erikas blaue Augen, sonst scharf und präsent, schimmerten trübe. Als hätte man einen Stein in glasklares Wasser geworfen und den Schlamm am Boden aufgewühlt. Erika schien Olivia nicht zu bemerken.

»Hallo, Erika«, sagte Olivia vorsichtig.

Die alte Dame schreckte auf. Ihre Lippen begannen zu zittern und ihr Kopf ruckte hin und her wie der eines Huhnes auf der Suche nach einem Korn, das es nicht fand.

»Was wollen Sie von mir?«, fragte sie mit dünner Stimme. Sie umklammerte ihre Tasche, bereit zur Flucht, als wähnte sie sich einer Diebin gegenüber.

Olivia hob beschwichtigend die Hände. Was für ein Theater. Verstohlen schaute sie sich um, aber niemanden kümmerte es, was an ihrem Tisch geschah. Sie bildeten eine Insel inmitten eines Meeres aus Schwarzwälder Kirschtorte, Meringues und Petits Fours, Café crème, heißer Schokolade und English Tea, mit oder ohne Milch. Erkannte Erika sie wirklich nicht?

»Erika, ich bin Olivia. Deine Enkelin.« Die Lippen zitterten immer noch, aber die alte Frau versuchte immerhin, ihren unsteten Blick auf sie zu konzentrieren. »Genau, schau mich an. Rote Haare, siehst du? Du hattest auch rote Haare, früher.« Wie verhielt man sich jemandem gegenüber, der sich nicht erinnerte? Hilflosigkeit breitete sich in ihr aus wie klebriger Sirup, blieb an jeder Muskelfaser und jeder Zelle haften. Sie wollte aufstehen und verschwinden, aber ihr Körper konnte den Befehl nicht umsetzen. Resolut wurde der Tee vor sie hingestellt, etwas heißes Wasser schwappte über den Tassenrand und durchnässte den Zuckerbeutel auf dem Tellerchen darunter. Es gab nur einen, rasch schüttete sie den Zucker in die Tasse, rührte um und legte den Teelöffel rechtwinklig zum Henkel. Erikas Zucker lag unberührt auf dem Tisch, aber Olivia traute sich nicht, ihre Großmutter darum zu bitten.

Schweigend saßen sie einander gegenüber, Großmutter und Enkelin. Sie musterten einander. Erika schien immer noch regelmäßig zur Maniküre zu gehen; ihre Fingernägel waren perfekt geschnitten und perlrosa lackiert. Sie erinnerten Olivia daran, wie sie als kleines Kind, als die Welt noch heil gewesen war, so gern mit ihrer Fingerkuppe über Erikas Nägel gestrichen hatte. Dieses Gefühl – so unendlich glatt – hatte sie fasziniert. Urplötzlich überfiel sie das Verlangen, Erikas Hand zu nehmen. Sie ballte die Finger unter dem Tisch zur Faust, um sich zurückzuhalten.

»Ich bin Olivia«, wiederholte sie stattdessen. »Maria kommt gleich wieder, Erika.« Wusste ihre Großmutter denn eigentlich, wer sie selbst war? Konnte man das überhaupt vergessen, tatsächlich vergessen? Sie hatte keine Ahnung, wie diese Krankheit funktionierte.

Erika richtete sich ein wenig auf, schüttelte kurz den Kopf, als ob sie einen schlechten Traum abstreifen wollte. Das aufgewühlte Wasser in ihren Augen klärte sich ein bisschen.

»Olivia?«, fragte sie zögerlich. Ihr Unbehagen war greifbar. Sie strich sich über die Bluse, als wollte sie unsichtbare Krümel entfernen. Sah langsam nach links und rechts, um sich zu orientieren. Zu natürlich, um gespielt zu sein.

»Bitte entschuldige, Olivia.«

Wie seltsam, diese Worte aus Erikas Mund zu hören.

»Ich freue mich, dich zu sehen«, fuhr Erika fort, etwas leiser, ohne sie anzuschauen.

Beinahe verschluckte sich Olivia an ihrem Tee. Das wiederum war zu surreal, um echt zu sein. Wahrscheinlich halluzinierte Erika, verwechselte sie mit jemandem. Olivia erinnerte sich nicht daran, dass ihre Großmutter jemals etwas Ähnliches zu ihr gesagt hatte. Vor lauter Überraschung blieb sie stumm, unfähig, etwas zu erwidern. Ein dichter Nebel aus Befangenheit waberte um den Tisch, separierte sie noch mehr von der Außenwelt. Die Geräusche des Cafés klangen gedämpft. Sie waren ganz allein. Eine Situation, prädestiniert dafür, alte Kriegsbeile zu begraben, Wunden zu schließen und einen Neuanfang zu wagen. Olivia wusste, dass sie auf Erikas Bemerkung antworten musste, um all das in Gang zu setzen. Immerhin hatte Erika doch gerade irgendwie einen ersten Schritt auf sie zu getan. Aber in ihrem Gehirn sah es aus wie in einem Kinderrätsel – wie kommt die Maus zum Käse? – mit vielen Startpunkten und ebenso vielen gewundenen, sich kreuzenden Wegen, von denen nur einer zum Ziel führte. Ihre Gedanken schienen immer wieder den falschen Weg zu wählen, Mal für Mal geriet sie in eine Sackgasse. Sie war noch nicht bereit.

Ein Räuspern ließ sie beide aufschrecken. Maria stand vor ihnen und lächelte sanft. Sei alles nur halb so schlimm gewesen mit dem Zahn. Ob sie eine schöne Zeit miteinander verbracht hätten?

»Fantastisch«, murmelte Olivia und mimte Entsetzen, als sie auf die Uhr sah. Tatsächlich war nur eine halbe Stunde vergangen. »Muss dringend los.«

Am Freitagnachmittag schlossen Tom und Olivia gemeinsam das Café zu und spazierten zu dem Platz unten am See, an dem sie inzwischen schon häufiger gemeinsam Zeit verbracht hatten. Die Promenade sprühte vor Leben; die Sommerzeit hatte begonnen und die Menschen genossen die Helligkeit am Abend sowie den Beginn des Wochenendes. Punks saßen auf dem

Steinmäuerchen vor den Blumenrabatten und demonstrierten biertrinkende Gleichgültigkeit, weiter vorn haute ein Straßenmusiker in die Tasten seines Klaviers. Mütter mit Kinderwagen und verliebte Pärchen flanierten am See entlang. Jugendliche mit Skateboards oder anderen Rädern unter den Füßen kurvten um sie herum. Touristen versuchten, mit ihren Telefonen und Kameras das Panorama mit der Quaibrücke, dem eleganten Turm des Fraumünsters und dem etwas dickeren der Kirche St. Peter einzufangen. Tom bezweifelte, dass irgendein Besucher wusste, dass sie gerade das größte Ziffernblatt Europas fotografierten. Er steuerte auf drei Studentinnen zu, die gerade von einer der begehrten Bänke direkt am Ufer aufstanden. Olivia förderte eine Plastiktüte mit altem Brot zutage und begann, die Schwäne und Enten zu füttern. Sie sah schön aus, gelöst und selbstvergessen, mit einem Lächeln auf den Lippen, hin und wieder nickte sie leicht, als ob sie mit den Tieren reden würde. Er beobachtete sie, bis sie das letzte Stück verteilt hatte und die Enten vergebens nach mehr schnatterten. Sein Hals war trocken; müsste er jetzt reden, er würde nicht mehr als ein Krächzen rausbringen und die gesamte Vogelschar aufscheuchen. Umsonst suchte er seine Taschen nach einem Kaugummi ab. Das Einzige, was er fand, war ein Erdbeerbonbon in Prinzessin-Lillifee-Papier. Eine Erinnerung daran, dass er Olivia noch etwas zu erzählen hatte. Schnell steckte er sich das Bonbon in den Mund und zerknüllte das Papier.

Olivia legte die Plastiktüte penibel zusammen. Ihre Augen glitzerten mit dem blauen See um die Wette. Der Wind, der dem Sonnenschein trotzend kalte Luft von den immer noch verschneiten Bergen herabblies, löste eine Strähne aus Olivias hochgestecktem Haar. Wie gern würde er ihr die Locke sanft hinters Ohr schieben. Gerade hob er die Hand, da drehte sie sich zu ihm um.

»Du willst wissen, wie es sich in Ägypten lebt, hm?«
Ja. Oder doch nicht. Aber eigentlich schon. Er grinste verlegen. »Wahrscheinlich werde ich wahnsinnig neidisch.«

Olivia lachte und löste das Haarband. Die roten Locken bauschten sich um ihren Kopf wie die Blütenblätter einer Mohnblüte, die aufging und sich gleich wieder schloss, abermals durch den Gummi gebändigt. Dann begann sie, stichwortartig, wie ihm schien, ein klein wenig von ihrem Leben preiszugeben. Sharm El Sheikh, tauchen, die Wüste. Beinahe unspektakulär. Warum hatte sie ihm das nicht früher erzählt? Und ihren traurigen Gesichtsausdruck erklärte es auch nicht. War das wirklich alles oder verschwieg sie ihm etwas?

»Alles gleich wie hier – arbeiten, Freunde sehen, schlafen, arbeiten«, sagte Olivia abschließend. »Nur bei angenehmeren Temperaturen.« Ob er denn überhaupt nie gereist sei?

Klar. Spanien mit seinen Eltern. Italien mit seinen Eltern. Danach, als Auszubildender, hätte das Geld halt nicht mehr gereicht. Und jetzt mit dem eigenen Geschäft … Der Wind frischte auf, eine kalte Böe ließ die Schwäne mit den Flügeln schlagen. Ohne nachzudenken, legte er schützend seinen Arm um sie. Plötzlich glaubte er, jemanden oben an der Treppe zu sehen, den er kannte. Er schaute genauer hin. Das war ja dieser Daniel, der jeden Tag im Café aufkreuzte und Olivia anschmachtete.

»Wohin möchtest du denn am liebsten reisen?«, fragte Olivia und kuschelte sich enger an ihn.

Tom versuchte, sein pochendes Herz zu kontrollieren. Sein Mund fühlte sich wegen des Erdbeerbonbons klebrig süß an. »Mexiko«, krächzte er und hustete. »Acapulco.« Er erzählte Olivia, wie er sich, nachdem sie als Elfjährige vom Dorf zu ihren Großeltern in die Stadt gezogen war, allein hatte behaupten müssen gegen die Kinder, die ihn wegen seiner Größe und

Schüchternheit drangsaliert hatten. Wie er mit Turmspringen angefangen hatte, um ihnen zu imponieren. Wie er zum ersten Mal dieses Glücksgefühl erlebte, als er durch die Luft flog. Und wie er seitdem diese Sekunde von Schwerelosigkeit auskostete, bevor die Schwerkraft unweigerlich ihre Finger nach ihm ausstreckte. Er bestritt und gewann Wettkämpfe und hätte an der Weltmeisterschaft teilnehmen können. Aber es war etwas dazwischengekommen.

»Was denn?«, fragte Olivia.

Verletzungen, wich er ihr aus, und verfluchte sich für seine Feigheit. Aber Olivias Kopf lag an seiner Schulter, entspannt, vertrauensselig und betörend. Sie zitterte, er umarmte sie, drückte sie fester an sich. Wie gut sie roch! Er räusperte sich leise, um weitersprechen zu können. In Acapulco von den Klippen zu springen, das wäre für ihn das Sinnbild von Freiheit, erklärte er ihr. Das wäre sein Traum.

Der Wind hatte wieder eine Strähne aus ihrem Haar gelöst. Jetzt strichen seine Finger sie hinter ihr Ohr. Fuhren dann langsam über ihre Wange. Sie hob den Kopf, schloss die Augen. Und er küsste sie.

KAPITEL 7

Olivia fürchtete sich davor, einzuschlafen. Sie erinnerte sich zwar an keine Details ihres gestrigen Albtraums, sehr gut aber an das Gefühl der Panik. Auch der Kuss ging ihr nicht aus dem Kopf. Sie hatte es gewollt in dem Moment, hatte darauf gewartet und gehofft, dass er die Gelegenheit ergreifen würde. Und hatte sich dann wie ein Teenager gefühlt, knutschend auf der Bank am See. Aber jetzt zweifelte sie. Konnte sie sich bereits auf jemanden mit vollem Herzen einlassen? Alles andere wäre Tom gegenüber nicht fair. Sie dachte an das Debakel mit Daniel. Beim nächsten Mal die Regeln von vornherein festlegen, hatte sie sich vorgenommen. Aber mit Tom wollte sie keine Regeln. Der Preis, ihre Freundschaft, wäre zu hoch. Alles oder nichts. Alles? Nichts? Vielleicht war es ja für ihn nur ein Ausrutscher gewesen und morgen würde er sich dafür entschuldigen. Es würde unangenehm sein, für sie beide. Aber sie würde darüber wegkommen. Oder nicht? Um ihren Kopf freizubekommen, leistete sie Hanni und Nanni und einer Gruppe Freunde der beiden Gesellschaft. Die Runde entpuppte sich als durchaus amüsant. Erst nach Mitternacht kuschelte sie sich in ihren Plüschsessel und heuerte mit Ishmael und Queequeg auf der Pequod an, um Moby Dick zu fangen. Dreimal nickte sie über dem Buch ein, bis sie sich traute, das Licht zu löschen. Ihr Schlaf war dunkel. Nicht mehr, nicht weniger. Kein Traum weit und breit.

Es war schon kurz vor sieben. Sie musste sich sputen, wollte sie pünktlich im Café sein. Die Lesenachtschicht hatte ihren Tribut gefordert; den Wecker hatte sie heute zwar gehört, aber entgegen ihrer Gewohnheit dreimal gesnoozt. Was war nur los mit ihr? Nach einer wolkenlosen Nacht war von der Wärme des gestrigen Tages nichts mehr übrig; die Temperaturen lagen gefühlsmäßig nicht weit über dem Gefrierpunkt. Fröstelnd zog Olivia den dünnen Anorak enger um sich und legte einen Zahn zu. Wie würde sich Tom verhalten? Würde er sie küssen? Oder wälzte er vielleicht die gleichen Gedanken wie sie gestern? Was, wenn Valerie im Café war? Auf der Höhe des Kinderbuchladens spürte sie das Vibrieren des Telefons in ihrer Tasche. Als sie abnahm, wieder nichts außer Atmen. Verärgert navigierte sie sich zur Anruferliste. Eine Festnetznummer. Diesmal immerhin keine unterdrückte Nummer wie gestern. Blöde Kinderstreiche. Sie löschte beide Anrufe. Es machte sie kribbelig, so viele Zahlen zu sehen. Ihre Anruferliste war eigentlich immer leer. Ordentlich aufgeräumt.

Schuldbewusst betrat sie das Café fünf Minuten nach sieben. Zu ihrem Erstaunen stand nicht Tom hinter der Theke, sondern Valerie. Violette Leggins, senfgelbe Bluse mit weißen Häschen, darüber eine dunkelrote Weste. Weiße Häschen? Nicht zum ersten Mal fragte sie sich, ob Valerie sich wohl im Dunkeln anzog.

Kaum hatte Valerie sie erspäht, legte sie schnell das Telefon weg. »Du kommst schon wieder zu spät.«

»Tut mir wirklich leid. Wird nicht mehr vorkommen. Wo ist Tom?«, versuchte Olivia, das Thema zu wechseln und Valeries Telefon zu ignorieren. Hinter ihr trat der erste Kunde ein, obwohl sie erst in einer halben Stunde öffneten, und verlangte einen großen schwarzen Kaffee zum Mitnehmen sowie zwei Croissants, die aber noch gar nicht aufgebacken waren. Olivia witzelte mit ihm über den müden Ofen, bot ihm eine Entschädigung in Form von zwei Brownies vom Vortag zum halben Preis an und erweckte die Kaffeemaschine zum Leben. Als der Kunde ging, war er zufrieden, und sie damit auch.

Lächelnd drehte sie sich zu Valerie um. »Hat Tom etwa auch verschlafen?« Aber ihre mit aller Kraft aufgebotene Freundlichkeit prallte ab an einer Mauer aus weißen Häschen und violetten Leggins.

Valerie blies sich nur wieder zum Backenhörnchen auf. »Nicht, dass dich das etwas angehen würde, aber Tom hat eine unvorhergesehene Besprechung«, knurrte sie. »Und ich ermahne dich hiermit offiziell, pünktlich zur Arbeit zu erscheinen. Sonst kannst du gleich zu Hause bleiben, *Chérie*. Verstanden?«

Entgegen ihrem Willen musste Olivia lachen. »Himmel, Valerie, entspann dich doch mal.« Die Luft entwich auch sofort aus Valeries Wangen wie aus einem zerstochenen Ballon und sie begann zu strahlen. Eine Spur zu künstlich, vielleicht.

Hinter ihr erklang Toms Stimme: »Ich sehe, ihr versteht euch heute gut. Das freut mich. Dann mal ran an die Arbeit.« Er krempelte die Ärmel hoch und verschwand in der Küche, nicht ohne Olivia verschwörerisch zuzuzwinkern. Valerie lief ihm nach, lästerte aber offenbar nicht über sie, denn dafür blieb sie nicht lange genug. Als sie wieder rauskam, schnappte sie sich ihre Jacke und ließ Olivia allein im Laden zurück. Olivias Kopf brummte vor Müdigkeit, wegen der Anstrengung, die es sie kostete, sich Valerie gegenüber zu beherrschen, und weil die wilden Farbkombinationen von deren Kleidung ihren Sehnerv überbeanspruchten. Sie brauchte die Arbeit und sie mochte sie. Es bereitete ihr Spaß, täglich mit Leuten in Kontakt zu sein, und sie genoss Toms Nähe. Aber diese Frau verdarb ihr noch jede gute Stimmung. Weiße Häschen, sie fasste es nicht.

Der Rest des Tages verlief zu Olivias Erleichterung ereignislos. In der Pause zwischen dem Mittagschaos und dem Nachmittagsansturm fragte Tom, der schon den ganzen Tag summte und brummte wie ein voller Bienenstock, ob sie am Montag einen Ausflug mit ihm unternehmen wolle.

Olivia dachte mit Schaudern an die letzte Überraschung. »Nur, solange keinerlei Aktivitäten eingeplant sind, die mich zwingen, an Seilen zu baumeln, sich in ein Flugzeug zu setzen oder mit rasender Geschwindigkeit auf zwei, drei oder vier Rädern durch die Gegend zu fahren.«

Tom lachte, fröhlich und hell, lachte so laut, dass sich einige Kunden umdrehten und selbst grinsen mussten. »Nein«, meinte er, legte seinen Arm um sie und drückte ihr verstohlen einen Kuss auf die Schläfe. »Ich wollte mit dir in unser altes Dorf, in den Wald, wo wir als Kinder gespielt haben. Ich war seit Jahren nicht mehr dort. Könnte lustig werden, was meinst du?«

Olivia bezweifelte, dass sie das lustig finden würde. Jener Teil ihrer Kindheit gehörte nicht mehr zu ihrem Leben. Ein anderes Mädchen war damals mit seinem besten Freund auf Entdeckungstour gegangen. Wie in einer Fernsehserie. Fröhlich, sorgenlos, unerschrocken. Dorthin zurückzukehren kostete sie Überwindung. Aber Tom strahlte sie so unschuldig an, dass sie nicht umhinkam, in ihm den Knirps zu sehen, der ihr auf dem Pausenhof ein selbstgeflochtenes Freundschaftsarmband geschenkt hatte. Die anderen Jungs hatten ihn dafür ausgelacht, aber das war ihm egal gewesen. Ihre Freude hatte alle Spötteleien überwogen; für sie hätte er alles getan. Sie konnte ihm diese Bitte nicht abschlagen. Kurz fragte sie sich, was aus dem Freundschaftsarmband geworden war. Er hatte es ihr geschenkt, kurz bevor sie mit ihren Eltern die schreckliche Reise ohne Wiederkehr unternommen hatte. Abgesehen davon – er hatte sie geküsst. Und es hatte gekribbelt, als würde eine Armee

Ameisen durch ihr Inneres trippeln. Könnte es vielleicht gut gehen?

In etwas mehr als dreißig Minuten brachte sie der Zug von Zürich in das Dorf, in dem sie diese kostbaren Jahre gemeinsamer Kindheit verbracht hatten, bevor Olivia Knall auf Fall in die Stadt zu ihren Großeltern gezogen war. In seiner ganzen Kindheit hatte Tom nie mehr Liebe, Zugehörigkeit und Freiheit empfunden, und diese Gefühle erwachten mit Olivia nun wieder zum Leben. Er konnte sein Glück kaum fassen, dass sie den Kuss am Freitag erwidert hatte, statt ihn mit einer Ohrfeige in die Schranken zu weisen. Und jetzt hielt er ihre Hand, als wäre es das Selbstverständlichste der Welt. Endlich konnte er uneingeschränkt die Finger in ihren Haaren vergraben, sie berühren, seine Nase in ihre weiche Haut drücken.

»Du duftest nach Karamell.« Er musste es ihr einfach sagen.

Verdutzt sah sie ihn an, schnupperte an ihrem Arm und lachte ihn aus. »Du spinnst.«

»Doch, im Ernst«, beteuerte er, was ihr Lachen nur weiter anheizte. Letzte Woche hatte er sich sogar dabei ertappt, Zucker zu goldenem Karamell zu schmelzen, ohne es überhaupt zu brauchen. Einfach nur, um den Duft zu inhalieren. Beinahe hätte er sich die Finger verbrannt. Hoffentlich war das keine Warnung des Schicksals gewesen, war ihm kurz durch den Kopf geschossen.

Ein Telefonklingeln riss ihn aus seinen Gedanken. Automatisch fuhr seine Hand in die Hosentasche, obwohl er den Klingelton nicht erkannte. Es war Olivias Handy. Sie beäugte kritisch das Display, sah kurz zu ihm herüber und drückte den Anruf weg. Tom sah sie fragend an, aber Olivia winkte ab. Nichts Wichtiges. Sie spazierten die Hauptstraße entlang durch den Ort, kommentierten hier und da eine Veränderung. Ab und zu erwischte er sie dabei, wie sie nervös in Seitenstraßen sah, nur um ihn gleich darauf wieder beruhigend anzulächeln. Natürlich, dachte er, ihr Elternhaus lag ja irgendwo dort hinten, zwischen Schule und Wald. Instinktiv wählte er die Strecke so, dass sie nicht daran vorbeigingen. Sie folgte ihm, als wäre sie froh darüber.

Obwohl Toms Eltern noch im Dorf lebten, hatte er den Wald seit Jahren nicht mehr besucht. Zusammen mit seiner Ronja Räubertochter war dessen Zauber verschwunden. Jetzt schien die Vormittagssonne durch die zarten frühlingsgrünen Blätter, fächerte sich auf in Hunderte feine Strahlen. In dem Licht tanzten Staub, Pollen und kleine Insekten. Er roch den feuchten Waldboden und atmete tief ein, füllte seine Lungen, am liebsten würde er den Geruch für immer speichern.

»Es sieht aus wie damals«, hörte er Olivia sagen und drehte sich zu ihr um. Sie strahlte und sah so aus, wie er sich fühlte: gelöst und glücklich. Und schön sah sie aus. Er zog sie zu sich heran. Sie zögerte, nur eine Sekunde, kaum spürbar, dann ließ sie es geschehen und schenkte ihm einen Kuss, neben dem sogar die Sonnenstrahlen verblassten.

Von Weitem hörte er schon den kleinen Bach gurgeln. Bei all den Regulierungs- und Vorsichtsmaßnahmen, mit denen die Natur gebändigt werden sollte, wunderte es ihn, dass der Bach weder unter Beton begraben noch eingezäunt noch sonst wie eingeschränkt worden war. Er floss wie immer, in einem kaum einen Meter breiten Bett, etwas abseits des Hauptwaldwegs. Eingerahmt von einem Teppich aus braunen Blättern, gesprenkelt mit großen und kleinen Steinen. Zwischen ihnen hatten sie als Kinder Papierschiffchen hindurchmanövriert oder waren darübergehüpft, bis der Erste ins Wasser gefallen war. Daneben der alte Findling. Ein mächtiger Stein, einst von einem

Gletscher mitgeschleift und hier gestrandet. Er stand ziemlich aufrecht. Damals hatten sie ihn über alle möglichen Routen erklettert.

»Weiter oben liegt der Teich, wo wir Kaulquappen gefischt haben, nicht wahr?«, fragte Olivia. Sie kniete neben dem Bach und hielt ihre Finger in die langsame Strömung. So, wie sie das Gesicht verzog, musste das Wasser kalt sein. Ja, eiskalt, dachte er, als sie ihn anspritzte. Olivia kicherte wie ein Hexlein und unvermittelt fühlte er sich fünfzehn Jahre zurückversetzt.

»Wenn all das hier unangetastet geblieben ist, wird er wohl noch dort sein. Später schauen wir nach. Und dann werde ich dich aus Rache ins Wasser schmeißen«, drohte er. Fürs Erste aber packte er ein altes Badetuch aus seinem Rucksack. Neben dem Findling breitete er es auf dem Boden aus, stellte die Thermoskanne mit süßem Pfefferminztee und eine Schachtel Kokosmakronen darauf. »Statt der heimlich geschmierten Marmeladenbrote von früher«, meinte er und lachte leise.

»Richtig«, sagte Olivia, die aufgeregt die Umgebung auskundschaftete wie ein kleines Kind seinen ersten Abenteuerspielplatz. »Marmeladenbrote und diese Joghurt-Drink-Becher, die ihr immer zu Hause hattet. Mit Himbeer- oder Apfelgeschmack. Ob es die noch gibt?«

»Die gibt es noch«, entfuhr es Tom, bevor er sich auf die Zunge beißen konnte.

Olivia sah ihn verblüfft an, dann brach sie in schallendes Gelächter aus. »Trinkst du die etwa noch?«

Tom tat beleidigt. »Du hast doch gefragt.«

Olivia schmunzelte weiter vor sich her, während sie dem Bachlauf ein paar Meter folgte. Dort, wo einige größere Steine das Wasser zu einem breiten Becken stauten, blieb sie stehen. »Hier ist es passiert, oder?« Behände sprang sie über die Steine ans gegenüberliegende Ufer.

Genau.

Ein plötzlich einsetzender Regen hatte sie damals überrascht. Wie alt waren sie gewesen? Sieben und acht Jahre alt?

Ungefähr. Tom hatte zum Aufbruch gedrängt, erschrocken darüber, wie schnell Wolken und Regen einen dunklen Schleier über den Wald gelegt hatten.

»Und dann bist du auf den nassen Blättern ausgerutscht und deine neue Brille ist hier in das Becken geflogen«, erzählte Olivia die Geschichte. »Deine Eltern hätten dich umgebracht!«

»Du bist, ohne zu zögern, ins Wasser gewatet, das dir dort fast bis zu den Knien reichte, und hast in den Strudeln herumgetastet, bis du sie gefunden hast.«

»Und als ich wieder aus dem Wasser steigen wollte, bin ich mit meinem Schuh zwischen den Steinen stecken geblieben. Du hast all deinen Mut zusammengenommen, bist hineingehüpft und hast an dem Stein gerüttelt, bis ich loskam.« Olivia lachte und legte den Kopf in den Nacken. Ein Sonnenstrahl verfing sich in ihren Locken und brachte das Kupferrot zum Glühen. »Wir haben einander gerettet.«

»Und uns an Ort und Stelle ewige Freundschaft geschworen.« Er wusste nur zu genau, was er an jenem Nachmittag gefühlt hatte. Grenzenlose Bewunderung für dieses furchtlose Mädchen, das selbst die zwei Wochen Hausarrest für die nassen Kleider und den kaputten Schuh lachend weggesteckt hatte. Wenn es nach ihm gegangen wäre, hätten sie sich für den Rest ihres Lebens aneinanderbinden können. Aber das Schicksal hatte seine eigenen Pläne gehabt. Vielleicht ließ sich jetzt nachholen, was damals unterbrochen worden war?

Olivia freute sich ungemein über den Pfefferminztee, und Tom freute sich, dass das Detail so gut ankam. Als sich Olivia die letzte Kokosmakrone in den Mund steckte, verzog sie plötzlich ihr Gesicht. Nur ganz leicht, ein kaum merkliches Zusammenziehen der Augenbrauen, aber er sah es. Und weil er sie fragend anblickte, konnte ihn Olivia nicht ignorieren. Sie holte ihr Telefon aus der Tasche. Sie musste es auf Vibration geschaltet haben, denn er hatte kein Klingeln gehört. Wie vorhin drückte sie den Anruf weg, aber kaum war das Display schwarz, begann es schon wieder zu leuchten. Olivia fluchte leise, schaltete das Telefon ganz aus und warf es in die Tasche.

»Wieder nichts Wichtiges?«, fragte Tom, vielleicht eine Spur zu lauernd. Auf einmal lag ein flaues Gefühl in seinem Magen, und das stammte weder vom Tee noch vom Gebäck. »Du scheinst einen heimlichen Verehrer zu haben«, versuchte er zu scherzen.

Olivia lachte etwas schief. »Ich? Einen Verehrer? Ich bin doch ein Männerschreck.«

»Natürlich. Deswegen steht auch dieser blonde Lulatsch jeden Tag im Café und schmachtet dich an.« Die Worte trieften wie zähflüssiges Gift aus seinem Mund, er versuchte, sie runterzuschlucken, war aber nicht schnell genug. Das Gespräch lief in die falsche Richtung, aber er hatte die Kontrolle verloren, eine unsichtbare Macht namens Eifersucht hatte die Zügel in die Hand genommen.

»Daniel? Der hat mittlerweile verstanden, dass er bei mir nicht landen kann«, antwortete Olivia mit einem gekünstelten Lächeln. Sie versuchte allem Anschein nach, sich nicht aus der Ruhe bringen zu lassen. Aber der Schwebezustand währte nicht lange, dann war es um ihr Gleichgewicht geschehen. »Vielleicht ist es ja Valerie, die dauernd anruft? Sie will einen Keil zwischen uns treiben, merkst du das nicht?« Es brodelte nur so aus ihr raus, als ob es schon viel zu lange in ihr gegärt hätte.

»Das ist Blödsinn …«

»Sie kann mich nicht ausstehen, sie droht mir sozusagen seit dem ersten Tag, mich rauszuschmeißen. Und jetzt schikaniert sie mich, bis ich einknicke und kündige und eure heile Zweisamkeit nicht weiter störe.« Sie nickte heftig, als ob eben alle roten Fäden zu der einzig richtigen Lösung zusammengelaufen wären. »Sie ist eifersüchtig. Krankhaft.« Olivia stand auf.

Jetzt übertrieb sie. Tom erhob sich ebenfalls, die Arme vor der Brust verschränkt. »Vergiss nicht, sie ist meine Schwester. Valerie kann dich vielleicht nicht leiden, aber so etwas Kindisches wie Telefonterror würde sie niemals tun. Was würde ihr das denn bringen?«

»Glaubst du. Aber war ja klar, dass du sie in Schutz nimmst!« Olivia fauchte wie eine Katze in Gefahr. Hätte sie Krallen, wären sie ausgefahren, wahrscheinlich hätten sie schon sein Gesicht zerkratzt.

Er wollte eine weitere Eskalation vermeiden, ging einen Schritt auf sie zu und bemühte sich um einen versöhnlichen Ton. »Das stimmt doch nicht. Zeig mir dein Telefon, dann kann ich dir sagen, ob es ihre Nummer ist.« Kaum fertig geredet, wurde ihm klar, dass er es vergeigt hatte.

»Ich bin dir keinerlei Rechenschaft schuldig, Tom, und die Nummern kenne ich nicht. Ich weiß nicht, wer mich anruft! Und ich lösche sie auch sofort wieder. Also geh doch zu deiner geliebten Schwester und lass mich in Ruhe mit deinen Anschuldigungen!« Den letzten Satz spuckte sie ihm beinahe vor die Füße. Dann packte sie ihre Tasche und lief davon.

KAPITEL 8

Ein Dröhnen erfüllte das Nichts um sie herum. Sie schrie. Schrie. Und schrie. Aber ihre Schreie kamen nicht gegen den Lärm an. Wie eine schwarze Schlange wand er sich um ihren Körper und fesselte sie. Kroch durch ihren geöffneten Mund in sie hinein, breitete sich in ihr aus, verschlang ihre Organe, zermalmte ihre Knochen, ließ ihre Zellen platzen, trank ihr Blut. Sie konnte sich nicht wehren. Das Dröhnen erstickte ihre Schreie, versetzte sie in Schwingung, schüttelte ihren schmerzenden Körper, bis er in tausend kleine Stücke zerbrach.

Als Olivia aus dem Albtraum aufschrak, lärmte draußen auf dem Platz ohne Namen die Maschine der Straßenreinigung. Eine weitere Stunde lag sie bewegungslos im Bett und starrte an die Decke, bis endlich der Wecker das Ende der Nacht verkündete. Unter der Dusche wusch sie sich die Gänsehaut vom Körper. Danach schlüpfte sie kurz entschlossen zurück in die Leggins und das übergroße T-Shirt, das sie zum Schlafen trug, und drehte ruhelose Runden in ihrem Zimmer wie ein Eisbär im Zoo. Vom Bett zum Sessel, vom Sessel zum Stuhl, vom Stuhl zum Bett. Kurz überlegte sie, auf ihrer Gitarre zu spielen, um sich zu beruhigen, verzichtete aber darauf angesichts der frühen Stunde und für eine gute Nachbarschaft. Selbst der grüne Plüschsessel tröstete sie nicht wie üblich. Der weiche Stoff kratzte sie durch ihren Pyjama, so wie die Albträume und die Erinnerung an gestern an ihrer Seele kratzten. Sie wollte, sie könnte mit Rash sprechen, ihr von dem Tag erzählen, der so schön begonnen hatte. Sie hatte gedacht, der Besuch in dem Dorf ihrer Kindheit würde ihr schwerer fallen, aber das Dorf hatte sich so verändert, dass sie es gar nicht mit ihrer Kindheit assoziierte. Und der Wald, nun ja, der Wald verkörperte die Essenz ihrer Verbindung zu Tom. Dort hatten sie die meiste Zeit miteinander verbracht, sich ewige Freundschaft geschworen. Als Zehnjähriger hatte Tom ihr dort sogar einen Heiratsantrag gemacht. Den sie angenommen hatte. Wie kindisch, dachte sie jetzt. Aber schön kindisch. Was hatte sie damals schon gewusst vom Leben? Gestern waren sie dorthin zurückgekehrt, als Paar auch noch. Auf jeden Fall bis zu dem Moment, in dem Tom begonnen hatte, das Andenken an diese gemeinsame Zeit mit seinen Vorwürfen zu beschmutzen. Was ging es ihn schon an, wer sie anrief?

Und wer rief sie überhaupt an? Auch wenn sie die Nummern weiterhin regelmäßig löschte, wusste sie, dass sie sich nie wiederholten; entweder war es eine unterdrückte Nummer oder es waren immer wieder andere Festnetznummern. Sie glaubte nach wie vor, dass Daniel nicht dazu fähig war, obwohl sie ihn verletzt hatte. Oder vielleicht doch? Valerie hingegen traute sie alles zu. Da konnte sich Tom noch so sehr für sie einsetzen.

Für einen Moment hatte sie gestern gedacht, dass ihre Beziehung zu Tom funktionieren könnte. Es hatte sich richtig angefühlt. Seine Begeisterung, sie in den Wald zurückzubringen, und dann die Zeit am Ort ihrer Kindheit ... Sie hatte seine schelmische Seite aufleuchten lassen, er war ihr stattlicher, aufrechter erschienen. Als ob außerhalb des Cafés ein Gewicht von seinen Schultern genommen würde. Kein Wunder bei dem, was Valerie auf die Waage brachte.

Und dann hatte er alles zerstört. Gaben ihm die paar Küsse etwa das Recht, sich in ihr Leben einzumischen?

Es klopfte an der Tür. »Olivia?« Hanni. Oder Nanni. »Müsstest du nicht schon längst bei der Arbeit sein? Es ist neun Uhr!«

»Bin krank«, rief Olivia zurück, ohne sich die Mühe zu machen, aufzustehen. Genau das hatte sie Tom auch per SMS geschickt, bevor sie das Telefon ausgeschaltet hatte. Heute würden sie ohne sie auskommen müssen. Und wer weiß, vielleicht würde sie gar nicht mehr hingehen. Nur um sich herumkommandieren und beleidigen, hinterfragen und kontrollieren zu lassen? Sie brauchte keinen Babysitter. Sie brauchte jemanden, dem sie vertrauen, dem sie sich öffnen konnte. Jemanden, der verstand, warum sie war, wer sie war, ohne Worte. Jemanden wie Rash. Ihre Seelen hatten sich berührt, ineinander verschränkt. Sie waren eins gewesen. Rash hatte für sie die Welt bedeutet, sie hatte ihr die Familie ersetzt, die sie verloren hatte. Sie war der Glitzer in ihrem farblosen Leben gewesen. Olivia hatte geglaubt, etwas davon in Tom entdeckt zu haben. Aber sie hatte sich getäuscht. Von diesem Glitzer war nur noch Staub übrig. Sie warf die Decke auf den Boden und holte den alten Schulatlas aus der Schublade. Allein sein Anblick beruhigte sie. So oft hatte sie ihn schon um Rat gefragt. Zärtlich strich sie über den Einband, den sie an einigen Stellen säuberlich mit Klebeband repariert hatte. Mal sehen, wohin sie die Reise führen würde. Aber zuerst hob sie die unordentlich auf dem Boden liegende Decke auf und strich sie glatt. Dann schlug sie aufs Geratewohl eine Seite auf. Polen und die baltischen Staaten. Viel zu kalt. Neue Suche, neues Glück: Südamerika. Eine ganze Doppelseite voll. Uruguay stach ihr ins Auge, Hauptstadt Montevideo. Wie jedes Mal, wenn sie den Namen sah, musste sie an eine alte Videokassette denken. Weiter oben, im Süden Brasiliens, lag Porto Alegre. Hieß *alegre* nicht fröhlich? Ob dort alle Leute fröhlich waren?

Die Stadt lag an einer Lagune, sie würde im Internet nachforschen, ob man dort tauchen konnte. Aber zuerst suchte sie den Amazonas, folgte dem Fluss mit ihrem Finger bis zu seiner Quelle, so weit wie möglich jedenfalls. Bei all den Verzweigungen und Nebenflüssen verlor sie irgendwo im peruanischen Regenwald seine Spur. Sie begleitete den Äquator über mehrere Seiten. Strich mit dem Finger über den Atlantik bis nach Afrika. Mbandaka, Kisangani, Kampala, Jamaame. Ganz unten am Blatt klebte Sansibar. Sansibar. Die Magie des Namens nahm sie sofort gefangen. Sie sah glasklares Wasser vor ihren Augen, die prachtvolle Unterwasserwelt des Indischen Ozeans, der die afrikanische Küste küsste. Spürte die Hitze der Luft, die Wärme des Meeres, das sie umflutete. Salz auf ihrer Haut, Honig auf ihren Wunden. Befreit atmete sie auf. Sie hatte ein neues Ziel gefunden.

Marias Arm lag stützend unter Erikas und gab der alten Dame den nötigen Halt. Normalerweise entfernte sich Erika nicht so weit von zu Hause. Obwohl, was hieß schon weit? Weite hatte sie in ihrem Leben nicht kennenlernen dürfen. In diesem Fall handelte es sich nur um ein paar Tramstationen. Aber der Körper schwächelte, genau wie ihr Verstand. Sie wollte genießen, dass sie heute einen lichten Tag hatte, wusste aber zugleich, dass sich ihr Geist jederzeit wieder in Trug und Vergessen auflösen konnte. Diese Bedrohung warf Schatten. Also versuchte sie, sich stattdessen auf ihre Enkelin zu freuen. Leider hatte die Mauer aus Abweisung und Schweigen, die Olivia umgab und die Erika in einer Weise irritierte, dass sie Dinge sagte, die sie nicht meinte, in all den Jahren keine Risse bekommen. Entgegen Marias Bedenken hatte sie versucht, hatte sie Olivia zwingen wollen, gleich beim ersten Besuch, ihre Vergangenheit zu akzeptieren, vielleicht sogar darüber zu reden. Mit ihr. Natürlich hatte sie damit die Mauer nur noch verfestigt. In Diplomatie war sie noch nie versiert gewesen. Und dann hatte sie Olivia auch noch verletzt mit der abschätzigen Bemerkung über ihre Arbeit. Das alles bedrückte sie. Sie wollte keinen Streit mit ihrer Enkelin. Das Mädchen hatte genug Schmerz erlebt. Besonders seit sie ausgezogen und der Kontakt abgebrochen war, hatte Erika erkannt, wie viel sie wahrscheinlich falsch gemacht hatte. Sie wollte endlich aufräumen in diesem Hexenkessel der Missverständnisse und Anschuldigungen. Vor allem aber wollte sie ihr schlechtes Gewissen erleichtern, bevor es dafür zu spät war. Deswegen nahm sie heute die Mühe auf sich, Olivia zu besuchen, anstatt darauf zu warten, dass sie wieder zu ihr kam. Hoffentlich akzeptierte sie diese Form der Entschuldigung. Und hoffentlich ließ sie sich davon überzeugen, nicht mit diesem Edelmann zu sprechen.

»Gleich sind wir da.« Maria drückte leicht ihren Arm. Wie würde sie nur zurechtkommen ohne Maria? Als junges Mädchen, gerade mal achtzehn Jahre alt, war Maria von ihren Eltern vom Land in die Stadt geschickt worden, um zu arbeiten. Sie war gleich bei ihnen gelandet, bei Erika und Georg Kühnert. Sie selbst war nur ein paar Jahre älter als Maria, aber ihr hatte seit der Geburt der berühmte goldene Löffel im Mund gesteckt. Sie hätte nicht arbeiten müssen. Aber nur hübsch aussehen und auf einen Mann warten lag ihr nicht. Um sich nicht zu langweilen, ließ sie sich zur Damenschneiderin ausbilden. Sie bewies großes Talent. Ihr Kundenkreis wuchs ständig und trug ihren Ruf über die Zürcher Goldküste hinaus in die Stadt. Sie war jung, erfolgreich, angesehen. Und naiv. Alle Zeit der Welt hätte sie sich lassen können, ihr Leben auszukosten, bevor sie sich an einen Mann band. Aber sie verliebte sich – unsterblich, wie sie damals dachte, unwiderruflich –, und sowieso, was würde sich schon ändern, wenn sie einen Ring am Finger trug?

Georg kam ebenfalls aus einer gut betuchten Familie, er war unglaublich charmant und charismatisch, wenn auch vielleicht eine Spur zu gläubig für ihren Geschmack. Für ihn lag alles in Gottes Hand. Sein rascher Aufstieg vom Juraabsolventen zum Rechtsanwalt, dann zum Kanzleipartner, schließlich zum Richter. Auch ihre Hochzeit sei von Gott geplant, flüsterte er ihr ganz romantisch ins Ohr. Der Allmächtige gab, der Allmächtige nahm: Georgs herrische und jähzornige Art bekam sie erst später zu spüren.

Je höher ihr Gatte auf der Karriereleiter emporstieg, desto weniger Aufträge sollte sie annehmen. Das hatte sie nicht geplant. Aber eine Frau sollte im Schatten ihres Mannes bleiben, gab er ihr zu verstehen, und eigentlich gar nicht arbeiten, sondern Kinder bekommen. Mit jedem abgelehnten Auftrag jedoch kühlte auch ihre Liebe zu Georg ab. Schließlich gab sie ihr Atelier auf und schneiderte nur noch in Ausnahmefällen; hauptsächlich für die Gattinnen von Georgs einflussreichen Freunden, die es zu beeindrucken galt. Sie fühlte sich, als wäre ein Stück ihrer Seele amputiert worden. Leer und nutzlos. Ausgetrickst vom Leben und von der Liebe. Ausrangiert, bevor die Reise überhaupt begonnen hatte.

Als sie endlich schwanger wurde, hatte sie wieder eine Aufgabe und ein Ziel, etwas, jemanden, auf den sie ihre Liebe projizieren konnte. Komplikationen zwangen sie, die letzten vier Monate im Bett zu verbringen. Ihren Mann sah sie in dieser Zeit kaum, und sie war froh darum. Sie bevorzugte mittlerweile Marias Gesellschaft. Bald schon waren sie wie Schwestern.

Als endlich ihre Tochter Sandra geboren war und sie das winzige Mädchen im Arm hielt, wusste sie nicht, wohin mit all ihrer Liebe. Sie fürchtete, das kleine Wesen damit zu erdrücken, und konnte doch nicht anders. Das Kind war ihr Lebensinhalt.

Georg hingegen war enttäuscht, dass sie keinen Stammhalter geboren hatte. Er interessierte sich nicht für das Neugeborene. Im Gegenteil, er gab Erika die Schuld dafür, dass es ein Mädchen war, kein Junge, und er verhöhnte sie für ihre Hingabe. Sie ging völlig in ihrer Mutterrolle auf, aus Angst vor Georgs bissigen Kommentaren aber zeigte sie ihre Gefühle immer seltener. Mit der Zeit lernten Mutter und Tochter, jede auf ihre Weise, mit der häuslichen Situation umzugehen. Sandra entwickelte eine starke Intuition und vermochte sich wie ein Chamäleon an die Launen des Vaters anzupassen. Wer nicht genau hinsah, nahm sie kaum wahr. Erikas Lösung, Konflikte zu vermeiden, bestand immer häufiger darin, sich zurückzuziehen und nur noch zuzusehen. Ihre Gefühle wurden immer mechanischer, bis sie gänzlich einfroren.

Erst als sichtbar wurde, dass Sandra über einen scharfen Intellekt verfügte, wandelte sich Georgs Desinteresse in so etwas wie zögerliche väterliche Zuneigung, sein Ehrgeiz erwachte. Sandra, gierig nach seiner Aufmerksamkeit und seinem Lob, blühte auf, tat alles, um dem Vater zu gefallen. Stets war sie die Beste. Und Georg war stolz. Der lange von zitternder Hand mühsam gehaltene Haussegen hing wieder gerade. Das war die Zeit der Ruhe vor dem Sturm. Friedlich, ja beinahe angenehm. Die perfekte, glückliche Familie – erfolgreicher Mann, das artige, schlaue Kind, die Frau, die allen den Rücken freihält. Aber dann tauchte ein junger Mann auf, Patrick, und alles änderte sich. Sandra verliebte sich Hals über Kopf. Sie brach ihr Jurastudium ab. Stattdessen wollte sie Biologie studieren, um jede Minute mit Patrick verbringen zu können. Biologie, um Lehrerin zu werden, eine einfache Lehrerin! Georg tobte. Georg drohte. Georg sah in Patrick den Teufel, der seine Tochter vom rechten Weg abbrachte. Erika sah in dem jungen Mann den gleichen Fehler, den sie begangen hatte – sich viel zu früh an einen Mann zu binden und damit das eigene Leben aufzugeben. Und zugleich fragte sie sich, ob sie ihrer Tochter wirklich verbieten wollte, etwas aus Liebe zu tun. Wo sie doch die letzten zwanzig Jahre jeden Tag dafür gebetet hatte, ihre eigenen Gefühle nicht länger unterdrücken zu müssen. Aus Mutterinstinkt war sie gegen die Verbindung zu Patrick, würde sie später denken. Reiner Mutterinstinkt. Aber Sandra brach aus allen Fesseln aus, trotzte den Drohungen des Vaters und dem Flehen der Mutter. Sie hatte dann Biologie studiert, ein pädagogisches Zusatzdiplom für den Lehrberuf erworben, ihren Patrick geheiratet und war selbst Mutter einer kleinen Tochter geworden, Olivia. Ihre Enkelin. Die sie jetzt besuchen wollte.

»Olivia ist heute nicht da«, sagte der junge Mann, der ihr als Thomas vorgestellt worden war. Bemerkenswert, wie ihr Gehirn funktionierte: Sie erinnerte sich beim besten Willen nicht daran, was sie gestern Abend gegessen hatte. Aber dass bei Olivias Besuch vor bald drei Wochen ein schwarzer Fransenteppich die Augen dieses jungen Mannes verdeckt hatte, das sah sie ganz klar vor sich. Heute hielt ein Stirnband die Haare aus seinem Gesicht. Sie hatte diesen Thomas sofort gemocht und auch jetzt spürte sie gleich Zuneigung. Irgendwie gab er ihr das Gefühl, ihm alles erzählen zu können.

Die Kuchenauswahl in der Vitrine ließ ihr das Wasser im Mund zusammenlaufen. Sie war immer schon eine Naschkatze gewesen. Nur mit einem Ohr verfolgte sie die Unterhaltung zwischen Maria und Thomas. Erst als der junge Mann sagte, dass Olivia bereits seit zwei Tagen krank sei, klinkte sie sich ein.

»Olivia ist nie krank.«

Maria und Thomas sahen sie an. »Das ist wahr«, bestätigte Maria dann. »Abgesehen davon, ist Olivia auch zu gewissenhaft, deswegen nicht zur Arbeit zu kommen. Eine Verpflichtung nicht einzuhalten, verstößt gegen ihren Kontrollkodex.«

Thomas hob die Schultern und bot den Damen einen Tisch an. »Ich kann noch einmal versuchen, sie anzurufen, aber sie scheint ihr Telefon ausgeschaltet zu haben.«

Bei ihrem letzten Treffen hatte der junge Mann ruhig und überlegt gewirkt. Heute schien er nervös. Das ließ Erika stutzen. »Setzen Sie sich doch zu uns, Thomas. Wenn es die Arbeit erlaubt.« Es war kurz nach zwei Uhr nachmittags, nur an drei Tischen saß Kundschaft.

Thomas war schon auf halbem Weg in die Küche. »Ich muss eigentlich …«

Aber Erika klopfte bestimmt mit der flachen Hand auf den freien Stuhl. »Erzählen Sie mir, was Sie bedrückt. Aber zuerst bringen Sie mir bitte …« Was trank sie denn normalerweise? Sie nahm die Getränkekarte in die Hand, um ihrem Gedächtnis auf die Sprünge zu helfen, aber nichts klang bekannt.

»Einen koffeinfreien Milchkaffee für Erika, einen Cappuccino für mich und zwei Stück Schokoladenkuchen«, beendete Maria ruhig die peinliche Situation.

Tom brachte das Gewünschte an den Tisch und für sich selbst einen doppelten Espresso, schwarz wie die Gedanken, die ihn seit zwei Tagen quälten. Kein Wunder, dass Erika ihn so schnell durchschaut hatte. Alzheimer hin oder her, dieser alten Dame entging nichts. Sogar Valerie mit ihrem verdammten sechsten Sinn hatte ihm Olivias Entschuldigung abgenommen, wenn auch mit hochgezogener Augenbraue. Er hoffte nur inständig, dass Olivia morgen wieder auftauchte. Für andere zu lügen, fiel ihm schwer. Denn dass sie wirklich krank war, bezweifelte er. Eher hing ihre Abwesenheit mit dem Vorfall vor zwei Tagen zusammen. Darüber wollte er mit ihr reden, so rasch wie möglich. Ihre Anschuldigung, Valerie würde durch Telefonterror versuchen, sie loszuwerden, hatte sich in ihm festgekrallt. So unlogisch sie auch war.

»Wir haben gestritten«, gestand Tom jetzt Erika, die mit kerzengeradem Rücken auf ihrem Stuhl saß und ihn auffordernd anblickte. Witzig, er kannte sie kaum, und doch fühlte er sich ihr so nahe wie seiner eigenen Großmutter. Trotzdem würde er ihr nicht sagen, dass sie sich geküsst hatten. Hatte sie das überhaupt schon zu einem Paar gemacht? Sein Herz schrie Ja, aber sein Kopf kalkulierte nüchtern, dass ihre Beziehung nach dem Streit auf sehr wackeligen Beinen stand. Waren sie jetzt vielleicht nicht einmal mehr Freunde? Er fuhr sich fahrig mit den Händen über die Knie, die Gedanken wühlten ihn auf.

Maria schob ihren Stuhl ein wenig zurück, überschlug die Beine und las aufmerksam den Prospekt des Künstlers der aktuellen Ausstellung, als gehörte sie nicht zur Runde dazu.

Also wandte er sich nur an Erika, gab ihr eine kurze Zusammenfassung von ihrem Ausflug am Montag. »Sie hat einfach so seltsam reagiert. Natürlich muss sie mir nicht sagen, wer sie dauernd anruft, aber …« Ihm fehlte jegliche Diskussionsgrundlage. Er spürte, wie ihm die Hitze ins Gesicht stieg, und wünschte, er könnte das Stirnband ausziehen, um sich hinter seinen Haaren zu verstecken. »Sie löscht ihre Anruferliste, als wollte sie etwas verbergen. Sie sagt, sie wisse nicht, wer sie anruft, aber …« Wieder stockte er. Dieses Mal, weil er den raschen Blick bemerkt hatte, den Erika Maria zuwarf. Die Haushälterin hob kurz den Kopf, runzelte die Stirn und kehrte zu ihrer Lektüre zurück. Erika presste die Lippen zusammen. Ihre Hand, die nach der Tasse griff, zitterte leicht. Tom wunderte sich über ihre plötzliche Nervosität, die sie jetzt ebenso offensichtlich mit einem Lächeln zu überspielen versuchte.

»Sind Sie vielleicht eifersüchtig, Thomas?« Erika schmunzelte ihn über den Tassenrand an.

Tom blieb ihr eine Antwort schuldig, denn Kundschaft kam herein. Er legte sich ins Zeug wie selten und erläuterte den beiden unentschiedenen jungen Müttern das gesamte Sortiment. Das kleine Mädchen im Tragerucksack einer der beiden Frauen brachte er gekonnt mit Grimassen dazu, das Jammern einzustellen. War er eifersüchtig? Wohl schon. Aber auf wen? Er merkte, dass Erika ihn beobachtete. Sobald die Kundinnen bedient waren, würde er sich verabschieden und in der Küche verschwinden.

Aber daraus wurde nichts. Er wurde sofort zurückbeordert und Erika läutete die Kaffeeklatschrunde Nummer zwei ein.

»Wissen Sie, Thomas, ich konnte Sie bei unserem letzten Treffen nicht richtig einordnen. Mein Gedächtnis lässt nach.« Sie verdrehte theatralisch die Augen und Maria prustete verhalten. »Aber waren Sie nicht der Junge, der immer wieder vor Olivias Fenster stand, um mit ihr zu sprechen? Damals?«

»Das war tatsächlich ich«, erwiderte Tom. Erstaunlich, dass Erika ihn überhaupt bemerkt hatte. »Ich vermisse sie, wissen Sie? Olivia war von einem Tag auf den nächsten weg. Meine beste Freundin, und sie verschwand, ohne sich von mir zu verabschieden oder mir zu erklären, was passiert war.« Natürlich hatte er wie alle Dorfbewohner von dem Unglück erfahren. Wie alle wusste er, dass Olivias Eltern tot waren. Olivia hatte danach erst einige Zeit in einem Krankenhaus in Nicaragua verbracht und anschließend in einer Rehabilitationsklinik irgendwo in der Schweiz. Erst sechs Wochen später hatte er sie kurz gesehen, im Vorbeifahren. Dünn, blass, abwesender Blick, der über ihn hinweggeglitten war, als würde sie ihn nicht kennen. Dann hatte sie das Dorf verlassen.

»Es dauerte eine Weile, bis ich begriff, dass sie nicht zurückkommen würde. Sie konnte ja nicht allein in ihrem Haus wohnen. Ich heulte bei ihrer Nachbarin Rotz und Wasser, bis sie sich endlich erbarmte und mir Olivias neue Adresse zuschob. Also Ihre.« Tom nickte Erika zu. »Ich war kein Abenteurer, das war Olivias Rolle. Ich brauchte allen Mut, um heimlich mein Sparschwein zu plündern und meinen Eltern vorzuschwindeln, dass ich den Nachmittag beim Fußballtraining eines Klassenkameraden verbringen würde. In Wirklichkeit fuhr ich allein mit dem Zug in die Stadt und zu ihrem Haus. Ich sah Olivia an einem der Fenster im oberen Stock. Sie sah mich zweifelsohne auch, aber sie reagierte nicht auf mein Winken. Im Gegenteil: Resolut zog sie die Gardinen zu. In dem Moment verließ mich der Mut.« Er lachte verlegen. »Ich traute mich nicht, zu klingeln. Sie hatte mir ganz klar zu verstehen gegeben, dass sie mich nicht sehen wollte. Auch wenn ich nicht verstand, wieso.«

So viele Jahre waren seitdem vergangen, und doch erinnerte er sich an den Schmerz, den er an jenem Tag gespürt hatte, als wäre es gestern gewesen. Noch drei, vier weitere Male hatte er die Reise unternommen, mutig zu Beginn, mutlos, wenn er vor der Tür stand. Warum bloß hatte er nie geklingelt? War es einfach nur die Angst vor der Abweisung gewesen?

»Ich war noch nie so traurig gewesen wie in dem Moment, als ich verstand, dass ich sie verloren hatte. Meine beste Freundin. Meine Retterin. Meine erste Liebe. Ganz unschuldig, natürlich«, fügte er rasch hinzu. »Es brach mir das Herz.« Er hob den Kopf. Dabei begegnete er Marias Blick, die ihn zum ersten Mal heute richtig wahrzunehmen schien. Als hätte er eine Prüfung bestanden, nickte sie wohlwollend.

Erika ging so weit, ihre Hand auf seine zu legen. Er starrte darauf, es war ihm peinlich, wie sehr ihn die Berührung tröstete. Sie hatte lange Finger mit gepflegten Nägeln, der Handrücken war überzogen von weichen Falten, hervortretenden blauen Adern und braunen Altersflecken. Den Ehering musste sie nach dem Tod ihres Mannes abgelegt haben.

»So ging es uns allen, Thomas«, sagte sie. »Ich dachte, wir könnten einander stützen. Wir hatten beide viel verloren. Ich hatte sie sehr geliebt, meine Tochter.« Erika senkte den Kopf und schwieg. Dann tätschelte sie seine Hand und seufzte tief. »Aber Olivia hat sich von allen abgeschottet. Es gab Olivia vor der Reise nach Nicaragua und Olivia nach der Reise. Was sie mit dem Davor in Verbindung brachte, wurde radikal ausradiert oder abgeblockt. Ich wollte ihr die Hand reichen, aber ich wusste nicht, wie. Früher hatten wir eine liebevolle Beziehung zueinander gehabt. Aber es war …« Gedankenverloren rührte sie mit dem Löffel in ihrem Milchkaffee, den sie erst zur Hälfte getrunken hatte. Dann straffte sie die Schultern und fuhr fort: »Es war, als ob sie sich nicht daran erinnern würde. Wollte. Auf einmal waren wir einander fremd. Mein Mann … Er ertrug ihre Gegenwart nicht. Olivia reizte ihn mit ihrer Art, laut und direkt wie ihr Vater. Sandra, Olivias Mutter, war leise gewesen, fleißig, immer darum bemüht, Georg zu gefallen, sein ganzer Stolz. Patrick, also Olivias Vater, hatte die Ambitionen meines Mannes in Bezug auf Sandra zerstört. In seinen Augen trug er die Schuld, an allem. Tagtäglich nun lief Olivia umher, die genauso aussah wie Sandra und sich genauso verhielt wie der verhasste Schwiegersohn. Georg und sie prallten immer wieder aufeinander. Ich wollte …« Erika stockte erneut. Maria legte die Broschüre auf den Tisch und lächelte sie an wie eine Mutter ihr Kind vor einer besonders schwierigen Aufgabe. »Ich wollte, ich wäre öfters eingeschritten. Vielleicht … vielleicht wäre dann heute vieles anders. Ich habe so viel falsch gemacht.«

Die alte Dame sah erschöpft aus nach diesem Geständnis. Die Souveränität von vorhin hatte sich aufgelöst wie der Zucker in ihrem mittlerweile sicherlich kalten Kaffee. Tom hätte sie gern umarmt, aber in dem Augenblick betrat Valerie das Café, dahinter ein Pärchen, das gleich begann, die Kuchenvitrine zu begutachten. Als Valerie ihn an dem Tisch sitzen sah, runzelte sie die Stirn.

»Olivia ist nicht da?«, fragte sie.

»Nein, sie ist immer noch krank. Frühlingsgrippe.«

Valerie nickte langsam und sah ihn abwartend an. Er fühlte sich wie ein unartiges Kind unter ihrem Blick. Aber obwohl er wusste, was sie von ihm wollte, blieb er sitzen.

»Erika, Maria, meine Schwester. Val, das sind Olivias Großmutter und ihre Haushälterin«, stellte er die Frauen untereinander vor. Valerie blinzelte überrascht. Er konnte sich vorstellen, was sie dachte: noch mehr von dieser Sippe. Aber sie gewann die Fassung rasch zurück und deutete leicht mit dem Kopf auf das wartende Pärchen. Er ergab sich und stand auf, aber da legte ihm Erika die Hand auf den Arm. Sie hatte ihre Autorität zurückgewonnen.

An Valerie gewandt sagte sie: »Bestimmt können Sie das kurz übernehmen. Wir sind hier noch nicht ganz fertig.«

Das saß. Tom fiel zurück auf den Stuhl. Seine Schwester war offenbar genauso geschockt wie er, ihr Mund öffnete und schloss sich wieder. Ohne ein Widerwort drehte sie sich schließlich um und bediente die Kundschaft.

Erika trank aus, Maria tat es ihr nach. »Wissen Sie, Thomas, ich glaube, Sie haben ein wenig überreagiert«, sagte Erika. Tom brauchte einen Moment, um wieder zum Ausgangspunkt ihres Gesprächs zurückzufinden. »Olivia muss über alles die Kontrolle haben, wird aber selbst nicht gern kontrolliert. Freiheit ist das Schlüsselwort. Ich glaube, Sie wissen, wovon ich spreche, nicht wahr?« Als bestünde er aus Glas, hatte sie ihn wieder dechiffriert, wahrscheinlich nur aufgrund des kurzen, ungleichen Machtkampfs zwischen Valerie und ihm. Freiheit war ein kostbares Gut, nach dem er strebte, ohne Aussicht darauf, es in absehbarer Zeit zu bekommen.

Erika fuhr fort. »Entschuldigen Sie sich bei ihr. Sie kann schrecklich nachtragend sein, das sage ich aus eigener Erfahrung. Aber nicht bei Ihnen. Vertrauen Sie dem Instinkt einer alten Frau.« Mit diesen Worten stand sie auf und streckte ihm formell die Hand hin. »Passen Sie auf Olivia auf, Thomas. Sie hat ihren Norden verloren, schon vor langer Zeit. Vielleicht können Sie ihr helfen, ihn wiederzufinden.«

André Edelmann saß in dem blau-grün-beige gestreiften Barsessel des Hotels, in dem er schon bei dem ersten Interview gesessen hatte, und wartete auf Olivia. Die erste Viertelstunde hatte er draußen gewartet, aber der unziemliche Vorstoß eines Russlandtiefs hatte das kurze Intermezzo des aufkeimenden Frühlings unterbrochen. Das Barometer vor seinem Wohnzimmerfenster drohte sogar mit Schnee in den nächsten Tagen. Was für eine miserable Jahreszeit, diese Wochen zwischen Winter und Frühling. Die Kälte hatte ihn zuerst ins Foyer, dann in die Bar vertrieben. Edelmann mochte Unpünktlichkeit nicht, nun wartete er schon seit einer halben Stunde. Ein halbes Dutzend Kräuterbonbons hatte er schon gelutscht, um das Kratzen in seiner Kehle loszuwerden, das die verhasste tiefe Tonlage auslöste. Er hatte lange üben müssen, um sie sich zuzulegen, hatte sich wieder und wieder Tonaufnahmen, alte Radio- und Fernsehinterviews mit Patrick Steiner, dem berühmten Schmetterlingsforscher, anhören müssen. Aber bei ihrem letzten Treffen hatte er gesehen, dass es funktionierte. Es war eine Art der Hypnose. Die Stimme löste Vertrauen in Olivia aus; sie kannte sie, ohne sich daran zu erinnern, woher. Und in dem Moment, in dem ihr bewusst würde, dass er sie an der Nase herumgeführt hatte, wäre es zu spät. Dann hätte er schon, was er wollte.

Es war an der Zeit, Olivia anzurufen. Ihre Nummer kannte er natürlich bereits auswendig, doch als er die Wähltaste drückte, informierte ihn die freundliche Stimme des Anrufbeantworters, dass der Anschluss derzeit nicht verfügbar sei. Verdutzt versuchte er es nun doch über die gespeicherte Nummer; als auch die nicht das gewünschte Resultat brachte, sah er in seiner Kontaktliste nach, ob er noch eine andere Olivia gespeichert hatte. Eine dieser Bekanntschaften, mit denen er ein paar nette Stunden oder vielleicht sogar Tage verbrachte und an deren Gesichter er sich schon wenig später nicht mehr erinnerte. Viele Frauennamen tauchten in der Liste auf, er musste sie wirklich mal aufräumen. Aber nur eine Olivia war darunter. Sicherheitshalber versuchte er es ein drittes Mal, landete jedoch erneut bei der Sprachbox. Zischend sog er Luft durch die Zähne. Ein Geschäftsmann, der am Nebentisch sein Nachmittagsbierchen genoss, schaute von seinem eigenen Telefon auf und zu ihm hinüber. Entschuldigend hob er die Hand, aber in seinem Inneren brodelte es, und er wusste nicht, wie er diesem Brodeln beikommen sollte. Olivia hatte ihn versetzt. Er verstand den Sinneswandel nicht. Vielleicht war ihr etwas zugestoßen? Ein viertes Mal wählte er ihre Nummer, diesmal hinterließ er nach dem Piepton eine Nachricht. »Frau Steiner, hier ist Professor Edelmann. Wir hatten eine Verabredung heute, aber Sie sind nicht erschienen. Ich hoffe, es geht Ihnen gut. Rufen Sie mich bitte an.«

KAPITEL 9

Eine Schneeflocke schmolz auf Toms Ärmel. Schnee Mitte April, er fasste es nicht. Der Himmel war graublau, die Limmat graugrün, der See grau mit weißen Schaumkrönchen. Sein Gemütszustand war einfach nur grau. Das Gespräch mit Erika hatte ihn aufgewühlt. Sie hatte ihre Antennen ausgefahren und tief in seine Seele geschaut, fand Wahrheiten, die er vor sich selbst zu verstecken versuchte, sprach Dinge an, die für ihn rätselhaft waren. Jetzt stand er vor der Aufgabe, die Puzzleteile zusammenzusetzen. Der erste Schritt hieß, Olivia aufzusuchen. Er vermisste sie und er wusste, dass er sich entschuldigen sollte. Und dann hatte Erika ihm diese kleinen intimen Einblicke gewährt in die Zeit nach dem Tod von Olivias Eltern. Es war ihr so schlecht gegangen, damals. Und er hatte nicht den Mut aufgebracht, zu klingeln. Er wollte nicht den gleichen Fehler wieder begehen.

Vor dem Haus, in dem Olivia wohnte, schaute sich Tom um. Vergeblich suchte er nach einem Schild mit dem Namen des überschaubaren Platzes. Im Sommer war das hier sicher ein lauschiger Ort, mit dem Brunnen und den Sitzbänken unter den drei alten großen Bäumen. Die Kinder aus dem Hort an der Ecke liefen dann bestimmt kreischend um den Brunnen, zumindest die, die schon laufen konnten, oder sie streckten ihre Arme aus den Kinderwagen, um einen der glitzernden Wassertropfen zu fangen. Aber heute war auch diese Ecke Zürichs einfach nur grau und still. Er sah hinauf zum dritten Stockwerk, dem obersten. In dem Moment öffnete sich die Eingangstür und zwei identisch aussehende junge Frauen traten hinaus. Das mussten die Zwillinge sein, mit denen sich Olivia die Wohnung teilte. In drei langen Schritten ging er auf sie zu und fragte, ob Olivia zu Hause sei.

»Schon, ja, aber sie ist wohl krank«, sagte die eine Blondine. »Kam zumindest in den letzten Tagen nicht aus ihrem Zimmer.«

»Aber versuche gern dein Glück«, ergänzte die andere und zwinkerte ihm zu. »Schöne Männer sind bestimmt immer willkommen.« Sie hielt ihm die Tür auf.

Kopfschüttelnd stieg er die knarrende Altbautreppe hoch. Endlich oben, wollte er schon auf den Klingelknopf drücken, als er von drinnen Gitarrenakkorde und ein Murmeln hörte. Er überprüfte das Namensschild unter der Klingel, aber er stand vor der richtigen Tür. Die Akkorde lösten sich auf, wurden zu einer einfachen Tonleiter, zwei Saiten wurden nachgestimmt. Das erledigt, schlug sie – er nahm an, dass Olivia die Musikerin war – einzelne Saiten an, scheinbar willkürlich, doch nach ein paar Sekunden vereinten sich die Töne zu einer schleppenden Melodie, melancholisch und weich. Sie erinnerte ihn an einen Urlaub in Südspanien, vor vielen Jahren, noch mit seinen Eltern. Dann begann Olivia mit ihrer rauchigen Stimme leise zu singen, es war mehr ein Flüstern. Tom lehnte den Kopf an die Tür, damit er etwas verstand. Spanisch sang sie mit Sicherheit nicht, denn davon beherrschte er ein paar Brocken und von ihrem Gesang verstand er kein Wort. War das vielleicht Arabisch? Sie hatte gar nicht erwähnt, dass sie die Sprache beherrschte. Er war davon ausgegangen, dass man sich in Ägypten mit Englisch durchschlagen konnte. Wieder mal wurde ihm klar, dass er nicht wusste, was Olivia wirklich ausmachte. Sieben Siegel reichten nicht, um sie zu knacken. Würde er jemals zu ihr vordringen können? Dann verflüchtigte sich sein Befremden. Er schloss die Augen und ließ sich von der Musik tragen. In seiner Vorstellung brannten in der Wohnung Hunderte Kerzen, verteilt auf versilberten, mit Ornamenten geprägten Tischchen. Kissen auf dem Boden, Weihrauch in der Luft, Tücher vor den Fenstern. Es lag so viel Schmerz in Olivias Stimme, dass ihm selbst die Tränen in die Augen stiegen.

Sie beendete das Spiel mit einem letzten Triller. Tom verharrte noch einige Minuten. Auch in der Wohnung herrschte jetzt Stille, als ob beide Seiten nur langsam aus den Tiefen ihrer Gefühlswelt einem kleinen Flecken Sonnenlicht an der Oberfläche entgegentauchten. Als sich Tom wieder gefasst hatte, klopfte er leise an.

Immer noch gefangen in seiner Vision einer gedämpft beleuchteten orientalischen Umgebung, musste er angesichts der Halogenhelligkeit heftig blinzeln, als die Tür aufging. Olivia musterte ihn argwöhnisch mit geröteten Augen. Schließlich zuckte sie ergeben mit den Schultern und ließ ihn herein. Sie wohnte in einer typischen Altbauwohnung, mit dunklem, abgetretenem Parkett und einem fast quadratischen Empfangsraum, von dem rundum weiße Türen abgingen. Olivia führte ihn in ihr Zimmer, das gleich neben dem Eingang lag. Beim Eintreten stolperte er über eine große, halbvolle Reisetasche.

»Du wohnst seit vier Monaten hier und packst jetzt erst aus?« Es sollte ein Scherz sein, entfuhr ihm aber eine Spur zu ungläubig.

Olivia blieb im Türrahmen stehen. Sie starrte auf die Tasche, knetete ihre Hände. »Ich gehe«, sagte sie leise.

»Du gehst? Wohin? Jetzt?« Reflexartig sah er auf die Uhr. Es war kurz vor halb vier. Hoffentlich kam Valerie allein zurecht mit dem Nachmittagsansturm. Er hatte sie wieder angelogen, um die zwei Freistunden zu ergattern, und wieder hatte sie nur argwöhnisch die Brauen hochgezogen. Spätestens morgen würde das Kartenhaus einstürzen, befürchtete er.

Olivia schlängelte sich an ihm vorbei, stieg über die Tasche und den dahinterliegenden Koffer und setzte sich in einen scheußlichen grünen Plüschsessel. Tom ließ sich auf den Klappstuhl beim Schreibtisch fallen. Auf dem Tisch lagen pedantisch nebeneinander und der Größe nach geordnet ein Paket Taschentücher, Olivias Telefon, ein roter Pass und ein Reiseführer für Sansibar. Tom nahm den Pass in die Hand und blätterte darin herum. Wie jung sie auf dem Foto aussah, beinahe noch wie ein Teenager, die Haare schwarz gefärbt, die Augen dunkel geschminkt. Traurig. So hätte er sie selbst dann nicht wiedererkannt, wenn sie direkt vor ihm gestanden hätte. Auf den hinteren Seiten sprangen ihm Stempel entgegen, Australien, Ägypten, Malediven. Dort war sie überall schon gewesen? Er unterdrückte ein hilfloses Lachen. Träum weiter.

»Ich kann nicht hierbleiben«, sagte Olivia in die Stille hinein. Aggressiv, als ob er sie angeklagt hätte.

»Warum nicht?« Mehr fiel ihm im ersten Moment nicht ein. Er ließ den Pass sinken und hoffte, dass sie die Panik nicht heraushörte. Aber Olivia war in ihrer eigenen Welt versunken.

»Es war ein Fehler gewesen, überhaupt zurückzukommen«, schimpfte sie mit sich selbst. Dann sah sie ihn direkt an. »Und ich kann nicht mit dir zusammen sein. Es hätte gar nicht so weit kommen dürfen.«

Tom wähnte sich aus einem Flugzeug geschleudert, hatte das Gefühl, die drei Etagen nach unten zu stürzen und mit dem Kopf auf dem Pflaster aufzuschlagen. Der Aufprall ließ ihn schwindlig zurück.

»Warum?« Wieder fiel ihm nichts anderes ein.

Olivia hob hilflos die Hände. »Es tut mir leid. Die Nähe

macht mir Angst. Ich habe schon zu viele geliebte Menschen verloren.«

»Ich kann dich auffangen«, sagte Tom leise.

»Dazu bin ich noch nicht bereit, Tom. Ich möchte unsere Freundschaft nicht kaputtmachen. Und ich will frei sein, ohne Gedanken an meine Vergangenheit zu verschwenden wie bei diesem blöden Interview. Für dich heißt Freiheit vielleicht, durch die Luft zu fliegen. Für mich bedeutet sie, alles hinter mir zu lassen. Erika hat Maria, die passt besser auf sie auf, als ich es jemals könnte. Valerie will mich eh loswerden. Wenn ich verschwinde, profitieren alle.« Ihr Blick wanderte zum Schreibtisch. Der Pass lag schief.

Tom legte ihn so akkurat wie möglich zurück an seinen Platz. Seine Hand zitterte. »Hör mir zu, Olivia«, begann er und nahm jetzt das Buch, um seine Hände irgendwie zu beschäftigen. Aber als sie ihn scharf ansah, legte er es wieder auf den Tisch, artig parallel zum Telefon. »Es tut mir leid, dass wir gestritten haben. Ich habe kein Recht, dich zu kontrollieren.« Während er sprach, wurde ihm bewusst, dass er versuchte, etwas zu retten, das es gar nicht mehr gab. »Ich weiß, Valerie ist nicht einfach. Aber das, was du behauptest, würde sie nie tun.«

Olivia hob eine Augenbraue. »Sie hat mir einige sehr eindeutige Signale gegeben.«

»Siehst du? Sie sagt, was sie denkt. Sie ist direkt. Anonyme Anrufe passen nicht zu ihr. Was sollten die auch bringen, anonym? Und inwiefern sollten sie dich dazu bringen, zu kündigen? Das ergibt keinen Sinn.« Er merkte, dass er Olivia nicht überzeugen konnte. Besser, er wechselte das Thema, bevor sie sich in eine sinnlose Diskussion verstrickten. »Und was deine übrigen Argumente angeht, liegst du falsch. Du wirst nie frei sein, wenn du immer vor dir selbst davonläufst, vor dir und deiner Vergangenheit. Im Gegenteil, die Ketten, in die du dich legst, werden immer kürzer, bis sie dich ersticken.«

Olivia verschränkte die Arme. »Ich laufe nicht vor mir davon.«

»Ach nein? Deswegen redest du nie über den Tod deiner Eltern? Deswegen möchtest du dich nicht auf deine Großmutter einlassen? Und deswegen rennst du immer gleich weg, wenn es ein Problem gibt?« Tom bereitete sich darauf vor, am Kragen gepackt und vor die Tür gesetzt zu werden. Das war's dann wohl, auch mit der Freundschaft. Aber Olivia rutschte nur unruhig auf dem Sessel herum.

»Ich habe wieder Albträume«, sagte sie. »Die aus meiner Kindheit. Nicht schön. Alte Geister sollte man ruhen lassen.«

»Aber dann verfolgen sie dich für den Rest deines Lebens, Olivia. Du musst dich ihnen stellen.«

»Darüber zu reden bringt meine Eltern nicht zurück.«

»Nein. Aber du kannst dich ihnen dadurch näher fühlen. Wenn du dir erlaubst, an sie zu denken.«

Schweigen. Seufzen. Schließlich ein Schluchzen. »Aber was, wenn alles, woran ich mich erinnere, die Albträume sind? Was, wenn die schönen Erinnerungen nie mehr zurückkommen?« Olivia weinte nun hemmungslos.

Auch Tom war zum Weinen zumute. Was sie erlebt hatte, als kaum Elfjährige, sollte kein Kind erleben müssen. Er dachte an seine Tochter – unvorstellbar, sie einem solchen Schmerz ausgesetzt zu sehen. Er kniete neben den Sessel, legte seine Hand auf ihr Knie. Olivia zuckte kurz zurück, entspannte sich aber gleich wieder.

»Sie werden zurückkommen. Rede mit diesem Professor Edelmann. Rede mit Erika. Rede mit mir, wenn du möchtest. Aber bleib. Bitte.«

Sie saßen am Küchentisch, vor beiden stand eine Tasse heißer, süßer Minztee. Für Tom, der nie Zucker in Tee oder Kaffee gab, schmeckte er beruhigend wie warmer Honig.

Olivia nahm das Telefon und rief Professor Edelmann an. Ihr Fernbleiben schob sie auf die erfundene Frühlingsgrippe. Die vom Weinen verstopfte Nase verlieh ihrer Lüge Authentizität.

»Ich werde mich morgen mit ihm treffen.«

Tom nickte. »Sein Vorschlag, sich von hinten nach vorn zu arbeiten, ist sinnvoll, finde ich. Wie ein Adventskalender. Du öffnest jeden Tag ein Türchen, und am Schluss kennst du die ganze Weihnachtsgeschichte.« Olivia lächelte tatsächlich, wenn auch vermutlich mehr aus Mitleid über seinen schlechten Vergleich denn aus Freude. Aber das spielte keine Rolle. Er hatte ein Lächeln gewonnen.

»Es tut mir leid, Tom«, sagte Olivia leise.

Das glaubte er ihr. Er nickte, um sich selbst davon zu überzeugen, dass sie ihre Beziehung am besten nicht vertiefen sollten. Auf jeden Fall nicht in die von ihm gewünschte Richtung.

»Ich bin trotzdem immer da für dich. Du kannst mir vertrauen, das weißt du.« Hoffentlich verriet seine Stimme nicht, wie unglaublich leer er sich fühlte. Unauffällig inhalierte er ihren Duft. Wie lange es wohl dauern würde, bis er ihr wieder so nahe käme wie jetzt?

»Das weiß ich.« Sie drückte seine Hand, nur kurz, aber lang genug, damit sich der Kloß in seinem Hals wieder verfestigte.

Er räusperte sich und suchte ein unverfänglicheres Thema. »Was wirst du Edelmann dieses Mal erzählen?«

Sie ignorierte die Frage. »Er möchte den Schmetterling, weswegen wir nach Nicaragua gefahren sind. Also das Präparat natürlich.«

»Hast du es denn?«

»Ich erinnere mich nicht«, sagte Olivia und begutachtete ihre Fingernägel. »Falls ja, liegt es in einer der Schachteln auf Erikas Dachboden.«

»Solltest du womöglich nachschauen. Und Erika freut sich bestimmt über einen Besuch.« Wahrscheinlich sollte er Olivia sagen, dass er mit ihrer Großmutter ein ziemlich persönliches Gespräch geführt hatte. Aber nicht heute. »Vielleicht hilft dir der Schmetterling bei deiner Aufgabe.«

»Du meinst, so wie ein Trigger? Ich sehe ihn und bumm kommt alles hoch?«

»Vielleicht nicht ganz so extrem, aber ja, so ähnlich. Was ist denn sonst noch in den Schachteln auf dem Dachboden?«

»Lauter Erinnerungen.« Sie sah nicht glücklich aus über die Vorstellung, darin herumzuwühlen oder – bestimmt deutlich schlimmer – beim Anblick eines aufgespießten Schmetterlings in eine Art Katastrophenfilm katapultiert zu werden.

Tom gab ihr einen aufmunternden Klaps auf den Rücken. »Wenn das kein guter Anfang ist, die Vergangenheit aufzuarbeiten. Ich werde dich begleiten. Ich bin für dich da, okay?« Dann sah er auf die Uhr, es war schon fünf. »Ich muss los, tut mir leid«, entschuldigte er sich und stand abrupt auf. Carlas Klavierunterricht begann in einer halben Stunde. Er sah Olivias fragende Miene. Vertrauen. Ihm stand ein weiteres unangenehmes Gespräch bevor. Aber nicht heute.

Olivias Anruf hatte Edelmann ungemein erleichtert. Nur eine Grippe. Telefon ausgeschaltet, um schlafen zu können. Das verstand er gut. Auf seinen Vorschlag hin, sich gleich am nächsten Tag zu treffen, hatte sie zwar kurz gezögert, dann aber doch eingewilligt. Und nun stand er hier, wartete wieder einmal und verfluchte den nicht existenten Schweizer Frühling, diesmal allerdings mit einem Sack voller Zitronen in der Hand. Kein

Wunder, dass die Leute bei dem Wetter erkrankten. Er zerbiss krachend den letzten Rest des Kräuterbonbons.

Fünf Minuten nach der vereinbarten Zeit, Edelmann wurde schon langsam nervös, bog Olivia mit rotem Kopf und fliegenden Haaren um die Ecke.

»Sorry, hab die Distanz falsch eingeschätzt«, sagte sie keuchend.

Lächelnd ließ er sie verschnaufen, dann streckte er ihr die Tasche mit den Zitronen entgegen. Ihr verdutzter Gesichtsausdruck amüsierte ihn. »Vitamin C. Gut gegen Grippe.«

»Ja, natürlich. Vielen Dank.«

Er gewährte ihr den Vortritt. Wie beim letzten Treffen wählte sie einen Tisch in der hintersten Ecke der Bar. Heute war die Bar besser besucht, was Olivia sichtlich störte. Eine Gruppe deutscher Geschäftsleute trank fröhlich Bier, während an einem anderen Tisch die Eltern von drei kleinen Kindern versuchten, ihren Nachwuchs mit Eis und Spielen daran zu hindern, um die Tische herumzurennen. Die Koffer neben ihnen deuteten auf das baldige Versiegen dieser Lärmquelle hin.

»Pfefferminztee, wie letztes Mal?«, fragte er und Olivia bejahte, sichtlich erfreut über seine Aufmerksamkeit.

Der Kellner stellte die Getränke auf den Tisch. Olivia leerte zwei Beutel Zucker in ihre Tasse und rührte sorgfältig um, als versuchte sie, Zeit zu schinden. Anzukommen. Sich vorzubereiten. Was auch immer es war, er wollte ihr helfen.

Er lehnte sich etwas vor. »Ich würde mich sehr freuen, wenn wir uns duzen könnten, Frau Steiner. Lockert den Umgang auf, verstehen Sie? Ich bin André, stets zu Ihren Diensten.«

Olivia kicherte, pustete in ihre Tasse und schien zu überlegen, wie sie reagieren wollte. Dann nahm sie einen vorsichtigen Schluck, legte kokett den Kopf schief und streckte ihm ihre Hand hin. »Einverstanden. Ich heiße Olivia.« Ihr kräftiger, warmer Händedruck signalisierte ihm, dass sie bereit war, sich auf ihn einzulassen.

»Wohin nimmst du mich denn heute mit, Olivia?«, fragte er.

KAPITEL 10

Im Juni 2010 hatte Olivia sich von den paradiesischen Malediven verabschiedet. Die glasklaren Tauchgründe entzückten sie zwar jedes Mal aufs Neue, aber die Kleinräumigkeit und Abgeschiedenheit der Inseln erdrückten sie. Sechs Monate waren genug an einem Ort. Es galt, die ganze Welt zu entdecken, die Kompassnadel stand auf Veränderung. Ihr Atlas riet ihr Australien als Ziel, was sie zögern ließ. Sie war vor vier Jahren, als Siebzehnjährige, schon einmal dort gewesen: das erste Mal, dass ihre Großeltern sie hatten verreisen lassen, wenn auch nicht allein oder mit ihren Freunden. Nein, natürlich nicht. Sondern mit der Familie eines Bekannten ihres Großvaters, der Töchter im selben Alter hatte. Olivia kannte die Mädchen nicht. Und hatte nicht vor, sie kennenzulernen. Die Reise war das vorgezogene Geschenk zu ihrem achtzehnten Geburtstag, und wahrscheinlich wollten ihre Großeltern ihr damit wirklich eine Freude bereiten.

»Das war so ungewöhnlich, dass ich es nicht glauben konnte und mich von Beginn an querstellte. Ich meine, wer würde es nicht als Strafe auffassen, mit Unbekannten einen Monat lang in den Urlaub fahren zu müssen statt mit seinen Freunden?«, sagte Olivia und Edelmann nickte mitfühlend.

Die Töchter entpuppten sich schnell als überhebliche Schnepfen, denen ihr Leben lang jeder Wunsch von den Augen abgelesen und in den Schlund gestopft worden war. Nach zwei

Wochen Kultur in Melbourne und Sydney, die von den Schnepfen mit Augenrollen und gelangweiltem Geschnaufe absolviert wurden, gelangten sie nach Mooloolaba an der Sunshine Coast. Mooloolaba, das Wort rollte durch Olivias Mund wie Wellen. Während die Schnepfen sich einen Wettstreit darum lieferten, wer beim coolsten Surferboy landen konnte, entdeckte Olivia ihre Leidenschaft: das Schnorcheln. Die Unterwasserwelt. Hier gab es Ruhe, Gelassenheit. Schwerelosigkeit und Entspannung für ihr Bein. Zum ersten Mal während der Reise entwich ihr ein Lächeln. Das Lächeln entwickelte sich schnell zu einer ausgelassenen Fröhlichkeit, mit der sie ihre Mitmenschen ansteckte. Sie liebäugelte mit einem Tauchkurs, aber sosehr sie ihr Taschengeld zählte und wieder zählte, es reichte nicht. Die Mutter der Schnepfen, glücklich, dass sich wenigstens eines der Mädchen für etwas interessierte, half ihr aus. Am Tag der Rückreise hatte Olivia sowohl ihren Open-Water-Diver-Tauchkurs abgeschlossen als auch ihre Jungfräulichkeit an Tauchschulinhaber Pete verloren. Und sie war so verrückt nach dem Tauchen gewesen wie ein Hai nach dem Thunfisch.

Australien war groß und weit, sie hatte die Wahl zwischen Tausenden Tauchschulen. Aber in ihrem Leben gab es so viele schlechte und verdrängte Erinnerungen, dass sie fand, sie könne ruhig dem Drang nachgeben, eine schöne Erinnerung aufzufrischen. Als sie im Juni 2010 nach Mooloolaba zurückkehrte, lagen über achthundert Tauchstunden hinter ihr und sie durfte sich stolz Open Water Scuba Instructor nennen. Pete, der sich noch gut an das fröhliche rothaarige Mädchen erinnerte, suchte gerade ein neues Teammitglied und besorgte ihr ein Arbeitsvisum für ein halbes Jahr sowie ein Bett in seinem Haus. Ihre Tage verbrachte sie damit, Tauchern das Schiffswrack der HMAS Brisbane zu zeigen. Zum Flinders Reef zu fahren, um im glasklaren Wasser zwischen Grünen Meeresschildkröten,

Lippfischen, Stachelmakrelen und Papageifischen zu schwimmen. Höhlen auszukundschaften, die farbigen Korallen zu bestaunen und sich von den eleganten Bewegungen der Mantas beeindrucken zu lassen. Einmal hatte sie sich sogar Auge in Auge mit einem Hai wiedergefunden. Es galt, die Atemluftflaschen zu überprüfen und aufzufüllen, die Ausrüstung in Schuss und die Station sauber zu halten. Anfängern nahm sie die Angst und Fortgeschrittene bremste sie, sie nahm Prüfungen ab, sprach Glückwünsche aus und vertröstete manchmal jemanden auf die nächste Chance. Sie arbeitete sieben Tage die Woche zwölf, vierzehn Stunden am Tag und vögelte mit Pete, was die Nacht hergab. Sie genoss das Leben. Sie lebte das Leben. Sie inhalierte es mit jedem Atemzug.

Pete besaß eine zweite Tauchstation weiter nördlich, in Hervey Bay. Eine ausgezeichnete Stelle, um im Herbst mit Buckelwalen zu schnorcheln. Alle zwei Wochen flog er mit seinem privaten Zweisitzer für ein paar Tage hin, um nach dem Rechten zu sehen. Als Olivia zum ersten Mal neben einem dieser friedlichen Riesen schwamm, durchflutete sie das Glück wie ein Regenbogen. Das Tier übertrug seine Ruhe und Erhabenheit auf sie, schuf für eine kurze Zeit einen Raum, in dem nur sie beide existierten, eine Symbiose eingingen und schließlich eins wurden. Sie waren das Meer. Sie waren die von Lichtreflexen gesprenkelte Wasseroberfläche, sie waren der wogende Seegang, sie waren die Tiefe und die Weite. Olivia fühlte sich beinahe komplett. So komplett, wie sie eben sein konnte mit all ihren Wunden und Narben. Es fühlte sich gut an. Ihr Lachen blubberte durch den Schnorchel, fröhlich und feucht. Unfassbar, dass ihr, nach allem, was sie durchgemacht hatte, so etwas Schönes widerfuhr.

Ende Oktober, als sich die Buckelwalsaison dem Ende zuneigte, nahmen sich Olivia und Pete zwei Tage frei, um die Hervey Bay vorgelagerte Insel Fraser Island zu besuchen. Ausgestattet mit einem Jeep und einem Zelt jagten sie über die weltgrößte Sandinsel. Tropischer Regenwald breitete sein Blätterdach über ihnen aus, Süßwasserseen funkelten in Türkis, Dunkelblau, Teebraun und Smaragdgrün. Am Abend saßen sie vor dem Zelt und bewunderten den Sternenhimmel, und für einen Augenblick fragte sich Olivia, winzig klein im Angesicht des Universums, ob sie ihr Glück nicht überstrapazierte.

An diesen Moment dachte sie, als auf dem Rückflug zur Sunshine Coast Petes Zweisitzer in den Himmel stieg.

»Könnte bisschen holpern«, knisterte Petes Stimme durch den Kopfhörer. Die Wolkendecke verdichtete sich rasch und über den Funk hörte sie, dass eine Gewitterfront zwischen ihnen und ihrem Ziel lag. Obwohl Pete die Front so großräumig zu umfliegen versuchte, wie es der Benzintank zuließ, wurde das Flugzeug bald hin und her geworfen, als ob ein Gott, an dessen Existenz sie schon seit Jahren nicht mehr glaubte, seine Präsenz demonstrieren wollte. Olivia erbrach das Hähnchensalatsandwich auf ihren Schoß, schrie und presste die Hände gegen die Scheiben, als könnte sie dadurch das drohende Unglück davon abhalten zu geschehen. Pete fluchte ohne Unterlass. Der Regen nahm ihnen die Sicht, schien sie nach unten zu drücken, ließ das Flugzeug taumeln, dann zog der Wind es wieder nach oben. Sie kippten nach rechts, nach links, der Propeller setzte sekundenlang aus.

»Pete!«, heulte Olivia, dann »Mama!« Der saure Geruch ihres Erbrochenen wurde vom scharfen Gestank ihrer Angst übertüncht, die Kehle so eng, dass sie kaum Luft bekam, und das bisschen Luft, das sie einatmete, schrie sie sogleich wieder raus, der Kopf leicht und schwer gleichzeitig vor Panik. Anstatt in einer langen Schräge auf die Landebahn zuzuschweben, sackte der Zweisitzer von einem Luftloch in das nächste, als stolperte er über die Himmelstreppe hinab. Die Leitlichter auf dem Boden konnte Pete im Grauton der Regenmassen erst zu spät ausmachen, das Flugzeug war beim Aufsetzen noch viel zu schnell, die Räder brachen, der Zweisitzer raste auf dem Rumpf über den Asphalt. Der rechte Flügel wurde zur Hälfte weggerissen. Pete war still, er schien beim Aufprall ohnmächtig geworden zu sein, Olivia hingegen schrie immer noch, als das Flugzeug endlich zum Stehen gekommen war und sie durch das Prasseln des Regens die Sirene der Rettungskräfte hörte.

Der materielle Schaden war größer als der menschliche. Pete hatte sich den Arm gebrochen und musste eine kleinere Platzwunde am Kopf nähen lassen. Olivia kam mit einem Schnitt an der Handfläche und Prellungen davon. Allerdings, so schwor sie sich, würde sie nie wieder fliegen. Nicht in einer kleinen Maschine. Nicht in so einer Blechbüchse. Einmal vom Himmel zu fallen reichte ihr.

Sie arbeitete normal weiter und fuhr noch dreimal nach Hervey Bay. Mit dem Auto. Nach dem zweiten Mal zog sie von Petes Schlafzimmer ins Gästezimmer. Ihr Arbeitsvertrag und damit auch ihr Visum liefen nach Weihnachten aus. Sie könnte beides verlängern. Aber sie merkte, dass nur mehr wenige Sandkörner in der Sanduhr waren. Das Glück war tatsächlich überstrapaziert worden, so, wie sie es an jenem Abend unter dem Sternenhimmel auf Fraser Island schon gespürt hatte. Langsam begann sie, sich von allem zu lösen, was sie in Australien halten könnte.

»Hör mal, Pete«, sagte sie auf ihrer dritten Rückfahrt nach der Notlandung und starrte dabei aus dem Seitenfenster. »Setzt du mich in Noosa Heads ab, bitte? Ich möchte dort übernachten und nehme morgen den Bus. Kopf freimachen und so.« Den letzten Satz murmelte sie eher zu sich selbst. Sie spürte Petes

Blick, lange und kribbelig, aber sie zwang sich, ihn nicht anzusehen. Abschiede wurden nicht besser, wenn man sie hinauszögerte.

»Ich nehme an, das heißt, dass ich deinen Arbeitsvertrag nicht verlängern muss«, sagte Pete leise, und als sie den Kopf schüttelte, seufzte er tief, tätschelte kurz ihr Bein und dann schwiegen sie für den Rest der Fahrt. Mehr Worte waren nicht notwendig.

Am frühen Morgen, es war gerade einmal sieben Uhr, spazierte sie von ihrer bescheidenen Unterkunft am Ortsrand in Richtung Noosa National Park. Zur selben Uhrzeit hatte sie das auch vor vier Jahren getan. Wie damals war sie fast der einzige Mensch auf der Straße. Wie damals betrat sie das Café am Ende der Straße, es existierte tatsächlich noch. Aus der Dekoration schloss sie allerdings, dass es mindestens einen Besitzerwechsel gegeben hatte. Letztes Mal hingen alte Surfbretter an den Wänden, jetzt schmückten sie Schwarz-Weiß-Bilder von Muscheln und Steinen. Wie damals schien bereits die Sonne, aber die Temperaturen waren noch erträglich, weshalb sie sich draußen an einen Tisch setzte. Sie war der einzige Gast, aber die Bedienung – auch noch allein – begrüßte sie trotz der frühen Stunde gut gelaunt. Wie damals bestellte sie einen frisch gepressten Orangensaft und Toast mit Butter und Erdbeermarmelade. Ganz schlicht. Damals war sie vor dem Schnarchen der Schnepfen geflohen und vor den verwirrenden Gefühlen, die ein gewisser Tauchschulinhaber bei ihr auslöste. Heute war sie hier auf der Suche nach einem neuen Ziel. Olivia schloss die Augen und lauschte der Stille, nur unterbrochen vom Morgenkonzert der Vögel in den Baumkronen des nahen Waldes. Friedlich. Sie erinnerte sich, wie sie damals urplötzlich von einem berauschenden Gefühl erfasst worden war. Sie hatte sich frei gefühlt. Erwachsen. Erhaben über ihre Vergangenheit, voller Mut für die Zukunft. Aber diese Euphorie wollte sich an jenem Tag nicht wiederholen. Hatte sie es nicht verdient, das Glück, glücklich zu sein, dass es sich schon wieder verflüchtigt hatte?

Sie hatte ihre Kristallkugel um Rat gefragt, ihren Atlas. Er hatte ihr Ägypten geraten.

»Und was dort passiert ist, weißt du ja bereits.«

Olivias Pfefferminztee war kalt. Sie trank ihn trotzdem, denn ihre Kehle war trocken von der langen Erzählung. Der Professor nahm die Brille ab und blinzelte, als hätte er die ganze Zeit seine Augen nicht von ihr abgewandt.

»Jeder hat etwas Glück verdient, nicht wahr?« Ganz kurz berührte er sie am Arm. Sein Blick saugte sich an ihr fest, warme braune Augen. Etwas lag in diesem Blick, das ihr die Röte in die Wangen trieb und sie verlegen lächeln ließ. Eine Aufforderung zum Tanz.

»Ich hätte noch eine letzte Bitte für heute«, fuhr André fort.

Olivia zuckte zusammen. Etwas blitzte in ihr auf, ein Gedanke, eine Erinnerung, sie konnte es nicht greifen. Letzte Bitte. Ihre Eltern hatten sie um etwas gebeten, bevor sie starben. Aber um was?

»Mein Auftraggeber wäre doch froh zu wissen, ob denn nun irgendein Beweis des Fundes des *Greta morgane nicaraguensis* existiert. Das Präparat zum Beispiel, von dem in Fachkreisen gemunkelt wird?«

Olivia schüttelte den Kopf, verwirrt über den raschen Themenwechsel. »Ich ... ich habe noch nicht danach gesucht. Und ich weiß auch nicht, ob ich etwas finden werde.« Oder ob sie es finden wollte.

Das sympathische Professorengesicht verdüsterte sich. »Ich brauche dieses Präparat«, zischte er und versetzte dem Tisch einen Stoß, sodass der Sack umfiel und einige Zitronen über den Boden rollten.

Olivia erstarrte.

Da sprang André auch schon auf und sammelte die Zitronen wieder ein. »Entschuldige bitte, es tut mir leid«, stammelte er, sichtlich erschrocken über seine Reaktion. »Dieses Interview wird wahrscheinlich über meine weitere Karriere entscheiden, ich stehe etwas unter Druck, verstehst du? Mein Verhalten war aber dennoch nicht angemessen. Entschuldige bitte. Es tut mir leid.« Er bemühte sich um ein freundliches Lächeln, das seine Augen aber nicht mehr erreichte.

Olivia merkte erst jetzt, dass sie ihre Fingernägel in die Armlehne des Sessels gebohrt hatte, und versuchte, sich zu entspannen. Dieser kleine Ausrutscher hatte ihr einen ganz anderen André Edelmann gezeigt. Das gefiel ihr nicht. Aber sie standen auch beide unter Druck. Und sie konnte wahrscheinlich Luft aus dem Ventil lassen, denn wenn einer den Schmetterling besaß, dann sie. Es führte kein Weg daran vorbei, sie würde ihrem alten Leben auf Erikas Dachboden einen Besuch abstatten müssen. Für André. Für Rashida. Für Erika. Und nicht zuletzt – für sie selbst.

KAPITEL 11

Ihr Körper war nass. Regen, Schweiß, Tränen, Blut, sie konnte es nicht sagen. Sie rannte. Je schneller sie rannte, desto tiefer sank sie ein. Sie sank, wurde hinuntergezogen, tief, tiefer, ihre Bewegungen wurden immer langsamer, obwohl sie versuchte, noch schneller zu rennen, nach oben zu rennen. Wände kamen auf sie zu, schnürten ihr die Luft ab, zerdrückten sie. Kalt.

Der Albtraum steckte ihr noch in den Knochen, als sie aus der Tram stieg. Tom sprang strotzend vor Elan hinter ihr aus dem Wagen, rempelte sie dabei an und schlug ihr entschuldigend auf den Rücken. Er kam ihr vor wie ein Welpe, voller Energie und Freude, seit sie beschlossen hatte, fürs Erste hierzubleiben. Auch wenn das bedeutete, dass sie weiterhin als Freunde durchs Leben gehen würden und nicht als Paar. Er schien sich mit ihrer Entscheidung abzufinden, wie sie erleichtert feststellte. Vordergründig jedenfalls. Ihre Frage, ob er sie heute zu Erika begleiten würde, hatte er begeistert bejaht. Er unterstützte sie vorbehaltlos dabei, sich ihrer Vergangenheit zu stellen, wofür sie ihm unendlich dankbar war. Auch wenn sie selbst noch gar nicht wusste, wie weit sie gehen wollte.

Eigentlich hatte sie Erika gestern, am Sonntag, besuchen wollen, aber Tom hatte keine Zeit gehabt. Nicht dass er ihr erzählt hätte, was er vorhatte. Was seine Freizeit anging, schwieg er hartnäckig, und sosehr sie auch versuchte, das zu akzeptieren, fiel es ihr schwer. Schließlich erwartete er von ihr, dass sie sich ihm öffnete, diese rostige Büchse der Pandora aufschloss. Während er nichts von sich preisgab. Er verließ wohl kaum jeden Tag so pünktlich das Café, weil er zum Turmspringtraining ging. Sein Aussehen änderte sich nicht, also auch kein wöchentlicher Termin beim Friseur. Ob er eine Geliebte hatte? Der Gedanke kam ihr so urplötzlich, dass sie lachen musste. Wie blödsinnig. Nein, Tom würde sich nicht um eine Frau bemühen, wenn er bereits etwas am Laufen hatte. So einer war er nicht.

Und mit welchem Recht konnte sie eigentlich von ihm Transparenz verlangen, meldete sich eine andere Stimme in ihr zu Wort. Sie sollte froh sein, dass er sich nicht komplett von ihr abschottete, nachdem sie die zarten Anfänge ihrer Beziehung so drastisch beendet hatte. Was ging es sie an, womit oder mit wem er seine Freizeit verbrachte? Und trotzdem störte sie sein Schweigen. Ihr wurde bewusst, dass sie sich nicht in erster Linie zum Bleiben entschlossen hatte, weil es sie plötzlich nach schmerzvoller Aufarbeitung und Familienvereinigung drängte. Damit haderte sie immer noch. Nein, sie blieb hauptsächlich wegen Tom. Der Freundschaft zu Tom, korrigierte sie sich und unterdrückte mühsam das Flattern in ihrem Bauch. Freundschaft.

»Wir sind da.« Tom wedelte mit dem Tulpenstrauß vor ihrer Nase, um sie durch den Duft aus ihrer Trance zu holen. Oder durch das Niesen. »Gibst du sie ihr?«

Sie winkte ab. »Du hast sie doch gekauft. Mir würde sie so eine Geste gar nicht abkaufen.« Olivia klingelte, was ihr heute seltsam vorkam. Und doch war es immer so gewesen, sie hatte nie einen Schlüssel zu dem Haus besessen. Auf Gedeih und Verderb den Großeltern ausgeliefert, so hatte sie sich immer gefühlt.

»Olivia, Tom, was für eine nette Überraschung!«, begrüßte Maria sie herzlich und winkte sie hinein. »Wollt ihr zu Erika?

Natürlich wollt ihr zu Erika, zu wem denn sonst.« Sie lachte ihr warmes Lachen, das Olivia immer schon gutgetan hatte. »Leider hat sie heute keinen guten Tag, nur als kleine Vorwarnung. Sie ist ganz weit weg. Es ist immer besser, Besuche vorher anzukündigen, damit ihr nicht umsonst kommt.«

Im Wohnzimmer saß ihre Großmutter, heute in einem blassblauen Kostüm. Sie trug Jacke und Schuhe, Stock und Tasche waren in Griffnähe, als wollte sie jeden Augenblick ausgehen.

»So sitzt sie schon seit einer Stunde und wartet«, sagte Maria leise.

Erika drehte den Kopf bei ihrem Eintreten und ein Lächeln zauberte eine Freude in ihre Augen, wie sie Olivia selten gesehen hatte.

»Mein Lieber«, flötete sie und legte kokett den Kopf schief. »Du hast eine Dame warten lassen. Das gehört sich nicht.« Sie lachte geziert. »Aber du hast mir Blumen gekauft! Wie wunderschön!« Toms Gesichtszüge entgleisten. »Wen hast du da mitgebracht?«, redete Erika weiter, ohne – fein erzogen, wie sie war – auf Olivia zu zeigen. Aber kritisch beäugt wurde sie. Für einen Moment blieb Erikas Blick an ihren Haaren hängen, doch scheinbar ohne sie zu erkennen. Dann verschwand ihr Interesse auch schon und sie legte sich erneut für Tom ins Zeug, für wen auch immer sie ihn hielt.

Zurück in die Zukunft, schoss es Olivia durch den Kopf. Wurde sie etwa gerade Zeugin davon, wie ihre Großmutter mit ihrem Großvater flirtete? Es war ihr unangenehm, diesen intimen Moment mitzuerleben. Hilflos sah sie zu Maria, die sie zu sich winkte.

»Ist das nicht furchtbar anstrengend auf die Dauer?«, fragte Olivia flüsternd.

»Furchtbar, ja«, bestätigte Maria, »aber für Erika. Ich passe mich einfach der alten Dame an. Dafür muss ich konstant in

Alarmbereitschaft sein, um meinen Einsatz nicht zu verpassen, wenn sich bei ihr das Rad der Zeit zu drehen beginnt. Manchmal verwechselt sie die Leute nur, manchmal erkennt sie gar niemanden. Jeder Tag ist eine Überraschung. Zum Glück überwiegen die guten Tage noch. Aber sicherheitshalber habe ich von allen Schlüsseln und wichtigen Dokumenten Kopien anfertigen lassen. Sie fängt nämlich an, Schubladen auszuleeren und den Inhalt woanders wieder einzuräumen. Und ich finde dann gar nichts mehr.« Sie lächelte mild, als wäre ihre Arbeitgeberin ein kleines Kind. Und war sie das nicht auch irgendwie, mehr und mehr? Olivia verspürte einen Kloß im Hals, den auch ein leises Räuspern nicht auflöste.

Tom hatte mittlerweile seine Fassung wiedergewonnen, bemerkte sie, und begann, das Spiel mitzuspielen. Auch wenn er wohl keinen Schimmer hatte, wohin es führen würde. Als Erika sich schwerfällig erhob, bot er ihr galant den Arm an, wofür sie ihn mit einem strahlenden Lächeln beschenkte.

»Lass uns dort drüben Platz nehmen«, sagte sie und zeigte auf den Esstisch. »Hier soll es einen fantastischen Apfelkuchen geben. Fräulein!« Sie winkte Maria zu sich und gab ihre Bestellung auf. Zweimal Apfelkuchen, einmal Milchkaffee für sie und einmal Filterkaffee mit Schuss für den Herrn. Tom verzog das Gesicht. Olivia grinste, winkte ihm zu und zeigte mit dem Finger nach oben. Sie würde jetzt auf den Dachboden steigen und ihrer eigentlichen Aufgabe nachkommen.

Der Weg hinauf war schon eine Zeitreise. Der abgetretene und an manchen Stellen eingerissene Läufer auf der geschwungenen Treppe zeigte Olivia aufs Neue, dass die beiden alten Damen kein Auge mehr für die kleinen Reparaturen besaßen, die überall vonnöten waren. Die Stufen knarrten wie eh und je, die Stellen, wo das Holz beim Auftreten nicht stöhnte, kannte sie immer noch auswendig. An der Wand hingen Bilder einiger bekannter Schweizer Maler, alte Stiche der Stadt Zürich, Zinnteller. Olivia fuhr mit der Hand über das Treppengeländer, über das ihre Puppen jauchzend nach unten gerutscht waren. Damals, als sie noch ein Kind gewesen und nur zu Besuch gekommen war. Als sie noch hatte spielen dürfen.

In der oberen Etage lagen neben dem Dachboden auch die Schlafzimmer. Sie unterdrückte die Neugierde, in ihres zu lugen. Sie wollte nicht wissen, was Erika in den letzten Jahren daraus gemacht hatte. Stattdessen trat sie vor die Tür zum Dachboden und drehte den Schlüssel im Schloss. Ein Schlüssel, so normal wie er nur sein konnte, als würde er in ein x-beliebiges Zimmer führen. Aber wenn die Küche das Herz eines Hauses war, war der Dachboden dann nicht sein Gehirn? Dort, wo Schachteln und Kisten voller Erinnerungen gelagert wurden, Sachen, die man nicht mehr sehen wollte, Möbel aus vergangenen Zeiten. Spielsachen und alte Schulhefte, aufbewahrt für die nächste Generation. Der Dachboden speicherte die Geschichte des Hauses. Und damit auch ihre. Olivia zögerte einen Augenblick, bevor sie den Fuß über die Schwelle setzte, als hoffte sie, das, was vor ihr lag, noch abwenden zu können. Aber niemand würde kommen, um ihr die Aufgabe abzunehmen. Energisch zog sie die Tür hinter sich zu und schob die Vorhänge am Ende des schlauchförmigen Raumes zur Seite, um mit dem Sonnenlicht die Schatten zu vertreiben. Wahrscheinlich war seit dem Tod ihres Großvaters niemand mehr hier oben gewesen. Kisten mit Kabeln und Werkzeug standen genauso verloren herum wie einige ausgemusterte Stühle. Eingerahmte große Bilder schauten gegen die Wand, mit Bettlaken abgedeckt. Eine ausgediente Matratze lehnte daneben. Dahinter lugte die hässliche Stehlampe hervor, mit dem ausladenden fransigen Schirm. Die Lampe hatte früher im Wohnzimmer hinter dem Sofa gestanden. Eines Tages hatte sie beschlossen, die Fransen in Zöpfe zu flechten. Das hatte ihr eine schallende Ohrfeige eingebracht und drei Tage Zimmerarrest. Zwei große Schränke mit leicht geöffneten Türen schienen sie kritisch zu beobachten. Wenn sie sich recht entsann, waren sie voller Wintermäntel, in Schachteln gepackter Hüte, festlicher Kleider, die Erika genäht hatte ohne Auftrag, einfach nur, um sich in ihrem Zimmer verstecken zu können. Olivia hatte einige davon heimlich anprobiert, und auch wenn ihr die meisten viel zu groß gewesen waren, hatte sie sich in ihnen jedes Mal gefühlt wie eine Prinzessin.

Ihr war heiß, sie öffnete das kleine Fenster und ließ kühle Luft herein. Von unten drangen Gelächter und Wortfetzen zu ihr herauf. Tom und Erika schienen sich gut zu amüsieren. Erikas Stimme, sonst spitz und scharf wie geschliffenes Glas, klang weich und melodiös. Sie erzählte Tom gerade von einem Besuch im Museum. Nicht interessant. Olivia wandte sich der Aufgabe zu, die Schachteln zu suchen. Sie fand sie schließlich im zweiten Schrank unter alten Ordnern voller Papieren und dicken Büchern über Recht und Ordnung. Arbeitsunterlagen ihres Großvaters.

Zwei Schachteln. Das Leben ihrer Eltern war in zwei Schachteln zusammengepfercht. Olivia zog sie zum Fenster, ins Licht. Toms helle Stimme drang zu ihr herauf, er erklärte Erika die Zubereitung von Meringues, Erikas heimlicher Leidenschaft. Glaubte sie wirklich, sich mit ihrem Ehemann zu unterhalten? In all der Zeit, in der Olivia in diesem Haus gewohnt hatte, war sie nicht so entspannt und liebevoll mit ihm umgegangen, jedenfalls nicht in ihrem Beisein. Aber von wem sollte sie sonst Blumen erwarten? Sie versuchte, die fröhliche Stimmung unten auszublenden, aber die Einheit, die Tom und Erika bildeten, tat ihr weh. Warum half Tom ihr nicht hier oben? Eigentlich hatte sie gedacht, er würde ihr beistehen. Aber Erika hatte ihn sich mit ihrem Theater unter den Nagel gerissen. Seufzend löste sie das Klebeband, mit dem die Schachteln verschlossen waren. Es war über die Jahre fast mit der Pappe verschmolzen. Um es ihr noch schwerer zu machen.

Der Inhalt der ersten Schachtel bestand hauptsächlich aus Ordnern. Steuerunterlagen, Versicherungskram, Bankauszüge, Gehaltsabrechnungen. Nichts Aufregendes. Wie lange musste man dieses Zeug eigentlich aufbewahren?

In der zweiten Schachtel lag gleich zuoberst ein Packen mit handschriftlichen Notizen. Olivia erkannte sofort die saubere Wissenschaftlerhandschrift ihres Vaters. Mit zittrigen Fingern nahm sie die Papiere heraus und blätterte sie langsam durch. Verschiedene Rohversionen für Abhandlungen oder Fachzeitschriftenartikel über irgendwelche Insekten. Das Thema interessierte sie nicht, trotzdem saugte sie die Buchstaben förmlich auf und legte sie vorsichtig in den Setzkasten ihrer Erinnerungen. Sie sah ihren Vater vor sich, groß und stark, unbesiegbar in ihren Augen, wie er an seinem Schreibtisch gesessen und geschrieben hatte. Hoch konzentriert, gefangen in seiner Welt der Krabbelviecher. Wenn sie ganz still gewesen war, durfte sie neben ihm sitzen und ein Buch mit Schmetterlingsillustrationen anschauen. So lernte sie lesen. Z-i-t-r-o-n-e-n…f-a-l-t-e-r. Zitronenfalter, richtig, Papa? Sie wollte, sie könnte sich an seine Stimme erinnern. Sie hatte sie immer beruhigt, tief und sonor. Olivia presste die Lippen zusammen und schluckte. Sie nahm das Fotoalbum heraus, das unter den Notizen zum Vorschein gekommen war, und schlug es irgendwo auf. Die Bilder auf der Anrichte im Esszimmer hatte sie immer ausgeblendet. Hatte nicht hingeschaut. Tunnelblick. Jetzt konfrontierte sie sich und der Anblick ihrer Eltern traf sie unvorbereiteter als erwartet. Körnige Aufnahmen aus der Zeit vor der Digitalkamera. Ihre

Mutter und sie auf einer Alm, mit einem großen Blumenstrauß in der Hand. Ihr Vater, wie er ihr vor dem Lagerfeuer einen Stock schnitzte für die Wurst. Sie musste um die acht Jahre alt gewesen sein. Eine Seite nach der anderen schlug sie um, mit der Hand vor dem Mund, überwältigt. Zart strich sie mit dem Finger über die Gesichter, deren Züge sie aus ihrem Gedächtnis radiert hatte. Tränen traten ihr in die Augen, sie wischte sie weg.

Wind kam auf und trug ein paar neue Fetzen des Geplänkels zwischen Tom und Erika zu ihr. Ihre Großmutter sprach über sie. Wie ihre Eltern sie hier abgeladen hatten. Und wie schwierig sie gewesen sei. Erika vermischte die Realität mit ihrer Scheinwelt. Nicht hier, nicht dort. Olivia schnaubte, schlug eine weitere Seite um und sah das Foto vor sich, das an ihrem zehnten Geburtstag aufgenommen worden war: Mama, Papa und sie in der Mitte, vor dem Kuchen. Marmorkuchen. Jetzt, da sie ihn sah, meinte sie, sich beinahe an den Geschmack zu erinnern. Das Knacken der bunten Streusel zwischen ihren Zähnen zu hören. Es war der letzte Geburtstag, den sie je gefeiert hatte. Sie dachte an Erikas Worte: Schwierig angestellt hätte sie sich also. Olivia schüttelte den Kopf. Wie wenig Erika sie doch verstanden hatte. Verloren gewesen war sie, sie hatte sich selbst verloren, in einem Kaff in Nicaragua, im strömenden Regen aufgelöst. Ihre Großeltern hatten es ihr dann zusätzlich erschwert, weil sie das partout nicht hatten verstehen können. Sie schloss das Album vorsichtig und legte es zur Seite. Das würde sie mitnehmen.

Als Nächstes bekam sie eine flache Schachtel zu fassen. Postkarten, Briefe, Zettelchen. *Meine liebe Kleine* stand auf dem obersten, in der runden Schrift ihrer Mutter.

Weiter kam sie nicht.

Die Tränen vernebelten ihr die Sicht, und dieses Mal ließ sie ihnen freien Lauf. Vielleicht würden sie ja die wulstige Narbe in ihrem Gedächtnis aufweichen und sie hätte endlich Zugriff auf all die Erinnerungen, die sie selbst in diesem Hochsicherheitssafe eingesperrt hatte. Unten wurde wieder gelacht. Olivia fühlte sich allein. Alleingelassen. Sie wünschte sich, ihre Eltern wären hier, um sie zu trösten, um ihr zu sagen, dass alles nur ein Albtraum war. Dass sie unbesorgt aufwachen könne, wohlbehalten zu Hause in ihrem Bett und nicht in einem gottverlassenen Ort in Nicaragua. Dann würde auch Rashida noch leben. Sie hätten sich nie kennengelernt, aber sie würde noch leben. Und Olivia hätte keine Probleme, Nähe zuzulassen, sie könnte leicht eine Beziehung eingehen. Mit Tom. Ihr Leben war ein gigantischer gordischer Knoten. Ihr Umfeld hielt sie vielleicht immer in tadelloser Ordnung, aber ihr Inneres war ein einziges Chaos. Wie hatte sie das übersehen können? Sie musste endlich aufräumen.

Resolut trocknete Olivia die Tränen mit dem Ärmel, aber als sie weiter in den Briefen herumstöberte, stiegen sie erneut hoch, liefen ihr über die Wangen. Wie hatte sie nur so verstockt sein können, all die Jahre? Tom hatte recht gehabt. Rash hatte recht gehabt. Es waren nicht die Erinnerungen, die schmerzten. Es war das Verdrängen. Selbst Erika hatte ihr das immer wieder gesagt, gestand sie sich ein.

Bei dem Gedanken biss sich Olivia auf die Lippe. Während sie keinen Wert darauf legte, die Vergangenheit heraufzubeschwören, griff Erika wahrscheinlich nach jedem Strohhalm, der sich ihr bot, um nicht im Nebel des Vergessens zu versinken. Sie sollte ihr endlich denjenigen reichen, den sich Erika am meisten wünschte. Alles, was sie wollte, war, zu erfahren, was genau ihrer Tochter zugestoßen war. Vielleicht, ob sie gelitten hatte? Hatte sie gelitten? Olivia schüttelte den Kopf, um den Gedanken loszuwerden. Sie würde sich anstrengen, sie würde sich erinnern können. Das Schmetterlingspräparat war der

Schlüssel, davon war sie jetzt überzeugt. Wie der Schlüssel zum Dachboden ihr die Tür zum Gehirn des Hauses geöffnet hatte, würde das Präparat ihr Zutritt zu den weggeschlossenen Erinnerungen verschaffen. Einmal kurz erinnern, mehr brauchte sie nicht. Für Erika. Vielleicht würden sie sich dann automatisch versöhnen.

Nachdenklich tastete sie erneut in der Schachtel herum. Da lag noch etwas Hartes, in ein Tuch gewickelt. Ihr Herz schlug schneller. Ein kleiner, von Hand zusammengenagelter Rahmen. Darin, mit fein säuberlich aufgefalteten Flügeln, der *Greta morgane nicaraguensis*. Der Auslöser allen Übels. Der Schlüssel, sie hielt ihn in der Hand. Alles würde gut. Filigrane durchsichtige Flügel, nur der Rand gefärbt in verschiedenen Grünschattierungen. Fast unmöglich zu entdecken im Urwald Mittelamerikas. Und doch hielt sie ein Exemplar in den Händen. Hatten sie ihn tatsächlich gefunden und gefangen? Unten links an der Ecke war das Glas gesprungen. Vorsichtig fuhr sie mit dem Finger darüber. Sie hätte darauf aufpassen müssen, erinnerte sie sich plötzlich. Das war das Letzte, was ihr Vater zu ihr gesagt hatte.

»Pass gut darauf auf, mein Schatz.«

Olivia presste die Augen zusammen, versuchte, das zugehörige Bild heraufzubeschwören, mehr Erinnerungen wachzurufen. Aber alles, was sie sah, war Regen.

Tom hatte keine Ahnung, für wen ihn Erika hielt. Aber nachdem sie ihm ausführlich über ihren letzten Besuch im Nationalmuseum erzählt und er ihr erklärt hatte, wie man Meringues so zubereitete, dass sie innen weich und außen knusprig wurden – sie war entzückt darüber, dass er backen konnte –, wusste er, dass sie ihn nicht für ihren Ehemann hielt. Das wurde ihm in dem Moment klar, als sie von ebendiesem in der dritten Person sprach. Als sie anfing zu erzählen, dass ihre Tochter und ihr Schwiegersohn in irgend so ein armes Land in Mittelamerika gereist seien. Und dass sie Olivia bei ihnen gelassen hätten, mit einem gebrochenen Bein noch dazu, aber das Mädchen würde sich unmöglich benehmen.

»Warum denn?«, wollte er wissen, aufgeregt darüber, gleich ein weiteres Puzzleteil aus Olivias Leben zu erhalten.

Erika trank einen Schluck Kaffee und tupfte sich vornehm die Lippen ab, bevor sie antwortete. »Die ersten paar Wochen hat sie sich nicht einmal dazu bequemt, mit uns zu sprechen, stell dir vor! Stumm wie ein Fisch hat sie einfach im Bett gelegen und in den Tag hinein geträumt. Wo sie doch sonst nie still sitzen konnte. Früher hätte sie auch das gebrochene Bein nicht daran gehindert, herumzuturnen, aber seit ihre Eltern weg sind, erkenne ich sie nicht wieder. Ich weiß nicht genau, wann sie gedenken zurückzukommen, aber das ist das letzte Mal, dass wir das Kind hüten. Georg hat für so ein Verhalten gar kein Ver...« Sie hielt inne, schüttelte kurz irritiert den Kopf.

»Verständnis?«, half ihr Tom.

Ihre Miene hellte sich auf. »Verständnis, genau. Es wollte mir nicht einfallen. Danke, Heinrich.«

Heinrich also. Er würde Olivia fragen, ob sie wisse, wer dieser Heinrich war.

»Er hat auch mal ordentlich geschimpft mit ihr, dabei ist ihm die Hand ausgerutscht«, fuhr Erika fort. Sie verzog schuldbewusst das Gesicht, vermutlich wissend, dass ihr Mann nicht nur einmal rotgesehen hatte.

»Danach hat sie wieder gesprochen?« Tom versuchte, sich nicht vorzustellen, wie ein älterer Mann ein kleines Mädchen, traumatisiert durch den Tod ihrer Eltern und mit eingegipstem Bein, schlug, um sie zum Reden zu bringen.

»Es wäre mir lieber, wenn sie weiterhin schweigen würde«,

gestand Erika bitter. »Was seitdem aus ihrem Mund kommt, ist empörend. Sie legt es darauf an, uns zu provozieren, mit ihren frechen, respektlosen Antworten! Das muss der schlechte Einfluss ihres Vaters sein. Sandra war so ein braves Kind, bis sie diesem Mann begegnet ist. Er ist schuld.«

»Schuld woran?«

Die alte Dame sah ihn an, durch ihn hindurch, als ob hinter ihm die Antwort auf die Frage lag. Dann schüttelte sie den Kopf und lachte kokett. »Ich rede dummes Zeug.«

Erikas Stimme war voller Bitterkeit gewesen, als sie Olivias Vater beschuldigt hatte. Schon bei ihrem Besuch im Café hatte sie angedeutet, dass ihr Mann ihm die Schuld am Tod von Olivias Mutter gegeben hatte. Aber für Tom ergab das keinen Sinn. Es war doch ein Unglück gewesen, das sie in den Tod gerissen hatte? Er fragte sich, ob Erika jetzt für einen kurzen Augenblick einen lichten Moment erlebt hatte oder ob ihr an dem Tag im Café das Gedächtnis einen Streich gespielt hatte. Aber hätte in dem Fall Maria nicht eingegriffen?

Während Tom noch darüber nachdachte, zwitscherte Erika schon weiter.

»Ich würde ihr wirklich gern helfen, sich bei uns wohlzufühlen. Georg ist sehr streng. Es muss schwierig sein für sie ohne ihre Eltern, die sie immer wie eine Prinzessin behandeln. Aber ich bin Mademoiselle wohl nicht gut genug. Sandra wird die Zügel fester in die Hand nehmen müssen, wenn sie zurückkommt.«

Hier waren also drei Menschen aneinandergeprallt, jeder mit seiner eigenen Art zu trauern. Olivia hatte verdrängt und getrotzt, Georg hatte sich hinter seiner Fassade aus Strenge und Züchtigung versteckt, Erika hatte Nähe und Vertrauen gesucht. Permanent von Olivia zurückgewiesen, hatte sie wohl irgendwann verbittert kapituliert. Die Fronten waren verhärtet.

»Ich bin mir sicher, dass sich alles zum Guten wenden wird«, sagte Tom, als ob er damit den Lauf der Vergangenheit ändern könnte.

Erika lachte. »Ich beneide dich um dein Vertrauen«, sagte sie, und wieder schien ihm für einen Moment, als wäre sie voll und ganz präsent im Hier und Jetzt. Dann drehte sie den Kopf zum Fenster und hieß ihn mit dem Finger vor dem Mund, ruhig zu sein. »Jemand weint«, flüsterte sie.

Und tatsächlich, auch Tom hörte das leise Schluchzen. Sofort bekam er ein schlechtes Gewissen. Er hatte Olivia versprochen, ihr zu helfen, die Kisten zu sichten. Und nun saß sie allein da oben und weinte. Er wollte schon aufstehen und sich verabschieden, als Erika ihm zuvorkam, ganz nervös.

»Mein Kind weint. Ich muss zu Sandra.« Wie hergezaubert, stand Maria an ihrer Seite. »Maria, Sandra weint.« Ohne ihn weiter zu beachten, eilte die alte Dame aus dem Zimmer, so schnell es Beine und Stock erlaubten, zu ihrem Kind, das sie nicht vorfinden würde. Tom blieb mit schwirrendem Kopf zurück.

KAPITEL 12

Seit dem Besuch bei Erika vor zwei Tagen waren sie kaum dazu gekommen, miteinander zu reden. Im Café herrschte Hochbetrieb, und noch dazu strich Valerie andauernd um sie herum wie ein Bullterrier, der Streit suchte. Sie habe feine Antennen, erklärte ihr Tom. Mit diesem sechsten Sinn schien sie wahrzunehmen, dass sich etwas zwischen Tom und ihr verändert hatte, ohne genau zu wissen, was. Wahrscheinlich brachte sie das um den Verstand. Hoffentlich. Tatsache war, dass Tom und sie durch ihre Liebelei, die darauffolgende Aussprache und den Besuch bei ihrer Großmutter wieder so vertraut miteinander waren, wie es wohl wenige Freunde sein konnten, ohne ein Paar zu sein. Olivia wusste, was er dachte, bevor er es in Worte fasste. Tom schien zu spüren, was sie brauchte, noch ehe es ihr Gesicht verriet.

Als er nach seinem Plausch mit Erika endlich auf den Dachboden gekommen war, hatte sie dort weinend zwischen den Fotos, den handschriftlichen Notizen und dem Schmetterling gesessen. Nur am Rande hatte sie registriert, wie er alles eingesammelt und in den Schachteln verpackt hatte. Wortlos hatte er sie in die Arme genommen, ihr über den Kopf gestrichen, als wäre sie ein kleines Kind, hatte sie sachte hin- und hergewiegt. Das hatte sich so gut angefühlt. Seit dem Tod ihrer Eltern hatte sie niemand mehr auf diese Weise getröstet. Als ihr das klar geworden war, hatte sie noch stärker geweint. Zugleich wusste sie aber in dem Moment, dass sie einen ersten Schritt in die richtige Richtung gegangen war. Sie hatte die Schwelle überschritten, hatte die Angst überwunden und ihren Eltern ins Gesicht geschaut. Rash wäre so stolz auf sie. Eines Tages würde sie Tom von Rash erzählen. Jetzt aber galt es, den Schmetterling an seinen Flügeln zu fassen und sich von ihm zurücktragen zu lassen in seine Heimat. Die Lücke in ihrem Gedächtnis zu füllen mit den Tatsachen, so weh das auch tun würde. Sie hatte Tom an ihrer Seite. Einen wahren Freund.

Drei Anrufe allein in einer Nacht. Drei verschiedene Nummern. Olivia löschte die Liste wie jeden Morgen und stellte die Lautstärke von null auf drei. Sie war vor einigen Tagen, als das Telefon beinahe stündlich geklingelt hatte, zur Polizei gegangen. Aber eine unterdrückte Nummer konnte nur auf richterlichen Beschluss und bei Vorliegen einer Straftat verfolgt werden. Man hatte ihr geraten, sich eine neue Nummer zuzulegen. Aber sie hing an ihrer Nummer. Diese zehn Zahlen begleiteten sie, seit sie ein Mobiltelefon hatte. Der Gedanke daran, sich an neue Zahlen gewöhnen zu müssen, nur weil jemand ihr unbedingt auf die Nerven gehen wollte, fiel ihr schwer. Sie hatte die Kontrolle, egal wie oft sie angerufen wurde. Sie würde nicht klein beigeben. Ein Mantra, das sie bei jedem Anruf wiederholte. Aber das Ganze zermürbte sie langsam, aber sicher.

Wieder klingelte das Telefon. Sie zog es gar nicht erst aus ihrer Tasche. Aber dann schellte es ein zweites und schließlich ein drittes Mal. Und wenn es was Dringendes war? Olivia seufzte und sah nach. Tatsächlich war es Tom, der sie atemlos bat, sofort zu kommen.

»Olivia! Endlich! Du musst sofort ins Café kommen. Sofort!«
»Dreht Valerie wieder am Rad? Es ist noch nicht ein…«
»Komm einfach.«

SCHLAMPE hatte jemand in roten Großbuchstaben quer über das große Fenster geschmiert. Unmöglich zu übersehen. Valerie stapfte vor dem Café auf und ab und bellte in ihr Telefon. Polizei und Versicherung, erklärte ihr Tom, während sie beide den Schaden betrachteten. Das Türschloss war verklebt worden. Einige Schaulustige hatten sich versammelt, Fotos wurden gemacht, allgemeines Getuschel. Schlampe, das traf entweder sie oder Valerie. Unangenehm berührt warf Olivia ein paar verstohlene Blicke um sich. Es prickelte zwischen ihren Schulterblättern, als würde sie beobachtet, aber sie erkannte niemanden.

Wer tat so etwas, fragte sie sich selbst und dann Tom. Der zuckte mit den Schultern, aber sie sah ihm an, dass er ihr irgendetwas verschwieg. Sie wollte nachfragen, aber Valerie kam zu ihnen herüber. Tom umarmte seine Schwester. Sie sah sichtlich erschüttert aus. Selbst Olivia bekam Mitleid mit ihr und legte ihr tröstend die Hand auf den Arm.

»Das ist mein Leben«, sagte Valerie tonlos, von ihrer sonstigen Souveränität plötzlich im Stich gelassen.

»Unseres«, korrigierte Tom, so automatisch, dass Olivia den Eindruck bekam, als berichtigte er das nicht zum ersten Mal.

»Der Laden ist ja nicht bis auf die Grundmauern abgebrannt«, versuchte Olivia zu relativieren und zu beruhigen. »Das Fenster kann man waschen, das Türschloss auswechseln. In ein paar Stunden sieht alles aus wie neu.« Motiviert schob sie ihre Ärmel zurück, um gleich loszulegen. »Irgend so ein Dummejungenstreich.«

Valerie fuhr zu ihr herum, plötzlich wieder voller Energie. »Dummejungenstreich? *Du* hast uns das doch alles eingebrockt!«, sagte sie schnippisch, offensichtlich erstaunt darüber, dass Olivia nicht von allein darauf gekommen war.

Obwohl Olivia wusste, dass sie besser den Mund halten

sollte, erwiderte sie genauso bissig: »Schlampe kann sich genauso gut an dich richten, falls du das meinst.«

Empörung war nicht der richtige Ausdruck für das, was Valeries Gesicht widerspiegelte. Tom legte beruhigend den Arm um die Schultern seiner Schwester und hielt sie so wahrscheinlich davon ab, auf Olivia loszugehen. Während also Tom versuchte, das Ego seiner aufgeplusterten Schwester zu beruhigen, schob Olivia leise nach: »Und wahrscheinlich bist du sogar auch fähig, selbst den Vandalen zu spielen, um mir die Schuld in die Schuhe zu schieben.«

Glücklicherweise hörte nur Tom ihr Flüstern und bestrafte sie mit einem traurigen Blick. »Wenn wir schon dabei sind, mit Schuldzuweisungen um uns zu werfen: Ich habe gesehen, wie Daniel uns beobachtet hat an dem Abend am See. Vielleicht wollte er sich rächen?«

Valerie fuhr schon wieder dazwischen. »Welcher Daniel? Wobei hat er euch beobachtet?«

»Ein abgewiesener Verehrer«, sagte Tom.

»Ein Stammkunde«, sagte Olivia gleichzeitig. »Du kennst ihn doch.«

»Wir haben uns geküsst«, vervollständigte Tom den Bericht und wartete mit gesenktem Kopf auf die Standpauke seiner Schwester. Warum katzbuckelte er nur immer so vor ihr?

»Geküsst«, wiederholte Valerie. Ihre Augen schossen Blitze in Toms Richtung. Doch, irgendwie konnte sie seine demütige Haltung schon verstehen.

Bevor die Diskussion mehr Fahrt aufnahm, kreuzte die Polizei auf und sie mussten sich wieder auf die Tatsachen konzentrieren. Bis sie die Tür geöffnet und mit Lösungsmittel die Scheibe geputzt hatten, war es Mittag. Sie gingen sich alle drei so gut wie möglich aus dem Weg. Als Valerie schließlich entschied, den Laden für heute geschlossen zu halten, wäre Olivia allerdings wohl schon hundert Tode gestorben, könnten Blicke töten. Tom zuckte ergeben mit den Schultern und hängte ein Schild an die Tür. *Wir sind morgen wieder für Sie da.*

Kaum war Valerie verschwunden, platzte Olivia mit ihrer neuesten These heraus: »Valerie hat Daniel dazu angestiftet. Die Telefonanrufe. Das hier. Sie kennen sich! Ich habe gesehen, wie sie miteinander getuschelt haben. Kam mir damals schon seltsam vor!« Tom schüttelte den Kopf, aber Olivia redete weiter. »Bestimmt! Sie kann den Gedanken nicht ertragen, dass wir einander so vertraut sind.«

Tom packte sie am Arm, hart und entschlossen. Erschrocken wollte sie einen Schritt zurückweichen. Was ihr nicht gelang. »Hör bitte auf, meiner Schwester alle möglichen Niederträchtigkeiten zu unterstellen! Sie hat damit nichts zu tun. Das ergibt keinen Sinn, merkst du das nicht?« Sein Blick jedoch verriet Olivia, dass er selbst nicht mehr wusste, was er Valerie zutrauen konnte und was nicht.

In dem Moment klingelte wieder ein Telefon, Olivia zuckte zusammen. Aber es war Toms. Er runzelte die Stirn, als er abnahm, und drehte sich weg von ihr. Dann stammelte er »was, wie, wo ist sie« und »ich komme sofort«, legte auf und löste sich praktisch in Luft auf. Olivia musste blinzeln. Eben noch hatte er vor ihr gestanden, jetzt rannte er die Straße entlang, in Richtung Bellevueplatz.

»Tom? Tom! Warte doch auf mich!«

Er drehte sich nicht um. Konnte der Tag noch seltsamer werden? Olivia fiel in ein leichtes Joggen, ignorierte den rasch auftauchenden Schmerz im Bein. Rennen gehörte logischerweise nicht zu ihren Lieblingssportarten. Beim Fußgängerübergang traf sie auf eine rote Ampel und konnte nur zusehen, wie Tom in einem Taxi verschwand. Wie im Film, klasse. Sie atmete tief durch, ignorierte die Ampel und schlängelte sich vorbei an hupenden Autos über die Kreuzung bis zum Taxistand, aber sie kam zu spät. Tom fuhr an ihr vorüber, ohne sie überhaupt zu sehen, er klebte am Telefon und fuhr sich mit der anderen Hand hektisch durch die Haare. Musste wahrlich ein Notfall sein. Sollte sie ihn allein lassen oder brauchte er ihre Hilfe? Sie zögerte nur eine Sekunde, dann sprang sie in das nächste Taxi.

»Folgen Sie dem Taxi, rasch!«

»Wie im Film?«, fragte der sympathische Tamile lachend und fuhr los.

»Wie im Film«, bestätigte Olivia und versuchte, Tom anzurufen. Aber da war immer noch besetzt. Was würde sie erwarten, wenn die Taxis stehen blieben? Hatte Valerie einen Nervenzusammenbruch erlitten, nach der morgendlichen Aufregung? War seiner Mutter etwas zugestoßen? Hatte er ein Haustier, das er nie erwähnt hatte? Würde er wegen einer überfahrenen Katze so reagieren? Ein mulmiges Gefühl beschlich sie und saugte sich an ihr fest wie ein Seeigel an einem Felsen.

André Edelmann nahm die Baseballkappe mit dem New York-Schriftzug ab, die er vor ein paar Wochen in einem Sportgeschäft hatte mitgehen lassen, so als kleiner Kick zwischendurch, und verstaute sie in der Schublade mit den übrigen Kopfbedeckungen. Zusammen mit der Trainerjacke und den weiten Jeans war er in der Menge der Schaulustigen untergegangen, unsichtbar geworden. Zufrieden hatte er sein Werk bewundert und auf Olivias Reaktion gewartet. Allerdings war die weit gefasster ausgefallen, als er gehofft hatte. Dafür war die Dicke umso mehr ausgerastet. War ja auch ihr Laden. Was seine Freude aber am meisten trübte, war, dass dieser Tom Olivia nicht sofort zum Teufel geschickt hatte. Damit hatte der Pfeil seiner Aktion das Ziel verfehlt. Händchen halten und rumknutschen, ihm war beinahe die Bratwurst hochgekommen, als er die beiden letzte Woche so durch die Straßen hatte spazieren sehen. Er brauchte keinen Nebenbuhler. Er entschied, was wem gehörte. Und was ihm gehörte, das nahm er sich. Und Olivia gehörte ihm.

Um seine Laune zu verbessern, zog er den Vorhang zur Seite und betrachtete die Wand mit seiner Lepidoptera-Sammlung. Gleich ins Auge stach ihm der himmelblaue *Morpho menelaus*, der jetzt rechts hing statt links. Daneben hatte er nun den *Dysphania numana* platziert, der mit seinem gelb-schwarzen Körper einer Wespe ähnelte und dem er bisher selten viel Aufmerksamkeit gewidmet hatte. Am Wochenende hatte er mühsam Kästchen für Kästchen abgenommen, die Nägel herausgezogen, die Löcher penibel verputzt, die ganze Wand gestrichen und die Sammlung neu arrangiert – und zwar um einen freien Platz in der Mitte herum. Der Platz war für den *Greta morgane nicaraguensis* reserviert. Den wunderschönen Glasflügler, den ihm Olivia bald überlassen würde. Denn dieser Schmetterling gehörte auch ihm. Durch ihn, durch die Aufklärung des Mysteriums um dessen Existenz, würde er endlich Ruhm erlangen. Endlich würde man ihn als Wissenschaftler wahrnehmen.

Anfangs hatte er nur den Schmetterling gewollt. Aber bei ihrem ersten Treffen hatte er sofort seine Sandra in Olivia erkannt. Sie würde ihm die Liebe geben, die er von Sandra nicht bekommen hatte. Die Vorfreude ließ ihn erschaudern und er fasste sich in den Schritt, sein Schwanz war erregt. Er würde ein nettes Feuerchen unter ihrem hübschen Hintern entfachen. Schließlich hatte er in Olivias Augen gesehen, dass sie sich auch zu ihm hingezogen fühlte. Das Vertrauen, das sie ihm entgegenbrachte, war Beweis dafür. Umso unverständlicher, dass sie jetzt mit diesem Jüngelchen rummachte, mit dem sie zusammenarbeitete. Der Ärger kochte wieder in ihm hoch. Reine

Langeweile, sagte er sich zum hundertsten Mal, aber die Eifersucht ließ trotzdem nicht nach. Er würde seine Taktik ändern müssen. Immerhin hatte er angerufen, um ihre Stimme zu hören, mittlerweile nahm sie aber kaum mehr das Telefon ab. Er musste einen anderen Weg finden, sich ihr nahe zu fühlen. Einen unauffälligen. Denn seine Gefühle schon zu stark zu zeigen, würde sie nur ablenken von ihrer Aufarbeitung. Er hatte nicht damit gerechnet, dass Olivias Amnesie dermaßen tief saß. Was sie während ihrer Treffen erzählte, interessierte ihn einen Scheißdreck. Wichtig war nur die Antwort auf die Frage aller Fragen: Hatte sie das Präparat?

Es hatte ihn all seine Willensstärke gekostet, sich bei ihrer letzten Begegnung nicht seinen Unmut über ihr fehlgeleitetes Treiben mit diesem Schwächling anmerken zu lassen. Aber zumindest würde das mit den Interviews funktionieren, da war er sich sicher. Schließlich hatte er selbst genug Stunden mit diesem nutzlosen Therapeuten verschwendet, um zu wissen, wie die menschliche Psyche arbeitete. Dort hatte er auch von der Konversationshypnose gehört. Was war meistens das Erste, was man von einer Person vergaß? Ihre Stimme. Aber jede Stimme übte eine Macht aus. Und Patrick Steiners Stimme, tief und sonor, hatte die Macht gehabt, Leute zu beruhigen. Leute zuhören zu lassen. Diese Stimme hatte jede Zelle im Körper seines Gegenübers in ein Vibrato versetzt, das flüsterte: Vertraue mir. Patrick Steiner wäre der perfekte Hypnotiseur gewesen. Wahrscheinlich war Sandra nur wegen dieser verdammten Stimme bei ihm geblieben. Und nun wandte er den gleichen Trick bei Olivia an – er sprach zu ihr in der Stimme ihres Vaters. Dem sie vertraut hatte. Bei dem sie sich geborgen gefühlt hatte. Bestimmt war Olivia allein durch die Schwingungen seines Brustkorbs weggedämmert, wenn der große Mann das kleine Mädchen im Arm gehalten und leise Einschlaflieder gesungen hatte. War hinübergeglitten ins Reich der Träume in dem tiefen Glauben, ihr Papi würde bis in alle Ewigkeit über sie wachen. Tja. Aus der Traum. Inzwischen beherrschte er Patricks Stimme perfekt. Er war großartig. Nun ja. Er rollte mit den Augen. Vielleicht nicht gleich übertreiben. Aber so ein bisschen war er es schon. Warum sie ausgerechnet ihn immer wieder in eine Klinik steckten und nicht einen dieser Dummköpfe, die frei herumliefen und ihr Leben verschwendeten, hatte er nie verstanden. Er fuhr mit dem Zeigefinger über die Narbe an seinem Handgelenk. Sein erster Schrei nach Aufmerksamkeit, nach Sandras Tod. Vier weitere waren im Lauf der Jahre gefolgt. Diese Idioten von Ärzten, die gemeint hatten, er wollte sich tatsächlich umbringen. Hätte er wirklich sterben wollen, wäre er jetzt tot. Aber er kontrollierte sein Leben. Die Frauen, die er verführte, mit denen er schlief, die ihm aber nie das geben könnten, was Sandra ihm gegeben hätte. Die Ladendiebstähle und die Streitereien, derentwegen er auch schon mehrmals das Gefängnis hatte besuchen müssen. Was für eine Luxusstrafe, das Essen dort war um einiges besser als das, was er selbst kochte. Selbst seine Arbeit, degradiert vom angehenden Wissenschaftler zum Tierpfleger im Zoo. Scheiße aufwischen und Fressnäpfe füllen. Das alles war nur ein Zeitvertreib, ein Spiel. Aber jetzt war Olivia zurückgekommen. Sie würde ihm den Schmetterling geben. Er konnte den Ruhm beinahe mit den Händen fassen. Er musste nur noch ein bisschen warten. Und sie würde auch noch merken, dass er die bessere Wahl war als dieser Caféschnösel.

Das Taxi hielt vor dem Turm des Triemlispitals. Tom lief eben in die Notaufnahme. Olivia hechtete hinterher. Als sie ihn drinnen abfing, wurde er gleich noch eine Spur blasser.

»Was zum Teufel tust du hier? Warum folgst du mir?«, wollte

er wissen und fuhr sich nervös gleich zweimal hintereinander durch die Haare. In dem Moment erkannte Olivia, dass sie am Taxistand die falsche Entscheidung getroffen hatte. Er brauchte sie hier nicht. Das hier war seine Angelegenheit. Was sollte sie jetzt nur machen?

Die Tür öffnete sich und eine Ärztin rief Tom auf. Olivia folgte ihm, obwohl sie eigentlich wusste, dass sie es nicht tun sollte. Sie fühlte sich Tom plötzlich so fremd wie nie. Die Türen zu beiden Seiten des Flures schienen ihr zuzuflüstern, umzudrehen und wegzurennen.

»Sie ist im Turnunterricht von den Ringen gefallen«, sagte die Ärztin und drehte sich im Laufschritt halb zu ihr um, in der Annahme, dass Olivia wisse, um wen es sich handelte. »Dabei ist sie auf den Kopf und den Ellbogen gestürzt, war kurze Zeit bewusstlos. Wir gehen von einer Gehirnerschütterung aus. Der Ellbogen ist gebrochen und wir werden ihn operieren müssen. Ein Routineeingriff in diesem Alter.« Tom starrte stur geradeaus. Olivia verlangsamte ihre Schritte. Sie gehörte nicht hierher. Aber die Ärztin trieb sie ungeduldig zur Eile an, brachte sie bis zu einem Krankenzimmer und ließ sie dann allein. Nicht ohne Tom vorher beruhigend die Hand auf den Arm zu legen. »Sie ist ein tapferes Mädchen, Ihre Tochter.«

Aha. Tochter. Olivia verstand wohl das Wort, konnte es jedoch nicht verarbeiten. Tom hatte keine Tochter. Das hätte er ihr gesagt, schon lange. Sie waren Freunde, Vertraute, Seelenverwandte. Toms Hand lag auf der Türklinke, aber statt einzutreten, drehte er sich endlich zu ihr um.

»Ich habe eine Tochter.«

Tatsächlich, wollte Olivia sagen und das Wort in giftgrünem Sarkasmus wälzen. Aber sie blieb stumm. Wie konnte das sein? Sie wollte keine Kinder in ihrer Umgebung. Sie wollte nicht, dass Tom ein Kind hatte. Warum verdammt noch mal hatte er ein Kind?

»Sie ist sieben. Ich hatte schon lange vor, es dir zu sagen, aber der richtige Moment kam nie.« Tom plapperte einfach weiter, froh vielleicht, sich endlich das Gewicht von seinem Gewissen zu reden. Aber Olivia wollte das nicht wissen. Während er von seiner Tochter erzählte, leuchtete sein Gesicht auf – Vaterstolz? »Sie ist ein wunderbares Mädchen, Olivia. Du wirst sie mögen, bestimmt. Ich habe sie allein großgezogen, na ja, mit Valeries Hilfe. Ihre Mutter ist ... ähm ... weg. Es ... es tut mir leid.«

Die Erleichterung schien der Angst über ihre Reaktion zu weichen, aber Olivia stand einfach nur da, unfähig, sich zu bewegen. Er hatte sie die ganze Zeit angelogen. Jeden Tag, als er so pünktlich den Laden verließ. Um seine Tochter von der Schule abzuholen, natürlich. Dass sie nicht selbst darauf gekommen war. Die Sonntage, die er nicht mit ihr verbringen konnte. Selbst Valeries Abneigung gegen sie ließ sich damit erklären, immerhin spielte Valerie ja offenbar Mutterersatz. Sie hatte also recht gehabt: Valerie war eifersüchtig auf sie. Und jetzt wusste sie auch, warum: Valerie hatte Angst, sie würde sich in die glückliche Familie drängen. Was tat sie überhaupt noch hier?

Tom öffnete endlich die Tür. Drinnen, in einem viel zu breiten Bett, lag eine zierliche Gestalt unter einer weißen Decke, der rechte Arm in einem dicken, ziemlich provisorisch aussehenden Gipsverband. Im linken Arm steckte ein Venenkatheter, bereit für die Schmerzmittelgabe. Das blasse, von zwei dunklen Zöpfen eingerahmte Gesicht sah erschöpft und verweint aus.

»Papa«, flüsterte das Mädchen ohne Namen, und der Seeigel, der an Olivias Herz klebte, stach zu. Das Gesichtchen drehte sich leicht zu Olivias Schatten im Türrahmen, die Augen zusammengekniffen. »Valerie?« Die Brille auf dem Nachttisch hätte die Verwechslung sicher verhindert.

Tom drehte sich schnell zu ihr. »Das ist Olivia, Süße, eine Freundin von mir. Sag hallo.«

Aber das Mädchen drehte das Gesicht weg. »Ich will Valerie«, nuschelte es und schluchzte auf. Der Seeigel trieb einen weiteren Stachel in Olivias Herz. Sie hatte genug gesehen. Sie gehörte hier nicht her. Die ganze Vertrautheit, alles nur Illusion. Der Versuch, die Vergangenheit in die Gegenwart zu kopieren. Ein Kinderspiel.

Olivia lief den Gang entlang auf der Suche nach dem Lift; die Türen verhöhnten sie, wir haben es dir doch gesagt! Übelkeit stieg in ihr auf, sie fühlte sich verraten, nein, verarscht, nein, wütend. Wütend auf sich selbst, weil sie die Nähe überhaupt zugelassen hatte. Auf Tom, weil er diese Nähe mit Füßen getreten hatte. Und auf Valerie, die sich plötzlich vor ihr materialisierte, als hätte sie dieser Star Trek-Heini teleportiert und nicht der Lift ausgespuckt.

Valerie starrte sie an. »Du schon wieder?«, sagte sie schließlich. Dann schlich sich ein triumphierendes Lächeln auf ihr Backenhörnchengesicht. Sie versuchte nicht einmal, es zu verstecken.

Olivia baute sich vor der massigen Frau auf, in ihren Turnschuhen immerhin gleich groß wie Valerie auf ihren hohen Absätzen. »Du hast gewonnen, *Chérie*.« Das letzte Wort spuckte sie ihr buchstäblich vor die Füße. »Ihr könnt wieder heile Familie spielen, ohne dass ich euch mit meiner Anwesenheit störe. Ich kündige. Fristlos. Du kannst deine Bemühungen einstellen, mich mit diesen kindischen Anrufen rausekeln zu wollen.«

Valeries Lächeln rutschte einen Millimeter nach unten, ihre Augen fragend. An ihr war echt eine Schauspielerin verloren gegangen. Dann wurde das Fragezeichen von einem Ausrufezeichen ersetzt.

»Tom braucht eine starke Frau an seiner Seite«, sagte sie, ging an ihr vorbei und fügte im Weggehen noch hinzu: »Kündigung akzeptiert.«

KAPITEL 13

Tom verfluchte im Stillen aufs Neue Olivias Sturheit. Er bezweifelte, dass sie seine Nachrichten, die er über Facebook schickte, überhaupt sah. WhatsApp oder Ähnliches hatte sie gar nicht erst installiert. Die E-Mails ignorierte sie ebenso beflissen wie die Kurznachrichten.

Er vermisste sie.

Ihm fehlte etwas, wenn sie nicht in seiner Nähe war. Selbst die Arbeit im Café kam ihm monotoner vor. Das Klirren der Tassen auf den Untertellern, das Mahlen der Kaffeemaschine, das Röstaroma. Die Cremigkeit des Kuchenteigs. Alles hatte an Intensität verloren. Selbst der Zucker schien immer anzubrennen, statt köstlich zu duften und ihm eine Erinnerung an Olivia zu schenken. Er wusste, dass sie wütend auf ihn war. Oder enttäuscht. Wohl eher. Immerhin hatte er ihr einen nicht ganz unwichtigen Umstand verschwiegen. Ein Kind war sicher nichts, was man unbedingt in den ersten fünf Minuten des ersten Treffens herausposaunen musste. Aber als sie dann erklärt hatte, dass sie Kinder nicht mochte, war der Zug abgefahren. Es hätte sie vertrieben. Er hatte gedacht, wenn sie erst einmal zusammenkämen, könnte sie sich eher an die Vorstellung gewöhnen. Stattdessen hatte er ihr Vertrauen missbraucht und zugleich seine wunderbare Tochter verleugnet.

Die ganzen Erinnerungen kamen jetzt wieder hoch wie ein Rattenschwanz: der Schock, mit achtzehn zu erfahren, dass er

Vater werden würde. Seine Freundin und er hatten sich beide gegen eine Abtreibung entschieden. Zu dem Zeitpunkt hatte er nicht wissen können, dass sie ihr Töchterchen und ihn einfach sitzen lassen würde. Zu dem Schock ihrer Schwangerschaft hatte sich Scham gesellt; die dummen Sprüche der Freunde über die Handhabung von Verhütungsmitteln, die tadelnden Blicke der Ärzte, die Enttäuschung der Eltern über sein ihrer Meinung nach bereits vermasseltes Leben. Dabei war Carla das wunderbarste Geschenk überhaupt. Seinen Traum, in die Turmspring-Nationalmannschaft zu gelangen, gab er damals auf. Die Reise nach Acapulco rückte in weite Ferne. Stattdessen beendete er seine Ausbildung zum Koch, arbeitete währenddessen als Kellner und in der Nacht an der Kasse eines Erotikkinos, um finanziell über die Runden zu kommen. All der Verzicht und die Mühen waren aber nichts gegen ein Lächeln seiner Tochter. So kitschig das auch klang. Und auch nichts gegen einen Hagel nasser Küsse von ihr, nichts gegen ihre klebrigen Hände, die sich in die seinen schoben, nichts gegen ihre Krokodilstränen. Und selbst die Wutanfälle im Supermarkt und die Diskussionen über Aufräumen, Anstand und Respekt wollte er nicht missen.

Trotzdem nagte eine Schuld an ihm. Nicht nur wegen seiner Eltern, die sich seinetwegen große Sorgen gemacht hatten. Das Verhältnis zu ihnen war kurzweilig abgekühlt, aber Carlas Kulleraugen hatten auch die Herzen der Großeltern nicht widerstehen können. Schuldig fühlte er sich vor allem Valerie gegenüber. Seine Schwester hatte ihm damals aus der Patsche geholfen, ihn und Carla während der ersten Jahre in ihrer Wohnung aufgenommen und sich dem Mädchen angenommen, als wäre sie Mutter, nicht Tante.

Nach einer außerordentlich erfolgreichen Ausstellung ihrer Bilder hatte sie das MokkArt gekauft und ihn zum Teilhaber gemacht, womit sie ihm eine Existenzgrundlage und eine Zukunft gegeben hatte. Dafür sollte er ihr dankbar sein. Aber genau dieses Gefühl, in ihrer Pflicht zu stehen, an sie gebunden zu sein, machte sich immer stärker wie ein tonnenschwerer Fels auf seiner Brust bemerkbar. Sein Traum von Freiheit schien darunter zu ersticken.

Olivia gab ihm keine Möglichkeit, all das zu erklären. Er hatte ein paar Mal versucht, sie in ihrer Wohnung zu besuchen oder sie abzufangen, aber selbst das war gescheitert. Nun waren beinahe zwei Wochen vergangen, und er war auf dem Weg zu Erika. In der Hoffnung, dass die alte Dame oder wenigstens Maria eine Nachricht an Olivia weiterleiten könnten. Seit dem letzten Besuch bei Erika war die Natur regelrecht explodiert, die Bäume an den Straßenrändern des ruhigen Quartiers standen in vollem Grün, Blütenstaub bildete einen gelben Teppich auf dem Gehweg. Die Luft roch nach warmem Asphalt und frisch gepflanzten Blumen.

Maria stand vor dem Haus und goss eine Rabatte mit Stiefmütterchen. Als sie ihn sah, stellte sie erstaunt die Gießkanne auf den Boden und lugte abwartend hinter ihn.

»Ganz allein heute?«, fragte sie deutlich verwundert.

Ihre Reaktion bestätigte nur seinen Verdacht, dass sich Olivia auch hier in letzter Zeit nicht gemeldet hatte.

Als er Maria erzählt hatte, was vorgefallen war, dachte er zuerst, dass der ärgerliche Blick der Haushälterin ihm galt. Schuldbewusst senkte er den Kopf.

»Die Leviten werde ich ihr lesen! Was denkt sie sich eigentlich«, zeterte sie. Aufgescheucht flatterten Vögel aus einer nahen Birke.

»Aber ich habe doch ihr Vertrauen missbraucht«, versuchte Tom überrascht, Maria zu besänftigen.

Aber die Haushälterin schnitt ihm mit einer Handbewegung das Wort ab. »Das hättest du ihrer Meinung nach so oder so, egal zu welchem Zeitpunkt du ihr von deiner Tochter erzählt hättest. Sie kann sich nicht binden, weil sie keinen Verlust erträgt. Sie möchte keine Kinder, weil Kinder sie an ihre eigene Kindheit erinnern. Zugegeben, die war nicht so glücklich, wie sie mit ihren Eltern hätte sein können. Aber Olivia fühlt sich auch sehr wohl in ihrer Opferrolle. Ihre Vergangenheit hält als Entschuldigung für alles her, was ihr in der Gegenwart nicht passt. Sie kriegt ihren Hintern nicht hoch aus dem Schlamm.« Empört über diese Passivität schüttelte Maria den Kopf, die Apfelbäckchen glühten. »Ich dachte, dass der Besuch auf dem Dachboden etwas ausgelöst hätte. Aber ich habe zu viel erwartet. Es grenzt schon an ein Wunder, dass sie überhaupt zurückgekommen ist vom anderen Ende der Welt.«

Bei den letzten Worten zuckte Tom zusammen. Hatte Olivia etwa ihre Sachen gepackt und das Land verlassen? Wo wollte sie noch mal hin? Sansibar? Er nahm sich vor, sofort zu ihrer Wohnung zu fahren und so lange vor der Tür auszuharren, bis er entweder von den Zwillingen eine zufriedenstellende Antwort bekam oder Olivia endlich auftauchte.

In dem Moment, in dem er sich von Maria verabschieden wollte, erschien Erika. Sie war wohl gerade aus einem Nachmittagsnickerchen aufgewacht, jedenfalls blinzelte sie müde und ihre sonst tadellos sitzende Frisur war am Hinterkopf zerknautscht.

»Was denn das für ein Lärm?«, fragte sie Maria, dann wandte sie ihm langsam das Gesicht zu. »Was macht der Herr Pfarrer hier, Maria?«

Automatisch drehte sich Tom um, sah aber niemanden. Zwischen den beiden Frauen brach Hektik aus. »Geh ins Haus, Erika«, sagte Maria und schüttelte den Kopf, als ob sie verhindern wollte, dass Erika noch einen Schritt in die Außenwelt tat. »Ruh dich noch etwas aus.«

Erika aber schob sie mit einer erstaunlichen Vehemenz zur Seite. »Was machst du hier?«

Jetzt fiel bei Tom der Groschen. Heute war er also ein Pfarrer. Wie verhielt sich ein Pfarrer, verflixt?

»Heinrich, du solltest nicht herkommen.«

Heinrich, er erinnerte sich. Heinrich war der Pfarrer? Das ergab alles keinen Sinn für ihn.

Erika wirkte nervös, ihr Blick flatterte rechts und links die Straße entlang. Sie zupfte an seinem Arm, um ihn ins Haus zu locken. »Beeil dich, Heinrich, bitte«, sagte sie und schien den Tränen nahe.

»Aber warum …?«

»Edelmann darf dich hier nicht sehen!«

Tom blieb abrupt stehen. Was zum Teufel?

Maria nahm sein Zögern zum Anlass, einzuschreiten. »Der Herr Pfarrer wollte uns auch schon wieder verlassen, Erika.« Sie scheuchte Tom mit der Hand in Richtung Straße. »Und ich bereite dir eine hübsche Tasse Tee. Vielleicht haben wir auch noch ein Stück Kuchen übrig.« Sie redete auf Erika ein wie auf ein kleines Kind, das es zu trösten galt, zog sie mit ins Haus und schloss die Haustür hinter ihnen. Trotzdem hörte Tom noch, wie Erika zu weinen begann. Die ganze Aktion hatte keine drei Minuten gedauert. Aber als Tom so allein vor dem Haus stand, konnte er nicht mit Gewissheit sagen, ob sie überhaupt stattgefunden oder ob er sie sich nur eingebildet hatte, so surreal war sie gewesen. Dass Erika Edelmann kannte, schien ihm nicht abwegig, immerhin hatte Edelmann ihrem Schwiegersohn zugearbeitet. Aber die Reaktion? Und welche Rolle spielte der Pfarrer dabei?

Olivia lag auf dem Bett, alle viere von sich gestreckt, und lauschte dem Pochen in ihrem Bein. Völlig unerwartet hatte sie bereits wenige Tage nach ihrem Abgang bei MokkArt eine neue Anstellung gefunden, in einer Pizzeria. Mittags- und Abenddienst, was den Tag in unbrauchbare kleine Stücke hackte und die Nachtruhe auf wenige Stunden verkürzte. Denn sosehr sie auch versuchte, morgens länger zu schlafen, der Wecker in ihrem Kopf ließ sich nicht ausschalten, er klingelte weiterhin pünktlich um halb sechs. Sie fühlte sich wie durch den Fleischwolf gedreht. Eine heiße Badewanne käme ihr jetzt gerade recht, aber die Wohnung hatte nur ein Duschbad. Eine Massage würde sie auch nicht ablehnen. Ihre Gedanken schwebten zu Rashida. Deren Hände waren magisch gewesen, ihre schlanken Finger hatten noch jede ihrer Verspannungen gelöst. Olivia konnte Rashidas Berührung auf ihrer Haut förmlich spüren. Rash … Wenn sie doch nur zurückkommen könnte. Sie würde verstehen, was sie selbst in Momenten wie diesen an Tom denken ließ, obwohl sie alles dafür tat, ihn aus ihrem Kopf zu verbannen. Warum sie traurig war, obwohl sie wütend sein wollte auf ihn. Was sie daran hinderte, ihre Koffer zu packen und nach Sansibar zu fliegen, um im warmen Wasser die Welt zu vergessen, anstatt Pizzen zu servieren und Tomatensoße von Glasrändern wegzupolieren.

Als sie das Haus verließ, scannte sie minutiös ihre Umgebung, von der Kinderkrippe ganz links über den Spielplatz weiter hinten, den Platz ohne Namen mit dem fröhlich plätschernden Brunnen. Auf den Bänken saßen ein alter Mann mit seinem Enkel und zwei rauchende Teenager. Keiner schenkte ihr Beachtung. In der Gasse dahinter entdeckte sie ebenfalls nichts Außergewöhnliches. Und trotzdem begleitete sie auch heute die Ahnung, dass etwas nicht stimmte. Wie schon seit Tagen. Eine Verdichtung der Atmosphäre, ein Beschleunigen des Herzschlags ohne Grund. Sie hatte immer wieder das Gefühl, Augen würden sich in ihren Rücken bohren. Sie wusste von den Zwillingen, dass Tom versuchte, sie abzufangen. Aber er würde sich ja nicht verstecken. Also immer noch Valerie? Oder Daniel? Gestern hatte sie gedacht, Daniel gesehen zu haben, in der Menschenmenge, die sich täglich durch die Altstadt schob. Aber als sie genau hatte hinschauen wollen, war die Person auch schon weg gewesen.

Sie zuckte mit den Schultern, hier war jedenfalls niemand, den sie kannte. Durch den engen Durchgang, der vom Platz vor ihrem Haus abging, lief sie auf den Rindermarkt und von dort aus weiter durch die Markt- und die Metzgergasse hinunter zum Limmatquai. Unter der Nachmittagssonne des warmen Maitags floss der Fluss grün und träge dahin, Schwäne schaukelten im Kielwasser des Ausflugsboots wie ein gutes Vorzeichen. Hoffentlich waren sie eins. Sie sah sich wieder um. Zwischen all den Menschen, die an der Tramstation warteten, würde Valerie auffallen wie ein bunter Hund. Aber sie sah kein bekanntes Gesicht, niemanden, der sie auch nur anzuschauen schien. Und doch fühlte sie Augen auf sich gerichtet. Als das Telefon in ihrer Tasche klingelte, fuhr sie erschrocken zusammen. Fast hoffte sie, dass es Tom war. Aber das Display zeigte wieder eine unterdrückte Nummer. So viele Leute um sie herum hatten ein Telefon in der Hand. Mit zittrigen Fingern drückte sie auf die Rückruftaste und starrte in die Menge. Aber natürlich nahm niemand den Anruf entgegen, ging ja auch gar nicht. Wahrscheinlich bildete sie sich nur etwas ein. Vielleicht gab es für die Anrufe ja eine harmlose Erklärung. Eine Verwechslung, zum Beispiel. Ihre Nummer war zweimal vergeben worden. Die Tram fuhr vor. Olivia lachte laut, während sie wartete, dass die Türen sich öffneten. Sie hatte keine Angst, redete sie sich ein. Aber das stimmte nicht, sie hatte Angst. Sie fühlte sich wie auf einem Floß, um das ein Hai kreiste. Von dem sie nur die verschwommenen Konturen sehen konnte.

Die Schicht dauerte wegen einer Familienfeier länger als sonst und Olivia verließ das Restaurant erst kurz vor zwei Uhr früh. Das Trinkgeld des Abends gab sie für ein Taxi aus, das sie direkt vor ihre Wohnung brachte. Aber die Beruhigung darüber, nach Hause gekommen zu sein, ohne jemandem die Gelegenheit gegeben zu haben, ihr in den Rücken zu starren, währte nur kurz. Aus ihrem Briefkasten lugte ein Zettel:
Ich bin hier.
Es brauchte keinen Namen. Olivia wusste auch so, dass die Nachricht für sie bestimmt war. Keine Einbildung also. Ihr brach der Schweiß aus.

Im Bett traute sie sich kaum zu atmen, wie ein Brett lag sie da und achtete auf jedes kleinste Geräusch, als ob ihr Verfolger direkt vor ihrer Tür lauern würde. Sie wünschte sich, irgendwo zu sein, nur nicht hier. Sie wünschte sich, Rash läge neben ihr im Bett und hielte sie in den Armen. Oder Tom. Oder, am besten, ihre Mutter. Aber keiner der drei war bei ihr. Die Polizei würde sie nur wieder abweisen. War ja schließlich nichts passiert, und auf dem Zettel stand nichts Feindliches. Nur ein Satz, noch dazu ohne Namen. Wer blieb ihr noch, wem könnte sie sich anvertrauen? Maria. Erika. Sogar an den Professor dachte sie einen kurzen Moment lang.

Sie hatte sich für Maria entschieden. Der Extralöffel Zucker im ohnehin schon süßen Tee am Morgen gab ihr einen Energiekick, der sie in Richtung Tramstation traben ließ wie ein Rennpferd. Der lange bunt gemusterte Rock schlackerte um ihre Beine, sie musste aufpassen, um nicht auf den Saum zu treten. Ihre rote Haarpracht, durch die sie viel zu leicht zu erkennen war, versteckte sie heute unter einem schwarzen Kopftuch, das sie wie einen Turban um ihren Kopf gebunden hatte. Erika würde dumme Kommentare machen deswegen. Aber ihrer Großmutter war ihre Sicherheit auch ziemlich egal.

Sie nieste ein paar Mal kräftig, als sie an den Birken vorbeilief, die Erikas Straße säumten. Vor dem Haus hatte Maria eine Rabatte Stiefmütterchen gepflanzt. Endlich Frühling. Endlich Wärme. Aber innerlich fror sie.

»Mit dir wollte ich reden, meine Liebe.« Mit diesen Worten und einer gerunzelten Stirn begrüßte Maria sie.

Olivia runzelte zurück, überrumpelt.

»Tom war gestern zu Besuch. So ein guter Junge! Was hast du dir da bloß wieder geleistet?«

Eine Standpauke brauchte sie jetzt echt nicht. Aber trotzdem wollte sie wissen, warum Tom hier gewesen war.

»Er hat dich gesucht«, lautete die knappe Antwort. »Aber Erika fühlte sich nicht gut. Heute übrigens auch nicht, falls du gekommen sein solltest, um mit ihr zu reden.«

Maria war wirklich sauer auf sie, das hörte sie. Aber was zwischen Tom und ihr lief oder gelaufen war, besser gesagt, ging sie nichts an. »Ich muss trotzdem versuchen, mit ihr zu sprechen. Nur kurz. Ich glaube, jemand verfolgt mich«, sagte sie, ohne auf Marias bissigen Tonfall einzugehen. Möglicherweise war Erika heute empfänglicher als Maria. »Vielleicht erkennt sie mich ja.«

Die Haushälterin warf einen spöttischen Blick an ihr vorbei auf die menschenleere Straße und musterte sie dann von oben bis unten. Natürlich blieb ihr Blick an dem Tuch hängen, das sie um ihre Haare gewickelt hatte.

»Eher nicht.«

Olivia verdrehte die Augen und zwängte sich an Maria vorbei ins Haus. Nicht ohne sich selbst noch einmal umzudrehen, um die Straße hinter sich zu kontrollieren. Dann befreite sie die Haare aus ihrem Gefängnis und machte sich auf die Suche nach ihrer Großmutter. Sie fand die alte Dame weder im Wohnzimmer noch in der Küche, in der es verführerisch nach Kuchen duftete. Ihr Magen, leer, wenn man vom Tee absah, grummelte. Aber Essen musste warten. Schlussendlich fand sie Erika in Georgs Büro, wo sie in einer Schublade wühlte. Perfekt angezogen wie immer, davon abgesehen, dass sie statt der Schuhe Pantoffeln trug und die Haare zerzaust waren, als ob sie darin auch herumgewühlt hätte.

Als Erika sie bemerkte, hielt sie kurz inne und starrte sie an.

»Du!«, rief sie und zeigte anklagend mit dem Finger auf Olivia. »Du hast meinen Geldbeutel gestohlen, du Gaunerin!« Sie durchforstete hektisch eine andere Schublade, zog Papiere und Notizblöcke heraus und verteilte sie auf dem Boden, schmiss Büroklammern hinterher und warf Olivia schließlich fast den Locher auf den Fuß.

Erschrocken trat Olivia einen Schritt zurück und prallte dabei gegen Maria. »Was …?«

Maria zuckte mit den Schultern. »Schlechter Tag.«

»Der Mann!«, zeterte Erika weiter und sah aus dem offenen Fenster in den Garten. »Seht ihr den Mann? Er ist böse!« Tränen liefen ihr übers Gesicht. Der Diebstahl war anscheinend vergessen. Flehend sah Erika zu Olivia wie ein kleines Kind, das von einem Albtraum geplagt wurde.

Olivia zuckte zusammen und wechselte einen Blick mit Maria. Ein Mann im Garten? Ihr Verfolger? Sie tat das Erste, was ihr einfiel, und zog den Vorhang zu.

»Kein Mann mehr da.«

Maria trat zu der schluchzenden Erika und brachte sie mit beruhigenden Worten dazu, mit ihr aus dem Zimmer zu gehen.

Olivia blieb allein zurück. Zaghaft schob sie den Vorhang

zur Seite. Natürlich war kein Mann zu sehen. Auch keine Fußspuren, kein zertrampeltes Gras oder irgendein anderer Hinweis. Eine Halluzination. Trotzdem raste ihr Herz. Sie kauerte sich auf den Boden und klaubte eine Büroklammer nach der anderen auf, dann räumte sie langsam und einzeln alle Papiere pedantisch zurück in die Schublade. Die Tränen ihrer Großmutter schockierten sie. Mehr als das Gezeter, das kannte sie ja zur Genüge. Sogar des Diebstahls hatte Erika sie schon einmal bezichtigt, damals zu Recht. Mit vierzehn hatte Olivia zwanzig Schweizer Franken aus dem Geldbeutel gestohlen. Wofür, wusste sie nicht mehr. Nagellack, vielleicht. Aber diese Tränen berührten sie. Sie konnte sich nicht daran erinnern, dass Erika jemals geweint hatte. Sie musste sich wirklich mies fühlen. Die schlechten Tage häuften sich wohl in letzter Zeit. Was, wenn sie bald aus ihrer eigenen Welt nicht mehr auftauchen würde?

Hatte dieser Gedanke Olivia vor ein paar Wochen noch kaltgelassen, entsetzte er sie nun. Was für eine grauenhafte Krankheit. Stück für Stück löste sich Erikas Leben auf wie ein Strand, dem das Meer bei jeder Flut Sandkörner abtrotzte. Wusste Erika, wann sie sich in der Realität befand und wann nicht? Es war, als würde sie bei vollem Verstand den Verstand verlieren. Würde sie ihrer Großmutter noch rechtzeitig erzählen können, was auf jener schicksalhaften Reise geschehen war? Blieb ihnen noch genug Zeit, um vielleicht sogar die Differenzen zwischen ihnen auszubügeln? Heute musste sie sich sputen, wollte sie nicht zu spät bei der Arbeit sein. Aber gleich morgen würde sie wiederkommen und den Schmetterling einpacken. Er war ihr Garant, ihr Schlüssel. Er würde ihr helfen, die Vergangenheit sichtbar zu machen, davon war sie überzeugt. Sie stellte den Locher parallel zur Tischuhr und schlug die Blätter des Kalenders um, von Januar auf Mai. Erst danach merkte sie, dass der

Kalender schon vier Jahre alt war. Im Januar 2009 war sie ausgezogen. In diesem Haus herrschte ein anderer Rhythmus.

Ein offenes Ohr würde sie hier im Moment aber nicht finden. Sie würde doch beim Professor anklopfen. Er war eigentlich ganz nett, von dem seltsamen Ausrutscher beim letzten Treffen abgesehen. Und gut sah er auch aus.

Das nächste Interview sollte erst kommende Woche stattfinden. Olivias Anruf hatte ihn überrascht; dass sie sich jetzt schon mit ihm treffen wollte, ließ seinen Schwanz sofort auf die doppelte Größe anschwellen. Dann realisierte er, dass er unter keinen Umständen noch mal blaumachen durfte. Sonst drohte ihm ein weiteres mahnendes Gespräch mit seinem Sozialarbeiter. Diesem Idioten. Der Ballon des Glückes platzte. Er musste sie auf nächste Woche vertrösten. Verärgert warf Edelmann das Telefon auf den Tisch.

Gesehen hatte er sie ja schon heute Vormittag, auf dem Weg zu ihrer Großmutter. Hatte ihn die Alte tatsächlich entdeckt, als sie zum Fenster hinaus in den Garten geschaut und aufgeschrien hatte? Konnte eigentlich nicht sein, seine Tarnung im Gebüsch war perfekt gewesen. Und Olivia hätte ihn dann bestimmt nicht um ein Treffen gebeten. Ihre raue Stimme hallte immer noch in seinen Ohren, wieder erschauderte er vor Erregung. Er sah das Foto an, das er vor einigen Tagen mit der Handykamera geschossen hatte. Die roten Haare zu einem halbwegs ordentlichen Zopf geflochten, die langen Beine in dunkler Strumpfhose. Knapp über den Knien begann der typische schwarze Rock einer Kellnerin. Sie sah ängstlich aus, wie sie über die Schulter blickte. Wenn sie erst einmal in seinen Armen liegen würde, bräuchte sie keine Angst mehr zu haben.

Der zündende Gedanke kam ihm erst zwei Minuten später, und er drückte die Rückruftaste. Von diesem Handy hatte er sie erst wenige Male angerufen. Normalerweise benutzte er ein zweites Telefon, dessen unterdrückte Nummer so schnell niemand zurückverfolgen könnte. Oder er rief von einer der seltenen Telefonzellen an, die noch funktionierten. Einfach, weil es ihm Spaß bereitete. Für das Aufleben alter Erinnerungen. Erinnerungen an seine Anrufe bei Sandra. Damals hatte es schließlich noch keine Mobiltelefone gegeben.

Es dauerte ewig, bis Olivia abnahm. Als sie es endlich tat, etwas überrascht, erklärte er ihr, dass er sich gern am Abend nach ihrer Arbeit im Restaurant auf einen Absacker mit ihr treffen würde. Stille am anderen Ende der Leitung. Er erkannte, dass er einen Fehler begangen hatte. Die Ungeduld, sie zu sehen, ließ ihn unvorsichtig werden.

»Woher weißt du, wo ich arbeite?«

»Ich weiß nicht, wo, aber du erwähntest vorher ein Restaurant, da dachte ich …« Hatte sie nicht, aber vielleicht schluckte sie die Ausrede. Und tatsächlich, sie schien zu überlegen, nicht sicher, was sie gesagt hatte. Komm schon, im Zweifel für den Angeklagten.

»Hm. Von mir aus. Könnte aber spät werden.« Kein Problem für ihn, er brauchte wenig Schlaf.

Sie war müde, als sie aus der Pizzeria trat. Zwar umgezogen, aber der Geruch nach Knoblauch und gebackenem Teig hing ihr in den Haaren. André wartete schon auf sie. Olivia fragte sich immer noch, ob sie das Restaurant wirklich am Telefon erwähnt hatte oder nicht. Egal, sagte sie sich, ignorierte ihre innere Stimme, und begrüßte André mit drei Küsschen. Heute trug er sein Jackett nicht, sondern enge Jeans, ein weißes Hemd und eine schwarze Lederjacke. Er sah jünger aus. Verwegener. Gut sah er aus. Die Müdigkeit spürte sie auf jeden Fall nicht mehr. Morgen war ihr freier Tag. Wieso nicht ein wenig auf den

Putz hauen? Vergessen, dass sie Tom vermisste, vergessen, dass ihre Großmutter vom Vergessen aufgefressen wurde, vergessen, dass sie sich erinnern wollte. Sollte. Wollte.

Der Plaza Klub lag nicht weit von der Pizzeria. In der Bar daneben begrüßten sie die Nacht mit einem Drink. Was für Olivia in aller Regel ein alkoholfreies Bier bedeutete. Doch heute, sie verstand nicht genau, weshalb, wählte sie das erste Mal überhaupt einen Wodka Lemon. Nur einen, schwor sie sich. Damit würde sie nüchtern genug bleiben, um die Kontrolle zu behalten. Im Plaza Klub hatte sie Daniel aufgegabelt, fiel ihr plötzlich ein. Hoffentlich tauchte er heute nicht auf. Schließlich war er ja vielleicht der anonyme Anrufer und Zettelschreiber. Vielleicht auch der Mann in Erikas Garten – wenn da einer gewesen war?

»Ich glaube, ich werde verfolgt«, flüsterte sie André zu, der sofort von seinem goldbraunen Bacardi abließ und sich misstrauisch umsah.

»Ist das ein Spiel?«, flüsterte er zurück und schmunzelte.

Es klang tatsächlich nicht sehr glaubhaft. Ihr wurde plötzlich heiß. Sie sog an ihrem Drink, der erstaunlich gut schmeckte und vor allem schön kalt war. Obwohl sie fand, dass es André erneut mit seinem Eau de Toilette übertrieben hatte, rückte sie ein wenig näher an ihn heran, sodass sich ihre Knie berührten. Erst zaghaft, dann beherzter erzählte Olivia ihm von den Telefonanrufen, von der Schmierattacke, dem Zettel im Briefkasten und dem Gefühl, ständig beobachtet zu werden. André hörte ihr mit ernster Miene zu. Nachdem sie ihm die Verdächtigen vorgestellt hatte, war der Wodka Lemon ausgetrunken, und ohne zu überlegen, bestellte sie einen weiteren. Es tat so gut, ihre Sorgen jemandem erzählen zu können, der nichts damit zu tun hatte. André versuchte nicht, das Problem zu leugnen, sondern diskutierte mit ihr, welches Vorgehen wohl das beste sei.

Die Polizei erachtete er auch nicht als ideale Lösung, ebenso riet er ihr davon ab, Valerie oder Daniel direkt zu konfrontieren. Er schlug vor, sich zuerst doch eine neue Telefonnummer zu besorgen. Damit würde sie dem Stalker – oder der Stalkerin – die Grundlage wegnehmen, und er – oder sie – würde vielleicht die Lust am Spiel verlieren. Olivia staunte, wie einfach seine Erklärungen nach dem zweiten Glas klangen und wie gut sich seine Hand auf ihrem Knie anfühlte. Sie war immer noch Herrin der Lage, wieso also keinen dritten Drink? Es machte Spaß, die Grenzen ihrer Kontrollfähigkeit auszuloten. Hätte sie nicht gedacht. Sie ignorierte Rashidas Stimme in ihrem Kopf, die sie drängte, nach Hause zu gehen. Sie hörte auch nicht auf die andere Stimme in ihr, die nach Tom rief. Stattdessen schlug sie André vor, in den Klub zu wechseln, um zu tanzen.

André lachte sein weiches, tiefes Lachen, das über sie plätscherte wie ein warmer Wasserfall. »Ich bin kein Tänzer, verstehst du?«, sagte er mit Bedauern. »Aber ich komme gern mit und schaue dir zu.«

Gesagt, getan. Kaum auf der Tanzfläche, bekam Olivia von André auch endlich den dritten Wodka Lemon. Wie angekündigt, blieb er am Rand stehen und sah ihr zu, wie sie sich im Takt der Musik bewegte. Zu Beginn war es ihr unangenehm; selbst hier wurde sie beobachtet. Aber die Tanzfläche füllte sich mehr und mehr und Olivia verschmolz mit den anderen Tänzern. Zuckende Lichter, zuckende Leiber. Zwischendurch einen Abstecher zu André, der ihr Glas hielt, das seltsamerweise nie leer zu werden schien. Spielte keine Rolle. Durst. Sie tanzte sich ins Zentrum der Masse, näher an die Lautsprecher, überließ ihren Körper den Bässen, ignorierte das Brennen in ihrem Bein. Ließ sich von den Vibrationen herumwirbeln, Hände in die Höhe, Kopf in den Nacken. Farben, Farben, überall. Ein Arm umschlang ihre Hüfte, sie entwand sich ihm, lachte. Suchte André, fand ihn nicht. Egal. Heiß. Alles drehte sich, und sie drehte sich mit. Der Beat dröhnte in ihren Ohren, die Beine tanzten von selbst. André? Ach nein, der war ja weg. Wo war er? Schweiß an den Schläfen, zwischen den Brüsten. Sie fühlte sich fantastisch. Erhoben. Entfesselt. Bloß nicht stehen bleiben. Sie stolperte, wurde aufgefangen. Blaue Augen, ganz nahe. Nicht André. Lippen, die ihre berührten, eine Zunge, die sich in ihren Mund schob. Sie erwiderte den Kuss, drängend. Der Mund schmeckte nach Zigarette. Nicht Tom. Tom rauchte nicht.

Abrupt ließ sie von dem jungen Mann ab, verwirrt. Schwankte auf die Toilette, trank, trank, trank direkt vom Hahn, kaltes Wasser ins Gesicht. Das Licht war zu hell. Wo war Tom? Seine Lippen wollte sie spüren, seine Arme, die sie umschlangen. Wieso nur hatte sie ihn zum Teufel geschickt? Im stampfenden Rhythmus der Musik hörte sie nur noch ein einziges Wort: Tom, Tom, Tom ... Olivia kämpfte sich torkelnd den Weg frei zum Ausgang, stieß gegen eine Gruppe Raucher, entschuldigte sich fahrig. Die Ohren sirrten in der ungewohnten Stille der Nacht. Die Welt um sie herum schwankte, als stünde sie in einem Boot, auf dem Weg zu einem Riff voller bunter Fische und Korallen. Schnorcheln mit den Buckelwalen. Und Tom neben ihr. Sie wusste nicht, wie sie in das Taxi gekommen war. Bei der Abfahrt glaubte sie, im Seitenspiegel André zu erkennen. Aber sie schaffte es nicht, den Kopf zu drehen.

Sie erinnerte sich nicht daran, dem Taxifahrer Toms Adresse mitgeteilt und ihn bezahlt zu haben. Aber hier stand sie nun, vor Toms Wohnblock, und starrte auf den Klingelknopf. Es war beinahe vier Uhr morgens. Unfassbar. Sie drückte die Klingel.

Erst als ein Fenster aufgerissen wurde und jemand wütend schimpfte, merkte sie, dass sie sich gegen mehrere Knöpfe gelehnt hatte. Sie schwankte, konnte sich kaum auf den Beinen halten. »Schuldiung«, murmelte sie, nur um gleich noch einmal zu drücken, dieses Mal gezielt bei Tom. Lange warten, ewig. Sie musste ihren Namen dreimal nuscheln, bevor er sie durch die Gegensprechanlage verstand und endlich hereinließ. Das Sofa in seinem Wohnzimmer kam ihr vor wie der rettende Fels inmitten eines aufgewühlten Meeres und sie steuerte direkt darauf zu.

KAPITEL 14

Laut.

Ein Kratzen. Ein Kratzen, das in ihrem Kopf anschwoll zu einem Tosen.

Hell, sogar durch die geschlossenen Lider. Vorhänge nicht zugemacht. Olivia zupfte an der Decke, um sie sich über das Gesicht zu ziehen. Nicht ihre Decke. Sie runzelte die Stirn, was einen Schweißausbruch auslöste. Das Kratzen hörte nicht auf. Ihr Herz raste. So vorsichtig wie nur irgend möglich, öffnete sie ein Auge. Und schloss es gleich wieder. Beim nächsten Versuch erkannte sie die Ursache des Geräusches: Ein dünnes Mädchen mit zwei langen Zöpfen und einem eingegipsten Arm stand am anderen Ende des Sofas und fuhr mit seinen Fingernägeln über den Stoffbezug. Wieder und wieder, während es sie ernst anstarrte. Oder doch eher feindlich?

Definitiv feindlich, dachte Olivia beim nächsten Augenaufschlag. Trug sie tatsächlich einen Pyjama mit weißen Häschen?

»Meinen Papa bekommst du nicht«, flüsterte die Kleine. Kratz, kratz. Valerie klang aus ihrem Mund.

Olivia konnte kaum schlucken. Wasser. Aber sie fühlte sich außerstande, aufzustehen. Auch nur einen Muskel zu bewegen, schien unmöglich. Der pochende Schmerz in ihrem linken Bein erinnerte sie vorwurfsvoll daran, dass sie sich auch körperlich verausgabt hatte.

Ein Schlüssel drehte im Schloss – eine Minute oder eine Stunde später? – und gleichzeitig drehte sich Olivias Magen um.

»Schlecht«, presste sie hervor und würgte. Mit zwei Schritten stand jemand vor ihr und hielt ihr eine Teigschüssel vors Gesicht.

Hatte sie sich jemals so schlecht gefühlt? Bittere Galle im Mund, Tränen in den Augen, einen kalten Waschlappen gegen die Stirn gedrückt, saß sie neben Tom. Carla stand immer noch an derselben Stelle und lächelte. Sie hatte den Machtkampf eindeutig gewonnen. Olivia atmete auf, als Tom die Kleine zu ihrer Freundin in die Nachbarwohnung schickte. Kaum zog das Mädchen die Tür hinter sich zu, hing Olivia wieder über der Schüssel. Ein Vogel Strauß, der den Kopf in den Sand steckte. Sie hatte die Kontrolle verlieren wollen gestern. Und geglaubt, sogar dabei die Oberhand behalten zu können. Sie seufzte. Wenn sie ehrlich war, hatte sie die Kontrolle über ihr Leben in dem Moment verloren, in dem ihre Eltern gestorben waren. Alles andere waren nur imaginäre Rettungsleinen gewesen, an denen sie sich festgeklammert hatte. Wenn ihr Schädel nicht beinahe platzen würde, würde sie lachen. Aber so brachte sie nur ein jämmerliches Wimmern zustande.

Nachdem ihr Magen endlich leer war und sie geduscht hatte, saß sie in einem von Toms T-Shirts am Esstisch, ein trockenes Toastbrot und eine Tasse starken Kaffee vor sich.

»Runter damit«, befahl ihr Tom. »Wenn du geschätzt einen Liter Wodka trinken kannst, wirst du auch einen Espresso vertragen.«

Er schimpfte mit ihr und Olivia ließ es über sich ergehen. Solange er sie umhegte, durfte er ihr sagen, was er wollte. Sie hatte Schimpf und Schande verdient. Das sagte sie ihm auch.

»Ich bin der schlechteste Mensch der Welt«, nuschelte sie.

»Warum hast du mich überhaupt reingelassen, nach allem? So wie ich mich verhalten habe? Es tut mir so leid, Tom. Ich habe dich vermisst. Ich vermisse dich, Tom.« Und dann, ohne zu wissen, woher die Worte kamen, erzählte sie ihm von Rashida. Von diesem erhabenen Gefühl der Vertrautheit und des Vertrauens, diesem Gefühl der bedingungslosen Freundschaft – durch dick und dünn. Eine Freundschaft, die sie immer so sehr gewollt und doch nie gesucht hatte. Aus Angst, einer Illusion zu erliegen. Aus Angst davor, dass es so eine Freundschaft nur in Büchern und Filmen gab, nicht aber in der Realität. Aber die Emotionen zwischen Rashida und ihr hatte sie nie hinterfragen müssen. Ihre Gefühle hatten sie von Anfang an miteinander verbunden.

»Sie war meine Partnerin gewesen. Nicht in sexueller Hinsicht. Aber ansonsten schon. Die gleiche Nähe – oder vielleicht sogar noch mehr – mit jemand anderem zu erleben, erschien mir bis vor Kurzem absolut unmöglich. Dabei geht es gar nicht darum, sie zu ersetzen. Sondern darum, sie etwas zur Seite zu schieben, um Platz zu schaffen für eine neue Erfahrung.« Niemandem hatte Olivia bis jetzt von ihren Gefühlen für Rashida erzählt. Die Trauer um ihre Freundin stieg wieder in ihr hoch und sie weinte, aber zugleich fühlte sie, wie sie durch das Erzählen mit sich selbst und Rashidas Tod wenigstens ein bisschen ins Reine kam.

Tom sah sie nachdenklich an. Um ihn zu einer Reaktion zu bewegen, bat sie ihn um eine Kopfschmerztablette. Er drückte ihr eine Aspirin in die Hand und setzte sich dann neben sie anstatt wie vorhin gegenüber.

»So eine tiefe Freundschaft ist in der Tat nicht ersetzbar. Danke, dass du mir davon erzählt hast, ich verstehe dich nun besser. Und es tut mir leid, dass ich dir nicht früher von Carla erzählt habe. Ich hatte Angst, dich zu verlieren. Wieder zu verlieren.« Er strich ihr eine Haarsträhne aus dem Gesicht, eine fließende, selbstverständliche Bewegung. Danach ließ er seine Hand auf ihrem Rücken liegen. Das Brummen in ihrem Kopf hörte augenblicklich auf. Olivia bezweifelte, dass die Tablette so schnell wirkte. Es kam ihr eher vor, als ob Toms Berührung eine heilende Wirkung hatte. Sie schnaubte bei dem Gedanken, an solchen Unsinn glaubte sie natürlich nicht. Aber Heilung brauchte sie auf alle Fälle. Sie rückte näher an ihn heran.

Es war immer noch schwierig für sie, seine Tochter zu akzeptieren. Auch schien es nicht, als ob ihr Carla große Sympathie entgegenbrachte. Valerie hatte sie gut indoktriniert. Aber Olivia verstand, dass sie Tom nur im Doppelpack bekam.

»Was ist mit Carlas Mutter passiert?«, fragte sie ihn neugierig. Sie brauchte nur den Kopf zu heben, um ihn küssen zu können. Tom schien das Gleiche zu denken, denn die Antwort blieb aus. Ihre Köpfe näherten sich. Dann ein Klingeln. Ihr Telefon zerriss die Stille. Der Kokon, der sie beide umgab, brach entzwei. Sie ließ es klingeln, kramte aber das Telefon aus der Tasche und schaute auf das Display. Maria. Abgesehen von ihrem Anruf hatte Olivia wohl auch drei Anrufe von André verpasst, irgendwann zwischen zwei und vier Uhr gestern Nacht. Nicht gehört.

Es klingelte erneut. Maria.

»Olivia, endlich!« Die verzweifelte Stimme der Haushälterin schlug ihr wie eine Ohrfeige ins Gesicht. »Du musst sofort kommen. Erika ist verschwunden.«

Sie trug ihr bestes Sonntagskostüm für ihr Rendezvous mit dem Teufel. Erika hatte nicht gedacht, dass sie sich diesem Menschen noch einmal würde stellen müssen. Die Versuchung war groß, Olivia die Schuld dafür in die Schuhe zu schieben, schließlich hatte ihre Rückkehr zu dieser Situation geführt.

Andererseits wusste sie, dass dies alles zum Prozess gehörte, zum Heilungsprozess. Endlich, nach so vielen Jahren, kam er ins Rollen. Je schneller sie das Gespräch hinter sich brachte, desto besser. Sie hätte schon einschreiten sollen, als Olivia den Namen zum ersten Mal erwähnt hatte. Aber sie hatte die Gefahr unterschätzt. Wieder. Aber dann hatte sie ihn erwischt. Er hatte sich hinter der Hortensie versteckt und auf das Haus gestarrt. Sie erinnerte sich nicht, was sonst an dem Tag passiert war. Aber sein Gesicht hatte sich auf ihre Netzhaut gebrannt und in einem lichten Moment am Abend hatten sich die Puzzleteile zu einem Ganzen zusammengefügt.

Sie straffte die Schultern und drückte auf den Halteknopf. Bei der nächsten Bushaltestelle musste sie aussteigen. Es war ein Leichtes gewesen, seine Adresse ausfindig zu machen. Ein dermaßen eitler Mensch wie André Edelmann gab sein Domizil natürlich sowohl bei der Auskunft an als auch in diesem modernen Internet. Und wenn er nicht zu Hause war, würde sie warten. Sie brachte Zeit mit. Maria würde zwar außer sich sein vor Sorge, das bedauerte sie, aber ihr von dem Vorhaben zu erzählen, war nicht infrage gekommen. Maria hätte mit Sicherheit versucht, sie abzuhalten. Also hatte sie das kleine Zeitfenster genutzt, in dem ihre gute Fee morgens beim Bäcker um die Ecke frische Brötchen holte. Hatte sich aus dem Haus geschlichen, so schnell es ihre Beine und der Stock zugelassen hatten.

Erika schaute auf den Zettel mit Edelmanns Adresse und dann auf die Hausnummer des in die Jahre gekommenen Wohnblocks vor ihr. Passte. Sie klingelte.

»Ja?«, schnarrte die bekannte, verhasste Stimme aus der Gegensprechanlage. Sie schloss die Augen und atmete tief durch. Er hatte ihr so viel genommen, aber sie würde nicht erlauben, dass sich die Geschichte wiederholte.

»Eine alte Freundin«, antwortete sie und hoffte, dadurch seine Neugierde zu wecken. Erst herrschte einige Sekunden lang Stille, doch dann öffnete sich die Tür. Ihre Beine zitterten derart, dass sie den Lift nahm statt der Treppe, obwohl er im ersten Stock wohnte.

Misstrauisch äugte er ihr vom Türrahmen aus entgegen. Als er sie erkannte, lachte er, als freute er sich allen Ernstes, sie zu sehen.

»Erika! Wie lange ist es her!« Zuvorkommend ließ er sie eintreten, bot ihr sogar einen Kleiderbügel für die Jacke an, aber so lange würde sie nicht bleiben. Die Jacke blieb an.

»Darf ich dir etwas zu trinken anbieten, Erika?« Sie nickte, sie hätte wirklich gern ein Glas Wasser. Gut gelaunt zwinkerte Edelmann ihr zu, brachte ein Glas und eine noch versiegelte Flasche. Galant schob er ihr einen Stuhl hin. Steif setzte sie sich, die Tasche schützend auf dem Schoß. Ihr Mut verließ sie in dem Maße, in dem Edelmanns Lächeln maliziöser wurde.

»Fünfzehn Jahre, meine Teuerste. Die Zeit hat es gut gemeint mit dir.«

Erika lächelte, so gut es ging. Dann wischte sie den Small Talk mit einer Handbewegung zur Seite, die, wie sie hoffte, Sicherheit ausstrahlte.

»Ich möchte dich bitten, Olivia aus dem Spiel zu lassen.« Direkt zum Punkt.

Edelmanns Lächeln erlosch kurz. »Keine Ahnung, wovon du sprichst.« Aber der Triumph leuchtete in seinen Augen.

»Du bist ein Betrüger, André, das warst du schon immer. Olivia hat dir die Geschichte mit dem Interview vielleicht abgekauft, aber ich weiß, was du wirklich willst. Was soll dir das bringen, nach so langer Zeit?«

Edelmann lehnte sich entspannt zurück, faltete die Hände vor dem Bauch. »Olivia ist wunderschön. Sie erinnert mich so sehr an Sandra.«

Bei diesen Worten bekam Erika eine Gänsehaut. »Lass die Finger von ihr«, flüsterte sie.

»Und sie mag mich auch! Wir haben gestern einen sehr netten Abend verbracht miteinander.«

Lieber gütiger Gott, lass das nicht wahr sein.

Jetzt lehnte sich Edelmann vor, seine Worte knallten wie Dynamit in ihren Ohren. »Ich habe ein Recht darauf, verstehst du, Erika? Ich habe Sandra geliebt, sie gehörte zu mir. Aber sie hat meine Liebe verraten, dieser Wichser von ihrem Mann hat mir meine Zukunft geraubt. Ich habe es dir damals schon gesagt, als du mich in der Klinik besucht hast: Ich wäre groß geworden, Erika. Mir hätte die Forschungswelt zu Füßen gelegen. Aber sie haben alles zerstört. Mit dem verdammten Schmetterling kann ich den Ruhm endlich einkassieren. Diese Entschädigung habe ich verdient.«

»Du bist krank, André!« Erika presste ihre Tasche noch enger an sich. »Meine Tochter und mein Schwiegersohn sind gestorben. Wegen deiner kindischen ... kindischen ...« O nein, nicht jetzt. Keine Blöße geben. Angestrengt durchforstete sie ihr Gedächtnis nach dem Wort.

Edelmann grinste hämisch. »Spielt der Kopf nicht mehr mit, Erika? Ich helfe dir: Rache! Wegen deiner kindischen Rache! Und vergiss nicht, Teuerste: Du warst darin verwickelt.«

Es war ein Fehler gewesen, herzukommen. Wie naiv von ihr zu denken, sie könnte die Situation kontrollieren. Sie fühlte sich mit einem Schlag unglaublich müde.

»Ich kann dich jederzeit auffliegen lassen, André.« Sie flüsterte. Würde sie lauter sprechen, würde ihre Stimme kippen, würde Edelmann ihre Angst hören. »Ich habe nichts mehr zu verlieren, meine Strafe währt schon fünfzehn Jahre. Georg ist tot. Heinrich ist tot. Und bald werde ich alles vergessen haben. Aber Olivia werde ich beschützen. Selbst wenn das bedeutet, sie komplett zu verlieren, sobald sie erfährt, was tatsächlich geschehen ist.«

»Wie rührend. Die liebende Großmutter. Das kauft sie dir ab?«

Die Wahrheit, die darin lag, schmerzte stärker als der Hohn. Sie stand auf.

»Ich habe keine Angst vor dir, André«, sagte sie und wünschte, es wäre wahr.

»Solltest du aber besser«, zischte Edelmann. »Ich habe Mittel und kenne Wege, dir wehzutun. Und Olivia. Selbst diesem langhaarigen Schnösel, mit dem sie sich abgibt.«

Erika straffte sich, klopfte energisch mit dem Stock auf den Fußboden. Das Kriegsbeil war wieder ausgegraben. »Das werden wir ja sehen.« Sie wusste, welche Aufgabe vor ihr lag. Sie musste Olivia alles beichten. Es galt, dafür den geeigneten Zeitpunkt zu erwischen. »Bemüh dich nicht. Ich finde selbst zur Tür.«

Olivia tigerte im Wohnzimmer auf und ab. Erika war bereits seit drei Stunden weg. Sie hatten die nähere Umgebung abgesucht, bei den Nachbarn geklingelt, in den wenigen Geschäften des Quartiers nachgefragt. Ohne Ergebnis. Maria saß zusammengesunken im Sessel und überschüttete sich selbst mit Vorwürfen. Ihr zufolge war Erika am Morgen ansprechbar und klar gewesen, aber wer wusste schon, ob dieser Zustand noch anhielt? Was, wenn sie plötzlich abdriftete und auf der Suche nach dem Damals verwirrt durch die Stadt stolperte? Könnte sie dann überhaupt jemandem sagen, wie sie hieß und wo sie wohnte?

Warum bloß war die Polizei noch nicht eingetroffen, fragte sich Olivia und warf einen weiteren Blick auf die Uhr.

»Sie ist unterwegs«, sagte Tom.

Sie hatte die Frage laut gestellt, ohne es zu merken. Olivia biss sich auf die Lippe, konnte aber die Tränen nicht länger zurückhalten und warf sich Tom weinend um den Hals. »Was, wenn ihr etwas zustößt?« Noch vor wenigen Wochen hätte sie das nicht im Geringsten gekümmert. Wie erbärmlich von ihr, denn war Erika nicht einfach nur eine hilflose alte Frau, die damals den Verlust ihrer Tochter zu verkraften hatte und gleichzeitig die Stärke hatte aufbringen müssen, sich um die widerspenstige Enkelin zu kümmern? Die es ihr so schwer wie möglich machte, ebendiesen Verlust zu verarbeiten? Olivia dachte an ihren letzten Besuch hier, war es wirklich erst gestern Vormittag gewesen? Ihr Kopf dröhnte immer noch von zu viel Alkohol. Was, wenn die Zukunft nur noch solche Tage für Erika bereithielt?

Sie musste sich erinnern, was genau geschehen war in Nicaragua, bevor ihre Großmutter unwiderruflich alles vergaß. Aber noch kamen die Erinnerungen nur tröpfchenweise, wie der Regen an jenen Tagen im Urwald. Erst Dunst, dann Tropfen. Von da an hatte es immer stetiger und stärker geregnet. Pausenlos. Wie sie ihn hasste, den Regen.

»Heinrich«, rief Tom plötzlich, als hätte er einen Heureka-Moment. »Vielleicht ist Erika bei Heinrich?«

»Und wer bitte schön ist Heinrich?«, wollte sie wissen.

Da klingelte es an der Tür. Alle drei schreckten auf, Maria lief, so schnell sie konnte, und öffnete. Zwei Polizisten standen draußen. Olivia hörte nur mit halbem Ohr hin, wie Maria ihnen Erikas Kleidung beschrieb. Sie habe sich noch gewundert, warum Erika ihr feines Kostüm anziehen wollte. Gegen acht Uhr müsse sie das Haus verlassen haben. Während sie selbst beim Bäcker gewesen sei. Nein, sie habe keine Ahnung, wohin sie gegangen sein konnte.

Olivia versuchte, sich abzulenken, indem sie nach neuen Stücken des Puzzles grub. Sie wollte daran glauben, dass es eines

Tages einfach klickte und ihre Vergangenheit lückenlos wiederhergestellt wäre. Allerdings musste dieser Tag schnell kommen. Ob sie ihn wohl herbeizwingen konnte? Sie stellte sich vor die Fotogalerie auf der Anrichte und begann, mit wild klopfendem Herzen die fröhlichen Gesichter ihrer Eltern aufs Genauste zu studieren. Regen, Urwald, bis dahin war sie schon gekommen. Der Schmetterling im Glaskasten, der Sprung im Glas. Warum hatten sie ihr das Präparat anvertraut? Etwas ziepte in ihr, eine Gedankenblase, die an die Oberfläche wollte.

Das Lachen. Das Lachen fand keinen Platz in der Erinnerung. Die Stimmung war gedrückt gewesen. Oder bildete sie sich das jetzt nur ein? Frustriert versteckte sie ihr Gesicht in den Händen. Frustriert, ja, sie waren frustriert gewesen, ihre Eltern. Der Regen, so viel Regen. Kein Wetter, in dem Schmetterlinge auf Waldlichtungen tanzten. Hatte ihre Eltern das verärgert? Aber woher kam dann das Präparat? Unversehens überkam sie ein profundes Gefühl der Einsamkeit. Warum hatten ihre Eltern sie überhaupt mitgenommen, wenn sie ihnen doch immer nur im Weg gestanden hatte? Sie zur Seite geschoben, keine Zeit für sie aufgebracht hatten? Eine Abenteuerreise war ihr versprochen worden, aber im Endeffekt hatte ihr Abenteuer darin bestanden, sich allein zu beschäftigen.

Olivia schniefte, schluckte die Tränen hinunter. Hinter ihr weinte Maria. Vier Stunden seit Erikas Verschwinden. Die Fotografien auf der Anrichte schwiegen. Ihr dämmerte, dass sie die so lange verdrängten Bilder unmöglich auf Kommando abrufen konnte, um sie Erika am besten heute noch zu präsentieren. Wie unglaublich naiv. Würde sie es jemals schaffen? Der vor einer Stunde gefasste Mut verließ sie, die Ereignisse der letzten vierundzwanzig Stunden überwältigten sie und sie ließ den Tränen freien Lauf.

»Hier haben wir Frau Kühnert wieder.« Einer der Polizisten führte Erika am Ellbogen ins Wohnzimmer. »Sie stand draußen vor der Tür.« Mit einem Freudenschrei sprang Maria auf und umarmte Erika so ungestüm, dass der Polizist beide Frauen auffangen musste. Tom lächelte Olivia erleichtert zu und hob die Daumen. Die Innigkeit der zwei alten Damen war wunderschön, Olivia fühlte sich jedoch völlig fehl am Platz dadurch. In dem Moment hob Erika den Kopf und sah sie direkt an. Olivia erwartete den üblichen, anscheinend für sie reservierten kalten Blick. Stattdessen lag Wärme darin, ein saphirblauer See aus Wärme. Und noch etwas anderes lag darin, etwas, das sie nicht definieren konnte. Etwas Flehentliches, Trauriges. Erika löste sich von Maria und kam auf sie zu.

»Omi«, sagte Olivia zu der einen Kopf kleineren Frau, erstaunt über die Selbstverständlichkeit, mit der ihr plötzlich das verpönte Wort über die Lippen kam. »Wo hast du bloß gesteckt, Omi?« Aber Erika schüttelte stumm den Kopf. Erkannte sie überhaupt, dass sie – Olivia – vor ihr stand? Oder hatte sie die Zeit im Stich gelassen? Panik erfasste Olivia. »Sag doch was, Omi. Bitte!« Geh nicht, wollte sie rufen, ich brauche dich, ich fühle mich jetzt bereit. Es tut mir leid. Alles tut mir leid. Ich will mich erinnern. Dir alles erzählen. Bald. Bald werde ich es können. Bestimmt. Aber die Worte fanden keinen Weg hinaus. Die alte Dame nahm Olivias Gesicht in ihre Hände und drückte ihr einen Kuss auf die Stirn. Die Intimität der Geste nahm Olivia fast den Atem, sie wollte, sie könnte die Zeit anhalten, diesen Moment einfrieren und vorrätig halten.

»Mein Kind«, murmelte Erika, dann verschwand sie in ihrem Zimmer, um sich auszuruhen. Maria folgte ihr, und die Polizisten verabschiedeten sich, sichtlich froh, dass die Angelegenheit ein gutes Ende genommen hatte.

Olivia aber ließ den Kopf hängen. Nein, sie war nicht Sandra!

Erika hatte sie wieder einmal nicht erkannt. Jetzt, wo sie sich endlich bereit fühlte, sich ihr wieder nahe fühlte. Die Zeit rann durch ihre Finger, unfassbar und unaufhaltsam. Wie lange hatte sie noch?

Er war unruhiger als vor den ersten zwei Interviews. Nicht angenehm aufgeregt, sondern besorgt, nervös. Würde sie kommen? Er beschloss, ihr nicht vorzuwerfen, dass sie ihn am Samstag einfach stehen gelassen hatte. War es nicht auch seine Schuld gewesen? Schließlich hatte er dafür gesorgt, dass sich ihr Glas niemals leerte. Sie hatte die Drinks runtergeschüttet wie Limonade. Irgendwann hatte er sie auf der Tanzfläche aus den Augen verloren, und sich durch die verschwitzte, zuckende Menschenmasse zu schieben, um sie zu suchen, war nicht infrage gekommen. Also hatte er am Ausgang gewartet. Als sie dann endlich aufgetaucht war, hatte er sie nicht zu fassen bekommen, so schnell war sie im Taxi verschwunden. Darüber ärgerte er sich immer noch. Denn er konnte nur ahnen, wo sie die Nacht verbracht hatte. Zu Hause auf jeden Fall nicht.

Dass auch noch Erika aufgetaucht war, hatte das Wochenende perfekt gemacht. Diese alte Hure, was bildete sie sich ein? Glaubte sie, sie könnte bei ihm aufkreuzen und ihm drohen? Er konnte diese zart aufkeimenden neuen Familiengefühle mit dem Finger zerquetschen wie eine Laus, wenn er wollte.

So in Gedanken versunken, erschrak er, als wie aus dem Nichts vier Schuhe in seinem Blickfeld erschienen. Olivia stand vor ihm und neben ihr dieser Lulatsch mit dem Vorhang im Gesicht. Tom, wie Olivia ihn vorstellte, aber das wusste er ja schon. Rasende Eifersucht packte ihn, aber er beherrschte sich, dachte daran, wie seine Hand auf ihrem Bein gelegen und wie gut sich das angefühlt hatte. Erst danach erlaubte er sich die stumme Frage, warum sie nicht allein gekommen war. Traute sie ihm nicht mehr? Er hatte ihr keinen Grund gegeben dafür, oder? Oder hatte Erika vielleicht tatsächlich etwas ausgeplaudert?

»Wir haben uns aus den Augen verloren am Samstag, tut mir leid«, sagte Olivia zerknirscht. »Ich habe mich ein wenig ... gehen lassen.« Toms amüsiert hochgezogene Augenbraue bestätigte seinen Verdacht in Bezug auf ihr Nachtquartier und versetzte ihm einen Stich. Er zwang sich zu einem gleichmütigen Lächeln.

»Die Anrufe habe ich erst am Sonntag gesehen, und der Tag war sehr aufreibend. Familie«, plapperte sie weiter.

Familie, soso.

»Meine Großmutter hat Alzheimer. Und sie ist einfach verschwunden, für Stunden!« Sie sah aus, als würde allein die Erinnerung daran sie in Panik versetzen. Tom legte die Hand auf ihren Arm, gerade als er dasselbe tun wollte. Sie gehörte ihm! Es kostete ihn all seine Kraft, das Lächeln beizubehalten und seine Stimme auf die Tonlage zu senken, die ihr Vertrautheit und Sicherheit signalisierte.

»Und? Wo war sie denn? Ich hoffe, sie ist wohlauf.«

»Sie hat uns leider nicht erklärt, wo sie war. Sie hat ... gar nichts gesagt. Aber es geht ihr gut.«

Fast lachte er laut auf. Natürlich hatte Erika ihn nicht verraten. Ihr Ansehen bedeutete ihr eben immer noch mehr als die Wahrheit. Olivias unglückliches Gesicht amüsierte ihn. Wenn sie wüsste! Absichtlich überschwänglich versicherte er Olivia, wie sehr er sich über die glückliche Heimkehr der alten Dame freue und dass er einfach nur müde geworden sei an jenem Abend und sie nicht habe finden können. Daraufhin sei er gegangen.

»Wollen wir dann vielleicht anfangen mit dem Interview?«

KAPITEL 15

Die Anspannung, die Olivia vorhin deutlich gespürt hatte, löste sich im Gegensatz zu dem Zucker in ihrem Tee einfach nicht auf. André schien, trotz gegenteiliger Versicherung, zu schmollen. Das Lächeln erreichte seine Augen nicht. Vielmehr schien eine gewisse Härte darin zu liegen. Aber vielleicht war es auch nur die Spiegelung der Brillengläser, die ihr das vorgaukelte. Vielleicht hatte er den Flirt am Samstag ernster genommen, als sie ihn gemeint hatte. Er sagte zwar, er habe den Klub dann verlassen, aber trotz des Alkoholrauschs war sie sich ziemlich sicher, dass sie ihn im Rückspiegel des Taxis gesehen hatte. Hatte er doch auf sie gewartet?

Dass sie heute mit Tom aufkreuzte, verbesserte seine Laune in dem Fall verständlicherweise nicht. Aber Tom hatte unbedingt mitkommen wollen, um den Professor selbst kennenzulernen. Jetzt saß er leicht zurückversetzt neben ihr, so weit weg von André wie möglich. Auch ihm schlug dessen Eau de Toilette auf die Nase, wie er ihr zuraunte, als André die Bestellung aufgab.

Sie nippte vorsichtig an ihrem Minztee. Eine piepsige innere Stimme flüsterte ihr zu, aufzustehen und zu gehen, das Interview abzusagen, diesen ganzen Unfug sein zu lassen. Sansibar lockte. Aber die Zeit, nur an sich zu denken, war vorbei. Olivia wusste, was sie heute erzählen wollte, und die Dreierkonstellation beruhigte sie nicht gerade. Nervös drehte sie ihren Stuhl so, dass sie Tom nicht sah.

»Ich habe immer schon viel gelesen als Kind. Vor dem Unglück schon und danach noch viel mehr. Seit dem Umzug ins Haus der Großeltern hatte ich Mühe damit, einzuschlafen, durchzuschlafen, auszuschlafen. Die zwei Monate zwischen dem Unglück und dem Umzug waren von einem schwarzen Loch verschluckt worden, aber die Schatten dieser Zeit stahlen sich in meine Träume. Je weniger ich schlief, desto weniger träumte ich.«

Die Großeltern blieben abends nicht lange wach; kaum hörte Olivia, wie die Schlafzimmertür sich schloss, knipste sie das Licht an und begann zu lesen. Bücher waren ihr einziger Rückzugsort; während sie las, verspürte sie hin und wieder so etwas wie Glück und Sicherheit. Wenn sie den Buchdeckel aufschlug, schienen die Buchstaben ihr entgegenzuschweben wie kleine Feen, sie an der Hand zu nehmen und in die Geschichte hineinzuziehen. Manchmal fragte sie sich, ob ihre Großeltern nur ein Buch vorfinden würden, wenn sie in jenen Stunden in ihr Zimmer kämen, während sie selbst in fremden Welten herumspazierte. Wie »Alice im Wunderland«. Dieses Buch war lange Zeit ihr Liebling, sie wusste nicht, wie oft sie es gelesen hatte. Jeden Quadratmeter im Garten inspizierte sie auf der Suche nach einem Kaninchenbau, der sie in eine Parallelwelt bringen würde, in der ihre Eltern noch lebten. Irgendwann gab sie die Suche auf und verbannte Alice unter das Bett zu den Staubmäusen. »Die Chroniken von Narnia« ereilte dasselbe Schicksal, nachdem sich die Rückwände aller Kleiderschränke im Haus standhaft als undurchdringlich erwiesen hatten. Der Elfenbeinturm aus der unendlichen Geschichte nahm sie für über vierhundert Seiten auf, danach das Internat von Hanni und Nanni. Wenn ihre Großeltern sie mit aller Härte bestrafen wollten, sperrten sie Olivia in ein Zimmer ohne Bücher.

Als ihre Klassenkameradinnen anfingen, von Jungs zu schwärmen, verliebte sie sich in Rhett Butler, litt mit Jane Eyre und Anna Karenina und stolperte bei Jane Austen das erste Mal über den Ort Gretna Green. Sie hatte keine Freundinnen, mit denen sie sich über die Liebe austauschen konnte. Das Gekicher und Gehabe der anderen Mädchen nervten sie. Wieso stellten sie sich bloß so dumm an, nur weil gerade ein Junge hoch im Kurs stand? In der Schule hatte sie den Ruf einer Eiskönigin, und sie versuchte gar nicht erst, dem entgegenzuwirken. Ihren Großeltern war es nur recht. Einzig Maria fragte hier und da nach möglichen Herzschmerz-Kandidaten. Alles Idioten, speiste Olivia sie kurz angebunden ab. Picklige Gesichter, lächerlicher Bartwuchs, unreife Witze über ebenso unreife Geschlechtsteile.

Aber selbst sie war nicht gefeit gegen die Macht der Hormone. Und so wachte sie eines Morgens auf, sechzehn Jahre jung, und wusste, dass sie sich verliebt hatte. Nicht in ein Pickelgesicht. Nein. In ihren Englischlehrer. Sie analysierte ihre Gefühle wie eine Krankheit; die Symptome hatte sie schon oft genug gesehen und darüber gelesen hatte sie auch. Herzrasen, wenn sie an ihn dachte. Eine für sie ungewöhnliche Sorgfalt bei der Auswahl ihrer bis dahin durchweg schwarzen Kleidung. Eine noch ungewöhnlichere Eile, um morgens ja früh in die Schule zu kommen. Maria winkte ihr lächelnd nach. Wenn sie wüsste! Rot war plötzlich nicht mehr nur Rot, sondern Herzblutrot, der Himmel nicht mehr nur ein Deckel aus profanem Blau, sondern er schimmerte seidenweich in tausend Nuancen. Ein harmloses *Good afternoon* von Mr Ethan Turner flog wie eine schillernde Seifenblase in ihre Richtung und verwandelte sich vor ihren Augen in eine Liebeserklärung. Er war zwanzig Jahre älter als sie, könnte vom Alter her ihr Vater sein, auch wenn sie sich das nicht eingestand. Tatsächlich sah er ihrem Vater auch noch ähnlich. Groß, stark, freundliche braune Augen, die Olivia während des gesamten Unterrichts auf sich gerichtet glaubte.

Die Episode hätte ein harmloses Anhimmeln bleiben können, hätte Mr Turner Olivia nicht eines Tages beim Verlassen des Klassenzimmers abgepasst und um ein Gespräch gebeten.

»Deine Aufmerksamkeit lässt in letzter Zeit zu wünschen übrig«, sagte der Lehrer. Er saß nur eine Schulbankbreite von ihr entfernt. Olivia konnte ihn riechen, ihn umgab ein sauberer Duft nach Waschmittel und Tafelkreide, sie entdeckte vereinzelte graue Strähnchen in seinem blonden Haar, zählte die Lachfalten um seine Augen.

»Bedrückt dich etwas?«, investigierte der Lehrer weiter. »Du kannst jederzeit mit mir über alles sprechen. Ich möchte, dass du das weißt.« Kurz legte er seine Hand auf die ihre. Der Blick, den er ihr dabei zuwarf, sprach Bände. Er rezitierte ganze Liebesgedichte, er deklamierte Verzweiflung und Verwirrtheit, er sprach von Verlockung und verhieß unglaubliche Glücksmomente.

Ihren ersten Kuss bekam sie nicht bei diesem Treffen, sondern in der Woche darauf, kurz und verstohlen, aber er besiegelte die Gefühle, die sie einander entgegenbrachten. Der Kuss hinterließ ein Feuerwerk aus irisierenden Farben in ihrem Mund und flutete ihren Körper mit Serotonin, Dopamin, Endorphinen und Co. Verboten oder nicht, das spielte ab dem Moment keine Rolle mehr, wichtig war ab sofort nur, wie und wo sie sich unbemerkt treffen konnten. Was wusste sie damals schon von der Liebe und deren Konsequenzen? Sie genoss einfach das Gefühl, umworben, mit Blicken gestreichelt und mit Geschenken überhäuft zu werden.

Mrs Olivia Turner. Der Name zerging ihr auf der Zunge wie ihre Lieblingslutschbonbons, erst süß, dann prickelnd. Endlich den Nachnamen ihrer Eltern loswerden, der sie bei jedem Aufrufen, jeder Adressangabe, jeder Unterschrift daran erinnerte, dass sie nicht mehr existierten. Aber noch beinahe zwei Jahre

Verstecken spielen, bis sie volljährig war? Sie fühlte sich wie die Heldin eines Jane-Austen-Romans, gefangen im Dilemma einer verbotenen Liebe. Und genau dort, bei Jane Austen, fand sie auch die Lösung: eine Flucht mit ihrem Geliebten nach Gretna Green in Schottland, dem Ort, an dem man mit sechzehn Jahren auch ohne Einwilligung der Eltern heiraten durfte. Die paar Einwände, die Ethan vorbrachte, wischte sie mit ihrer ganzen Begeisterung beiseite, und er schien ihr nicht widerstehen zu können.

Das Ende des Schuljahrs nahte, nach dem letzten Schultag sollte es losgehen. Ethan würde sich um die Flugtickets und die Unterkunft kümmern. Olivia informierte sich am Computer der Bibliothek darüber, welche Dokumente notwendig waren, um die Eheschließung zu beantragen. Dann erklärte sie Maria, sie brauche ihre Geburtsurkunde und ihren Pass für eine Schulaufgabe. Mrs Olivia Turner … Sie fühlte sich so erwachsen. Wie gern hätte sie sich irgendjemandem anvertraut, ihre Freude geteilt, aber damit musste sie warten bis nach der Hochzeit. Bald würde es heißen: auf Wiedersehen, Nachname, und auf Wiedersehen, Großeltern. Ihr Leben würde endlich beginnen, unter einem neuen Stern. Sie belächelte weiterhin ihre Kameradinnen; nun aber nicht mehr, weil sie sich verknallten und verhielten, wie man sich eben verhielt in dem Alter. Sondern weil sie sich in diese Kindsköpfe verliebten, während sie sich einen Mann von Welt geangelt hatte. Ab und zu hörte sie haarsträubende Erzählungen ihrer Kameradinnen über ungeschickte erste Intimitäten und schmerzhafte Entjungferungen. Mit Letzterem wollte Ethan warten, bis sie Mann und Frau waren. Sie bewunderte ihn für seine Standhaftigkeit. Schließlich waren sie oft genug kurz davor gewesen.

Der letzte Schultag, die Übergabe des Zeugnisses an ihre

Großeltern – über ihre mittelmäßigen Noten schüttelten sie wie immer enttäuscht die Köpfe. Olivia konnte es kaum erwarten, ihre verbitterten Gesichter zu sehen, wenn sie ihnen als verheiratete Frau vor die Augen treten würde. Keinerlei Macht hätten sie dann mehr über sie. Sie würde ihre Sachen packen und triumphierend aus diesem traurigen Haus ausziehen, ohne auch nur ein einziges Mal zurückzublicken.

Nach der Zeugnisübergabe an die Großeltern ging sie mit Maria Eis essen. Das war ein Ritual. Damit belohnte die treue Haushälterin sie, ein weiteres Schuljahr überstanden zu haben. Olivia hatte eigentlich letztes Jahr eine Ausbildung anfangen wollen, aber ihr Großvater bestand darauf, dass sie Abitur machte. Danach sollte sie studieren. Das konnte er jetzt knicken. Scheiß auf die Schule. Während sie sich über den gigantischen Eisbecher hermachte, musste sie ihr selbstzufriedenes Lächeln im Zaum halten, um keinen Verdacht zu erregen. Maria war schlau, und Maria war vor allem loyal. Erika gegenüber. Aber dieses Mal war sie schlauer. Schon zwei Tage später schlich sie sich vormittags aus dem Haus, während ihr Großvater dem Gericht vorsaß, ihre Großmutter im Nähzimmer über dem Entwurf für ein neues Kleid brütete, um ihrer Langeweile zu entfliehen, und Maria den Einkauf erledigte. Leichtes Gepäck, alles andere würde sie später mit Ethan kaufen. Vor lauter Aufregung war ihr Magen wie zugeschnürt, ihr Herz hämmerte gegen die Brust und ihr Puls raste. Alle Welt schien sie missgünstig anzustarren und zu wissen, was sie vorhatte. Hatte sie vielleicht kein Recht darauf? Gönnte ihr wirklich niemand ihr Glück?

Die Tram brachte sie zum Bahnhof, der Zug zum Flughafen. Dort würde Ethan auf sie warten mit den Tickets. Aber sie wartete und wartete, ohne dass er auftauchte. Sie wartete weiter, verfolgte den Zeiger auf der Uhr, erst ruhig, dann irritiert, dann nervös, dann wütend, während die Schlange vor dem Check-in-Schalter immer kürzer wurde. Hin und her rannte sie, durch die ganze Abflughalle, vielleicht hatte er ja den Treffpunkt vergessen oder ihn verwechselt in seiner Aufregung. Von einem Wandtelefon aus versuchte sie, ihn zu Hause zu erreichen – erfolglos. Gleichzeitig wurden die Passagiere des Fluges nach Glasgow auf der Anzeigetafel zum Boarding aufgerufen, kurz darauf wurde der Check-in-Schalter geschlossen. Ungläubig starrte Olivia der adrett gekleideten, aber müde wirkenden Angestellten nach. Wahrscheinlich war sie schon seit den frühen Morgenstunden wach, genau wie sie selbst. Sie hatte kaum schlafen können vor Vorfreude und Aufregung, in die sich wohl auch ein bisschen Angst gemischt hatte. Aber die Dame vom Check-in-Schalter lief nun glücklich nach Hause, während Olivias Welt zerfloss wie Eiskristalle in der Sonne. Sie könnten umbuchen, dachte sie und wartete. Vielleicht hatte er nur den Zug verpasst. Und den nächsten auch. Sie fütterte das Telefon mit ihrem gesamten Kleingeld, weiterhin ohne Erfolg. Nach geschlagenen sechs Stunden fand sie keine Entschuldigung mehr. Gedemütigt zog sie ihren Handkoffer wieder in den Zug, vom Zug in die Tram und von dort zurück zum Haus der Großeltern. Maria öffnete ihr die Tür und ließ sie samt Koffer passieren, ohne ein Wort zu sagen. In dem Moment wusste sie, dass Maria schlauer gewesen war als sie. Sie hatte es die ganze Zeit gewusst. Sie hatte Olivia die süße Frucht anschauen lassen, aber bevor sie ernsthaft davon probieren konnte, war sie eingeschritten.

Drei Tage lang blieb Olivia in ihrem Zimmer und beweinte ihre verpasste Chance. Als keine Tränen mehr fließen wollten, gestand sie sich ein, dass Maria sie davor bewahrt hatte, sich an der süßen Frucht den Magen zu verderben. Wenn Ethan so ein Feigling war, dass er sich von Maria einschüchtern ließ, dann verdiente er ihre Liebe nicht. Nach dieser Episode vertraute sie keinen Liebesschwüren mehr. Es sollten zwei Jahre vergehen, bis sie wieder einen Mann in ihr Leben ließ: Pete, in Australien. In der Zwischenzeit verschwanden Jane Austen und ihre Kolleginnen in der Versenkung und sie erkor Michel Houellebecq und Aldous Huxley zu ihren neuen Lieblingen. Die Welt war eben nicht rosa.

Im neuen Schuljahr unterrichtete Ethan nicht mehr an ihrer Schule.

»Bestimmt haltet ihr mich jetzt für ein naives Mäuschen«, sagte Olivia.

André hob abwehrend die Hände. »Würde mir im Traum nicht einfallen«, meinte er kurz angebunden.

Tom hingegen gluckste leise vor sich hin. Sie drehte sich zu ihm um und schaute ihn mit hochgezogener Augenbraue an.

»'tschuldige.« Er versuchte, das Lächeln zu unterdrücken, aber es gelang ihm nicht ganz. »Ich musste nur an deine Reaktion denken, als du von Carla erfahren hast. Dabei hättest du dich als Minderjährige beinahe mit einem alten Sack verheiratet!«

Olivia runzelte missbilligend die Stirn, aber dann grinste sie zurück.

»Hast du mit Maria je darüber gesprochen?«, fragte André.

Sie wandte sich wieder ihm zu und erschob das Telefon näher zu ihr.

»Tatsächlich habe ich das, aber erst einige Jahre später. Bevor ich ausgezogen bin. Es war wohl unschwer zu erkennen, dass ich verliebt war. Und da ich nichts erzählt habe, kam ihr der Gedanke, dass ich irgendwas verheimlichte. Sie ist mir gefolgt. Als sie herausfand, mit wem ich mich traf, wusste sie, dass sie etwas unternehmen musste, um Schlimmeres zu vermeiden. Mein Ruf stand auf dem Spiel, und natürlich der meiner Großeltern. Also redete sie mit Ethan und erklärte ihm unmissverständlich, dass er die Finger von mir lassen sollte, sonst könne er mit einer Anzeige rechnen. Ethan war wirklich ein Feigling, er willigte sofort ein. Er würde nach Ende des Schuljahrs verschwinden, bis dahin würde er die Beziehung aufrechterhalten, um eine öffentliche Szene zu vermeiden. Die letzten sechs Wochen waren also reines Schauspiel gewesen. Die Flugtickets hat er natürlich auch nicht gekauft.« Sie schnaubte, obwohl die Empörung darüber schon längst abgeklungen war. »Meine zweite Flucht aus Alcatraz war damit auch gescheitert.«

»Flucht aus Alcatraz?«, fragte André.

»Alcatraz, ja. Das Haus meiner Großeltern war für mich ein Hochsicherheitsgefängnis. Ich bekam nie einen Schlüssel dafür.« Sie hörte Tom hinter sich ungläubig schnauben. »Auf diese Weise haben sie die größtmögliche Kontrolle über mich ausgeübt; abends um sechs wurde die Haustür abgeschlossen. Danach würde ich nicht mehr eingelassen, das wusste ich.«

»Haben sie das tatsächlich getan?«

Armer Tom. Seine hohe Meinung von Erika schien gerade ins Wanken zu geraten. Dabei glaubte sie selbst immer mehr, dass ihre Großmutter nicht aus Boshaftigkeit so gehandelt hatte.

»Einmal«, gab Olivia zu.

Der Professor nickte interessiert. »Und was ist passiert?«

»Ich habe im Geräteschuppen geschlafen.« Sie sah auf die Uhr. Die Arbeit rief. Der Teelöffel lag nicht so auf dem Unterteller, wie er eigentlich sollte. Es juckte ihr in den Fingern, ihn rechtwinklig zum Tassenhenkel zu legen. Aber sie atmete tief ein und aus und ließ den Löffel liegen, wie er eben lag. Schluss damit! Sie kam sich wahnsinnig stark vor.

André schaltete das Telefon aus und sah sie beinahe schüchtern an. Oder lauernd? Er benahm sich seltsam heute. »Du weißt, ich möchte nicht drängen …«

Olivia wusste, worauf er anspielte. »Ich habe den Schmetterling gefunden.« Eine ungemeine Erleichterung breitete sich auf Andrés Gesicht aus. Natürlich, der Druck von seinen Vorgesetzten. Er brauchte bald ein Resultat. »Nächstes Mal bringe ich ihn mit, versprochen.«

Während Olivia mit Tom zur Tramstation lief, hingen ihre Gedanken immer noch bei dem Teelöffel, den sie nicht ordentlich hingelegt hatte. Natürlich hatte der Kellner ihn schon eingesammelt und in die Küche gebracht, aber das Bild irritierte sie trotzdem noch. Wollte sie sich ihr ganzes Leben wirklich von solchen Kleinigkeiten diktieren lassen? Was für eine Rolle spielte es, ob der Löffel rechtwinklig zum Henkel lag oder nicht? Das Buch parallel zur Tischkante, die Notizzettel am Kühlschrank kerzengerade, die Skulpturen alle soldatengleich ausgerichtet? Wenn ihr Leben auseinanderfiel, wollte sie sich dann vielleicht an einem Teelöffel festhalten? Sie wunderte sich, dass ihr erst jetzt auffiel, wie absurd dieser Zwang war. Ein Zwang halt, so hatte sie es selbst auch noch nie genannt. Aber gut, in der Selbsterkenntnis lag der erste Schritt zur Heilung.

»Und was bringen dir diese Interviews in Bezug darauf, was in Nicaragua passiert ist?«, fragte Tom. »Erinnerst du dich dadurch an irgendetwas?«

Sie zuckte mit den Schultern. Regen, Urwald, der Schmetterling im Glaskasten mit dem Sprung in der linken Ecke. Streitende Eltern. »Ich glaube nicht«, begann sie bedächtig, »dass mir wirklich aufgrund dieser Rückblicke mehr Details in den Sinn kommen werden. Ich erfülle damit keine Aufgabe, für die ich als Belohnung ein neues Stück des Puzzles bekomme.« Schön wär's. »Aber das bewusste Erinnern an Erlebnisse, an die ich immer seltener denke, weil sie so weit zurückliegen … Ich glaube, dass man das vergleichen kann mit dem Kratzen an einer brüchigen Mauer. Jedes Mal rieselt etwas mehr Putz herunter, mein Gehirn wird aktiviert, es muss suchen. Das Schmetterlingspräparat ist dabei der Hammer; mit seiner Hilfe werde ich schneller vorankommen. Der Moment wird kommen, in dem die Mauer fällt. Daran glaube ich.« Sie würde gern Toms Hand nehmen, aber Erikas Verschwinden gestern hatte ihre erneute Annäherung unterbrochen. Sie konnte nicht einschätzen, auf welchem Level sich ihre Freundschaft zurzeit befand. Sie hoffte einfach, dass es nicht zu spät war für mehr als Freundschaft.

»Komischer Typ, dieser Professor«, wechselte Tom das Thema. »Ich kann nicht glauben, dass du mit ihm ausgegangen bist. Trägt er immer so viel Duft?« Er wedelte mit der Hand vor seiner Nase, als ob er einen Mückenschwarm vertreiben wollte und nicht eine Wolke Eau de Toilette, die hundert Meter hinter ihm lag.

Olivia verzog zerknirscht das Gesicht. »Ich hab wohl die Situation falsch eingeschätzt. Sieht ja so aus, als hätte er sich falsche Hoffnungen gemacht. Das ist mir wirklich unangenehm. Ich hoffe, dass diese Interviews bald vorbei sind.«

Sie wollte endlich zu einem Abschluss kommen. Erika zuliebe. Wieso war sie mit André ausgegangen, das fragte sie sich jetzt selbst. Es war viel passiert an jenem Wochenende; sie hatte Gesellschaft gebraucht. Und ja, sie mochte ihn. Vertraute ihm. Er hatte etwas an sich, das sie anzog, auch wenn sie nicht erklären konnte, was es war. Aber trotzdem sah sie in ihm nicht mehr als einen netten Bekannten. Wann hatte sie bloß falsche Signale ausgesandt?

Im Laufe der nächsten Tage versuchte Olivia mehrmals, mit André zu sprechen, um gleich das nächste Interview zu vereinbaren. Aber sie konnte ihn nicht erreichen. Geschäftsreise, vielleicht. Prüfungen an der Uni. Seltsam, dass er nicht zurückrief. Es lag doch in seinem Interesse, den Schmetterling zu sehen und durch die Interviews ihre Erinnerung wieder lebendig werden zu lassen. Er wollte doch auch wissen, was in Nicaragua wirklich geschehen war. Je schneller, desto besser. Immerhin war es schon fast Mitte Juni und er brauchte das Resultat für die Septemberausgabe dieser Zeitschrift, der Name wollte ihr nicht einfallen. Hatte er ihn ihr überhaupt jemals genannt?

Sie stand vor der Dachbodentür. Heute würde sie den Schmetterling mit nach Hause nehmen. Und auch das Fotoalbum, das sie letztes Mal extra beiseitegelegt hatte. Aber in Toms Armen hatte sie dann beides vergessen. Die zwei Schachteln standen wieder im Schrank. Es war stickig hier unter dem Dach, der Juni wurde langsam sommerlich. Aber sie würde nicht lange brauchen, es lohnte sich nicht, das Fenster aufzumachen. Sie öffnete den ersten Karton, sah die Aktenordner mit allen möglichen Unterlagen und schloss ihn gleich wieder. Rasch schaute sie in die zweite Schachtel. Zuoberst lag das Album. Sie steckte es gleich in ihre Tasche, um es nicht wieder zu vergessen. Darunter kamen die handschriftlichen Notizen ihres Vaters zum Vorschein, die Postkarten, die flache Schachtel mit den Notizzetteln, Briefe. Und dann war sie ganz unten angelangt. Nichts mehr drinnen. Auch kein Schmetterling in einem Glaskästchen, sorgfältig in ein Tuch verpackt. Olivia runzelte die Stirn. Nahm sich die andere Schachtel vor, aber warum sollte das Präparat plötzlich dort sein? Wie erwartet fand sie nichts außer Ordnern und Heftern. Hatte Tom nicht letztes Mal alles in die Schachtel gepackt, was herumlag? Und danach in den Schrank? Aber auch dort lag das Präparat nicht, weder ein- noch ausgepackt. Olivia drehte sich im Kreis, die Hitze trieb ihr den Schweiß auf die Stirn. Wo könnte er es hingelegt haben? Hektisch suchte sie hinter der Matratze, den umgedrehten Bildern, sogar im Schirm der Fransenlampe. Es war ordentlicher hier oben als bei ihrem letzten Besuch. Vielleicht hatte ja Maria die Schachteln in den Schrank gestellt, nicht Tom, und gleich noch etwas aufgeräumt. Aber wo war der Schmetterling? Wo hatte sie ihn hingelegt? Panik breitete sich in ihr aus, ihr war heiß, sie konnte kaum atmen. Schwarze Punkte tanzten vor ihren Augen, verwandelten sich in die schwarze Schlange aus diesem schrecklichen Albtraum, die in sie hineingeströmt war, ihr den Atem genommen und sie verschlungen hatte. Gänsehaut überzog ihren ganzen Körper, und trotz der Saunatemperaturen fror sie schlagartig. Wenn sie den Schmetterling nicht fand, würden die Erinnerungen trotzdem zurückkommen?

Würden sie nicht.

Bestimmt nicht.

Sonst wären sie es doch sicher längst. Sie steckten gefangen in einem Kokon, unter einer harten Schale, die sich nicht öffnen ließ. Die sie daran hinderte, sich zu entfalten. Dieses verdammte Flattervieh bildete das Herzstück der Geschichte – der Grund, wieso ihre Eltern überhaupt nach Nicaragua gereist waren. Das blöde Teil war das Öl, das dem verrosteten Schlüssel fehlte, um sich im Schloss drehen zu können. Die Schlinge um ihren Hals zog sich zu.

Sie hörte Schritte die Treppe hochkommen, und gleich darauf erschien Maria in der Tür.

»Maria!«, rief Olivia, wischte sich den kalten Schweiß von der Stirn. »Wo ist der Schmetterling?«

Maria sah sie erstaunt an. »Der aufgespießte? Ich wusste nicht einmal, dass der hier im Haus ist. Hatte Erika nicht alle Unterlagen der Reise der ETH geschenkt?«

»Was redest du da? Ich habe ihn mit eigenen Augen gesehen, vor zwei Wochen, hier!« Sie deutete auf den Boden, auf die Schachtel vor ihren Füßen. Ihre Hände zitterten.

Die Haushälterin schüttelte den Kopf. »Tut mir leid, Olivia. Ich habe die Schachteln in den Schrank gestellt, so, wie ich sie vorgefunden habe. Höchstens …«, sie überlegte kurz, mit unglücklichem Gesichtsausdruck. »Erika könnte mir zuvorgekommen sein. Wenn sie den Schmetterling an dem Tag irgendwo hingelegt hat, wird sie sich nicht mehr daran erinnern können. Ich hatte dir ja gesagt, manchmal räumt sie die Dinge an die unmöglichsten Orte.«

Olivia wollte schreien vor Frustration. Der Scheißfalter konnte überall sein! Die Aussicht, ihn zu finden, war überwältigend klein. Maria öffnete das Fenster, um frische Luft hereinzulassen, und gemeinsam suchten sie den gesamten Dachboden ab.

»Wozu brauchst du das verstaubte Ding überhaupt?«, fragte Maria und hielt einen Moment inne. Olivia hörte auf, eine Kiste voller Werkzeuge auszuräumen, und beobachtete, wie sich die Haushälterin eine kurze Haarsträhne aus dem verschwitzten Gesicht strich. Wozu? Sie würde ohne diesen Schlüssel für immer eine Gefangene jener Tage bleiben, die ihr Leben so drastisch verändert hatten. Erika würde die Umstände des Todes ihrer Tochter nie erfahren. André würde ohne das Beweisstück seinen Artikel nicht schreiben können. All diese Szenarien wirbelten durch ihren Kopf.

»Um den Kokon aufzubrechen«, fasste sie stattdessen den Gedanken von vorhin in Worte.

Maria nickte bedächtig. »Verstehe. Ich muss jetzt nach Erika sehen«, sagte sie dann. »Sie ist heute wieder gar nicht ansprechbar. Möchtest du mit uns zusammen zu Mittag essen?«

Olivia verneinte und bedankte sich. Etwas an ihren eigenen Worten hörte nicht auf, sie wie eine lästige Fliege zu piesacken. Nachdenklich begann sie aufzuräumen. Danach kippte sie die Matratze und ließ sich darauf fallen. Staub wirbelte empor und tanzte im hereinfallenden Licht, bunter Schmetterlingsflügelstaub. Glitzer, der die Welt zum Leuchten brachte; hier war er wieder. Sie fragte sich, ob vielleicht gar nicht die Erinnerungen im Kokon feststeckten, sondern sie selbst? Wieso machte sie den glücklichen Ausgang ihrer persönlichen Metamorphose von einem Gegenstand abhängig? Sie schlug mit der flachen Hand auf die Matratze, erneut wirbelte flirrender Staub um sie herum. Ihr Vater hatte ihr einmal erzählt, damals, als sie mit einem Buch über Schmetterlinge vor seinem Schreibtisch auf dem Teppich saß, dass sich die verpuppte Raupe beinahe gänzlich auflöste, verflüssigte, sozusagen eine Raupensuppe bildete. Eine Ursuppe. Nur ein paar winzige Gewebeteilchen blieben intakt. Aus ihnen bildete sich schließlich der Schmetterling.

Sie hatte sich aufgelöst. Jetzt würde sie ihr Leben in die Hand nehmen, sich selbst wieder zusammensetzen und den sicheren Kokon verlassen. Sie musste fliegen lernen.

KAPITEL 16

Ein roter Punkt, der sich von ihr entfernte. Ihre Mutter, in einer roten Outdoorjacke. Sie wollte ihr zurufen, noch einmal, dass sie sie liebte, aber sosehr sie auch den Mund aufriss, es kam kein Ton heraus. Dann sah sie es kommen, auf ihre Mutter zukommen, sie schrie, meinte zu platzen vor Anstrengung, aber die Laute blieben in ihrer Kehle stecken. Es kam näher, verschluckte den roten Punkt, weg, ein Dröhnen in der Luft, in ihrem Kopf, Schreie im Regen, aber sie hatte keinen Mund mehr. Rennen, rennen, aber sie hatte keine Beine mehr.

Olivia schnappte nach Luft wie ein Fisch auf dem Trockenen, ihr Herz raste, sie fuhr sich mit der Hand über das Gesicht, über ihren geöffneten Mund. Er war noch da, wie auch ihre Beine. Ihr Herz beruhigte sich ein klein wenig. Das Gefühl der Panik aber blieb, wirbelte die Bilder des Traumes in ihr Zimmer, sie schaltete das Licht ein. Sie war verschwitzt, ihr Bettlaken zerknüllt.

Fünf Uhr erst.

Sie schnappte sich Juri Rytchëus »Traum im Polarnebel« und versuchte, sich in der Kälte Sibiriens abzukühlen, zu beruhigen. Aber der rote Punkt verfolgte sie.

Heute war Toms Geburtstag. Acht Tage waren vergangen seit dem vorfallreichen Wochenende, Tage, in denen sie sich arbeitsbedingt kaum gesehen hatten. Ihr Beziehungsstatus hing weiterhin in der Schwebe. Es war, als trauten sie sich beide nicht, den notwendigen Schritt zu tun, um reinen Tisch zu machen. Vielleicht heute? Er hatte sie zu sich nach Hause eingeladen zum Abendessen. Besonders sorgfältig wählte sie ihre Kleidung, entschied sich schließlich für ein luftiges, bodenlanges Sommerkleid, grün-blau gemustert, Algen, die sich um ihren Körper wanden und ihre Augen zum Leuchten brachten. Die Haare locker, aber ordentlich hochgesteckt, sogar einen Hauch Lippenstift legte sie auf. Ein guter Eindruck konnte nicht schaden. Nur für den Fall, dass er noch schwankte in seiner Entscheidung, sich noch einmal auf sie einzulassen oder besser nicht.

Pünktlich auf die Minute stand sie vor seiner Tür. Er öffnete und sie sah, dass Valerie und Carla ebenfalls anwesend waren. Enttäuschung zwickte in ihr und sie musste achtgeben, nicht ihr Lächeln zu verlieren. Dennoch lag die Temperatur der Begrüßung zwischen den beiden Frauen und dem Mädchen nahe dem Gefrierpunkt. Falls Tom dachte, dass er damit so etwas wie Freundschaft herbeizaubern könnte, täuschte er sich. Valeries Blick fuhr wie ein Scanner von oben nach unten über sie. Wahrscheinlich hatte sie ihr Vorhaben durchschaut, bevor sie über die Türschwelle getreten war, und freute sich nun mächtig darüber, dazwischenfunken zu können. Aber der Juniabend war warm und es wehte ein leichter Wind über den Esstisch, der so nahe wie möglich an die offene Tür zum Minibalkon gerückt worden war und all ihren Befürchtungen zum Trotz tatsächlich die Stimmung langsam auftaute. Die Weißweinschorle, zu der sie sich mit einem Zwinkern hatte überreden lassen, entspannte sie, das Essen schmeckte hervorragend. Verwundert stellte Olivia fest, dass sie sich völlig normal miteinander unterhalten konnten. Valerie hatte sogar einen angenehmen Humor, den sie sonst offenbar gekonnt hinter ihrem Knurren und Bellen versteckte.

Einzig Carla richtete kein Wort an Olivia, sondern kaute stumm am Strohhalm des Joghurtdrinks mit Apfelgeschmack.

Die Sonne zog sich zurück. Carla flüsterte Valerie etwas zu, ihre Augen groß und bettelnd. Das zustimmende Lächeln verlieh Valeries Backenhörnchengesicht einen ungewohnt tröstlichen Zug. Die beiden machten sich an einer Schublade zu schaffen und stellten dann Unmengen an Kerzen und Windlichtern auf den Tisch, die Fensterbank, die Kommode. Der Arm des Mädchens steckte immer noch im Gips, auf dem sich ihre Freunde mit bunten Zeichnungen und Botschaften verewigt hatten. Ruhig und geduldig half ihr Valerie dabei, alle Kerzen anzuzünden. Der Raum versank in goldenem, warmem Licht. Carla wiederum versank nach ihrer Aktion erneut in Schweigen. Als Tom sie schließlich ins Bett schickte, gehorchte sie ohne Murren.

»Ein sehr ruhiges Kind«, bemerkte Olivia. »Ist sie immer so?« Oder lag es an ihr, wollte sie fragen, verkniff es sich aber.

Tom seufzte leise und trank noch einen Schluck Wein. »Sie ist wirklich sehr ruhig. Lebt in ihrer Bücherwelt. Ich fürchte, sie kommt eher nach mir als nach ihrer Mutter.« Olivia lächelte in sich hinein. Nichts Schlimmes dabei. Dass die Kleine ein Bücherwurm war wie sie, machte sie ein klein wenig sympathischer. Aber sie schwieg und wartete. Und tatsächlich, nachdem Tom einige Blicke mit Valerie ausgetauscht und noch einen Schluck Wein getrunken hatte, begann er zu erzählen: »Carlas Mutter. Du willst wahrscheinlich wissen ... wer sie ist und wo und so.«

»Das wäre sehr erhellend, tatsächlich«, gab Olivia zurück. Erwartungsvoll stellte sie ihre Ellbogen auf den Tisch, verschränkte die Hände und stützte ihr Kinn darauf ab.

Tom nahm noch einen Schluck Wein und presste kurz nachdenklich die Lippen zusammen, bevor er anfing, zu erzählen.

»Ich war gerade mal achtzehn Jahre alt und mitten in meiner Ausbildung zum Koch. Meine Eltern hatten mir dazu geraten,

etwas Bodenständiges halt, statt sich auf so irre Vorhaben wie eine Sportlerkarriere zu konzentrieren. Turmspringen, noch dazu. Damit konnte man sich keine sichere Zukunft aufbauen, und das war in ihren Augen das Allerwichtigste im Leben.«
Nach seinen Abendschichten im Restaurant trank er gern noch ein Bierchen in einer nahe gelegenen Bar, die häufig von Studenten frequentiert wurde. Dort lernte er Carlas Mutter kennen. Margarita. Tochter einer gut betuchten, einflussreichen Familie aus Mexiko-Stadt. Sie lebte bereits seit einigen Jahren in der Schweiz, hatte erst ein Internat besucht, das sie zu einer Dame formen sollte, dann hatte sie begonnen, Medizin zu studieren. Nun war sie Assistenzärztin, damenhaft in den Skype-Gesprächen mit ihren Eltern, damit das Geld weiterhin floss, aber sonst eher ausgelassen. Was sie an ihm fand, konnte er sich nicht erklären. Solange sie weiter mit ihm ausging, interessierte es ihn auch nicht. Schon nach zwei Monaten stellte sich heraus, dass gewisse Verhütungsmethoden nicht hundertprozentig sicher waren im betrunkenen Zustand. Und so war Carla entstanden.

Olivia starrte Tom an. Eine feurige Mexikanerin also? So heiß, dass er sich die Finger verbrannt hatte. Ein Teil von ihr wollte einen dummen Witz reißen, der andere Teil legte ihr aber sofort einen Maulkorb an: Diese verbrannten Finger hatten eine lebenslange Konsequenz, die gerade im Nebenzimmer schlief. Aber hätten sie nicht ...

»Eine Abtreibung kam nicht infrage«, griff Tom ihren Gedanken auf.

Margaritas streng katholische Erziehung hatte ihr verboten, das Kind abzutreiben, genau so, wie sie ihr verboten hatte, ihren Eltern auch nur ein Sterbenswörtchen von der ungeplanten, außerehelichen Schwangerschaft zu erzählen. Dieses Dilemma sorgte für so viel Zündstoff, dass die Beziehung kurze Zeit später zerbrach. Zu jenem Zeitpunkt war Tom noch überzeugt davon, dass sie irgendwann ihren Eltern reinen Wein einschenken würde. Als die Geburt näher rückte, wussten sie allerdings immer noch nichts.

»Ich litt sehr unter der Situation – ich freute mich auf das Kind, hatte aber keine Ahnung, wie wir die Sorge um das Baby nach der Geburt aufteilen würden. Meine Eltern waren enttäuscht von mir und erklärten klipp und klar, dass ich von ihnen keinerlei Unterstützung zu erwarten hätte.«

Margarita hatte Glück, es war eine leichte Geburt. Tom hatte kein Glück, denn er konnte nicht dabei sein; sie verschwieg ihm, dass die Wehen eingesetzt hatten. Erst drei Tage nach der Entbindung erfuhr er davon. Das Krankenhaus informierte ihn, dass die Mutter seines Kindes die Entbindungsstation verlassen habe. Ohne Kind.

»Sie hat das Kind zurückgelassen?«, entfuhr es Olivia ungläubig. Sie wollte ja auch keine Kinder, aber wie konnte man so etwas tun?

Valerie nickte düster. »Das hat sie.«

»Und nicht nur das«, erzählte Tom weiter. »Sie hatte alles von langer Hand geplant: hat ihre Stelle fristgerecht gekündigt, ihre Wohnung aufgegeben und einen Flug zurück nach Mexiko gebucht. Niemand würde bemerken, dass sie jemals ein Kind unter ihrem Herzen getragen hatte, und nie werde jemand von dieser Schande erfahren, bat sie mich. Nein, eigentlich befahl sie es mir. Das Kind habe sie schließlich nie gewollt, und dass das Kondom gerissen war, wäre ja eigentlich mein Fehler gewesen. Sie wollte mit dem Mädchen nichts zu tun haben. Für sie hatte es aufgehört zu existieren, in dem Moment, in dem die Nabelschnur durchtrennt worden war.«

Tom stand unter Schock. Ein wenige Tage altes Baby lag in dem auf die Schnelle gekauften Secondhand-Kinderwagen und schrie sich die Seele aus dem Leib, und er musste zur Arbeit. Er musste lernen. Er wollte seine Jugend auskosten, seine Freiheit genießen. Seinen Traum leben, in die Nationalmannschaft der Turmspringer aufzurücken, und dann aus noch größeren Höhen springen. Die Klippen von Acapulco, Andipaxos in Griechenland, São Miguel auf den Azoren. Alles höher als zwanzig Meter. Aber all das musste er jetzt streichen. Er hatte nun für ein kleines Wesen zu sorgen, alles andere würde er erledigen, wenn er nicht gerade übermüdet, verzweifelt und frustriert war. Seine Eltern unterstützten ihn nicht, wie angekündigt. Im Gegenteil. Beide arbeiteten Vollzeit. Auch wenn sie ihn nicht direkt vor die Tür setzten, machten sie doch immer wieder deutlich, dass sie den Lärm und die Aufregung um das Baby nicht in ihrem Haus wollten.

Schlussendlich war es Valerie, die ihm einen Rettungsring zuwarf. Sie lud ihn ein, mit Carla zu ihr zu ziehen. Valerie bewohnte ein altes Loft, zugig und kalt im Winter, aber perfektes Licht zum Malen und groß genug für drei Personen. In kürzester Zeit verstand sie mehr von Muttermilchersatzpulver, Windelgrößen und den Vorteilen von Latex- oder Kautschukschnullern als Tom. Sie ersteigerte günstiges Babyzubehör auf eBay, erkundigte sich bei Freunden und Freundesfreunden nach abgelegten Strampelanzügen, Bodys und verschmähten Kuscheltieren. Sie ging in ihrer Mutterrolle auf wie ein Hefeteig im warmen Backofen. Tom konnte sich wieder auf Schule und Lehrbetrieb, Zweit- und Drittjob konzentrieren. Zusammen kamen sie gerade so über die Runden, und Tom schloss, mit einem Jahr Verspätung, seine Ausbildung erfolgreich ab.

Carla hing an Valerie wie Kaugummi an einer Schuhsohle. Die beiden waren unzertrennlich. Man konnte getrost sagen, sie verehrten einander. Manchmal kam sich selbst Tom wie ein Eindringling vor, und er fragte sich, ob es nicht an der Zeit war, auszuziehen. Aber dafür reichte das Geld noch nicht. Erst als

Valerie das MokkArt gründete und damit eine Arbeitsstelle schuf, die es ihnen erlaubte, Carla abwechselnd zu betreuen, konnte Tom sich eine winzige Wohnung leisten. Ohne Geldeinlage war er Mitbesitzer eines Cafés geworden, das zum Glück rasch gut lief. Seine Eltern sahen ein, dass sein Leben nicht total verpfuscht war, und näherten sich wieder an. Was wollte er mehr?

Carla indessen, der sie von Anfang an gesagt hatten, dass Valerie nur Tante und nicht Mutter war, fragte nun, mit beinahe fünf Jahren, nach ihrer Mama. Wer sie sei und warum sie nicht bei ihnen lebe. Tom war ratlos. Ihm fiel nur eine einzige Erklärung ein. Filmreif und pathetisch, aber vielleicht am ehesten verständlich für ein kleines Kind: Die Mama ist gestorben, als du noch ganz klein warst, mein Schatz. Und wann? Und warum? Eine Notlüge folgte der anderen.

Eines Tages hatte er gehört, wie sie ihrer Freundin davon erzählte. Die Freundin erzählte es ihrer Mutter, die es wiederum ihrer Freundin erzählte und so weiter. Ein Prozess, der nicht rückgängig gemacht werden konnte. Es blieb ihm ab dem Moment nur die Hoffnung, dass Margarita sich an ihr Versprechen halten und niemals auftauchen würde, um nach ihrer Tochter zu suchen.

»Du hast dem Mädchen allen Ernstes erzählt, seine Mutter sei gestorben?« Olivia erhob sich so brüsk, dass das Lichtermeer auf dem Tisch bedenklich ins Schwanken geriet. Vor ihr inneres Auge schob sich der rote Punkt, erst da, dann weg.

Valerie antwortete an Toms Stelle. »Sie kannte doch nichts anderes, *Chérie*. Wozu sie mit der Wahrheit quälen? Wir haben ihr die Möglichkeit gegeben, einen Schlusspunkt zu ziehen. Stell dir vor, sie müsste erfahren, dass ihre Mutter sie gleich nach der Geburt verlassen hat. Sie nicht gewollt hat. Wäre das nicht schlimmer?«

»Jeder hat das Recht darauf zu wissen, was mit seinen Eltern passiert ist«, erwiderte Olivia hitzig. Jetzt, da sie die Gedanken an ihre Eltern wieder zuließ, würde sie gern wenigstens ein Grab besuchen können.

»Papa?«

Die Erwachsenen zuckten zusammen und fuhren herum. Da stand Carla, ein Geist im Pyjama. Olivia schluckte angestrengt. Das Mädchen sah sie mit weit aufgerissenen Augen an und drückte einen weißen Stoffhasen an die Brust.

»Du hast mich angelogen?« Noch während sie das sagte, kullerten die ersten Tränen über das zarte Gesicht.

»Carla, Liebes ...« Schreckstarr saß Tom auf seinem Stuhl wie eine Statue. Selbst Valerie, sonst über alles erhaben, stammelte nur ein »*Chérie*« und breitete die Arme aus, um das Kind zu trösten. Carla aber marschierte schluchzend an den beiden vorbei und lehnte sich mit ihrem Gipsarm gegen Olivia. Sie weinte, als würde die Welt untergehen.

Was sie ja irgendwie auch tat, ihre Welt zumindest, dachte Olivia. Eine schwarze Masse wälzte sich vor ihrem inneren Auge heran. Sie begann zu zittern. Der rote Punkt verschwand darin. Carla drückte sich noch enger an sie, automatisch streckte Olivia die Hand aus, um ihr über den Kopf und die Haare aus dem Gesicht zu streichen.

»Du hast mich angelogen, Papa«, schluchzte das Mädchen. »Und du auch, Valerie. Ich hasse euch!«

Carla musste sich von Vater und Tante verraten fühlen und suchte nun offenbar Zuflucht bei dem Menschen, der diesen Verrat verurteilt hatte. So erklärte sich zumindest Olivia die plötzliche Annäherung. Tom und Valerie redeten gleichzeitig auf Carla ein, viel Gestik und Mimik im flackernden Kerzenlicht, aber Olivia hörte nicht zu. Sie spürte die Wärme des kleinen Körpers, der an ihr klebte wie eine Echse an einer sonnenbeschienenen Hauswand. Sie spürte die Enttäuschung und Verzweiflung, sah die Tränen, die nicht aufhören wollten zu fließen. Sie spürte den Sprung in diesem kindlichen Urvertrauen, daran, dass die Eltern einen nie anlügen würden. Olivia wusste nur zu gut, wie sich dieser Vertrauensbruch anfühlte. Alles würde gut, hatten ihre Eltern ihr gesagt. Aber nichts wurde gut. In diesem Moment war Carla sie selbst, und Olivia war ihre eigene Mutter. Sie kauerte sich vor das Kind, nahm es in die Arme und gab ihm diese Umarmung, die ihre Mutter ihr nicht mehr hatte geben können. Alles würde gut.

Eine Woche nach dem tränenreichen Ende der Geburtstagsfeier fuhren Olivia und Tom nach Interlaken. Es war Olivias Geburtstagsgeschenk an Tom. Sie wollte den Sprung in die Tiefe wagen, um seine Leidenschaft besser verstehen und vielleicht sogar mit ihm teilen zu können. Sie nahm sich fest vor, keinen Rückzieher zuzulassen, koste es, was es wolle. In Lukes Jeep fuhren sie wieder an den schönen alten Häusern vorbei, dieses Mal aber quollen die Blumenkästen beinahe über vor Geranien. Auf den saftigen Wiesen, die übersät waren mit Butterblumen, grasten schwarz-weiß gescheckte Kühe. Was für ein Unterschied zu ihrem ersten Ausflug. Und so viel war passiert seitdem.

Olivia sorgte sich um Carla – das Mädchen hatte noch am selben Abend verlangt, alles über seine Mutter in allen Einzelheiten zu erfahren. Seitdem war sie noch in sich gekehrter als üblich. Sie würde ihr erklären, dass es in Ordnung war, zu trauern, auch wenn es in diesem Fall kein Tod war, den es zu verarbeiten galt, sondern ein Verrat. Vonseiten der leiblichen Mutter, aber auch von Tom und Valerie. Dann würde sie Carla empfehlen, sich auf all das Gute zu konzentrieren, das sie umgab. Margarita würde nie eine Mutter für sie sein. Sie würde sie nicht einmal kennenlernen wollen. Wahrscheinlich war sie mittlerweile verheiratet mit einem reichen Mann, wie sich das für eine Frau in diesen Kreisen gehörte, und hatte Kinder, die nie etwas von ihrer Halbschwester erfahren würden. Aber sie, Carla, hatte einen wunderbaren Vater, der sie beschützen wollte, eine Tante, die sie mehr liebte, als es ihre leibliche Mutter je getan hätte. Und ganz besonders würde sie Carla ans Herz legen, nicht die gleichen Fehler zu begehen wie sie und zu verhärten.

Die Lütschine rauschte majestätisch unter ihnen, angeschwollen von den abendlichen Gewitterregen der letzten Tage. Trotz der klebrigen Hitze fröstelte Olivia. Luke hüpfte auf und ab und hin und her, führte hier jemanden auf die Waage, legte dort einem anderen die Fußschlaufen an. Das Geschäft lief gut. Olivia spürte Toms Hand auf ihrem Rücken, das beruhigte sie ein wenig. Die aufgeregten Schreie der Springenden und das Gejodel der Gesprungenen ließen ihren Adrenalinspiegel steigen, gleichzeitig war ihr immer mulmiger zumute. Als sie endlich auf der Absprungplattform standen, war ihr so übel, dass sie nur den Kopf schüttelte.

Tom strich sich die Haare aus dem Gesicht und sie sah direkt in seine vor Freude strahlenden blauen Augen. »Alles wird gut«, flüsterte er, als ob er wüsste, dass dies neuerdings ihr Credo war. Sanft fuhr er mit dem Zeigefinger über ihre Wange bis zu ihrem Kinn. Ihr Herz raste aus einem neuen Grund, dann hob er ihren Kopf und küsste sie.

Endlich. Lang. Genüsslich.

Hinter ihnen johlten die Wartenden. In Olivia blubberten Glück, Aufregung und Adrenalin durcheinander, so sehr, dass sie ihren Mund von Toms lösen musste. Sie lachte und lachte, und da packte Tom sie, und sie sprangen. Aus dem Lachen wurde ein lang gezogener, überwältigender Freudenschrei, ein

Jaaaaa, das aus der Tiefe ihres Wesens drang, den Kokon der Angst sprengte und eine Kraft freisetzte, die, so schien es ihr, alle Hindernisse jetzt und in Zukunft überwinden konnte.

Kurz nachdem sie ein zweites Mal – dieses Mal allein – gesprungen war, zogen erneut Gewitterwolken über den Bergen auf und Olivia und Tom begaben sich auf den Rückweg. Kaum in Interlaken angekommen, fielen die ersten dicken Tropfen und es rumpelte am Himmel. Olivia roch den nassen, von der Sonne aufgeheizten Asphalt, der typische Duft eines Sommerregens. Sie war immer noch aufgewühlt von den Sprüngen; nie im Leben hätte sie gedacht, dass es ihr solchen Spaß machen würde, sich an einem Seil befestigt in die Tiefe zu stürzen. Eng schmiegte sie sich an Tom, der seine Hände in ihren Haaren vergrub und ihren Mund suchte. Er schmeckte nach der Fanta, die er gerade getrunken hatte. Sie bekam nicht genug von ihm; das Kribbeln im Bauch floss in ihre Arme, die sich verselbstständigten und ihn immer wieder heranzogen. Trunken vor Liebe, so kitschig das auch klang, aber so fühlte sie sich. Noch vor ein paar Monaten hätte sie jeden ausgelacht, der gesagt hätte, dass sie dieses Wort einmal benutzen würde. Dass sie diesen Zustand überhaupt jemals kennenlernen würde. Trunken vor Liebe, so war es nun aber. Berauscht, hin und weg, auf Wolke sieben. Alles schien möglich, mit Tom an ihrer Seite.

Kurz, nur ganz kurz, flogen ihre Gedanken zu Rash, und sie fragte sich, ob sie vielleicht gerade mit den ganzen anderen Engeln oben im Himmel die Pauken und Trommeln schlug und sie beobachtete. Sie hoffte, dass ihre Freundin sich mit ihr über ihr neues Glück freute.

Der Zug von Bern nach Zürich war gut besetzt, aber sie eroberten zwei Sitzplätze, beide am Fenster, sodass sie einander gegenübersaßen. Sie verschränkten die Füße ineinander, Olivia band sich die feuchten Haare zurück und lehnte den Kopf ans Fenster. Die Aufregung forderte ihren Tribut; der graue Himmel und der stetig fallende Regen trugen das ihrige dazu bei, dass sie von einem Moment auf den nächsten kaum mehr die Augen offen halten konnte. Der Fahrtwind trieb die Regentropfen horizontal am Zugfenster entlang, sie trafen aufeinander, verschmolzen miteinander, verzweigten sich erneut. Olivia verfolgte die Bahnen mit müden Fingern, die Landschaft rauschte als verschwommenes grünes Tuch an ihr vorbei.

Sie war wieder zehn Jahre alt, ihr elfter Geburtstag stand vor der Tür. Es regnete schon wieder seit Stunden ununterbrochen, die Regentropfen liefen in horizontalen Bahnen über das Autofenster. Gelangweilt starrte sie ins Grün hinaus. Grün, grün, grün. Sie wünschte sich einen Schirm wie Mary Poppins in dem Buch auf ihrem Schoß, um einfach nach Hause zu fliegen. Dort hatten ihre Eltern auch nie miteinander gestritten, so wie sie es jetzt fast andauernd taten. Im Moment allerdings waren sie still. Mussten sich auf die Straße konzentrieren. Schlaglöcher ohne Ende. Und das obwohl sie endlich, nach zwei Tagen Schlammpisten, auf Asphalt fuhren. Krochen, besser gesagt, die Fahrbahn war zum Teil zentimeterhoch mit Wasser bedeckt. Es roch modrig im Auto, die Feuchtigkeit steckte in den Polstern, den Kleidern, den Haaren. Sie war sich fast sicher, dass sie schon Pilze aus den Sitzen wachsen sehen würde, wenn sie nur genau hinschaute. Regen, Regen, Regen. Von einem Hurrikan hatten die Leute in den Dörfern Rositas und Puerto Viejo gesprochen, wo sie jeweils übernachtet hatten. Der Präsident des Landes aber hatte in einer Fernsehansprache versichert, dass alles in Ordnung sei. Kein Grund zur Panik. Nur ein bisschen Niederschlag. Wenigstens waren sie endlich aus dem Urwald raus. Auf dem Weg von Ost nach West, einmal quer durchs Land fast. Auf dem Weg in die Zivilisation, ein richtiges

Bett, Klimaanlage, Geburtstag, nach Hause. Aber vorher mussten sie noch bei diesem Typen vorbei.

Olivia schrak hoch. Tom lächelte über ihr, der Zug hatte angehalten, alle Leute erhoben sich.
»Zürich, Endstation, das Zugteam bedankt sich für Ihr Vertrauen.«
»Du warst völlig weg«, sagte Tom.
Olivia fröstelte. Ja, weg war sie gewesen, ganz woanders. Sie sah die Bilder aus ihrem Traum immer noch so klar vor sich, als lägen sie auf Zelluloid gebannt direkt vor ihr. Ein Teil der Erinnerung war zurückgekehrt. Der Nachhall der Bilder ängstigte sie, aber sie fühlte sich jetzt stark genug. Sie war bereit. Würde der Rest tatsächlich zum Vorschein kommen, obwohl sie das Schmetterlingspräparat nicht wiedergefunden hatte? Brauchte sie es tatsächlich nicht mehr? Aber André hatte sie es versprochen. In der ganzen Aufregung der letzten Zeit hatte sie gar nicht mehr an ihn gedacht. Vielleicht sollte sie sich mal an der ETH erkundigen, wo er steckte, um endlich die finale Phase der Interviews einzuläuten. Hoffentlich konnte Erika sich noch daran erinnern, wo sie den Schmetterling hingeräumt hatte.

KAPITEL 17

Tom kippte den Espresso in sich hinein wie einen Tequila-Shot. Später würde er nicht einschlafen können und es bereuen, aber im Moment siegte die Nervosität über die Vernunft. Das Café war geschlossen, er wartete auf seine Schwester, die er hergebeten hatte. Neutraler Boden. Er stellte sich nicht gern Konflikten, mochte keine Konfrontationen. Aber es waren Steine ins Rollen gekommen, sie hatten einen Dominostein nach dem anderen zum Umfallen gebracht, bis sie nun vor dem letzten standen. Und der da hieß: Valerie. Olivias Metamorphose zu beobachten weckte in ihm den Mut, auch in seinem Leben einige Dinge geradezurücken. Und dafür musste er mit seiner Schwester sprechen.

Nur fünf Minuten später – Tom tigerte nervös auf und ab und zugleich juckte es ihn in den Fingern, sich einen weiteren Espresso zuzubereiten – kam sie zur Tür rein. Weitschwingender Petticoat, hohe Schuhe, knallrote Lippen, aufgetürmte Haare. Sie sah aus, als hätte sie eine Zeitmaschine direkt aus den Fünfzigern ins Jahr 2013 transportiert.

»Es wäre nicht notwendig gewesen, dich für mich so schick zu machen«, versuchte Tom, seine Nervosität zu überspielen.

Valerie lachte etwas zu laut und räusperte sich dann etwas zu lang. »Ich habe nachher ... eine Verabredung.« Lief sie tatsächlich rot an? »Niemanden, den du kennst«, murmelte sie als Antwort auf seine hochgezogenen Augenbrauen und setzte sich so kokett wie möglich.

»Wenn wir schon beim Thema Verabredungen sind …«, begann Tom und wünschte sich jetzt schon, er hätte auf den Kaffee verzichtet. Sein Mund war staubtrocken. So musste man sich im Beichtstuhl fühlen, kurz bevor man dem Pfarrer eine Todsünde gestand. »Du weißt, Olivia und ich sind ein Paar.« Augenrollen von Valerie. »Daran gibt es nichts zu rütteln. Ich weiß nicht, ob du hinter den Anrufen gesteckt hast oder dieser Daniel, es spielt keine Rolle. Sie haben aufgehört.« Valerie schnaubte entrüstet und wollte etwas sagen, aber er wischte den Einwand weg, bevor sie ihn aussprechen konnte. Nicht unterbrechen lassen. »An meinem Geburtstag schient ihr euch nicht schlecht verstanden zu haben. Im Gegensatz zu dem, was du glaubst, tut sie mir gut. Ich brauche jemanden an meiner Seite.«

»Kann sein, dass sie ganz nett ist. Aber als Bekannte, nicht als deine Freundin. Wie soll sie sich um Carla kümmern? Sie hat keinen Schimmer von Kindern. Carla braucht mich!«

Tom stand auf und holte zwei Gläser Wasser. Ohne Flüssigkeit würde er bald nur noch röcheln. Es war aber wichtig, dass er bestimmt auftrat und sich nicht wieder von Valerie bevormunden ließ. Die Zeit war vorbei.

»Olivia nimmt niemandem etwas weg! Aber stell dir vor, du findest einen Partner, mit dem du vielleicht auch eine Familie gründen willst. Was dann? Du hast Carla bis jetzt mit großgezogen, aber es ist an der Zeit, einen Schritt zurückzutreten. Du bist ihre Tante, die beste, die sie sich wünschen kann. Aber ich möchte ihr eine Familie bieten können, mit einer Frau, die bei uns wohnt, die ihr das Gefühl gibt, tatsächlich einen Papa und eine Mama zu haben.« Er fühlte sich schlecht. Ob es vom Espresso kam, der ihm auf den Magen schlug, oder von Valeries gekränkter Miene, konnte er nicht eindeutig sagen. Die Mischung machte es wohl. »Ich stehe für immer in deiner Schuld, für alles, was du für mich und Carla getan hast.« Er machte eine ausschweifende Bewegung. »Das Café war mein Lebensretter. Aber genau dieses Gefühl, in deiner Schuld zu stehen, hält mich auch davon ab, frei zu sein. Es fühlt sich an, als wäre ich dazu verpflichtet, den Rest meines Lebens Frondienst zu leisten.« Das klang hart.

Valerie begehrte sofort auf. »Du bist doch nicht mein Sklave!« Dann, etwas ruhiger, wenn auch weiterhin mit einem verletzten Gesichtsausdruck: »Ich wusste nicht, dass du so denkst. Es war in keiner Weise meine Absicht gewesen, dich dermaßen an mich zu binden. Weder mit Carla noch mit dem Café. Natürlich liebe ich Carla über alles, und ich sehe in Olivia eine Konkurrentin, was Carlas Zuneigung betrifft. Deine Argumente klingen einleuchtend, aber ... es fühlt sich an, als ob etwas zu Ende gehen würde. Unwiderruflich. Das bereitet mir Mühe!«

Das konnte er ihr ansehen. Schon wollte er sie beruhigen, ihr sagen, dass sich doch gar nicht so viel ändern würde. Aber das wäre gelogen. Es würden sich Dinge ändern. Daran führte kein Weg vorbei.

»Obwohl ...«

Wurde sie etwa schon wieder rot?

»Das mit dem Partner in meinem Leben ...« Sie sah versonnen aus dem Fenster. Tom folgte ihrem Blick. Die Gasse war in ein honiggelbes Licht getaucht, ein angenehm warmer Spätjuniabend. Touristen und Einheimische flanierten Seite an Seite durch die Gasse, Eistüten oder kalte Getränke in den Händen. Vielleicht sollten sie im Sommer länger geöffnet haben.

»Du stehst in gar keiner Schuld, *Chéri*«, sagte Valerie versöhnlich. Tom schreckte aus seinen Gedanken. »Du brauchtest damals Hilfe und ich wollte mein Geld effizient anlegen. Es war eine Win-win-Situation. Ich hätte nie gedacht, dass ich dir damit Fesseln anlege. Es hat doch gut geklappt bis jetzt mit uns als Team, du hast dir deine Unzufriedenheit nie anmerken lassen.«

Doch ein kleiner Seitenhieb. »Nicht unzufrieden, Valerie. Aber Carla hat all meine Pläne über den Haufen geworfen. Die Ausbildung habe ich doch nur unseren Eltern zuliebe gemacht. Ich habe Gefallen daran gefunden, okay. Aber ich wollte Sportler werden. Ich war gut im Turmspringen! Ich hätte es in den Nationalkader schaffen können! Carla hat mich am Boden festgezurrt wie einen Heißluftballon und du hast noch einen großen, fetten Anker drangehängt. Ich muss den Anker lichten. Ich muss meine verlorene Freiheit suchen. Zusammen mit Olivia und Carla.«

Valerie schwieg. Wahrscheinlich hatte er ihr jetzt das Date versaut. Sie rückte ihre Brille gerade und blies die Wangen auf. Wie ein Backenhörnchen, hatte Olivia ihm mal gesagt. Olivia sah überall und in jedem ein Tier. Mussten die Biologie-Gene ihrer Eltern sein. Stimmte aber mit dem Backenhörnchen. Nur war jetzt nicht der Moment, Valerie darauf hinzuweisen.

»Vielleicht sollte ich ein wenig abnehmen, dann wäre ich nicht so groß und fett.«

O nein. Das hatte sie zu wörtlich genommen. Aber dann lachte sie und ergriff seine Hand. »Wenn du fliegen willst, werde ich dich nicht daran hindern. Wenn du meinst, dass Olivia die Richtige ist für dich, dann werde ich mich wohl damit arrangieren müssen. Wird schon gehen«, versicherte sie ihm. »Wir müssen ja keine Busenfreundinnen werden. Und wenn du zurückkommst und einen Anker brauchst, dann bin ich hier für dich.«

Waren das Tränen in ihren Augen?

Natürlich nicht, Blödmann. Nur die Brille.

An Tagen wie heute fragte sich Erika, ob sie Maria bitten sollte, sie täglich mit einem dieser neuen Telefone zu filmen. Wie sie erklärte, wer sie war. Vielleicht könnte sie ihrem Geist damit ein Schnippchen schlagen, wenn sie an einem ihrer schlechten Tage so ein Video anschaute. Oder auch nicht. Wozu sich Illusionen hingeben, sie wusste doch, dass die Krankheit nicht aufhaltbar war. Aber es ärgerte sie. Nein, was sagte sie da! Entsetzen war das richtige Wort. Entsetzlich war es, dass dieser Wettlauf mit der Zeit zusammenfiel mit einer Annäherung an Olivia. Womöglich sogar einer Versöhnung. Als Olivia sie nach ihrem Besuch bei Edelmann Omi genannt hatte, war ihr schwindlig geworden vor Schreck über dieses vollkommen unerwartete Wort. Wie viele Jahre hatte sie diesen Kosenamen nicht hören dürfen!

Olivia war doch ein großartiges Mädchen, eine großartige junge Frau geworden. Sie erinnerte sie so sehr an ihre Tochter, als sie so alt war wie Olivia jetzt, an ihr Kind. War Olivia nicht auch ihr Kind, für das sie die Verantwortung trug? Hätte sie doch nur mehr Einfühlsamkeit bewiesen, die Verletzlichkeit hinter der Mauer eher bemerkt. Aber sie war zu gefangen gewesen in ihrem eigenen Kummer. Und in der Wut darüber, dass Olivia schwieg und schwieg, sobald sie versuchte, etwas über die Wochen, Tage und Stunden vor diesem schrecklichen Unglück zu erfahren. Nicht nur das, was sie in den Nachrichten gehört hatte, oberflächliche Informationen, Eckdaten. Die Bilder waren erschütternd gewesen, kaum zu fassen. Dass Olivia das aus ihrem Gedächtnis verbannt hatte, konnte sie ihr nicht verübeln, und gleichzeitig wollte sie einfach nicht glauben, dass sie so etwas vergessen konnte. Erika seufzte. Sie konnte es drehen und wenden, wie sie wollte. Olivia hatte auf ihre Art auf ein schreckliches Erlebnis reagiert, sie wiederum hatte auf diese Reaktion reagiert, auf die wiederum Olivia reagiert hatte. Ein Teufelskreis. Aber trug sie nicht den größeren Teil der Schuld? Sie hätte von Beginn an anders handeln sollen. Nein, noch vor dem Beginn. Dann wäre alles nämlich gar nicht passiert.

Heute würde Olivia vorbeikommen; sie war froh, dass sie einen guten Tag hatte. Sie wollte ihr ein kleines Geschenk machen.

»Omi«, begrüßte Olivia sie, sichtbar erleichtert über ihren Zustand. Omi, ein Wort wie warmer Honig. Die Umarmung fiel dennoch ein wenig steif aus. Ungewohnt eben. Sie würden sich erst wieder aneinander herantasten müssen. Wenn doch mehr Zeit wäre! Befangen tätschelte sie Olivias Arm, bevor sie sich in ihren Sessel sinken ließ.

Ihre Enkelin strahlte. Die Ähnlichkeit mit Sandra war frappant – abgesehen von der Größe und den Locken, beides hatte Olivia vom Vater, waren sie identisch. Der Schmerz um den frühen Tod ihrer einzigen Tochter war auch nach fünfzehn Jahren noch groß. Aber zu sehen, was sie hinterlassen hatte, milderte die Trauer.

»Tom und ich sind jetzt wirklich ein Paar!«, platzte Olivia heraus, kaum dass sie saß. Das überraschte Erika nicht, sie hatte schon beim ersten Besuch der beiden bemerkt, wie Tom ihre Enkelin ansah. Sie freute sich. Tom schien ein guter Junge zu sein. Maria brachte einen betörend duftenden gedeckten Apfelkuchen herein, was Olivia für einen Moment ablenkte. Höflich bat sie um einen Pfefferminztee anstelle des Kaffees, dann gestikulierte sie wild in der Luft herum.

»Ich bin so glücklich, kaum zu fassen, dass ich es fast verbockt hätte.« Ein kurzer Seitenblick vom Apfelkuchen auf der Gabel zu ihr. »Maria hat dir sicherlich erzählt, dass Tom hier vorbeikam und sie über mich gelästert haben.« Sie lachte.

Lieber Gott, sie war ja wie eine geschüttelte Flasche Mineralwasser, überschäumend vor Energie und Freude.

»Er ist wunderbar! Ernst, lustig, immer genau im richtigen Moment. Als ob wir unsere Gedanken lesen könnten und uns schon ewig kennen würden.«

»Tut ihr ja auch, im Grunde genommen«, warf Erika ein und lächelte, angesteckt von der guten Laune.

»Ja, du hast recht. Wer hätte das gedacht, damals, als wir Kinder waren.« Sie gab drei Teelöffel Zucker in ihren Tee, rührte um, plötzlich ganz in ihren Gedanken versunken. Erinnerungen wahrscheinlich, an zwei Grundschulkinder, die keine Ahnung davon hatten, was sie in ihrem Leben noch erwartete.

Dann sprudelte sie weiter: »Ich habe Bungee-Jumping gemacht, stell dir vor, seinetwegen. Ich bin an einem Seil fünfundachtzig Meter in die Tiefe gestürzt!«

Was für verrückte Sachen diese jungen Leute anstellten.

»Es war atemberaubend, Omi. Ich hätte nie gedacht, dass ich nach dem Flugzeugabsturz so etwas tun würde.«

Erika horchte bestürzt auf. »Flugzeugabsturz?« Davon hörte sie zum ersten Mal.

Olivia starrte sie an. »Natürlich«, sagte sie, schlagartig ernst, »du weißt ja nicht, wo ich in den letzten Jahren war und was alles passiert ist.«

Erika meinte, einen beschämten Schatten über Olivias Gesicht huschen zu sehen.

»Es tut mir so leid, dass ich mich nie gemeldet habe. Aber ich hatte nicht das Gefühl … wir hatten keine …«

Gäbe es ein Loch im Boden, Olivia würde bestimmt darin versinken wollen, so wie sie aussah. »Beziehung«, führte Erika den Satz zu Ende und lächelte ihr ermutigend zu.

»Ich kann dir jetzt davon erzählen«, sagte Olivia, beflissen, den Fehler auszubügeln. Erika sah automatisch zur Standuhr. Eigentlich hatte sie eine Geschichte erzählen wollen, aber Olivia legte bereits los.

Eine Stunde später waren die wichtigsten Stationen und Ereignisse der letzten vier Jahre erzählt. Erika fühlte sich erschlagen von der Fülle an Information, der Tragweite einiger Erlebnisse wie des Flugzeugabsturzes und Rashidas Tod. Was hatte dieses

Mädchen nicht schon alles durchgemacht in seinem Leben. Noch dazu ohne eine wie auch immer geartete Unterstützung von ihrer Seite. Ganz allein hatte sie das alles bewältigen müssen. Jetzt war Erika es, die sich schämte. So blind war sie gewesen. Sie drehte sich halb um und nahm die Kette mit dem filigranen Schmetterlingsanhänger, die vor dem Familienfoto von Sandra, Patrick und Olivia lag.

Olivia drehte sich ebenfalls um und betrachtete die Bilder, ganz offen, ohne Angst oder Abneigung.

»Ich sehe aus wie Mama.«

»Das tust du.«

»Ich vermisse meine Eltern.«

»Ich auch, meine Liebe, ich auch.« Sie legte die Kette vor Olivia und stippte dabei einen Brösel Kuchen von der reinweißen Tischdecke. »Das ist Sandras Kette, erinnerst du dich? Dein Vater hat sie ihr geschenkt, zu deiner Geburt. Sie wollte keinen Schmuck mitnehmen in den Urwald, wozu auch? Deshalb blieb sie mir erhalten.« Sie zeichnete die Schmetterlingsform nach, ihre Finger zitterten leicht. »Ich möchte sie dir geben. Eigentlich hat sie schon immer dir gehört.«

Olivia presste die Lippen aufeinander, sie erkannte das Schmuckstück ganz offensichtlich. Vorsichtig legte sie die Kette um. Dann saß sie einfach nur da, ruhig und in sich gekehrt. Ganz leicht legte ihr Erika die Hand auf den Arm. Sie wollte anfangen zu reden. Aber Olivia kam ihr zuvor.

»Omi?«

»Ja, mein Kind?«

»Kannst du dich daran erinnern, wo du das Schmetterlingspräparat hingeräumt hast? Vor zwei Wochen? Erinnerst du dich?«

Erika zog die Hand zurück. »Ich habe das Präparat seit Jahren nicht mehr gesehen. Es liegt oben auf dem Dachboden, in der Schachtel im Schrank. Oder?« Sie hoffte, dass ihre Miene sie nicht verriet. »Wozu brauchst du das überhaupt?«

Ihre Enkelin zuckte mit den Schultern. »Nur so«, meinte sie und guckte verlegen auf den Tisch. Sie sagte nicht die Wahrheit. Aber sie wollte jetzt die Wahrheit sagen.

»Ich muss dir etwas erzählen.« Erikas Stimme zitterte. In dem Moment klingelte ein Telefon. Olivia zog misstrauisch die Augenbrauen zusammen, entspannte sich aber gleich wieder, als sie den Anrufer erkannte. Das Gespräch war kurz.

»Tom fragt, ob ich mit ihm Carla vom Klavierunterricht abholen möchte. Ich muss los, Omi, wir reden nächstes Mal weiter!« Das kurze Stimmungstief war vorbei. Ihre Enkelin sprang auf, und der Milchkaffee, den sie ganz vergessen hatte, schwappte bedrohlich, als Olivia ihr einen Kuss auf die Wange drückte. Kurz darauf war sie auch schon zur Tür hinausgestürmt.

Erika blieb allein zurück. Wann würde das nächste Mal sein? Und würde sie Olivia erkennen oder schon wieder vergessen haben? Würde sie sich an alles, was sie heute erfahren hatte, morgen noch erinnern? Sollte sie ihr vielleicht besser einen Brief schreiben, für den Fall, dass das Licht in ihrem Gehirn ausgeknipst würde, bevor sie ihr Gewissen erleichtert hatte? Nein. Was sie getan hatte, konnte sie nicht einfach zu Papier bringen und ihr geben. Sie musste es ihr selbst erzählen, ihr dabei ins Gesicht schauen. Sie musste stark bleiben, gegen das Vergessen ankämpfen. Tränen der Frustration stiegen in ihr auf, sie schluckte sie hinunter. Mit ihrer zarten Faust hieb sie dreimal auf den Tisch, um etwas von dem Schmerz loszuwerden, der sich in ihr anstaute. Vermaledeite Krankheit.

Das alle drei Jahre stattfindende Züri Fäscht, das Stadtfest, nahm die Straßen und Gassen, Plätze und Promenaden in Besitz. Kulinarisches aus aller Welt wurde an den Essständen angeboten, es roch nach frittierten Frühlingsrollen, süßer, klebriger Zuckerwatte, geschmolzenem Raclettekäse und herzhaften Würsten. Auf dem Sechseläutenplatz schob sich die Menschenmenge über den Jahrmarkt, vorbei an dem Riesenrad und den Schießständen. Menschen jauchzten während der rasanten Fahrt mit dem fliegenden Teppich oder dem Karussell. Die Lichter blinkten und blitzten in der Dämmerung, Musik dröhnte aus den Lautsprechern jedes einzelnen Fahrgeschäfts und mischte sich zu einer Kakofonie, die es beinahe unmöglich machte, sich zu verständigen. Es war einundzwanzig Uhr, Olivia, Tom und Carla standen vor dem Riesenrad und warteten wie verabredet auf Valerie. Gemeinsam wollten sie später das Feuerwerk über dem See bestaunen, es trug den romantischen Namen *Märchen und Fantasien*. Olivia fühlte sich allerdings trotz aller guten Vorsätze unwohl, eingekeilt in der Masse. Diese Menge ließ das klaustrophobische Gefühl aus ihren Albträumen in ihr aufsteigen. Toms Hand lag beruhigend um ihre Hüfte und ihre Finger spielten mit dem Schmetterling an ihrem Hals. Carla zupfte mit glückseligem Gesichtsausdruck ihre Zuckerwatte vom Stängel und stopfte sie sich in den Mund. Vorgestern war das Mädchen endlich den Gips an seinem Arm losgeworden.

Als Daniel, ihr Ex-was-auch-immer und Weiterhin-Verehrer, plötzlich grinsend vor ihnen stand, trat Olivia instinktiv einen Schritt zurück. Was zum Teufel? Obwohl ihr Telefon seit bald drei Wochen keine anonymen Anrufe mehr empfangen und das Kribbeln im Rücken aufgehört hatte, blieb sie weiterhin auf der Hut. Ein Reh mit gespitzten Lauschern, das nur darauf wartete, den Jäger wieder zu wittern. Daniel stand immer noch auf der Liste der Verdächtigen. Aber bevor irgendwer etwas sagen konnte, erschien Valerie, fiel Daniel um den Hals und küsste ihn. Was zum …?

Valerie lachte und amüsierte sich scheinbar teuflisch über ihre bestimmt idiotisch verdutzten Gesichter.

»Mein Date – du erinnerst dich?«, sagte sie zu Tom gewandt.

»Du und Daniel?«, stammelte Olivia. Carlas Hand war zwischen Zuckerbausch und Mund stehen geblieben.

»Überraschung«, trompetete Daniel in seiner üblichen, wenig diskreten Art. Valerie kicherte weiter. Olivia hatte sie noch nie so gelöst gesehen.

Daniel übernahm die Erklärung. »Weißt du, ich bin an jenem Tag tatsächlich nur zufällig im Café vorbeigekommen, ich studiere in der Nähe. Aber deine Abneigung …«

Olivia unterbrach ihn: »Keine Abneigung. Nicht dieselben Vorstellungen gehabt. Tut mir leid.« Es befreite sie, sich noch einmal entschuldigen zu können.

»Nichts für ungut! Zum Glück hast du mir die Hoffnung so schnell ausgetrieben. Sonst wäre ich vielleicht gar nicht auf Valerie aufmerksam geworden.«

Valerie boxte ihn in die Seite. »Unwahrscheinlich, ich bin ja wohl nicht zu übersehen!«

Er drückte ihr einen Kuss auf die Lippen. »Die Rose wollte ich übrigens auch ihr schenken, aber du hast mich an dem Tag so angeschnauzt, dass ich den Mut verloren habe.«

Fassungslos schaute Olivia zwischen den zwei Turteltäubchen hin und her. Sie passten zueinander wie Topf und Deckel. Wie blind war sie gewesen! Er hatte ihre Abfuhr offensichtlich schnell überwunden, also hatte er sie doch bestimmt nicht dauernd angerufen.

»Du hast mich also nicht gefühlt tausend Mal von unterdrückten Nummern angerufen?«, fragte sie ihn ganz direkt.

»Natürlich nicht. Wieso sollte ich?«

Klar. Wieso sollte er.

Jetzt taute auch Tom aus seiner Erstarrung auf. »In dem Fall freue ich mich selbstverständlich über den Familienneuzugang«, sagte er und gab Daniel einen brüderlichen Klaps auf die Schulter. Typisch Mann. Alle lachten, alle waren glücklich.

Aber wer hatte sie dann angerufen?

Er könnte kotzen, wenn er sie so sah. André Edelmann stand nur ein paar Meter entfernt von der Gruppe, verdeckt durch von Lärm und Musik berauschten Menschen und zusätzlich unkenntlich gemacht durch seine Baseballkappe, außerdem hatte er sich rasiert und trug keine Brille. Er sah aus wie die Hälfte der männlichen Besucher. Also war er unsichtbar, sozusagen. Es zuckte in seinen Fingern, das Telefon herauszureißen und ihr verängstigtes Gesicht zu sehen, wenn sie abnahm. Aber die Geräuschkulisse würde ihn verraten. Stattdessen kratzte er über den Verband, der nach wie vor sein linkes Handgelenk und den Unterarm bedeckte. Olivia beim letzten Interview mit diesem Tom zu sehen, hatte ihn stärker getroffen als angenommen. Nach ein paar Tagen respektive Nächten, in denen er beobachtet hatte, wie sie bei ihm übernachtete, war klar, dass sie ihn verraten hatte. Dass sie ihm etwas vorgespielt hatte an jenem Abend. Schlampe. Sosehr er versucht hatte, ruhig Blut zu bewahren, hatte er es schlussendlich nicht mehr ausgehalten. Aber in seiner Wut hatte er zu tief geritzt und widerwillig die Ambulanz rufen müssen, um nicht zu verbluten. So etwas war ihm noch nie passiert. Sie ließ ihn fahrlässig werden. Verdammtes Luder!

Ihretwegen wiesen sie ihn wieder in die Klinik ein, in der er über die Jahre hinweg Dauergast geworden war. Ihretwegen hatte er zwanzig Tage lang das Gefasel der Therapeuten aushalten müssen, die Gruppentherapiestunden und diese ganzen eingewiesenen Idioten, die im Gegensatz zu ihm wirklich nur Matsch im Hirn hatten. Er war wütend. Er war sauer. Das Telefon hatten sie ihm auch weggenommen. Erst gestern war er entlassen worden und hatte sein Handy endlich zurückbekommen, natürlich waren mehrere Anrufe von Olivia drauf. Braves Mädchen. Sie wollte ihm schließlich das Präparat übergeben und das tolle Interview beenden. Was interessierte ihn schon, was sie noch zu sagen hatte, diese Heuchlerin? Er wollte nur den Schmetterling. Gleich heute hatte er Olivia glücklicherweise erwischt, gerade als sie aus der Wohnung gekommen war, um sich mit Tom und diesem Kind zu treffen. Eine kleine Tussi, pinkes, mit Glitzersteinen bestücktes Kleidchen, Turnschuhe, die beim Gehen aufleuchteten. Und dann sah sie auch noch fröhlich und strahlend aus, es riss an seiner Seele, sie so mit einem anderen zu sehen. Es erinnerte ihn an Sandra, die ihn ebenso abgewiesen hatte und lieber bei ihrem Mann geblieben war. Diesem Hünen, diesem verstaubten Langweiler, der sich Forscher geschimpft und doch die meiste Zeit in seinem dunklen Loch nur auf tote Insekten aufgepasst hatte. Er hatte ihnen eine Lektion erteilt, und er sah, dass er auch bei Olivia zu härteren Maßnahmen greifen musste. Er wusste auch schon, zu welchen. Er war vorbereitet. Er kannte ihren wunden Punkt: Tom sollte leiden. Jetzt, wo er das Mädchen gesehen hatte, würde er seinen Plan minimal abändern. Er tastete in seiner Tasche nach der Spritze mit dem Beruhigungsmittel, die er im Zoo schon vor einiger Zeit hatte mitgehen lassen. Für den Fall der Fälle. Man konnte ja nie wissen, wozu so etwas gut war. Er kicherte leise und fühlte sich verdammt mächtig.

Dann folgte er dem Gespann bis vor das Riesenrad, wo ein weiteres Pärchen dazustieß. Die Dicke arbeitete auch in dem Café, der Ähnlichkeit nach zu urteilen war sie Toms Schwester. Einen Moment lang misstrauisches Beäugen, dann aber gleich viel Hihi und Haha, Küsschen links und rechts, Schulterklopfen. Er könnte kotzen. Das Mädchen wollte unbedingt mit dem Riesenrad fahren. Nachdem sie eine endlose halbe Stunde

Schlange gestanden und sich einmal aufreibend langsam im Kreis gedreht hatten, spazierten, besser gesagt, quetschten sie sich weiter durch die Menge. Hielten hier an, um eine Wurst zu kaufen, dort, um eine Crêpe zu verspeisen. Auf zum Autoscooter. Tom und das Mädchen fuhren gegen die Dicke und ihren Freund. Danach trauten sich Olivia und Tom auf den fliegenden Teppich. Olivia stieg ziemlich blass wieder aus. Gut so! Schließlich flanierten sie in Richtung See, wahrscheinlich um das Feuerwerk zu bestaunen. Er musste rasch handeln. Als das Mädchen etwas zurückblieb, um sich neben dem Menschenstrom die Schuhe zuzubinden, zog er sich die Kappe tiefer ins Gesicht. Wartete, bis ein Loch im Strom entstand, das ihm noch mehr Anonymität bot, riss die Göre am Arm und hielt ihr den Mund zu. Panisch kickte sie mit den Beinen, er musste sie eng an sich drücken, um sie einigermaßen ruhig zu stellen. Im Dunkeln zwischen zwei Food-Trucks stieß er ihr grob das Knie in den Rücken, wimmernd sank sie in seinen Arm. Mit den Zähnen riss er die Verpackung der Spritze auf. Er würde ihr das Beruhigungsmittel injizieren, sie unter den Truck werfen und aus sicherer Entfernung beobachten, wie Olivia und ihre Truppe sie verzweifelt suchen würden. Wenn sie sie fanden, würde sie entweder tief schlafen und irgendwann wieder aufwachen oder auch nicht. Je nachdem, wie ihr Körper das Mittel verarbeiten würde. Ihm war es egal.

Die Minitussi wurde wieder unruhig, sie musste die Spritze in seiner Hand gesehen haben, sie wand sich hin und her. Ihre Schuhe blinkten verräterisch, sobald sie den Boden berührten. Er riss an ihrem langen Zopf, sie riss unter seiner Hand den Mund auf und biss zu. Fluchend lockerte er den Griff, nur ein wenig, aber es genügte dem verdammten Mistvieh, sich freizustrampeln. Sofort begann sie zu schreien. Er versuchte noch, ihr die Spritze im Davonrennen irgendwo in den Körper zu jagen, vergeblich. Einige Leute sahen schon in seine Richtung. Er sollte zusehen, dass er wegkam.

Olivia merkte als Erste, dass Carla fehlte. Sie hatte sie doch eben noch gesehen. Wenn sie sich auf die Zehenspitzen stellte, sah sie mit Leichtigkeit über die feiernden Menschen hinweg, aber das leuchtend pinke Kleid war nirgends auszumachen. Eine plötzliche Panik schnürte ihr die Kehle zu.
»Wir haben Carla verloren«, stammelte sie und zog Tom am Arm, der gerade mit Daniel darüber diskutierte, von wo aus sie am besten das Feuerwerk sehen würden. Auch Tom scannte sofort die paar Meter hinter ihnen ab, ohne Carla zu entdecken. Dann quetschte er sich vehement zwischen den Leuten hindurch, rief laut Carlas Namen. Olivia tat es ihm gleich, Valerie und Daniel wühlten sich hektisch von Essensstand zu Essensstand, fragten überall, ob jemand das Mädchen im pinken Kleid gesehen hatte. So weit zurück konnte sie doch gar nicht gelaufen sein! Auf einmal hörten sie jemanden schreien, Papa, Papa, die Stimme schrill vor Angst. Bei den drei Food-Trucks hinter ihnen – sie waren eben noch daran vorbeigegangen – fanden sie das weinende Mädchen.

KAPITEL 18

»Da war ein Mann«, erzählte die völlig aufgelöste und zitternde Carla der zu Hilfe geeilten Polizeipatrouille. »Ich hab mir die Schuhe gebunden und er hat mich einfach gepackt und dort dazwischen gezerrt und ich habe geschrieben und er hat mir den Mund zugehalten und mir wehgetan und dann hatte er etwas in der Hand, eine Spritze, und dann hab ich ihn in die Hand gebissen und bin weggerannt.« Sie weinte leise. »Ich hatte solche Angst!«

Olivia hielt die Hand des Mädchens und streichelte ihm über den Kopf, und war dabei selbst so kreidebleich, als ob sie selbst Trost bräuchte.

Ein wehrloses Kind, wer tat so etwas? Carla konnte keine präzise Personenbeschreibung abgeben. Sie habe nichts gesehen, stieß sie zwischen Schluchzern hervor, es sei zu dunkel gewesen. Aber dann fiel ihr doch etwas ein. Der Mann habe eine Kappe angehabt, tief ins Gesicht gezogen, und ein dunkles langärmliges T-Shirt. Als er versucht habe, sie festzuhalten, sei das Shirt hochgerutscht und da habe sie noch einen Verband gesehen am linken Handgelenk. Mehr konnte sie nicht sagen. Tom hockte sich vor sie und das Mädchen ließ Olivias Hand los und stürzte sich in seine Arme. Nach Parfüm habe er gestunken, stammelte sie, und dann weinte sie so sehr, dass sie nichts mehr sagen konnte.

Tom kochte vor Wut. Immer wieder. Seit Tagen. Dass jemand seiner Tochter so etwas Abartiges antun würde, hätte er sich nie träumen lassen. Der Albtraum eines jeden Vaters; plötzlich war sie weg gewesen, ein kleiner Moment der Unachtsamkeit, einmal Schnürsenkel binden. Dabei hatten sie noch gewitzelt beim Schuhkauf, dass er sie mit diesen Blinkedingern wenigstens nie verlieren würde. Er schalt sich dafür, nicht besser auf sie aufgepasst zu haben. Er hatte nur Augen für Olivia gehabt. War also auch seine Schuld, dass Carla nun traumatisiert war. Nachts wachte sie weinend auf und sie wollte nicht allein zur Schule laufen, obwohl die gleich um die Ecke lag. Nicht dass er sie noch allein irgendwo hingehen ließ.

Mit der knappen Personenbeschreibung hatte die Polizei wenig in der Hand. Zwei Zeugenaussagen – zwei, von all den Leuten dort! – hatten keine weiteren Anhaltspunkte geliefert. Aber Tom zwickte seit Tagen etwas, etwas, das Carla gesagt hatte. Es kroch durch sein Unterbewusstsein, hinterließ eine schmerzhafte Spur, und jedes Mal, wenn er kurz davor war, es zu erkennen, war es weg, immer einen Tick schneller als er. Eines Nachts, vier Tage nach dem traumatischen Vorfall, bekam er es endlich zu fassen. Er lag im Bett, allein ausnahmsweise, und hatte eben Carla nach einem Albtraum wieder zum Einschlafen gebracht. Es war ein absurder Gedanke. Aber er ließ ihn nicht los. Er kannte jemanden, der übermäßig nach Duftwasser roch. Und diesen jemand hatte er nicht gerade sympathisch gefunden.

Olivia hatte sich vermutlich nicht die Mühe gemacht, ihren Professor Edelmann einmal genauer unter die Lupe zu nehmen. Erst kürzlich hatte sie beiläufig bemerkt, dass sie ihn endlich fragen müsse, in welcher Zeitschrift das Interview denn erscheinen würde. Sollten sie überhaupt vor Ablauf der Frist zu dem Stoff vordringen, den Edelmann ursprünglich anvisiert hatte. Sie war einfach wirklich viel zu gutgläubig! Kurz entschlossen stand Tom auf, ging ins Wohnzimmer, öffnete die Balkontür und ließ die angenehm frische Luft herein. Endlich hatte es ein wenig abgekühlt nach den letzten Hitzetagen. Wie konnte Olivia diese Wärme nur genießen? Er zuckte mit den Schultern. Sie war eben daran gewöhnt. Australien, Ägypten, alles viel zu heiß für ihn. Acapulco natürlich auch, aber er wollte ja nicht dort leben. Nur von den Klippen springen. Dieses Mal hinterließ der Gedanke an seinen Traum keinen schalen Nachgeschmack wie sonst. Vielleicht würde er ja doch in Erfüllung gehen. Er lächelte ein wenig, dann startete er den Computer.

Das Google-Logo sprang ihm farbenfroh entgegen. Tom suchte die Website der Eidgenössischen Technischen Hochschule, der ETH, und klickte sich durch die diversen Seiten, bis er das Professorenverzeichnis fand. Sechzehn verschiedene Abteilungen gab es, von Architektur bis Biologie, von Maschinenbau über Physik bis zu Umweltwissenschaften. Einen Professor Edelmann fand er nicht. Nachdenklich scrollte er sich noch einmal durch die Listen. Vielleicht arbeitete er ja nur teilweise im Hörsaal oder unterrichtete nicht. Wenn er Olivias Vater assistiert hatte, lag sein Aufgabengebiet möglicherweise nur in der Forschung.

Der Mann war ihm nicht geheuer. Aber was sollte er für einen Grund haben, zu lügen? Oder, noch schwerwiegender, ein Kind zu entführen? Tom lachte sich selbst aus und fuhr den Computer herunter. Paranoia. Aber er konnte nun ein klein wenig verstehen, wie sich Olivia gefühlt haben musste, als dieser Spinner sie die ganze Zeit angerufen hatte, wer auch immer das gewesen war.

Ein Telefonat mit dem Sekretariat der Universität am nächsten Morgen brachte Gewissheit – es arbeitete kein Professor Doktor André Edelmann an der ETH. Tom stand in der Küche des Cafés und kaute auf dem Nagel seines Zeigefingers herum, das hatte er seit seiner Kindheit nicht mehr getan und er rügte Carla jedes Mal, wenn er sie dabei erwischte. Aber irgendwas stimmte nicht mit diesem Professor. Falls er denn überhaupt einer war. Ganz so edel, wie sein Name es suggerierte, schien er jedenfalls nicht zu sein. Facebook verriet nichts über ihn. Google verriet nichts über ihn. Vor Tom lag Brownieteig in einer Schüssel, bereit, in die Form gefüllt zu werden. Er seufzte. Schluss jetzt mit der Grübelei, sagte er sich, doch da fiel ihm plötzlich etwas ein.

Hatte nicht Erika vor ein paar Wochen Edelmann erwähnt? An dem Tag, als sie ihn für einen Pfarrer gehalten hatte. Ängstlich war sie gewesen, was vielleicht auf ihren Zustand zurückzuführen werden konnte. Aber vielleicht wusste sie auch etwas über ihn. Schließlich hatten Olivias Eltern mit ihm gearbeitet.

Er brannte darauf, zu Erika zu fahren, krempelte seinen ganzen Tag um dafür. Organisierte, dass eine befreundete Mutter Carla abholen würde und Valerie die letzten zwei Stunden allein im Café bliebe. Rief bei Erika an, um sich zu vergewissern, dass sie einen lichten Tag hatte. Olivia erwischte er nicht. War heute nicht ihr freier Tag in der Pizzeria? Er zählte die Tage bis zum Ablauf ihrer Kündigungsfrist, danach würde sie endlich wieder im MokkArt arbeiten, hier bei ihm, Seite an Seite. Wozu besaß diese Frau überhaupt ein Telefon, wenn sie nie abnahm, fragte er sich zum wiederholten Mal. Dann schrieb er ihr eine Nachricht über WhatsApp, nur für den Fall, dass sie doch einmal einen Blick auf das mysteriöse Gerät werfen sollte. Immerhin hatte er sie endlich vom Vorteil der App überzeugt, jetzt, da sie doch auch ab und zu verliebte Nachrichten hin und her schicken könnten – er hoffte, dass sie wenigstens davon Gebrauch machen würde.

»Pass bloß auf«, warnte ihn Valerie mit ihrem sechsten Sinn, als er das Café verließ. »Heute ist ein komischer Tag. Ich spür's ganz genau. Irgendwas ist im Busch.« Tom lachte sie aus, kam aber nicht umhin, ihr insgeheim recht zu geben. Irgendetwas war faul.

Erika empfing ihn mit offenen Armen, adrett gekleidet in einem hellgelben Kostüm. Er freute sich, zu sehen, dass sie entspannter war als bei vergangenen Besuchen; die verbesserte Beziehung zu Olivia hatte wohl auch von ihr ein großes Gewicht genommen. Bei Kaffee und Schokoladenplätzchen plauderte sie locker über dieses und jenes, das herrliche Wetter, den Garten, die Tierchen, die sich über die Blumen hermachten und sie auffraßen. »Diese schleimigen Viecher, mir fällt der Name nicht ein«, entschuldigte sie sich, dann aber rief sie: »Schnecken! Schleimige Schnecken. Es ist so ärgerlich, Tom. Die einfachsten Wörter … Was ich gestern gegessen habe. Wen ich letzte Woche noch kannte. Es ist ungerecht.« Sie seufzte tief und ihr Gesicht wurde in dem Anflug an Trauer und Frust kurz ganz weich, bevor sie den Kopf schüttelte und die Schultern straffte. »Ich überlege, ein Videotagebuch zu führen. Wie ihr jungen Leute.« Dabei lachte sie verlegen, als wäre es eine dumme Idee. Oder eine aussichtslose.

Tom hm-te und ja-te und fand den richtigen Einstieg nicht. Zwischendurch schielte er verstohlen auf sein Telefon; immer noch keine Antwort von Olivia. Dann, endlich, piepste es und hastig griff er danach. Erika unterbrach sich, sichtlich brüskiert über die Unhöflichkeit.

treffe jetzt andré für interview. wieder in dieser schrecklichen hotelbar. hoffentlich bald das letzte mal. komme später vorbei. küsschen!

»Nein!«, entfuhr es ihm.

Erika hob das Kinn und sah ihn angespannt an.

»Olivia trifft sich gerade mit Edelmann«, klärte er sie auf. Dass die alte Dame unter dem sorgfältig aufgetragenen Makeup erblasste, bestätigte seinen Verdacht. »Erika, du weißt etwas über Edelmann. Du musst es mir sagen. Ich glaube, er ist ein Betrüger, im schlimmsten Fall sogar gefährlich.« Kurz fasste er seine These zusammen und berichtete auch von Carlas Beinahe-Entführung.

Erika schloss die Augen und schüttelte den Kopf. »Ich habe ihr doch gesagt, dass sie sich nicht auf ihn einlassen soll.« Als sie die Augen wieder öffnete, wirkte sie durch den Schmerz darin um Jahre gealtert. Gleichzeitig aber lag ein entschlossener Zug auf ihrem Gesicht. »Weißt du, wo sie sich treffen?« Tom bejahte und sie forderte ihn auf, sofort mit ihr dorthin zu fahren. So rasch wie möglich.

Es kostete Olivia Überwindung, die kleine Empfangshalle zu durchqueren. Alles in ihr schrie danach, sich umzudrehen und zu gehen. Bestimmt ein Abwehrmechanismus ihres Unterbewusstseins, das Angst vor der Wahrheit hatte, die in ihren Albträumen steckte. Angst vor dem abschließenden Interview, in dem vielleicht endlich die Erinnerungen an das Unglück wachgerufen würden. Redete sie sich ein. Eine Stimme in ihr aber flüsterte, dass sie sich auch wegen André selbst so ängstlich fühlte. Er verwirrte sie: Sie fühlte sich wohl in seiner Nähe. Er übermittelte ihr ein angenehmes, ja beinahe vertrautes Gefühl. Aber das Date-Debakel war ihr nach wie vor peinlich. Sie war sich weiterhin sicher, dass er sich falsche Hoffnungen gemacht hatte – dass sie falsche Signale gesendet hatte. Wahrscheinlich war er auch deswegen beinahe drei Wochen abgetaucht. Fand sie aber trotzdem seltsam, gemessen daran, wie ungeduldig er noch kurz davor gewesen war, wie unbedingt er das Präparat hatte in den Händen halten wollen. Das war ja auch verständlich, es lief nicht gut für ihn, den Armen. Jetzt würde sie ihm beichten müssen, dass sie den Schmetterling nicht mehr gefunden hatte. Erika schien sich nicht mehr erinnern zu können. Sie hatte dann Maria noch einige Male gefragt, ob sie das Präparat beim Aufräumen oder Putzen entdeckt hätte. Aber die Antwort hatte stets Nein gelautet. Hatte Erika den Schmetterling vielleicht sogar in den Mülleimer geworfen, nichts anderes in ihm gesehen als ein totes Insekt? Olivia entschied, André nichts vom Schmetterling zu erzählen, bis er sie explizit danach fragte.

Sie gab sich einen Ruck und betrat die Bar. Für sich selbst und für Erika wollte sie zu einem Abschluss kommen, nicht seinetwegen, besann sie sich. Die letzten Treffen würden schon auszuhalten sein. Peinlich, aber auszuhalten. Nur auf die Geschichte konzentrieren. Aber ihr Körper sendete andere Signale aus. Sie knetete ihren Rock mit den Fingern. Ihr Puls ging hoch. Als müsste sie in ein Flugzeug steigen, Unwetter vorhergesagt. Ihre Reaktion verwirrte sie. Es tat ihr leid, dass sie wieder einmal die Grenze nicht klar genug gezogen hatte, ihn verletzt hatte. Aber er würde darüber hinwegkommen. Sie straffte ihren Rücken.

André saß bereits in einem der Sessel und sah ihr ernst entgegen. »Heute ganz allein?«, fragte er. Ein kleiner Seitenhieb, der schnelle Biss einer Schlange, aber das Gift wirkte nur kurz. Seine warme, vertraute Stimme hallte in ihr nach und sie entspannte sich.

Jetzt lächelte André, berührte sie kurz am Arm zur Begrüßung. Sein Hemdsärmel rutschte ein wenig hoch und sie registrierte ein Pflaster am Handgelenk. Rasch zog er den Ärmel wieder runter.

»Na, wie geht es denn voran mit den Erinnerungen?«, wollte er wissen.

»Gut«, antwortete Olivia, auch wenn das übertrieben war. »Ich habe damit begonnen, im Internet über die Katastrophe zu lesen, um so weitere Puzzlestücke ans Tageslicht zu befördern.« Das war gelogen, aber sie hatte es immerhin vor. Im Moment versuchte sie hauptsächlich, ihr Gegenüber zufriedenzustellen, bevor sie mit der schlechten Nachricht rausrückte und ihm gestand, dass sie den Schmetterling nicht mehr fand. Es funktionierte. Zufrieden wie ein Kater in der Sonne lehnte André sich zurück, schaltete das Telefon auf Aufnehmen und wies sie mit einer beinahe schon königlich anmutenden Handbewegung an, anzufangen.

Es begann mit schwarzem Nagellack.

Olivia war dreizehn gewesen und hatte sich gelangweilt. Zwei Wochen Urlaub im Februar, draußen war es kalt, windig, aus den Wolken schneite und regnete es abwechselnd, es fror und taute und fror wieder. Die meisten ihrer Klassenkameradinnen waren mit ihren Eltern in die Berge gefahren oder im Skilager. Von Letzterem hatte Olivia ihre Angst vor Lawinen abgehalten. Aber selbst wenn Kinder da gewesen wären, hätte sich wohl niemand mit ihr abgegeben. Hatten die Kinder in ihrem Heimatdorf Respekt vor ihr gezeigt wegen ihrer Größe und ihres Draufgängertums, war sie in ihrer neuen Schule von Beginn an misstrauisch beäugt worden. Eine Waise, und dann sprach sie nicht mal darüber, was geschehen war. Diese Tatsache grenzte sie ebenso aus dem erlauchten Kreis der Oberschichtkinder aus – mit Papa Anwalt, Papa Chef der Klinik so und so, Mama Direktorin bla bla bla – wie ihre roten Haare und der dumme Zufall, dass sie an Halloween Geburtstag hatte. Hexe. Anders zu sein half ihr jedenfalls wenig dabei,

Freunde zu finden. Aber sosehr sich Olivia eine beste Freundin wünschte, um mit ihr Sorgen und Freuden zu teilen, war sie sich zugleich selbst genug. Sie stützte sich auf ihre Bücher; die Auswahl war so groß, für jede Lebenslage gab es ein Buch. Mindestens. Bücher hänselten sie nicht, rissen sie nicht an den Haaren, fragten nicht nach Mama und Papa. Gaben nicht vor, eine Freundin zu sein, nur um sie für die Nächstbeste, die gerade hoch im Kurs stand, stehen zu lassen. Sie sah es ja in der Schule: Intrigen und Machtspiele um die Gunst einiger weniger. Darauf konnte sie verzichten. Ganz abgesehen davon, dass ihre Großeltern es angemessener fanden, dass sie in ihrem Zimmer blieb, als sich draußen auf der Straße rumzutreiben. An Maria, der Wächterin der Eingangstür, unbemerkt vorbeizukommen, war schwierig. Einen Hausschlüssel besaß sie nicht. Alcatraz.

Damals hatte sie nicht wissen können, dass es ihrer Großmutter aus Angst am liebsten gewesen war, sie in ihrem Zimmer zu wissen. Aus der Angst, sie auch noch von einem Tag auf den nächsten zu verlieren wie ihre Mutter.

Damals hatte sie gemeint, dass ihre Großeltern es ihr einfach so schwer wie möglich machen wollten. Einsperren, wegsperren, damit sie nicht im Weg stand. Aber sie würde ausbrechen, das hatte sie sich fest vorgenommen. Eines Tages. Sie musste nur eine geeignete Feile finden, mit der sie die Gitterstäbe ihres Gefängnisses aufsägen konnte. Ein illustriertes Buch über Bram Stokers Dracula brachte sie auf eine Idee.

Und so erschien sie eines Abends in jenen endlos scheinenden Februarferien mit schwarz lackierten Fingernägeln zum Abendessen. Den Lack hatte sie in der Drogerie mitgehen lassen, während Maria Mottenkugeln gekauft hatte für Erikas Schrank voller selbstgenähter Kleider, die niemand anzog. Eine Mutprobe, die sie sich selbst gestellt hatte – sowohl der Diebstahl als auch das anschließende Lackieren. Ihre Fingernägel waren kurz, aber schön gerundet. Früher hatte sie gern daran gekaut, aber seit dem Tod ihrer Eltern starrte sie nur noch darauf. Sie verspürte ein Bedürfnis, stärker als je zuvor, die Nägel mit den Zähnen zu bearbeiten, genoss dann aber den Sieg, den ihr ihre eiserne Selbstkontrolle einbrachte. Wenn sie ihr Leben so kontrollieren konnte wie diese Lust, würde sie jede Schwierigkeit meistern können. Die Nägel waren also anständig geschnitten, und vor allem schwarz. Georg, ihr Großvater, hob wie immer nur kurz den Kopf, als sie sich an den Esstisch setzte. Plakativ legte sie die Hände auf den Tisch, schwarzes Ungeziefer auf dem unschuldig weißen Tischtuch. Maria, die eben Wasser einschenken wollte, erstarrte mitten in der Bewegung, was Erikas Aufmerksamkeit auf sie lenkte. Ihre Großmutter sog scharf die Luft ein, was wiederum Georgs Aufmerksamkeit erregte. Olivia verbrachte den Rest des Abends ohne Essen in ihrem Zimmer und auch am nächsten Tag durfte sie es erst verlassen, nachdem sie den Lack entfernt hatte. Die Alten meinten vielleicht, sie hätten gesiegt. Aber in Olivia breitete sich der Triumph aus wie Helium, sie fühlte sich leicht und losgelöst: Sie hatte die Feile gefunden. Rebellion.

Auf dem Heimweg von der Schule trödelte sie immer öfters. Legte Pausen ein in der Drogerie oder dem kleinen Supermarkt, um sich wieder und wieder mit schwarzem Lack einzudecken, der ihr jedes Mal nach nur einmaligem Auftragen abgenommen wurde. Sie begann, ihre Kleider schwarz zu färben. Sie klaute den dunkelsten Lippenstift, den sie finden konnte. Und eines Tages glänzten selbst die kupferroten Locken in sattem Schwarz. Ihre Klassenkameraden schwankten zwischen Bewunderung und »Jetzt ist sie durchgeknallt«. Letzteres befürchteten auch Erika und Georg. In gewissem Maße mussten sie Olivia gewähren lassen, unmöglich, ihr alle Kleider wegzunehmen oder den Kopf zu rasieren, nicht wahr? Aber ihr Großvater, jetzt schon großzügig mit Ohrfeigen, begann sie im Gegenzug zu schikanieren, wo er nur konnte. Nahm ihr die Bücher weg, sperrte sie im Zimmer ein oder …

»Olivia!«, hörte sie Tom rufen, bevor sie ihn sah.
»Olivia«, rief Erika und kam hinter Tom um die Ecke.
Mit alarmiertem Gesichtsausdruck hob André den Kopf.

KAPITEL 19

André wirkte wie ein Hase auf der Flucht. Sein Blick schoss zwischen Olivia, Tom und Erika hin und her, bis er schließlich Erika fixierte. Die alte Dame stützte sich auf Toms Arm, sie war leicht außer Atem.

»Du!«, rief er. Olivia blinzelte, seine plötzlich viel zu hohe Stimme schmerzte in ihren Ohren. Glassplitter, die auf sie einprasselten. Ihr wurde flau im Magen. Etwas stimmte nicht.

»Entferne dich von ihm, Olivia«, beschwor Erika sie. »Er ist ein Betrüger. Ein schlimmer Mensch!« Sie streckte die Hand aus, winkte sie zu sich.

Zögerlich stand Olivia auf. »Was soll das heißen, Betrüger? André?« Sie wartete auf seine Antwort, eine Entwarnung.

Die Luft flirrte vor Spannung, war kurz davor, Funken zu sprühen. André sprang auf, sein Stuhl fiel krachend nach hinten. Spätestens jetzt standen sie im Mittelpunkt der Aufmerksamkeit. Jeder in der spärlich besetzten Hotelbar sah sie an.

»Ich, Betrüger?« André lachte, ein dreckiges Lachen.

Olivia fuhr erschrocken zurück. Der Mann vor ihr hatte nichts mehr gemeinsam mit dem charmanten Professor, dem sie noch vor einem Monat erlaubt hatte, seine Hand auf ihr Bein zu legen. Das Gesicht war verzerrt, eine wütende Fratze, sein Körper angespannt, kurz vor dem Sprung. Ein Jäger. In einem Versuch, die Lage zu entschärfen, hob Olivia beschwichtigend die Hände. Sinnlos.

»Schau sie dir doch an, die alte Hure«, höhnte André. »Sie trägt die Schuld am Tod deiner Eltern! Weil sie ihren Ruf schützen wollte, das Flittchen. Redet Sandra ein, ich wäre nicht gut genug für sie, und vögelt dabei selbst den Pfarrer!« Er hieb mit der Faust auf den Tisch. Olivia blinzelte benommen, unfähig, sich zu bewegen. Wer vögelt den Pfarrer? Was war mit Andrés Stimme passiert? Die Glassplitter bohrten sich in ihre Gedanken, kratzten an einer Erinnerung. Die übrigen Gäste der Bar zogen es vor, sich zurückzuziehen, dafür tauchte ein korpulenter Herr auf, wahrscheinlich der Direktor. Aber auch er wagte es nicht, sich dem tobenden Mann zu nähern, sondern hob wie vorhin Olivia die Hände und versuchte, sich Gehör zu verschaffen. Man möge sich bitte beruhigen. Er habe die Polizei verständigt. Seine Worte lösten eine weitere Hasstirade aus.

»Ich habe alles nur aus Liebe zu Sandra getan. Aber du dachtest, du wärst besser als alle anderen, und sieh dir an, was passiert ist! Mein Leben hast du zerstört, deine Familie hast du zerstört, und wofür? Stolz, purer Stolz.« Den letzten Satz spuckte er auf den Tisch.

Erika löste sich von Toms Arm. Bestürzt bemerkte Olivia, dass ihrer Großmutter Tränen über das Gesicht liefen. Sie verstand kein Wort von dem, was André sagte. Aber Erika anscheinend schon.

»Du weißt nicht, was Liebe überhaupt ist. Du kannst nicht kleinreden, was du getan hast, André. Ich mag eine Mitschuld tragen, aber der Auslöser allen Übels warst du. Und nun gibst du dich als Professor aus, um über Olivia an den verdammten Schmetterling zu gelangen. Nach all den Jahren kannst du immer noch keine Ruhe geben! Sie hätten dich nie aus der Psychiatrie entlassen dürfen!« Sie drehte sich zu Olivia. »Er ist kein Professor, Olivia, er ist Tierpfleger im Zoo. Das ganze Gerede von einem Interview war eine Täuschung. Er ist krank!«

Plötzlich ging alles ganz schnell. Während Olivia noch verdaute, dass sie die ganze Zeit über belogen worden war, schnellte André nach vorn, sprang über den umgeworfenen Stuhl, packte Erika und schleuderte sie zu Boden.

»Verräterin! Das wirst du bereuen!«, schrie er und hastete in Richtung Ausgang. Tom stürzte hinterher, kurz vor der Drehtür holte er André ein und brachte ihn zu Fall. Im selben Moment hielt ein Polizeiauto vor dem Hotel und nur wenige Sekunden später klickten die Handschellen.

Olivia kniete neben Erika auf dem Boden. Die alte Dame war bei Bewusstsein, wimmerte leise. Ob wegen des Schockes oder weil sie Schmerzen hatte, konnte Olivia ihr nicht entlocken. Beruhigend streichelte sie die Hand ihrer Großmutter, Omi, Omi, alles wird gut. Alles würde gut werden. Alles, was sie eben gehört hatte, würde sich als Lüge eines kranken Mannes entpuppen. Er hatte sie benutzt. Sie wusste nur noch nicht, wofür. Aber sie wusste plötzlich, wie. Ein Zittern überfiel sie. Die Stimme eines geliebten Menschen vergaß man zuerst, hatte einer ihrer Therapeuten mal erklärt. Aber nicht ganz, im Unbewussten bliebe sie gespeichert. Das galt natürlich auch für die Stimme ihres Vaters. Weich, tief, sie hatte ihr Sicherheit und Vertrauen vermittelt. Sie hatte sich täuschen lassen. Sie schluchzte trocken, ehe sie es verhindern konnte, und schlug die Hand vor den Mund. Alles würde gut werden. Nicht weinen! Aber der Damm war gebrochen. Ein weiterer Schluchzer schüttelte sie, dann noch einer und dann weinte sie, weinte und weinte, während sie die Stimme ihres Vaters klar und deutlich in ihrem Kopf hörte: Pass gut auf ihn auf. Pass gut auf ihn auf. Dann stürmten die Bilder auf sie ein.

»Es tut mir leid, es tut mir so leid«, flüsterte Erika und auch ihr rollte eine Träne über das Gesicht.

Die nächsten Tage verbrachte Erika im Krankenhaus. Beim Aufprall hatte sie sich den linken Arm gebrochen, ein sauberer Bruch, der ohne Komplikationen wieder verheilen würde. Auch die Prellungen am Becken, mittlerweile hatten sie einen blauvioletten Ton angenommen, seien kein Problem. Aber weil sie seit der Einlieferung kein Wort mehr gesprochen hatte, vermuteten die Ärzte einen psychischen Schock. Den gelte es zu beobachten, erklärten sie Olivia. In dem Alter und noch dazu mit ihrer Krankheit könne man nie wissen.

Olivia blieb bei Erika. Privatversicherung sei Dank bestand ihr Lager in Erikas Krankenzimmer aus einem anständigen Bett. Sie hätte aber auch in einem Sessel geschlafen. Der Schock der Ereignisse steckte ihr selbst noch in den Knochen, und die Angst, dass Erika dadurch endgültig den Bezug zur Wirklichkeit verlieren könnte, ließ sie nicht zur Ruhe kommen. Wenn sie nicht arbeiten musste, saß sie an Erikas Bett, hielt ihre Hand und redete. Erst über dieses und jenes, dann über Tom.

»Er wird sich endlich seinen Haarvorhang schneiden lassen, um wieder offen in die Welt schauen zu können, Omi. Er ist furchtbar kitzelig. Und vor einigen Tagen habe ich ihn zum Turmspringen begleitet, aber ich habe mich nur zu einem Sprung vom Fünfmeterbrett durchringen können, ist ja schließlich kein Seil dran wie beim Bungee-Jumping. Gleich übertreiben muss ich es ja nicht, oder, Omi?« Sie philosophierte über das Glück, den Zufall oder die Bestimmung, dass sie nun tatsächlich ein Paar waren, nachdem sie sich schon als Kinder einander versprochen hatten. Das brachte sie weiter in die Vergangenheit. Sie redete ohne Hemmungen von ihren Eltern, rief Erinnerungen wach, die – sie musste es sich eingestehen – dank der Gespräche mit Edelmann jetzt ganz lebendig waren. Kurz fragte sie sich, ob sie ihm am Ende noch dankbar sein müsste für sein Täuschungsmanöver. Nebenbei hielt sie Erikas rechte

Hand und strich zart mit ihren Fingern über die lackierten Nägel, wie sie es vor Wochen schon hatte tun wollen. An manchen blätterte der Lack etwas ab, ein Spiegel der Zeit. Wenn sie ganz ehrlich mit sich selbst war, konnte sie auch die Bilder von schönen Momenten bei ihren Großeltern zulassen. Die hatte es auch gegeben. Vielleicht hatte sie damals das Gute einfach nicht sehen wollen. Aber jetzt, rückblickend, erkannte sie, dass Erika immer wieder versucht hatte, ihr die Hand zu reichen. Und sie hatte Erika immer wieder weggestoßen. In all ihrem Kummer hatte sie nicht verstanden, dass sie hätten gemeinsam trauern können. Sie hatte niemand anderen in ihrer Nähe haben wollen als ihre Eltern. Hatte niemand anderem auch nur den Hauch einer Chance gegeben, sie aus ihrem Kokon zu befreien. Vielleicht hätten sich die Erinnerungen gar nicht erst so weit zurückgezogen, wäre sie einen Schritt auf Erika zugegangen. Jetzt war fast alles wieder da. Als sie die Stimme ihres Vaters in ihrem Kopf vernommen hatte, waren die Bilder nur so auf sie eingeströmt. Seitdem fügte sich ein Puzzleteil ans andere. Überraschenderweise fühlte es sich nicht an wie ein Schock. Sondern mehr, wie etwas wiederzufinden, das man jahrelang aus den Augenwinkeln gesehen hat, ohne es wahrzunehmen. Vielleicht auch zu diffus, um es zu erkennen, und doch immer präsent. Sie fühlte sich nun bereit, das ganze Puzzle zu betrachten. Nur wenige Stücke fehlten noch. Der Gedanke daran bereitete ihr Bauchschmerzen, aber sie wusste, dass die Zeit gekommen war. Und dass sie danach erleichtert sein würde. Es waren nicht die Erinnerungen, die einen ausmachten, sondern das Handeln daraus. Aber dieses Gespräch würden sie erst führen, wenn es Erika besser ginge. Wenn auch Tom dabei wäre – er war ihre Zukunft. Dafür musste er ihre Vergangenheit kennen.

Erika lächelte zwischendurch, manchmal floss eine Träne. Nur selbst sagte sie nichts. Olivia überlegte immer wieder, was wohl in ihrem Kopf vorging. Erkannte Erika sie überhaupt? Die alte Dame drückte ihre Hand, wenn sie danach fragte, aber ihr Blick war nach innen gerichtet, als ob sie tief in sich selbst hineingetaucht wäre. Wenn Olivia sie so sah, erinnerte sie sich an die Worte Edelmanns, die immer noch keinen Sinn ergaben, und ein leichter Schauer lief ihr über den Rücken. Vielleicht würde sie eines Tages erfahren, was er gemeint hatte.

Nach drei Tagen, Olivia war vor einer Stunde von Maria abgelöst worden, drückte Erika plötzlich entschlossen auf den Hilfeknopf.

»Ich möchte nach Hause«, erklärte sie der herbeigeeilten Krankenschwester. Sie wunderte sich kurz, dass ihre Stimme völlig normal klang; kein Kratzen, kein Krächzen wies darauf hin, dass sie mehrere Tage lang nicht benutzt worden war. Das Schweigen war die einzige Möglichkeit gewesen, sich zurückzuziehen. Sich vorzubereiten, auf das, was unweigerlich kommen würde. Sie fürchtete sich davor, noch mehr, nachdem Olivia sich ihr so sehr geöffnet hatte. Es war die Angst, dass nach ihrer Beichte alles wieder so wäre wie früher. Daran hatte sie gedacht, während Olivia ihr so frei von sich erzählte, und das hatte ihr die Tränen in die Augen getrieben. Sie sog die neue Leichtigkeit zwischen ihnen auf wie ein Lebenselixier, fast so wichtig wie der Sauerstoff, den ihr die Ärzte am ersten Tag durch die Nase zugeführt hatten. Vielleicht würde sie davon zehren können, wenn alles wieder in die Brüche ginge.

»Oft sind es Kleinigkeiten, die über Großes entscheiden. Und oft genug ist es der eigene Stolz, der einen zu Fall bringt«, sagte Erika und wollte weitersprechen, als Maria den Kuchen auf den Tisch stellte.

Sie hatte lange mit Maria diskutiert und schlussendlich Olivia und Tom eingeladen, um über Edelmann zu reden. Es musste sein. Nun saßen die zwei Turteltäubchen eng nebeneinander am Tisch, tranken Kaffee beziehungsweise Tee und betrieben so artig belanglose Konversation wie zwei Klosterschüler. Hinter der ausgesuchten Höflichkeit verbarg sich wohl große Nervosität; zumindest bei Olivia, ständig verschob ihre Enkelin das Teelöffelchen auf ihrer Untertasse, legte es einmal auf die eine, dann wieder auf die andere Seite. Erika konnte kein Muster erkennen. Trotz aller Nervosität musste Olivia sich jetzt noch etwas gedulden, erst sollten sie den fantastischen Kirschkuchen essen, den Maria mit Früchten von dem Baum aus ihrem Garten zubereitet hatte. Mit samtig geschlagener Sahne. Maria hatte sich selbst übertroffen. Vielleicht würde das ihr neuer Lieblingskuchen werden.

»Omi?«

»Hm?« Erika kletterte mühsam die Treppe vom Kuchenhimmel wieder auf die Erde hinab.

»Du wolltest uns etwas erzählen.« Löffelchen hin, Löffelchen her. Dann löste Olivia das Band, mit dem sie ihre Haare in Schach hielt, und riss an einer Strähne, als wollte sie die Locke glatt ziehen. Tom, der tatsächlich mit einer strubbeligen Kurzhaarfrisur aufgetaucht war, die endlich sein Gesicht zur Geltung brachte, nahm ihre Hand in seine.

Richtig. Wo war sie stehen geblieben? Ach ja, beim Stolz. »Manchmal ist Stolz alles, was man noch besitzt. In meinem Fall war das so. Die Ehe mit deinem Großvater hat mich meiner Freiheit beraubt, meinen Träumen, meiner Leidenschaft. Aber dein Großvater genoss einen fantastischen Ruf. Wir waren beliebte Gastgeber und Gäste in den besten Kreisen der Stadt. Daran hielt ich mich fest. Dadurch definierte ich mich. Das konnte ich nicht hergeben. Was wäre mir geblieben? André Edelmann lernte ich eher zufällig kennen. Eines Tages liefen wir uns einfach über den Weg. Das heißt, ich begegnete deinem Vater, am … am … an diesem Platz unten am See, und er hatte André im Schlepptau. Er stellte ihn mir als seinen Assistenten vor, Biologiestudent im zweiten Jahr, sehr interessiert an den ganzen Insekten, Patricks Spezialgebiet. Vor allem die Schmetterlinge faszinierten ihn. André wurde zu einer Art Schützling deines Vaters. Er half ihm auch unten in den Archiven der entomologischen Sammlung. Bald hörte ich selbst Sandra von ihm schwärmen. Nett, sympathisch, hilfsbereit. Sehr charmant. Sie verbrachten immer mehr Zeit miteinander, zu dritt. Wie alt mag er gewesen sein, zwei- oder dreiundzwanzig, schätze ich. Sandra war gerade sechsunddreißig geworden. Sie arbeitete zu dem Zeitpunkt im Sekretariat der Biologieabteilung der ETH und gab Biologieunterricht an einer Schule unweit von hier. Deine Eltern pflegten einen sehr entspannten Umgang miteinander, ganz im Gegensatz zu dem, was ich aus meiner Ehe kannte. Sie waren glücklich. Als Sandra kleine Zettelchen mit Herzen oder mit Schreibmaschine geschriebene Liebesbotschaften an ihrem Fahrrad fand, nahm sie an, sie kämen von deinem Vater. Ein nettes Spielchen, dachte sie, das die Zeit, in der sie frisch verliebt waren, wieder lebendig werden ließ. Sie begann, ihm zu antworten, versteckte Zettelchen und Briefchen in seinen Unterlagen. Wie romantisch! Aber der Höhenflug der Endorphine wurde jäh gestoppt, als dein Vater wissen wollte, womit er denn all die Herzen verdient habe. Es stellte sich heraus, dass er die Botschaften nicht geschrieben hatte. Sandra war verwirrt, dein Vater misstrauisch. Wer mochte der heimliche Verehrer sein? Dann begannen die Anrufe. Auf dem Festnetzanschluss, natürlich, Mobiltelefone gehörten zu dem Zeitpunkt noch nicht zum täglichen Leben.«

Olivia zog scharf die Luft ein.

»Sandra erzählte deinem Vater davon nichts, nur mir. Es

wurde ihr langsam unheimlich, vor allem aber sah sie, wie ihr Eheglück kippte und Patrick sich von ihr entfernte. Schließlich kam es, wie es kommen musste: Dein Vater war zufällig zu Hause, als die Anrufe kamen, und er nahm sie entgegen. Sofort wurde aufgelegt. Jedes Mal. Liebesbotschaften und anonyme Anrufe? Er zählte eins und eins zusammen und unterstellte Sandra, ihn zu betrügen. Es folgten Wochen des Streites, der Eifersucht und des Misstrauens. Du warst viel bei uns damals, auch Sandra schlief immer wieder hier, wenn sie Abstand brauchte. Patrick war so verletzt, dass er den Argumenten deiner Mutter, ihren Liebesbeteuerungen und selbst ihrem Verdacht, dass ihr jemand heimlich folgte, keinen Glauben schenkte. Ich denke, man kann sagen, dass sie kurz vor der Trennung standen.

Sandra war erschöpft, entmutigt, verletzt und vor allem einsam, sodass sie keinerlei Einwände erhob, als Edelmann anfing, sie abends von der Arbeit nach Hause zu begleiten. Es dunkelte früh, und sie hatte immer wieder das Gefühl, verfolgt oder beobachtet zu werden. Sie vertraute Edelmann, hoffte, dass er zwischen Patrick und ihr vermitteln würde, wenn sie ihm von ihren Problemen erzählte, immerhin arbeiteten die beiden zusammen. Ich wiederhole, Edelmann war charmant. Fürsorglich, ohne sich aufzudrängen. Brauchte er auch nicht, deine Eltern zerfleischten sich selbst, er musste nur warten.

Aber er wurde unvorsichtig. Ungeduldig. Und so fand ihn dein Vater eines Abends, als er spät von der Arbeit zu uns kam – hauptsächlich, um dich zu sehen –, wie Edelmann, halb versteckt hinter einem Auto in die hell erleuchtete ...« Wie hieß der Raum noch mal? Warum musste ihr das jetzt passieren, wo sie doch all ihre Worte brauchte, um ihr Gewissen zu erleichtern? »Dort, wo Maria Kuchen backt, dort schaute er rein. Patrick stellte ihn wütend zur Rede, und Edelmann ... Weißt du, Edelmann ist tatsächlich krank. Psychisch krank. Er hat eine dissoziale Persönlichkeitsstörung. Das wurde später diagnostiziert. Er missachtet gesellschaftliche Normen, ist übertrieben egozentrisch und kann nicht unterscheiden zwischen oberflächlicher Sympathie ihm gegenüber und tiefer Freundschaft oder gar Liebe. Er projiziert sozusagen seine Emotionen auf andere. Er hatte sich in Sandra verliebt, und weil sie ihm freundlich begegnete, dachte er, sie würde seine Gefühle erwidern.«

Olivia warf Tom einen Blick zu, den sie nicht zu deuten wusste. »Wie konnte ich nur so dumm sein?«, flüsterte ihre Enkelin.

»So überzeugt war er von Sandras Liebe zu ihm, dass er gar nicht leugnete, ihr nachzustellen. Auch wenn er es nicht so nannte. Er sorge sich um sie, war seine Ausrede. Er passe auf sie auf, nicht so wie er, ihr Ehemann. Als Patrick die Polizei rufen wollte, griff ihn Edelmann an. Dein Vater war ein Hüne von einem Mann, aber damit hatte er nicht gerechnet; er fiel zu Boden, Edelmann trat wie ein Wilder auf ihn ein, bis Sandra, die den Tumult draußen gehört hatte, aus dem Haus stürmte. Und sich um Patrick kümmerte, nicht um ihn. Edelmann verschwand von der Bildfläche. Deine Eltern zeigten ihn an wegen Körperverletzung, etwas anderes konnten sie ihm nicht nachweisen. Aber dein Vater erreichte, dass er der Uni verwiesen wurde. Das hatte schwerwiegende Konsequenzen. Edelmann wurde an keiner Uni mehr angenommen. Er war der Überzeugung gewesen, ein angesehener, wenn nicht sogar berühmter Forscher im Bereich der Insektenkunde zu werden. Ein anderer Studiengang als Biologie war für ihn gar nie infrage gekommen. Sein Rausschmiss zog ihm den Boden unter den Füßen weg.«

»Woher weißt du das alles, Omi?«, wollte Olivia wissen. Erika bemerkte, dass Olivia die ganze Zeit an ihren Fingernägeln knabberte. Ihre Enkelin fing den Blick auf und legte sofort die Hände auf den Tisch, wo sie begann, alles vor sich parallel und symmetrisch zueinander auszurichten. Als ob sie so Ordnung in ihr Leben bringen könnte.

Erika sah auf ihre eigenen, ruhig im Schoß gefalteten Hände. Sie fühlte sich unversehens sehr müde. »Nach dem Unglück beauftragte ich einen Privatdetektiv, um ihn zu finden. Für mich trug er einen Teil der Verantwortung für den Tod deiner Eltern; nur deswegen, was er angerichtet hatte, seid ihr überhaupt nach Nicaragua gereist. Ich musste ihm in die Augen sehen und zumindest eine Entschuldigung hören. Für die ganze Lawine, die er über unsere Familie hatte niedergehen lassen. Es stellte sich heraus, dass er einen halbherzigen Suizidversuch begangen hatte; nach dem Rausschmiss war er zunehmend … traurig, nein, nicht traurig, mehr als das …«

»Depressiv?«

Mein Gott, das erinnerte ja schon an dieses Spiel, wie hieß es noch? Scharade? Fehlte nur noch die Pantomime. Banales vergaß sie nie. Wie frustrierend.

»Depressiv, genau. Er war depressiv geworden, der Tod Sandras hatte ihn dann völlig aus der Bahn geworfen. Auch wenn er das nicht zugab. Ich besuchte ihn in der psychiatrischen Klinik. Er freute sich sehr, mich zu sehen. Weidete sich an meiner Trauer, als ob er sich aus purem Frohsinn die Pulsader aufgeschnitten hätte. Nur zu gern erzählte er mir von sich. Für ihn gab es kein interessanteres Gesprächsthema. Ich lernte ihn besser kennen in jenen zwei Stunden, als mir lieb war.« Sie schüttelte sich, so sehr grauste sie die Erinnerung an das, was sie damals zu hören bekommen hatte.

»Aber was hat er getan, Omi? Das ergibt keinen Sinn. Was hat der Schmetterling mit alldem zu tun?«

»Ich habe kurz etwas vorgegriffen, entschuldige. Ich komme langsam zum schwierigen Teil.« Sie versuchte zu lachen, aber es klang mehr wie ein Krächzen. Hilflos. »Ich ... nein. Erinnerst du dich an unseren evangelischen Pfarrer, Heinrich Grecht?«

Olivia sah sie erstaunt an, Tom hob interessiert eine Augenbraue. Erika merkte, wie ihre Wangen erröteten. Maria hatte ihr erzählt, dass sie Tom bei einem Besuch für Heinrich gehalten hatte.

»Natürlich«, sagte Olivia trocken. »Ich musste oft genug in die Kirche.«

»Wir hatten eine Affäre.«

Große Augen, offene Münder. Maria spazierte herein und schenkte Tee und Kaffee nach. Hilf mir, wollte Erika ihr zurufen, aber da musste sie allein durch. »Meine Ehe mit Georg existierte nur noch auf dem Papier. Er konnte durchaus gewalttätig werden, wenn er sich gestört fühlte, das weißt du auch. Ich suchte Trost. Bei unserem Herrn Jesus Christus fand ich ihn nicht. Bei Heinrich schon. Es passierte einfach. Ohne zu überlegen. Es war ... Ich war endlich wieder glücklich.« Sie senkte die Augen, beschämt. »Eine Frau aus gutem Haus, ehemalige Schneiderin der Stadtprominenz, verheiratet mit einem bekannten und angesehenen Richter der Stadt, begeht Ehebruch. Georg hätte mich in der Luft zerfetzt und auf der Straße ausgesetzt wie einen räudigen Hund. Die Stadt hätte sich das Maul über mich zerrissen. Es war ein Spiel mit dem Feuer. Auch wenn es dramatisch klingen mag, dieses Glück bedrohte gleichzeitig meine Existenz.«

Olivia schien nicht allzu schockiert zu sein. Im Gegenteil. »Ernsthaft, Omi? Du bist ja eine ganz Schlimme. Wie lange ging das?«

Wäre vielleicht alles gar nicht so schlimm gewesen, wie sie es sich damals vorgestellt hatte, wäre die Affäre ans Licht gekommen? »Vier Jahre, meine Liebe. Vier Jahre lang ging alles gut. Dann erwischte mich Edelmann. Ausgerechnet er. Es passierte nach seinem Rausschmiss. Da er bereits vorbestraft gewesen war, hatte er wegen der Körperverletzung zwei Monate hinter Gittern verbracht. Wir dachten alle, das Problem wäre damit gelöst. Weit gefehlt! Nach seiner Entlassung begann er erneut, vor unserem Haus herumzulungern, was wir natürlich nicht wussten. Er entwickelte sich zu einem Meister des Versteckens. Sandra kam nach wie vor häufig nach der Arbeit zu mir; ich brachte sie zum Bahnhof und schaute manchmal danach bei Heinrich vorbei. Georg fiel das nicht auf, solange ich zum Abendessen zu Hause war. Und eines Tages, ja, eines Tages … eines Tages …« Jetzt glühten ihre Wangen. »Wir tauschten gerade … Zärtlichkeiten aus, also, wir … nun ja. Egal. Auf jeden Fall bemerkte ich irgendwann, dass wir den Vorhang nicht ganz zugezogen hatten. Wie leichtsinnig! Ich ging zum Fenster, um ihn zu schließen. Und dort, draußen, im Garten vor dem Fenster, stand Edelmann und lächelte mich an. Ich erstarrte förmlich zu Eis. Vor Angst. Vor Scham. Und weil ich in jenem Moment ahnte, dass dieses Lächeln, so maliziös, so kalt, der Anfang vom Ende war. Irgendetwas würde zerbrechen dieses Mal. Und so geschah es.«

Eine Träne kitzelte ihre Nase, sie wischte sie müde weg. Sie spürte, wie ihre Konzentration nachließ. Tom und Olivia saßen beide auf den Rändern ihrer Stühle, so gespannt, als würde sie aus einem besonders packenden Buch vorlesen und nicht von der Tragödie ihrer Familie erzählen.

»Er verschwand so schnell, dass ihn Heinrich nicht einmal bemerkte. Eine Zeit lang ließ Edelmann mich schmoren, dann stand er eines Tages vor mir, zischte mich an wie die Schlange, die Adam und Eva aus dem Paradies vertrieben hatte. Er stellte mich vor die Wahl: Entweder würde ich ihm einen Gefallen tun. Oder er würde Georg pikante Details zukommen lassen. Die Gefälligkeit bestand darin, ihm den Schlüssel zum Archiv der entomologischen Sammlung zu beschaffen, der, wie du weißt, Olivia, dein Vater vorstand.«

Tom sah sie erwartungsvoll an, völlig ahnungslos. Olivia hingegen lehnte sich langsam zurück und runzelte leicht die Stirn. Sie wusste, was geschehen war. Sie erinnerte sich. Aber den Täter kannte sie nicht. Und auch nicht die unfreiwillige Helferin.

»Damals habe ich die Schwierigkeiten, die dein Vater dadurch bekommen würde, als gering eingeschätzt. Was sollte schon passieren, wenn ein paar Insekten fehlten? Mir hingegen, was würde mir blühen bei einer Veröffentlichung meiner Untreue! Oder Heinrich. Ich konnte ja nicht wissen …«

Olivia verschränkte die Arme vor der Brust. Tom strich sich eine nicht mehr vorhandene Haarsträhne aus dem Gesicht; er schien zu bemerken, dass die Stimmung kippte.

»Ich lud euch zum Samstagskaffee ein. Dein Vater ließ seinen Schlüsselbund immer in der Jackentasche. Es war einfach, ihn da rauszuholen. Bis Montag würde er ihn nicht vermissen. Als er am Montagmorgen zur Arbeit erschien, war schon die Hölle los. Jemand war im Archiv gewesen in der Nacht und hatte das wertvollste Stück der Sammlung zerstört. Ganz gezielt. Den *Greta morgane nicaraguensis*. So gut wie unersetzbar, der ganze Stolz der Sammlung. Dieser Schmetterling kommt nur …«

»… in einer kleinen, verdammten Ecke im tiefsten Urwald Nicaraguas vor und ist praktisch unsichtbar mit seinen durchsichtigen Flügeln«, beendete Olivia flüsternd den Satz. »Wie konntest du nur?«

Die Frage stach wie ein Messer in ihr Herz. »Niemand wollte deinem Vater die mutwillige Zerstörung anhängen, aber da er den Schlüssel nicht mehr fand, musste er die Verletzung der Sorgfaltspflicht auf seine Kappe nehmen. Ihm wurde die Leitung der Sammlung entzogen und von den Vorlesungen wurde er bis auf Weiteres suspendiert.«

»Er war am Boden zerstört«, sagte Olivia leise. »Die Arbeit im Archiv war sein Leben gewesen. Warum hast du ihn nicht entlastet?«

Sie war so müde. »Diese Frage verfolgt mich seit fünfzehn Jahren. Hätte ich den Mund aufgemacht, wärt ihr nicht nach Nicaragua gereist. Aber ich war zu feige gewesen. Zu feige, Kind. Ich konnte doch nicht ahnen, welche Konsequenzen mein Schweigen haben würde. Dein Vater wollte die Anschuldigungen nicht auf sich sitzen lassen. Er setzte sich in den Kopf, einen Ersatz zu finden für den zerstörten Schmetterling und dadurch alles wieder in Ordnung zu bringen. Später gab ich ihm die Schuld an dem ganzen Drama; ich brauchte einen Schuldigen, um mein eigenes schlechtes Gewissen zu entlasten. Hätte er die Angelegenheit nicht auf sich beruhen lassen können? Sandra unterstützte ihn bei seinen Plänen. Und du solltest sie begleiten; ein kleines Abenteuer, kurz einen Abstecher in den Urwald und wieder zurück, als Helden. Nur, dass sie nicht zurückkamen.«

Was dort passiert war, wusste nur Olivia. Sie saß zusammengekrümmt auf ihrem Stuhl, das Gesicht in den Händen versteckt. Toms Hand lag auf ihrer Schulter. Er sah Erika ernst, aber ohne Vorwurf an. Er war ein guter Junge. Er würde Olivia helfen.

»Was wurde aus Edelmann?«, fragte er.

Erika seufzte. »Wie schon erwähnt, landete er in der psychiatrischen Klinik, aber nicht für allzu lange. Danach verlor ich seine Spur. Besser gesagt, ich suchte sie gar nicht erst. Es oblag mir, mich um Olivia zu kümmern, wobei ich kläglich versagt habe, wie du weißt. Als Olivia mir dann erzählte, Anfang des Jahres, dass ein Professor Edelmann ...«

»Professor Doktor«, unterbrach Olivia sie tonlos, zwischen die Finger hindurch.

»Dass Professor Doktor Edelmann sie kontaktiert hatte, ahnte ich, worauf er es anlegte. Und wieder siegte die Feigheit. Ich wollte Olivias Nähe, wollte Frieden schließen, bevor mich mein Verstand komplett im Stich lässt. Die Geschichte wiederholte sich.«

»Und der Schmetterling verschwand, kaum hatte ich ihn gefunden.«

»Maria hat ihn in unseren Banksafe gebracht.« Maria, die treue Seele. Loyal wie ein Fels in der Brandung. »Nachdem ich Edelmann einen Besuch abgestattet hatte. An jenem Sonntag meines Verschwindens war ich bei ihm. Wie naiv von mir. Ich dachte, wenn ich ihn freundlich darum bäte, dich in Ruhe zu lassen, würde er von seinem Plan ablassen. Dort merkte ich dann, dass ich keine Wahl hatte. Ich durfte die Wahrheit nicht mehr verstecken. Mein Schweigen hat mich mitverantwortlich gemacht für den Tod deiner Eltern.« Ihre Kehle wurde mit jedem Satz enger, bis sie kaum mehr Luft bekam.

Olivia nahm die Hände vom Gesicht. Kalkweiß. Fassungslos. Keine Tränen. Sie stand auf, fuhr fahrig über das mittlerweile perfekte Arrangement von Teller und Besteck, hinterließ Chaos.

»Ich muss hier weg«, murmelte sie, ohne Erika anzusehen, und schob sich an Tom vorbei.

Sie hatte sie verloren.

KAPITEL 20

Es dauerte seine Zeit. Zu verstehen, dass die Wut mit ihrer Schaumkrone aus Entsetzen nichts rückgängig machen konnte. Die alte Ablehnung wieder aufleben zu lassen würde niemandem helfen. Sie hatte sich auf die Reise begeben mit dem Ziel, ihre Erinnerungen wieder lebendig werden zu lassen, ihre Vergangenheit aufzuarbeiten. Dass dabei Unangenehmes auf den Tisch kommen würde, hätte sie wissen sollen. Und trotzdem – was hätte nicht alles vermieden werden können, hätte Erika geredet?

Die Konjunktive in Olivias Überlegungen stellten sich quer. Sie konnten die Geschichte nicht geradebiegen. Hatte sie denn alles richtig gemacht? Bei Weitem nicht. Menschen begingen Fehler. Große Fehler, mit ungeahnten Konsequenzen. Aber letztendlich hatte sie die Wahl: die Wut gewinnen zu lassen und damit auch Edelmann, oder vorwärtszuschauen und zu versuchen, Verständnis für Erika aufzubringen und ihr zu verzeihen.

»Es war einmal, vor langer Zeit …« Olivia lachte nervös. Sie wusste immer noch nicht, wo sie anfangen sollte. Drei Wochen waren vergangen seit Erikas Beichte. Eigentlich hätte das Gespräch schon vor einigen Tagen stattfinden sollen, aber Erika war nicht ansprechbar gewesen. Die schlechten Tage häuften sich, hatte ihr Maria mitgeteilt. Aber jetzt saßen alle vor ihr: Erika, Maria, Tom, selbst Valerie. Maria hatte einen Schokoladenkuchen gebacken, der über die Schlechtwetterperiode in diesem August hinwegtrösten sollte. Auch heute goss es wieder in Strömen. Wie passend.

Die letzten Siegel aufgebrochen hatten die Berichte der Überlebenden der Katastrophe, die sie im Internet gefunden hatte. Sie hatte sie ganz nüchtern gelesen, so als wäre da eine Mauer zwischen ihr und dem Bildschirm. Zufrieden, endlich so weit gekommen zu sein. Dann aber forderte der Impakt der Bilder seinen Tribut. War sie tatsächlich dort gewesen? Hatte sie tatsächlich hautnah all das erlebt? Sie weinte, als sie daran dachte, wie ohnmächtig sie sich in jenen Stunden der Katastrophe gefühlt hatte. Sie weinte, als sie an ihre Eltern dachte, die nicht so viel Glück gehabt hatten wie sie. Weinte darüber, was geschehen war, über das, was sie daraus gemacht hatte und um das, was hätte sein können. Und als sie gedacht hatte, dass keine Tränen mehr übrig wären, hatte sie um das geweint, was ihre Großeltern vermutlich durchlitten hatten.

»Von dem ganzen Ärger ...«, begann sie erneut, räusperte sich und nippte an ihrem Pfefferminztee. Die Worte stauten sich in ihrem Mund, warteten ungeduldig, endlich, endlich das Licht der Welt erblicken zu können.

Von dem ganzen Ärger in den Monaten zuvor hatte sie wenig mitbekommen. Dass ihr Vater plötzlich viel zu Hause war, aber trotzdem nie Zeit für sie aufbrachte und sich stattdessen in seinem Büro versteckte, war ihr aber natürlich aufgefallen. Ihre Mutter hatte auch keine Zeit, weil sie mehr arbeitete als sonst. Als ihre Eltern ihr dann von den Plänen einer Abenteuerreise in den zentralamerikanischen Urwald erzählten, hatte sie sofort Feuer gefangen. Ein Abenteuer! Und nur sie drei, endlich Zeit zusammen!

Und zu Beginn verlief alles reibungslos. Flug von Zürich nach Miami, von dort aus nach Managua, Nicaraguas Hauptstadt. Von Managua mit dem Mietauto, einem robusten Geländewagen, quer durchs Land. Freundliche Leute, Sonnenschein, bunte Farben. Ich sehe was, was du nicht siehst, stundenlang. Aber spätestens, als sie tatsächlich im Naturreservat Bosawás im Osten des Landes eintrafen, hörte der Spaß auf. Ihr Vater musste einen Schmetterling finden. César, der Guide, den sie in Bonanza angeheuert hatten, um sich in den grünen, nebelverhangenen Hügeln nicht komplett zu verirren, wusste zwar um den *Greta morgane nicaraguensis*. Aber selbst einen gesichtet hatte er zuletzt vor vielen Jahren. Olivia verwunderte das damals nicht. Eher fragte sie sich, wie ihr Vater einen Schmetterling mit durchsichtigen Flügeln, nur am Rand leicht grün gefärbt, mitten in einer durch und durch grünen Umgebung finden wollte.

Ihn das zu fragen, traute sie sich nicht. Der Pioniergeist der ersten Woche war verschwunden und Ernüchterung breitete sich aus. Mit ihr kam die gereizte Stimmung. Keine Zeit mehr plötzlich für die Beobachtung einer Spinne beim Spinnen. Keine Zeit mehr, um Faultiere nachzuahmen. P-e-r-e-z-o-s-o-s hießen die auf Spanisch, erklärte ihr César. Ein Wort so träge wie das Tier selbst. Zu langsam. Keine Zeit, keine Zeit. Augen auf, Mund zu. Fußmärsche immer weiter hinein in den Urwald, kaum erforscht, selten betreten. Terra incognita. Olivia aber wollte keinem nahezu unsichtbaren Schmetterling nachjagen. Sie wollte Tarzan sein. Und Jane. Und Mogli. Aber für Spiele war natürlich auch keine Zeit. Das war kein Abenteuer. Sie fühlte sich verraten. Hier sollte sie in ein paar Tagen ihren elften Geburtstag feiern?

Dann kam der Regen.

Es dauerte nicht lange, da begann sich der Wald vor ihren Augen aufzulösen im Wasser, und die vier Personen, mittendrin, verschmolzen förmlich mit ihrer Umgebung. Die Trampelpfade verwandelten sich in Bäche, von den Bäumen stürzten Wasserfälle, ihre Schuhe wurden Sümpfe. Die Tiere suchten ihre Verstecke auf. César riet dazu, die Expedition abzubrechen. Keine guten Nachrichten über Funk. Der Regen würde anhalten.

Olivias Vater war verzweifelt; alles stünde doch auf dem Spiel für ihn. Sein Ruf, jetzt schon unverschuldet in Mitleidenschaft gezogen, wäre komplett dahin, wenn er bei ihrer Rückkehr nicht diesen *Greta morgane nicaraguensis* präsentierte wie angekündigt – all seine Kollegen wussten von der Expedition, sie war in Fachkreisen bekannt. Das kleine Insekt wurde zum Monster, zu einem Schatten über ihren Köpfen, dunkler als die Regenwolken. Streit, Diskussionen, so laut wie der Dauerregen, der gegen das durchnässte Zelt prasselte, die Stimmung, so kalt wie das Essen, das sie mangels Feuer direkt aus den Dosen löffeln mussten.

Schließlich acht Stunden Fußmarsch statt fünf wie auf dem Hinweg, bis sie beim Auto ankamen. Olivia weinte den ganzen Weg vor Erschöpfung, aber ihr Gesicht war so oder so nass. Die Nacht verbrachten sie zu viert im Auto. Olivia kuschelte sich an ihre Mutter, suchte Trost für ihre enttäuschten Erwartungen und Wärme für ihre klammen Glieder.

Auf dem endlos langen Weg über die Schlammpisten bis nach Bonanza blieben sie dreimal stecken. Nur indem sie ihr Zelt unter die Räder schoben, konnten sie sich wieder aus dem Matsch befreien. Nun weinte Olivia vor Angst. Sie sah sich schon im Fluss Waspuk untergehen, der seine reißende Gischt nach ihnen spuckte. Aber das Schicksal gab der Familie noch ein paar Tage Aufschub.

In Bonanza fanden sie das gesamte Dorf vor dem Fernseher. Gerüchten zufolge habe sich über der Karibik ein Hurrikan gebildet. Ein großer. Präsident Alemany wiegelte ab. Zur Beruhigung der Bevölkerung versicherte er täglich in den

Nachrichten, es handele sich nur um ein harmloses Sturmtief. Viel Regen, ja. Gefahr, nein. *Tranquilo, querido pueblo de Nicaragua.* Immer mit der Ruhe, geliebtes Volk. Während Olivia sich im Bett ihres dürftig ausgestatteten Hotelzimmers verkroch und zum dritten Mal »Mary Poppins« las, telefonierte ihr Vater den ganzen Tag, bis er das fand, wonach er erfolglos im Urwald gesucht hatte: Der Bruder eines Freundes eines Freundes eines Forschers an der Universität von León, den ihr Vater flüchtig am Rande eines Kongresses vor vielen Jahren kennengelernt hatte, besitze das Präparat eines *Greta morgane nicaraguensis*. Zu ihm würden sie fahren. Wieder quer durchs ganze Land. Über Straßen, die Flüssen glichen. Unter einem Himmel, der nicht aufhörte zu weinen. Aber wenigstens stritten ihre Eltern weniger. Es gab einen Plan B. Ein Ausweg war in Sicht. Und damit das Ende dieser qualvollen Reise, wie Olivia mit ganzem Herzen hoffte.

Aber der Mann, der das ersehnte Präparat in den Händen hielt, wohnte nicht mehr in León. Sondern bei seiner kranken, betagten Mutter in Rolando Rodriguez, einem Dörfchen an der Flanke des erloschenen Vulkans Casita. Ihre Eltern sahen nur die guten Seiten. Der Ort lag keine Stunde von León entfernt, und der Mann war bereit, ihnen das Präparat zu verkaufen. Olivia sah nur die schlechten Seiten. Noch ein Tag im Regen. Und wie sollten sie gegen den Strom die überflutete Straße den Berg hochkommen? Wieso nicht einfach warten, bis der Regen nachließ? Aber die Vorfreude auf die Beute ihrer Jagd ließ ihre Eltern die Strapazen der vergangenen Tage vergessen und die vor ihnen liegenden Schwierigkeiten banalisieren. Über ihnen schien bereits wieder die Sonne. Sie lockten Olivia mit Versprechen. Morgen, an ihrem Geburtstag, wären sie in Managua. In einem anständigen Hotel, mit Badewanne und Bettwäsche, die nicht nach der Feuchtigkeit roch, die ihnen in den Gliedern steckte. Sie würden Kuchen essen, bis sie platzten, und zum krönenden Abschluss ins Kino gehen.

Mit Popcorn?

Mit allem, was sie wolle.

Olivia ließ sich erweichen. Kinder waren käuflich.

Und dann hielten sie endlich das Präparat in den Händen, den zarten Schmetterling, aufgespießt und hinter Glas aufbewahrt, in einem roh und leicht schief zusammengebastelten Rahmen. Sie übergaben ihn ihr. Ein Zeichen des Vertrauens. Als Dank dafür, dass sie durchgehalten hatte.

»Wir sind so stolz auf dich.«

Olivia strahlte und steckte ihn behutsam in ihre Tasche.

»Pass gut auf ihn auf«, sagte ihr Vater. Seine Bassstimme versetzte ihr Herz in Schwingungen. »Pass gut auf ihn auf.«

Er verabschiedete sich noch, während sie mit ihrer Mutter schon den Hang hinunter zum Auto lief. Es war erst halb elf Uhr morgens, aber die Welt versank in Grautönen, die tief hängenden Wolken waberten um die obersten Häuser des Ortes. Weiter oben erklang plötzlich ein lautes Dröhnen, und alles um sie herum vibrierte, als ob eine Armada von Helikoptern unterwegs wäre, um sie vom Berg zu holen. Olivia schauderte.

»Lass uns endlich abfahren, Mama«, bat sie verängstigt. Der Krach verstummte, aber das Vibrieren blieb. Sandra gab ihr einen Kuss, lächelte ihr aufmunternd zu. Regentropfen liefen ihr über die Schläfe in den Kragen der Outdoorjacke, aber nass, wie sie war, bemerkte sie das wahrscheinlich gar nicht.

»Ich hol nur schnell Papa, mein Schatz, dann können wir fahren. Bald sind wir im Trockenen.«

Olivia streckte die Arme aus, wollte sie umarmen, aber ihre Mutter hatte sich schon umgedreht, war schon losgelaufen. Ein roter Punkt, eben noch da, dann hinter dem Regenschleier verschwunden. Eine eiserne Faust quetschte ihr Herz zusammen. Sie wollte ihr nachlaufen, irgendetwas stimmte nicht, aber ihre Beine trugen sie wie von selbst abwärts. Erneut das Dröhnen, nein, ein Krachen und Knistern, als ob ein ganzer Wald unter dem wütenden Stampfen eines Ungeheuers zermalmt würde. Olivia schrie und rannte, der Lärm verfolgte sie, ein ohrenbetäubendes Brüllen, die Erde unter ihren Füßen vibrierte stärker. Im Rennen drehte sie sich um – und der Schrei in ihrer Kehle erstarrte. Die Welt um sie erstarrte.

Wo eben noch das Haus des Mannes mit dem Schmetterlingspräparat gestanden hatte, türmte sich eine zehn Meter hohe Wand. Schlamm. Steine. Felsbrocken. Entwurzelte Bäume. Eine Millisekunde, ein entsetztes Öffnen und Schließen ungläubiger Augen. Dann schob sich die Wand auf sie zu, das Ungeheuer, tosend und geifernd, streckte seine Klauen nach ihr aus. Endlich löste sich der Schrei, ihr Mund füllte sich mit Wasser, der Schlamm riss sie mit, unter ihr ein tödlicher Mahlstrom aus Steinen, Geäst und tonnenschweren Felsbrocken. Sie presste die Tasche an ihre Brust, spuckte und rang nach Luft, ruderte mit dem anderen Arm, bekam einen Baum zu fassen, rutschte wieder ab, ihr Armband riss, Toms Armband. Erneut packte sie zu, in letzter Sekunde, bevor der Baum an ihr vorbeigespült wurde. Ihr Lebensretter. Sie wusste nicht, wie lange sie mitgezogen wurde, von der Taille abwärts im schmatzenden Morast versunken. Bewegungsunfähig. Eine Ewigkeit oder doch nur eine Minute. Ein starker Stoß, ein glühender Schmerz, das Ungeheuer riss an ihrem linken Bein. Sie verlor das Bewusstsein.

»Als ich wieder aufwachte, war der Erdrutsch zum Stillstand gekommen. Keine zehn Meter von mir entfernt ragte eine Hand aus dem Schlamm. Sie bewegte sich nicht. Auch nicht in den nächsten fünf Stunden, die ich ausharren musste, bis Hilfe kam. Die ganze Zeit über musste ich mich fragen, ob die Hand vielleicht meiner Mutter oder meinem Vater gehörte.«

Endlich war es draußen. Endlich war all das gesagt, was in den letzten Tagen an Puzzlestücken ans Licht gekommen war. Durch die Tränen hindurch fühlte sich Olivia euphorisch und händeringend nervös zugleich. Euphorisch, weil sie sich nach so vielen Jahren endlich wieder komplett fühlte, mit allen Erinnerungen und Bildern, die sie zu dem geformt hatten, was sie heute war. Mit einer Persönlichkeit, deren Ecken und Kanten, an denen sie sich so oft gestoßen hatte, wieder einen Hintergrund besaßen. Sie konnte sie endlich zuordnen. Nervös hingegen machte sie Erikas Reaktion. Oder ihre Nicht-Reaktion, besser gesagt. Ihre Großmutter saß stumm in ihrem Sessel, ebenfalls Tränen in den Augen. Auch keiner der anderen sagte etwas; alle schienen darauf zu warten, dass Erika ihr Schweigen brach. Oder einfach nur mit einer Geste zeigte, dass sie verstanden hatte. Toms Hand lag warm und fest auf Olivias, trotzdem zitterte sie innerlich. War es zu viel gewesen für Omi? Sie selbst war sich sicher, diese Zeit, die vielen Jahre, benötigt zu haben, um heilen zu können. Erika hingegen hatte der Heilung früher bedurft. Wer weiß, vielleicht wäre sie dann heute nicht in dieser Verfassung?

Es schmerzte Olivia, ihre Großmutter so zu sehen, zusammengesunken und in sich gekehrt. Oder war sie in Gedanken einfach nur bei ihrer Tochter? Fragte sie sich jetzt vielleicht, woran Sandra wohl gedacht haben mochte, in ihren letzten Sekunden? Die Härchen auf Olivias Armen stellten sich auf bei dem Gedanken und ihr Magen fühlte sich an wie zugeschnürt. War ihr Vater, auf der Suche nach der Ursache für den schrecklichen Lärm, aus der Hütte getreten und hatte gesehen, was auf sie zukam? War ihren Eltern bewusst gewesen, dass sie sterben würden? Olivia wollte glauben, dass sie keine Zeit für irgendwelche letzten Gedanken gehabt hatten. Dass alles viel zu schnell gegangen war dafür. Sie wünschte es so sehr! Olivia schluchzte auf. Alle Augen im Raum richteten sich auf sie. Selbst Erika hob den Kopf, schien zurückzukehren, von wo auch immer. Würdevoll tupfte sie sich die Augen trocken, strich den glatten Rock glatt und erhob sich. Auch Olivia stand auf. Sie sollte etwas sagen, ihre Omi fragen, wie es ihr ginge. Aber sie hatte Angst, in Tränen auszubrechen, sobald sie den Mund öffnete. In diesem Moment jedoch ging es nicht um ihre Trauer, sondern um Erikas. Sie musste stark sein. Erika trat auf sie zu, ergriff Olivias Hand, dann ihren Arm. Schüchtern beinahe, als fiele es ihr schwer, einzuschätzen, wie viel Anteilnahme sie ihrer Enkelin entgegenbringen durfte. Oder wie viel ihrer eigenen Trauer sie offenbaren wollte.

»Danke«, flüsterte Erika, ihre Stimme fragil wie Schmetterlingsflügel. Olivia umarmte sie, legte all ihre Liebe in diese Geste, um ihrer Großmutter den Mut und die Kraft zu geben, abzuschließen.

Olivia saß im Flugzeug. In einem Airbus A330-300 der Swiss International Air Lines. Einem zweistrahligen Großraum-Verkehrsflugzeug für Mittel- und Langstrecken. Zwei Triebwerke, maximale Geschwindigkeit 900 Stundenkilometer, maximale Reichweite 10 501 Kilometer. Groß. Stabil. Stark. Nicht so eine Blechkiste, mit der sie in Australien abgestürzt war. Groß. Stabil. Stark. Wie ein Mantra sang sie diese drei Worte in ihrem Kopf, wieder und wieder. Das Fassungsvermögen des Fliegers belief sich auf maximal 440 Passagiere und schien ausgeschöpft zu sein, wie sie feststellte. Menschen vor ihr, Menschen hinter ihr, Menschen neben ihr. Stimmengewirr, Ansagen, Sicherheitsvorführung. Lichter, die an- und ausgingen. Eine Rückenlehne, die probehalber nach hinten verstellt wurde. Ein Ellbogen, der sich gegen ihren drängte. Zu ihrer Nervosität gesellte sich die Platzangst, die sie seit jenen Stunden im Schlamm plagte, und einen Moment lang wollte sie aufstehen und schreien und durch den engen Gang rennen, um in letzter Sekunde noch auszusteigen. Aber dann legte endlich das Beruhigungsmittel, das sie vor dem Einsteigen genommen hatte, einen Schleier über sie und sie entspannte sich. Neben ihr saß Tom, am Fenster Carla. Für beide war es der erste Flug. Während Tom Ruhe ausstrahlte, konnte das Mädchen vor Aufregung kaum still sitzen. Olivia lächelte träge. Als das Flugzeug die Startbahn entlangschoss und schließlich abhob, fühlte sie sich weich und wattig.

Stunden später öffnete sie vorsichtig die Augen und checkte die Lage. Das Flugzeug lag komplett ruhig in der Luft. Sie schielte zu Tom – er schlief. Sie drehte den Kopf weiter und sah, dass Carla ebenfalls eingeschlafen war, das offene Buch noch auf dem Schoß. Vorsichtig, um niemanden zu wecken, beugte sie sich zum Fenster. Weit unter ihr glitzerte der Atlantik. Die Höhe sollte ihr Angst bereiten, aber sie empfand nichts als Leichtigkeit.

Am nächsten Tag saßen sie, noch etwas müde vom Jetlag, auf einer Steinbank im *Parque Memorial Volcán Casita*, der Gedächtnisstätte der Katastrophe. Der warme Wind fuhr durch die Blätter der 2 800 Bäume, die damals gepflanzt worden waren, und nun, nach fünfzehn Jahren, eine stattliche Größe erreicht hatten.

»2 800 Menschen starben durch den Erdrutsch am Casita. Hurrikan Mitch hatte ihn ausgelöst, ohne Nicaragua überhaupt erreicht zu haben. Nur durch den Regen. So viel Regen …« Olivias Blick schweifte über die grünen Flanken des

Vulkans, die hässliche Narbe der Schlammlawine – sechzehn Kilometer lang und fünf Kilometer breit – war nur noch für Eingeweihte sichtbar. Genau wie die Narbe an ihrem Oberschenkel, die an den offenen Splitterbruch erinnerte. Drei Operationen hatte sie deswegen durchlitten, und immer noch plagten sie Schmerzen. Auch die Verletzung ihrer Seele schmerzte. Während der letzten Jahre unter der Decke des Vergessens ruhiggestellt, würde sie noch lange brauchen, um zu heilen. Würde sie das jemals? Wollte sie das überhaupt? Oder würde das heißen, dass ihr der Tod ihrer Eltern nichts mehr bedeutete? Olivia rief sich die Bilder vor Augen, die sie so lange blockiert hatte, Erinnerungen an ihre Mutter, an ihren Vater. Der Druck in ihrer Brust nahm zu, als sie wieder den roten Punkt vor sich sah, der hinter der Regenwand verschwand. Dort vor ihr, an diesem Hang, so unschuldig grün. Olivia streckte die Hand aus und schloss die Augen. Für einen kurzen Moment glaubte sie zu sehen, wie sich die Gestalt im Regen noch einmal umdrehte. Sich umdrehte und ihr zuwinkte. Auf Wiedersehen, Mama. Auf Wiedersehen, Papa. Langsam und bewusst atmete sie ein und wieder aus, um den Druck zu lindern und die Tränen daran zu hindern, ihr in die Augen zu steigen. Ohne Erfolg.

Sie weinte sich an Toms Schulter aus. Carla, die zwar wusste, warum sie hier waren, aber die ganze Heulerei wahrscheinlich nicht richtig verstand, konnte nicht mehr still sitzen. Friedlich spazierten sie über das Gelände. Das Mädchen pflückte hier eine Blume, dort einen Grashalm, drückte ihr schließlich den kleinen Strauß in die Hand und schlug ein Rad nach dem anderen auf dem Weg vor ihnen.

»Unglaublich, dass du die ganze Zeit über deine Tasche nicht losgelassen hast«, sagte Tom neben ihr, seine rechte Hand angenehm fest auf ihrem Rücken.

Eigenartig tatsächlich, wie sie damals in ihrer Panik reagiert hatte. Als wäre ihr Körper komplett von ihrem Geist abgetrennt gewesen. Getrennt gesteuert. Sie hatte ihre eigenen Schreie gehört, als ob sie neben sich gestanden hätte. Todesangst, wie sie noch nie jemanden hatte schreien hören. Sie bekam eine Gänsehaut, als sie an diese Schreie dachte, die wie ein weit entferntes Echo in ihrem Kopf widerhallten. Durchdringend, gellend, markerschütternd. Und gleichzeitig analysierte ihre Stimme damals in Gedanken die Situation, gab Befehle, klar und ruhig. Tasche hoch. Mund zu. Halt suchen.

»Sie hatten mir den Schmetterling anvertraut. Ich sollte auf ihn aufpassen. Solange ich die Tasche nicht losließ, blieb dieser Funken Hoffnung, dass ich sie wiedersehen würde. Ich hatte schließlich überlebt, wieso nicht auch sie?« Ja, wieso nicht auch sie? Dann hätten sie sich nach dem Schreck wieder in die Arme schließen, das Trauma gemeinsam aufarbeiten können. Alles wäre anders gekommen.

»Stell dir vor«, fuhr sie fort, während sie mit dem Schmetterlingsanhänger an ihrem Hals spielte, »all die Strapazen im Urwald, die Streitereien, dieser Erdrutsch – und nach alldem hätte ich die Bitte, diese letzte Bitte meiner Eltern, auf das Präparat aufzupassen, nicht erfüllt? Den Schmetterling verloren? Dann wäre alles umsonst gewesen. Das konnte ich nicht zulassen.«

Nur einen Riss wies das Glas auf, kein Vergleich zu dem Riss in ihrer Seele. Aber die entomologische Sammlung der ETH, der sie den *Greta morgane nicaraguensis* nach all den Jahren eigenhändig übergeben hatte, würde ihn sowieso neu präparieren. Sie war froh, dass die ETH in Wirklichkeit keinen Artikel über ihre Eltern geplant hatte. Die Bitte, anlässlich der Wiederaufnahme des Schmetterlings in die Sammlung zumindest eine kurze Notiz auf die Website stellen zu dürfen, lehnte sie dankend ab.

»Ihre Körper sind nie gefunden worden?«, fragte Tom und deutete auf einige kleine Kreuze, die im gesamten Park verteilt standen. Aufgestellt dort, wo Verstorbene zum Vorschein gekommen waren.

»Nein.« Olivia schüttelte langsam den Kopf und seufzte tief. »Die Schlamm- und Geröllschicht war mehrere Meter tief. Das Gebiet achtzig Quadratkilometer groß. Unmögliche Aufgabe. Viele Leichen konnten nicht geborgen werden.« Beide schwiegen eine Zeit lang, jeder hing seinen Gedanken nach. Hätte es einen Unterschied gemacht, wenn die Körper gefunden worden wären? Dann hätte sie ein Grab gehabt. Erika hätte ein Grab gehabt.

Vieles wäre anders gekommen, vielleicht.

Tom unterbrach ihre Grübelei, als hätte er ihre Gedanken gelesen. »Traurig, dass es Erika immer schlechter geht.«

Nach Olivias Bericht hatte die alte Dame begonnen, immer häufiger in ihre eigene Welt einzutauchen. Verwechselte ihre Enkelin mit ihrer Tochter, Tom mit Pfarrer Heinrich und Maria mit einer jüngeren Ausgabe von Maria. Falls sie sie überhaupt wahrnahm. Sie verlief sich im eigenen Haus und wurde wütend und bockig, wenn man ihr helfen wollte. Selbst an den besseren Tagen wurde sie immer stiller und vergesslicher. Kleiner und weniger.

»Ich glaube, dieses Bedürfnis, zu hören, was meiner Mutter widerfahren ist, hat ihr die Kraft gegeben, sich gegen die Krankheit zu wehren. Jetzt, da die Lücke gefüllt ist, kann sie loslassen. Ich bin sogar überzeugt, dass Maria mich in ihrem Auftrag zurückgeholt hat. Omi wollte sich schon die ganze Zeit über mit mir versöhnen und merkte, wie die Kraft zum Kämpfen sie verließ. Aber hätte sie selbst angerufen, wäre ich nicht gekommen. Und ich habe dann noch über Monate rumgezickt …« Es schmerzte sie, Erika zu verlieren, nun, da die Mauer zwischen ihnen endlich gefallen war. Sie hoffte, dass ihre Großmutter ihren Frieden gefunden hatte. Maria, die treue

Seele, versicherte Olivia immer wieder, dass sie neben der wachsenden Verwirrtheit und Abwesenheit auch eine neue Gelassenheit in Erika bemerkte. Und wer kannte Omi besser als Maria? Olivia wollte von ganzem Herzen daran glauben. Sie wünschte es Erika.

Nun war es an der Zeit, dass auch sie die Geister begrub. Menschen, mit denen ihr zu wenig Zeit geschenkt worden war, die ihr das Schicksal oder der Zufall zu früh entrissen hatte. Vielleicht hätte sie daraus etwas lernen sollen. Eine Lektion in Demut, Vergebung und Loslassen. Vielleicht hatte sie sogar etwas daraus gelernt. Nämlich, dass diese Menschen sie in ihrem Herzen weiterhin auf ihrem Lebensweg begleiteten. Dass es nicht schmerzhaft sein musste, an sie zu denken, sondern tröstend sein konnte, ihr Kraft gab. Dass man jeden Tag, den man mit geliebten Menschen verbringen durfte, genießen sollte. Neben ihren Eltern dachte sie auch an Rashida. Bald ein Jahr war sie tot. Wahrscheinlich säße Olivia jetzt gar nicht hier, hätte Rash nicht den Samen gesät dafür mit ihrer Idee, in die Schweiz zu fliegen, sich mit Erika zu versöhnen. Wie verrückt ihr dieser Vorschlag vorgekommen war. Und nun ... So viel war passiert in dieser Zeit. Vielleicht war es tatsächlich gut, so wie alles gekommen war.

Olivia lehnte sich an Tom und sah Carla dabei zu, wie sie einen Blumenkranz flocht. Eine tiefe Dankbarkeit erfüllte sie. Sie hatte jetzt eine neue Familie. Und morgen würde sie mit ihrer neuen Familie das erste Mal seit fünfzehn Jahren ihren Geburtstag feiern. In Managua. Im Kino. Mit Popcorn.

EPILOG

Genau so hatte er sich diesen Moment vorgestellt, all die Jahre lang. Der warme Felsen unter seinen nackten Füßen. Das funkelnde Wasser fünfunddreißig Meter unter ihm. Nachdem er tagelang an weniger bekannten, weniger hohen Klippen mit den lokalen Felsenspringern geübt hatte, durfte er endlich von *La Quebrada* springen. Gemeinsam mit den Klippenspringern, die sich mit den Sprüngen ihren Lebensunterhalt verdienten, war er die Steilwand hinaufgeklettert, hatte der Jungfrau von Guadalupe seine Aufwartung gemacht und um ihren Schutz gebeten, und jetzt stand er hier oben. Er atmete tief ein, tief aus. Unten im Publikum warteten nicht nur Unbekannte auf seinen Sprung, sondern auch Olivia und Carla. Bestimmt beobachteten sie jede seiner Bewegungen.

Er war nervös gewesen vor dieser Reise, die sie erst nach Nicaragua geführt hatte, zu der Stelle der Katastrophe vor genau fünfzehn Jahren. Unsicher, wie Olivia reagieren würde. Aber sie tat das einzig Richtige; sie umarmte ihre Vergangenheit mit all ihren Verletzungen und ließ sie in ihr Herz. Es freute ihn, zu sehen, wie lebendig sie wurde, fröhlich und gelassen. Nicht nur oberflächlich wie noch vor ein paar Monaten. Sondern mit ihrem ganzen Wesen. Eine Sonne, um die er und Carla kreisten, so wie die Sonne, die jetzt seinen Rücken wärmte. Sogar Valerie sah Olivia nicht länger als Konkurrenz an, sondern als Bereicherung.

In ihrer kleinen Auszeit bereisten sie Zentralamerika. Im Februar würde Olivia ihr Biologiestudium an der ETH in Angriff nehmen, die ersten Semester in Zürich. Wenn sie sich dann auf Meeresbiologie spezialisieren würde, müssten sie die Schweiz verlassen. Portugal, vielleicht. Oder die Kanarischen Inseln. Ein Abenteuer. Freiheit. Loslassen.

Seine Zehen krallten sich an dem Felsen fest, als er prüfend nach unten lugte. Der Wellengang war zum Glück minimal. Er hatte die anderen ihre Kunststücke vorführen lassen, gestreckte Saltos vorwärts, zu zweit, zu dritt, ja sogar einen Rückwärtssalto hatte er gesehen. Jetzt kam er an die Reihe. Entschieden schoss sein Arm in die Höhe, er winkte. Dann ging er in die Knie, Schwung holen, abspringen, weit nach vorn, ins Leere. Freiheit. Brust raus, Arme seitlich ausstrecken.

Fliegen.

DANKSAGUNG

Wenn man ein Buch geschrieben hat, sind die Zweifel danach manchmal größer als davor: Wird man auch ein zweites schreiben können? Und wird man es auch veröffentlichen können? In meinem Fall hat beides funktioniert, und »Wenn Schmetterlinge fliegen lernen« ist 2019 beim Tinte & Feder-Verlag erschienen. Ich weiß gar nicht, wo ich stehen würde, wäre das nicht passiert; aus dem Grund gilt natürlich immer noch meiner damaligen Agentin Anna Mechler und der Lektorin Jenny Brodski mein Dank!

Nun habe ich die Rechte zurückbekommen und konnte den Roman im Selfpublishing neu auflegen. Danke an alle Leser und Leserinnen, die dieser Neuveröffentlichung durch ihren Kauf helfen, noch einmal fliegen zu lernen! Ich hoffe, ich konnte eure Erwartungen erfüllen, obwohl der Inhalt schon etwas älter ist.

Danke an Laura Newman für das passende Cover und an Stefanie Scheurich für den schönen Buchsatz.

Und ich danke meinem Mann. Immer und immer wieder. Ohne ihn wäre ich nicht, wo und wer ich bin!

Du möchtest mehr über mich und meine Bücher erfahren?

Dann schau doch auf meiner Webseite vorbei und abonniere meinen Newsletter. In dem berichte ich dir ungefähr einmal im Monat aus meinem Leben in Spanien und du erfährst alle Neuigkeiten rund um meine Bücher.

Wenn du über den folgenden Link gehst, schenke ich dir sogar meinen Debütroman »Wie Nebel in der Sonne«, der als E-Book nicht mehr erhältlich ist!

https://www.subscribepage.io/o2j4i3 _wie-nebel-in-der-sonne

Oder scanne den QR-Code:

Keine Lust auf Newsletter?
Dann folge mir einfach auf Instagram oder Facebook.

**www.astrid-topfner.com
www.instagram.com/astrid_topfner
www.facebook.com/astrid.topfner**

Würdest du mir helfen?

Dann hinterlasse doch bei deinem Lieblingsportal eine Rezension. Zwei, drei Sätze genügen tatsächlich schon, und du hilfst mir, meinem Buch mehr Sichtbarkeit zu verleihen.

Denn es ist für uns Selfpublisher richtig schwierig, uns gegen die von dicken Werbebudgets unterstützten Verlagstitel zu behaupten.

Außerdem können andere interessierte Leser dank der Rezensionen besser abschätzen, ob ihnen das Buch gefallen könnte.

Win-win für alle also!

Ich danke dir sehr für deine Unterstützung!

ÜBER DIE AUTORIN

Astrid Töpfner wurde 1978 in der Schweiz geboren. Nach ihrer Ausbildung zur Tourismusfachfrau zog es sie in die weite Welt; sie lebte auf den Kanaren, in Mexiko und Los Angeles, bevor die Liebe sie nach Spanien zog. Dort wohnt sie seit 2005 mit ihrem Mann und den zwei Söhnen.

Neben ihrer Familie liebt Astrid Töpfner Regen, Eiscreme und den Geruch der wilden Kräuter, die in der wunderbaren Landschaft ihrer neuen Heimat wachsen. Quer durch den hügeligen Naturpark hinter ihrem Haus zu wandern oder am Strand die Füße in den warmen Sand zu graben und dem Rauschen der Wellen zu lauschen sind ihre Arten, abzuschalten und neue Kraft und Inspiration zu sammeln.

Weitere Bücher der Autorin – zeitgenössische wie historische – finden Sie auf der nächsten Seite.

Was würdest du tun, wenn dir alles genommen wird?
Familie, Identität, Würde, Zukunft?
Schweigen? Oder aufstehen und kämpfen?
Ein aufwühlender Roman über ein dunkles Kapitel der Schweizer Geschichte, den Kampf um das Frauenstimmrecht und eine Liebe, die unmöglich scheint.

Die Spanien-Saga

Atmosphärisch dicht erzählt, voller Wendungen und Emotionen entführt die Trilogie die Leser ins Spanien der turbulenten Jahre zwischen 1939 und 1981.
Eine fiktive Familiensaga, eng verknüpft mit den historischen Ereignissen der Epoche.

Siegertitel des Tolino Media Newcomerpreises 2022.
Ein heißer Sommer in Spanien, ein tragisches Familiengeheimnis und ein spannender Wettlauf um die Wahrheit.
Atmosphärisch und bildhaft geschrieben, voller Emotionen und Spannung!

Josefina möchte endlich sterben, Alba möchte endlich im Leben ankommen. Die beiden Frauen könnten unterschiedlicher nicht sein, und dennoch brauchen sie einander, um ihre Vergangenheit zu verarbeiten.
Ein ergreifender Roman über die Kraft der Freundschaft und die Hoffnung auf ein langersehntes Wiedersehen.